dtv

Mit seiner zweiten Familie lebt Manfred Matuschewski in Wilmersdorf und genießt seinen »Unruhestand« als emeritierter Professor. Tochter Melina und Lebensgefährtin Elke halten ihn ordentlich auf Trab. Darüber hinaus will sein 65. Geburtstag würdig gefeiert werden, und selbstverständlich gilt es, den sportlichen Ehrgeiz zu befriedigen: beim Walking, Faltbootfahren und Fußballspielen gegen alte Erzfeinde. Während Manfreds Beratungsfirma mit Problemen zu kämpfen hat, landet er als privater Unternehmensberater einen Volltreffer: »Joes Bratkartoffel-Kathedrale« wird eine voller Erfolg. Doch in die Freuden des Alltags mischt sich immer wieder ein Hauch Melancholie: Viele liebgewordene Menschen sind bereits gestorben, viele schöne Erinnerungen Vergangenheit geworden. Auch Manfred selbst muss sich dem Thema Vergänglichkeit stellen. Doch letzten Endes bleibt er immer der unerschütterliche Berliner, der alle Hürden mit einem lachenden und einem weinenden Auge nimmt.

Horst Bosetzky, geboren 1938 in Berlin und unter dem Pseudonym *-ky* einer der erfolgreichsten deutschen Krimiautoren, ist emeritierter Soziologieprofessor in Berlin. Neben Kriminalromanen verfasst er Jugendbücher, Hör- und Fernsehspiele, historische Romane sowie seine mehrteilige Familiensaga. 2005 erhielt Horst Bosetzky das Bundesverdienstkreuz für sein schriftstellerisches Werk.

Horst Bosetzky

Bratkartoffeln
oder
Die Wege des Herrn

Roman

Deutscher Taschenbuch Verlag

Von Horst Bosetzky
sind im Deutschen Taschenbuch Verlag u. a. erschienen:
Brennholz für Kartoffelschalen (20078)
Zwischen Kahn und Kohlenkeller (20621)
Die Bestie vom Schlesischen Bahnhof (20832)
Wie ein Tier (21165)

Ungekürzte Ausgabe 2010
Deutscher Taschenbuch Verlag GmbH & Co. KG,
München

Umschlagkonzept: Balk & Brumshagen
Umschlaggestaltung: Wildes Blut, Atelier für Gestaltung,
Stephanie Weischer unter Verwendung eines Fotos von
gettyimages/Hitoshi Nishimura
Gesetzt aus der Stempel Garamond
Gesamtherstellung: Druckerei C. H. Beck, Nördlingen
Gedruckt auf säurefreiem, chlorfrei gebleichtem Papier
Printed in Germany · ISBN 978-3-423-21239-7

… und ich sagte mir, dass der beste Teil des Lebens aus Erinnerungen und Träumen bestehe.

Georg Hermann, Jettchen Gebert

Wie viel kann das Leben geben?

Manfred Matuschewski hatte seit den Zeiten der System- und der Chaostheorie einen Standardspruch: »Alles hängt mit allem zusammen.« Hin und wieder ergänzte er ihn auch durch den biblisch klingenden Satz »Die Wege des Herrn sind wunderbar«.

Hätte er am 8. Oktober 2002 keinen Vortrag an der FU gehalten, dann wäre er nicht in Joes Taxe gestiegen, und wenn er nicht in Joes Taxe gestiegen wäre, dann ... In Wahrheit wäre noch viel weiter auszuholen: Ohne seinen Entschluss, Soziologie zu studieren, und ohne seine wissenschaftliche Karriere hätte man ihn niemals zu diesem Vortrag eingeladen. Es raubte ihm den Verstand, sich zu überlegen, was Tausende und Abertausende von Menschen in einer ganz bestimmten Situation getan hatten, getan haben mussten, damit er in dieser Sekunde der war, der er war, damit er überhaupt gezeugt und geboren worden war und immer noch lebte. Neben dem genetischen Code gab es einen sozialen Code, und der war ebenso kompliziert. Hätte der Straßenbahnfahrer Albert Franzke seinen Großvater Oskar Schattan am 8. März 1909 in der Wiener Straße nicht nur an-, wie es überliefert worden war, sondern totgefahren – kurz vor der Zeugung seiner Tochter Margot –, dann hätte es ihn, Manfred Matuschewski, niemals gegeben. So reaktionsschnell wie Franzke hätte kaum ein anderer Fahrer die Bremsen betätigen können, und was wäre gewesen, wenn nun Franzke an diesem Tag gerade wegen einer schlimmer Influenza nicht zum Dienst erschienen wäre, sondern der Kollege Lahmarsch?

Wie auch immer – Manfred Matuschewski hatte vor Betriebswirten und Organisationssoziologen an der Freien Universität in Dahlem ein Referat gehalten. Zwar war er seit 2000 emeritiert, stand also nicht mehr regelmäßig im Hörsaal und hatte jetzt dem Prof. ein em. hinzuzufügen, wurde aber immer wieder von Hochschulen im In- und Ausland zu Vorträgen eingeladen, denn mit der Firma FORMAT, seinem eigenen kleinen Institut, spielte er in der Szene der Organisationswissenschaftler und Berater noch immer eine gewisse Rolle. Besonders gern wurde er gerufen, wenn es um die Auflockerung von Tagungen ging, denn er betrieb mit Leidenschaft etwas, das er als Erkenntnistransfer definierte, nämlich die Übertragung von Mustern aus der Welt des Sports auf die von Behörden und Betrieben. Auch sein heutiges Thema war dieser Schublade entnommen worden: »Die Motivationskünste berühmter Fußballtrainer – was Manager vom Fußball lernen können.« Es hatte viel Beifall gegeben, denn wer genoss es nicht, wenn an Sepp Herberger erinnert wurde, der 1954 vor dem wundervollen Endspiel in Bern jedem Spieler im Einzelgespräch versichert hatte, er sei der wichtigste Mann und nur von ihm hinge es ab, ob man gegen die Ungarn siegen oder verlieren würde.

Manfred Matuschewski hätte zwar nun von der Garystraße aus zur U-Bahn Thielplatz laufen können, wie er es als Student immer gemacht hatte, um bis zum Heidelberger Platz zu fahren, doch er hatte so viele Bücher in seiner Tasche, dass er um seinen Rücken fürchtete. Also winkte er sich eine Taxe heran, die gerade von der Thielallee herangerollt kam.

Der Fahrer kurbelte sein Fenster herunter. »Wenn ich Sie wäre, Herr Professor, dann würde ich woanders einsteigen. Vor mir kann ich Sie nur warnen: Ich weiß zu viel über Sie.«

Manfred Matuschewski fuhr zusammen. Erst dann erkannte er den Fahrer: Es war Josef Stegmann, genannt Joe, Inge Bugsins Schwiegersohn. »Du? Seit wann fährt denn der Chef selber? Hast du noch nie was von Karl Marx gehört? Reich wird man nur, wenn man andere für sich arbeiten lässt und den Mehrwert abschöpft.«

»Da ist nichts mehr abzuschöpfen. Der Laden läuft so schlecht, dass ich gestern meinen letzten Fahrer entlassen musste.«

»Na, dann fahr mich mal in die Detmolder Straße, damit du wenigstens 'n bisschen was in der Tasche hast.«

»Denkste! Dir kann ich doch kein Geld abnehmen, du zählst als Leerfahrt.«

Manfred Matuschewski zögerte nun ernsthaft, die Tür des Taxis aufzuziehen. »Ist es dir lieber, wenn ich nicht ...«

»Quatsch, steig ein! Schön, dich auch mal woanders zu treffen als im Krankenhaus.« Inge Bugsin, seine Schwiegermutter, wurde immer von Neuem operiert. Ihr Krebs ließ sich nicht mehr aufhalten.

Sie schwiegen erst einmal, nachdem Manfred eingestiegen und Joe losgefahren war. Er litt mit Inge, seiner alten Weggefährtin. Sie hatten im selben Buddelkasten gespielt, und eigentlich hatte er sie heiraten sollen. Auch Joe Stegmann war in Gedanken bei Inge Bugsin, für ihn mehr große Schwester und Kollegin als Schwiegermutter, und als ihnen in der Ihnestraße ein sehr zerstreut wirkender älterer Herr direkt vor den Wagen lief, kam seine Notbremsung nur mit gehöriger Verzögerung.

»O Gott!«, rief Manfred Matuschewski. »Fast hättest du den Mann totgefahren, der mich zu meinem Referat eingeladen hat: Professor Bernhard Braatz, Deutschlands zweitberühmtester Betriebswirt.«

»Nie gehört«, meinte Joe.

»Was, du kennst den Erfinder der Braatzkartoffel nicht?!«

»Ach, der war das? Meine Hochachtung!« Joe bekannte, leidenschaftlich gerne Bratkartoffeln zu essen, und als alter Berliner wusste er auch um die Neigung der Eingeborenen, nicht nur »Sportsfreund« und »Ratshaus«, sondern auch – leicht selbstironisch – »Bratskartoffel« zu sagen.

Manfred Matuschewski lachte. »Wenn dir die Bratkartoffel so am Herzen liegt, dann mach doch deinen Taxibetrieb zu und ein Restaurant auf, in dem es nur Bratkartoffeln gibt.«

Joe schlug ihm mit der rechten Hand auf den Oberschenkel. »Mensch, det isset! Det mach' ick! Und deine Firma nehm' ick als Berater.«

»Es lebe die Beratkartoffel!«

Manfred Matuschewski hatte diesen kleinen Dialog schon wieder vergessen, als Joe ihn am Abend anrief und ihm sagte, dass auch seine Frau von der Bratkartoffel-Idee total begeistert sei. »Jetzt fehlen uns nur noch die passenden Räumlichkeiten. Und det Kind braucht ooch noch 'n Namen.«

Den suchten sie dann, als Manfred Matuschewski mit Elke, Melina und seiner Mutter am nächsten Wochenende zum Kaffeetrinken nach Kladow fuhr. Joes und Danielas Kinder, zwei wohlgeratene Töchter, waren zwar um einiges älter als Melina, aber dennoch spielten und tobten die drei zusammen und ließen die Eltern wenigstens eine Weile in Ruhe.

Manfred Matuschewski brauchte lange, um sich daran zu gewöhnen, dass Kladow nicht mehr das war, was es jahrzehntelang gewesen war: keine Irma, kein Max und keine Inge Bugsin mehr. Irma Bugsin und Manfreds Mutter waren gemeinsam zur Schule gegangen, und seit fast neunzig Jahren hingen die beiden Familien eng zusammen. Erst war Irma Bugsin gestorben, dann Max, und nach dessen Tod waren Joe und seine Familie nach Kladow ins Haus gezogen. Als Inge Rentnerin geworden war, hatte sie sich das Dachgeschoss ausbauen lassen. Gerade war sie eingezogen, da hatte ihr Krebs sie doch noch besiegt. Manfred Matuschewski sah sie alle so deutlich vor sich wie in einem Drei-D-Film. Nur wenn er sie berühren wollte, lösten sie sich auf. Inge trank ihr Frischbier, Tante Irma zog an ihrer Zigarette, Max nahm seinen Dackel auf den Arm und streichelte ihn.

Seine Mutter musste Ähnliches vor Augen haben, denn ohne äußeren Anlass sagte sie: »Ich hatte immer einen guten Mann, meinen Otto. Wie oft haben wir hier gesessen und mit Irma, Max und Inge Karten gespielt!«

»Heute ist aber die Kartoffel unser Thema«, sagte Daniela, die Sentimentalitäten nicht sonderlich mochte. »Joe kann eventuell zwei S-Bahnbögen mieten, zwischen Bellevue und Tiergarten.«

»Dann nennt das Ganze doch *Bratkartoffel-Basilika*«, schlug Manfred Matuschewski vor. »Da ist doch viel Backstein drin.«

»Lieber *Bratkartoffel-Bunker*«, sagte Elke. »Wenn oben ein Zug vorüberdonnert, denken alle, das ist 'n Bombenangriff.«

»Weißt du noch, Manfred, wie wir zusammen im Luftschutzkeller gesessen haben?«, fragte Margot Matuschewski. »Hab' ich dir heute schon Geld gegeben?«

»Nein, Mutti, aber zurück zur Kartoffel. Wie wär's denn mit Englisch: *Fried Potatoes*.«

»Ich heiße zwar nicht Fried Stegmann, sondern Joe und bin halber Amerikaner, aber die Bratkartoffeln ist nun mal was Deutsches.«

»Dann musst du es *Bratkartoffel-Baude* nennen«, sagte Daniela.

»Nein, das klingt zu bieder und nicht nach Berlin.« Manfred Matuschewski hatte seine FORMAT-Mitarbeiter befragt, und die hatten gemeint, alles müsse auf den Inhaber zugeschnitten sein. »Joe, du mit deiner Sumoringer-Statur musst selber die Kartoffeln braten und servieren, du musst der Star sein. Der *Bratkartoffel-Buddha*. Besser aber noch, du singst dazu – dann nennen wir das Ganze *Zum Bratkartoffel-Bajazzo*.«

»Oder Daniela tanzt – dann haben wir *Zur Bratkartoffel-Ballerina*.«

So ging es noch den ganzen Nachmittag hin und her, und auf Danielas Zettel standen außer den genannten Vorschlägen noch: *Bratkartoffel-Baron*, *Bratkartoffel-Bahnhof*, *Bratkartoffel-Bar*, *Bratkartoffel-Bastion*, *Bratkartoffel-Box*, *Bratkartoffel-Boudoir* und *Bratkartoffel-Kathedrale*.

Melina kam ins Wohnzimmer gestürzt. »Mama, Papa, es brennt! Das ganze Haus brennt ab!«

Und richtig: Als Daniela die Tür der Durchreiche aufschob, drang dichter schwarzer Qualm aus der Küche. Joe hatte sie alle mit einer Portion Bratkartoffeln überraschen wollen und dies während ihres Brainstormings total vergessen.

Manfred Matuschewski hatte in der Schule kein Französisch gehabt, und so kam es, dass er bei zwei seiner Lieblingsbegriffe immer ins Schleudern geriet: *Quantité négligeable* konnte er nicht richtig aussprechen und *Déjà-vu* nicht richtig schreiben. Sein 65. Geburtstag rückte näher, und es wurde andauernd diskutiert, ob er ihn groß feiern sollte oder nicht. Anfangs war er immer dagegen. »Wer beim vierzigsten, fünfzigsten und sechzigsten Geburtstag dabei war, der stöhnt sowieso nur über das *Déjà-vu*-Erlebnis – und das viele schöne Geld ist dann zum Fenster rausgeworfen.«

»Dann lass dir mal was Neues einfallen«, sagte Elke.

»Ja, ich begehe Selbstmord, wenn alle dabei sind, schneide mir die Pulsadern auf, halte die Hände ins warme Wasser und dämmere langsam ins Jenseits hinüber, während wir uns über das Für und Wider des Irakkriegs unterhalten.«

»So neu ist das nun auch wieder nicht.« Elke, die gern und oft ins Kino ging, verwies auf einen Film, in dem sich Petronius auf diese Art und Weise von seinen Freunden verabschiedet hatte. »Im alten Rom damals. Ich glaube, auf Neros Weisung.«

»Wir haben aber keinen Kaiser mehr, und ob der Bundeskanzler so etwas in meinem Falle darf, glaube ich nicht. Ich stehe ja nicht als Arbeitsloser in den Statistiken.«

»Sei doch mal ernst!«, mahnte ihn die Gefährtin seines Lebens.

»Gut, zu einem ernsten Thema: Ich kann nachts nicht mehr schlafen, seit ich gelesen habe, dass die Erde in fünf Milliarden Jahren im Feuersturm der Sonne verglühen wird. Da habe ich nun das Haus in Frohnau gekauft, damit die nächsten Generationen einen Fixpunkt haben – und nun soll das alles umsonst gewesen sein. Und wer ist schuld daran? Die SPD. Ich sollte wirklich bald mal austreten.«

Außer dem schönen Reim »Das Leben rächt sich, ich werde 65« fiel ihm auch in den nächsten Tagen zu seinem Geburtstag nichts ein, was ihm zu einer neuen Erkenntnis verholfen hätte. Bis er mit seinem Bremer Freund Hans-Ulrich Muldenstein nach Tamsel / Dabroszyn fuhr, weil der endlich einmal das Schloss sehen wollte, in dem die Ahnen der Matuschewskis gelebt und gewirkt hatten. Auf der Rückfahrt blieb ihr Triebwagen auf dem Bahnhof Seelow-Gusow stecken. Irgendeine Betriebsstörung. Die Deutsche Bahn AG hatte ein ausgeklügeltes Konzept, um ihre treuen Kunden zu erfreuen.

»Vielleicht sollten wir aussteigen und zu Fuß nach Eisenhüttenstadt laufen«, sagte Manfred Matuschewski. »Da wohnen Verwandte von mir, und ich kann gleich mal gratulieren.« Horst Ziegelmann hatte im Oktober Geburtstag, und mit ihm war Manfred Matuschewski über drei Ecken verwandt. Manfreds Vater hatte seine ersten Lebensjahre auf dem Oderkahn seiner Tante Emma verbracht, der Schwester seiner Mutter, und Horst Ziegelmann war Tante Emmas Enkel. Er war Elektroinstallateur und hatte im alten Stadtteil Fürstenberg ein Elektrogeschäft eröffnet. Manfred Matuschewski kannte die Werbung: »Bei Ziegelmanns geht's Lichtl an.«

»Hört sich gut an«, sagte Hans-Ulrich Muldenstein. »Wenn es auch mehr nach Bayern oder Österreich klingt als nach dem Landkreis Oder-Spree. Meinetwegen. Wie viele Kilometer sind es denn?«

Manfred Matuschewski hatte die Karte der Gegend durch die vielen Wanderungen so einigermaßen im Kopf. »Ich schätze mal so zwischen vierzig und fünfzig.«

»Dann lass uns doch lieber etwas suchen, das ein Stückchen näher liegt.«

»Da wäre ...« Manfred Matuschewski überlegte einen Augenblick lang. »Das Schloss Gusow.«

»Nie davon gehört. Aber das schließt ja nicht aus, dass es wirklich existent ist. Und es ist ja gut, dass meine Unkenntnis kein entscheidendes Kriterium für das Sein ist, denn wäre es so, dann hätten wir eine ziemlich entvölkerte und nur mit wenig Städten, Bergen und Flüssen bestückte Erde.« Hans-Ulrich Muldenstein liebte es, sich *very sophisticated* zu geben, und seit er an der Bremer Uni in »leitender Stellung« tätig war, wie Manfreds Mutter immer sagte, war sein Spaß daran noch größer geworden.

Manfred Matuschewski konnte ihm nicht immer folgen, und in diesem Augenblick schon gar nicht, denn gerade kam aus dem Lautsprecher die Nachricht, dass der nächste planmäßige

Zug nach Berlin erst um 17.34 Uhr abgehen werde. Sie hatten also rund zwei Stunden Zeit und machten sich auf den Weg ins Dorf, um nach dem Schloss zu suchen. »Um die preußische Landbevölkerung nicht abschlaffen zu lassen«, erklärte Manfred dem Freund, »hat man beim Bau der ersten Eisenbahnen streng darauf geachtet, die Bahnhöfe weit ab der Dorf- und Stadtkerne zu errichten. Und es ist falsch, wenn die Historiker heute behaupten, die gerade Linie von A nach B sei das entscheidende Kriterium gewesen, von den hohen Grundstückspreisen in den Stadtkernen gar nicht zu reden.«

Lieblich schlängelte sich die Chaussee durch Wiesen und Felder, und das Schloss lag so versteckt im alten Wendendorf, dass sie es ohne den einen oder anderen Wegweiser nur schwerlich gefunden hätten.

Muldenstein erkannte sofort, wie der himbeerfarbene Bau mit seinen Türmchen und reichverzierten Giebeln einzuordnen war. »Neugotisch.«

»*Vor dem Sturm!*«, rief Manfred Matuschewski.

Muldenstein sah ihn sinnend an. Sonst wurde ihm immer vorgeworfen, kryptisch zu sein, nun hatte er aber an dem zu knabbern, was Manfred Matuschewski ihm hingeworfen hatte. Was meinte er? Hatte irgendwann ein Orkan das Schloss zerstört – und war es hinterher ganz anders aufgebaut worden? Oder bezog sich seine Bemerkung auf den Ansturm der Roten Armee – hatten doch 1945 nahebei, auf den Seelower Höhen, schreckliche Gefechte stattgefunden? »Vor dem Sturm, nach dem Sturm ...?«

Manfred Matuschewski ließ ihn eine Weile zappeln, dann erst schickte er eine Erklärung hinterher. »*Vor dem Sturm* war Fontanes erster Roman, erschienen 1878. Er spielt größtenteils hier gleich nebenan am Rande des Oderbruchs, und zwar in Hohen-Vietz. Preußen ist von den Franzosen besetzt, und Napoleons Soldaten kehren geschlagen aus Russland zurück. Bernd von Vitzewitz hält die Zeit für gekommen, sich gegen die Besatzer zu erheben, und sammelt Gleichgesinnte um sich. Dabei kommt er natürlich auch hierher nach Gusow, wo einst einer der großen preußischen Helden zu Hause war: der alte Derfflinger, der Sieger der Schlacht bei Fehrbellin 1675.«

Hans-Ulrich Muldenstein sah, wie Manfred Matuschewskis Augen leuchteten, während er dies vortrug, dann sagte er nur ganz lakonisch: »Gratuliere.«

Wiederum hatte Manfred Matuschewski Mühe, dies zu deuten. Bezog sich das auf seine Fontane-Kenntnisse, oder war es ein nachträglicher Glückwunsch an ihn, der doch immer wieder einmal damit kokettierte, recht eigentlich ein Preuße zu sein? Es war schwer zu entscheiden, und als er den Freund schließlich fragte, lachte der nur. Nein, es gäbe da noch eine dritte Möglichkeit, und die Lösung läge genau in dem einen Wort, das er ausgesprochen hatte.

»Gratuliere«, wiederholte Manfred Matuschewski. »Wozu willst du mir sonst gratulieren?«

»Zum 65. Geburtstag beispielsweise.«

»Der ist doch erst in einem knappen halben Jahr.«

»Eben. Oder wie der Berliner sagt: Ebent. Besser wäre aber Event.«

Manfred Matuschewski sah hilflos zu den Türmchen des Gusower Schlosses hinauf. »Ich verstehe noch immer nichts.«

»Mensch, du solltest deinen 65. Geburtstag hier feiern – da passt doch alles!«

Manfred Matuschewski erkannte sofort, dass es so war, und umarmte den Freund. »Ich wusste doch, dass die Erleuchtung aus dem Norden kommt. Aber kein Wunder: Die Finnen sind laut PISA ganz vorn – und ihr Bremer seid denen doch viel näher als wir Berliner.«

Jedenfalls war er von Muldensteins Idee hellauf begeistert und schloss mit dem Schlossherrn auch gleich eine Art Vertrag, doch als er am Abend Elke alles vortrug, guckte sie wie immer, wenn im Amt ein Antrag abschlägig zu bescheiden war. »Wie sollen deine Gäste denn alle nach Gusow kommen?«

»Na, mit dem Auto oder dem Zug.«

»Die werden sich ganz schön bedanken – im Winter bei Eis und Schnee ins Oderbruch.«

Manfred Matuschewski sah ein, dass er dieses Problem nicht bedacht hatte, brauchte aber diesmal nicht so lange wie beim Dialog mit Muldenstein, um des Rätsels Lösung zu finden. »Wir fahren alle mit dem Bus.«

Elke war wegen der zu erwartenden Kosten ziemlich entsetzt. »Willst du etwa einen mieten?«

»Nein, ich lasse alle, die kommen wollen, hier an der Ecke Blisse- und Detmolder Straße in einen 101er steigen und zwinge den BVG-Fahrer mit vorgehaltener Pistole, uns nach Gusow zu bringen. Das kostet keinen Cent.«

Am nächsten Tag begann er, mit allen möglichen und unmöglichen Busunternehmen zu telefonieren und um Kostenvoranschläge zu bitten. Die kamen dann auch, und das, was die kleine unbekannte Firma S.U.S. für den Hin- und Rücktransport von etwa vierzig Gästen verlangte, schien ihm noch bezahlbar, schließlich wurde man nur einmal 65. Er wollte schon anrufen und mit den Leuten die Einzelheiten besprechen, da wurde er von Elke gestoppt. S.U.S. stand für schnell und sicher, aber sie hatte vor Jahren einmal gelesen, dass ein S.U.S.-Bus auf einer italienischen Autobahn verunglückt war, und weigerte sich kategorisch, in ein Fahrzeug dieser Firma zu steigen.

Manfred Matuschewski sann auf Abhilfe. »Ich spreche mal mit dem Verteidigungsministerium. Die Bundeswehr baut uns bestimmt einen Schleudersitz aus einem alten Tornado aus und in einen S.U.S.-Bus ein, und wenn der dann gegen einen Baum fährt, wirst du nach oben katapultiert und kommst mit dem Fallschirm wieder runter. Dumm ist nur, wenn wir eine Böschung runterfallen und auf dem Dach landen.«

Sie hatte keinen Sinn für diese Art von Humor. »Ich fahre nicht nachts mit einem Schrottbus über vereiste brandenburgische Landstraßen. Meinetwegen im Hellen hin und im Hellen wieder zurück, aber nicht in der Dunkelheit.«

»Dann musst du halt im Schloss übernachten«, war seine Schlussfolgerung.

Sie blieb ganz cool. »Gut, übernachten wir eben im Schloss.«

»Dann will meine Mutter auch, und wenn die darf, kommen

deine Eltern dazu – und alle, die Kinder haben oder irgendeine Phobie. Sechzehn Doppelzimmer haben sie in Gusow. Aber das wird doch keiner selber bezahlen wollen, da denken doch alle, dass die Übernachtung mit zur Einladung gehört. Das sind ja Unsummen, was das kostet. So viel Geld bekomme ich heutzutage nicht mal mit einem Bankraub zusammen. Nee, du, nicht mit mir. Ich will nicht zehn Jahre lang Kredite abzahlen.«

Das war ein Argument, das Wirkung zeigte, und Elke ließ sich schließlich erweichen, auch ohne Übernachtung mit nach Gusow zu fahren, nachdem Manfred einen Bus bei einer großen und entsprechend teuren Firma geordert hatte.

Jetzt blieb noch eine Frage offen. »Hast du denn, als du mit Muldenstein da warst, mit dem Schlossherrn schon über das Büfett gesprochen? Man muss doch festlegen, was es zum Kaffee und zum Abendbrot gibt.«

»Sollen sich doch alle selber was zu essen und zu trinken mitbringen und dafür auf Geschenke verzichten«, lautete sein Vorschlag.

»Wie alt bist du eigentlich?«

»Gut, wir setzen uns nächsten Sonntag in die regionale Bahn, fahren nach Gusow und bereden mit den Leuten alles.«

Das taten sie dann auch, und es war ein sehr erfreuliches Gespräch mit dem Koch und der Gattin des Schlossherrn, die gleichzeitig auch als Managerin fungierte. Allerdings fiel Manfred Matuschewski wieder einmal aus der Rolle des umfassend gebildeten deutschen Professors. In bürgerlichen Kreisen gab es dieses Bild durchaus noch, und die böse These vom »Fachidioten« war noch nicht überall verifiziert.

»Haben Sie sich schon einmal Gedanken über den Rechaud gemacht?«, wurde er gefragt.

»Nein«, bekannte Manfred Matuschewski. Da hier alles auf das alte Preußen ausgerichtet war, vermutete er, dass Rechaud einer der Freunde war, mit denen sich Friedrich der Große umgeben hatte. Voltaire, Lucchesini, Pesne, der Marquis d'Argens, Rechaud … »Bis zum Geburtstag werde ich aber noch was von ihm lesen.«

Er wurde dahingehend aufgeklärt, dass der oder das Rechaud jener Behälter aus Edelstahl war, in dem Speisen wie gedünstetes Lachsfilet auf Blattspinat oder Kartoffelgratin nach Art des Hauses warm gehalten wurden. Ansonsten fiel Manfred nur unangenehm auf, als er beim Durchgehen der Vorschläge, die der Koch aufgeschrieben hatte, trotz Brille nicht gleich auf Anhieb alles verstand.

»Was ist denn das, die elenden Schweine? Und die garantierten Eierhälften?« Es ging um eine Schweinelende und um garnierte Eierhälften. Hätte er nicht von Elke einen gehörigen Tritt vors Schienenbein bekommen, wäre ihm auch noch entfahren, dass es eine tolle Idee sei, seine Geburtstagsgäste so richtig sinnenfroh nackt und mit garnierten Eiern zu empfangen.

Sie verabschiedeten trotz Manfreds mangelnder sittlicher Reife das Abendbüfett, lobten das Essen, das man ihnen zur Probe serviert hatte, und liefen zum Bahnhof zurück.

Die nächste Auseinandersetzung gab es, als er Elke seine Gästeliste vorlegte.

»Das sind ja 44«, sagte sie.

»Ja, sicher.« Er hatte auf der Symbolleiste seines Computerprogramms nach vielen Jahren endlich den Button gefunden, der dafür sorgte, dass automatisch gezählt wurde. »Und wo ist das Problem?«

»Das Problem ist, dass wir im Bus nur 43 Plätze haben.«

»Dann nimmst du Melina auf den Schoß.«

Sie bedankte sich. »Nicht anderthalb Stunden lang.«

»Dann betäuben wir einen und legen ihn in den Kofferraum. Aber wen?«

»Na, dich.«

»Ich bin doch das Geburtstagskind.« Er ging die Gästeliste durch. »Wen können wir wieder streichen?«

Elke reagierte sauer. »Nicht jemanden von meiner Seite, da hast du schon genug Schaden angerichtet, weil du nicht alle eingeladen hast.«

»Da hätte ich ja einen Sonderzug mieten müssen und keinen Bus.« Er kam ihr mit der Aufstellung all seiner eigenen Verwandten, Freunde und Bekannten, die er schon aussortiert hatte. »Sonst wäre ich leicht auf 150 gekommen.«

»Die können ja alle kommen, wenn du siebzig wirst.«

»Oder zu meiner Beerdigung.«

Als wäre damit das Stichwort gegeben worden ... Das Problem löste sich auf tragische Weise, denn am 27. Dezember 2002 starb Inge Bugsin. Es traf Manfred sehr, und lange überlegte er mit Elke, ob sie alles absagen sollten, doch dann hieß es, dies wäre nicht im Sinne Inges, lebensfroh, wie sie gewesen war. »Also verdrängen wir es ...«

Am 10. Januar 2003 wurde Inge auf dem Spandauer Friedhof In den Kisseln bei zweistelligen Minusgraden beigesetzt, am 12. Januar hätten Manfreds Schmöckwitzer Oma und am 24. Januar sein Vater Geburtstag gehabt. Immer größer wurde die Zahl derer, die sein Leben ausmachten und nun auf dem Friedhof lagen. Mit jedem war auch ein Stück von ihm gestorben.

Es war schwer, sich auf den Geburtstag zu freuen. Manfred versuchte es, indem er zur Theaterkunst in der Eisenzahnstraße fuhr, um sich die Uniform eines preußischen Offiziers auszuleihen. Einmal wollte er so aussehen wie seine Urahnen Johann und Erdmann ...

Melina bemalte inzwischen die selbstgefertigten Tischkarten mit ihren knallbunten Filzern. Blümchen, Tiere, Sonnen, Sterne, Herzchen und Girlanden überwogen. Mit Papa, Mama, Melina, Joscha, Larissa, Oma Margot und Tante Gerda begann sie. Die 43. Karte nahm sie am Abend vor dem Geburtstag in Angriff.

Als dann am Morgen des 1. Februar die beiden breiten weißen Kerzen mit den goldenen Ziffern 6 und 5 auf seinem Geburtstagstisch standen, konnte Manfred nicht fassen, dass diese ihn meinten. Es war absurdes Theater, was sollte das alles? Er weigerte sich, die 65 wahrzunehmen. Höchstens 35 war er. 65 war sein Vater. Doch es half ihm alles nichts: Das Ritual nahm seinen Lauf.

Auf den Einladungen, die er verschickt hatte, waren zwei Möglichkeiten angegeben, in den Gusow-Bus zu steigen: Fehrbelliner Platz und Alexanderplatz. Mit dem eigenen Auto anzureisen, war allen bei Strafe des Liebesentzugs verboten worden. Er, seine beiden Lieben und seine Mutter wurden direkt von zu Hause abgeholt. Als er dann am Fehrbelliner Platz in seiner preußischen Uniform aus dem Bus stieg, um den ersten Schwung der Gäste zu begrüßen, gab es ein großes Hallo. Nacheinander umarmte er nun Joe und Daniela aus Kladow und ihre beiden Töchter, Rita, Frauke und Jochen Kalkbrenner, Ariane und Dieter Riese, Jutta und Detlef Fasold, seinen Cousin Curt mit Melusine, seine Freunde Dirk Kollmannsperger, Moshe Bleibaum und Heiner Dietrich, die solo erschienen waren, Gerhard Bugsin mit Annegret, Hans-Ulrich Muldenstein mit Frau und das befreundete finnische Ehepaar aus der Detmolder Straße.

Am Alexanderplatz wiederholte sich die Prozedur, diesmal mit anderen Akteuren: seinen Kindern Joscha und Larissa, Tante Gerda aus Schmöckwitz, Anuschka und Jürgen aus Marzahn, Maik und Yasmina mit ihren beiden Töchtern, zwei FORMAT-Mitarbeitern und Elkes Familie, als da waren ihre Eltern und ihre Schwester mit Mann und Tochter.

Als Letzter kam Horst Hastenteufel in einer Taxe angefahren, stieg mühsam aus und kam herbeigehumpelt. Nachdem er Manfred Matuschewski gratuliert hatte, erzählte er von seinem Missgeschick. Beim Hantieren mit einer elektrischen Säge war er abgerutscht und hatte sich einen bösen Schnitt in den linken Oberschenkel zugefügt. »Und ganz dicht am Schniedelwutz vorbei. Fast wäre er ab gewesen. Ein kleiner Ratscher … Pinkeln kann ich zwar, ihn in nächster Zeit aber nicht anderweitig einsetzen.«

»Es ist schon blöd, wenn einem der Schrecken so ins Glied fährt«, kommentierte Dirk Kollmannsperger den Unglücksfall.

Die Fahrt durch den schneebedeckten Barnim ins Oderland war höchst vergnüglich, und da die Straßen durchweg gut geräumt waren, brauchte Elke nicht zu zittern. Die letzte Angst nahm ihr Joe, der in den USA schon Trucks gesteuert hatte und einen Führerschein für Busse besaß. »Wenn unser *driver* hier ausfällt, dann kann ich jederzeit einspringen und euch sicher ans Ziel bringen.«

Aber der Mann fiel nicht aus, und pünktlich saßen sie im neugotischen Gartensaal am Kaffeetisch. Als alle dabei waren, das letzte Stück Kuchen auf ihre Gabel zu spießen, trat der Schlossherr ein, um sie mit einem fachkundigen Vortrag über die Geschichte des Schlosses zu erfreuen.

»Mein fünf Minuten langes kleines Geschenk an Herrn Prof. Dr. Matuschewski, dem ich noch einmal sehr herzlich gratulieren darf. Auch Sie, meine sehr verehrten Damen und Herren, darf ich beglückwünschen, denn Sie haben das Glück und das Vergnügen, an einem Orte zu verweilen, an dem preußische Geschichte geschrieben worden ist – und zwar vom Freiherrn Georg von Derfflinger. Als ›geringer Leute‹ Kind wird er 1606 im österreichischen Neuhofen geboren, stößt als junger Mann zur schwedischen Armee und dient sich hoch zum Generalmajor. Sie erinnern sich: 1618 beginnt der sogenannte Dreißigjährige Krieg, und die Schweden kommen nach Deutschland. 1648, als alles vorbei ist, heiratet Derfflinger in der Berliner Marienkirche die älteste Tochter eines Kriegskameraden, Margaretha Tugendreich von Schapelow, und erwirbt die Rittergüter der Familie Schapelow, unter anderem auch Gusow. Hierher zieht er sich zurück und bringt alles wieder auf Vordermann. Der große Reiterführer und die eigentliche historische Figur wird Derfflinger aber erst im Dienste des Großen Kurfürsten, dem er auch 1675 die legendäre Schlacht bei Fehrbellin gewinnen hilft. 1695 stirbt der alte Derfflinger, wie er nun überall genannt wird, und sein Sohn und Erbe Friedrich baut das väterliche Anwesen zu dem Schloss aus, in dem Sie heute zu Gast sein dürfen. Schade, dass sie nicht auch noch bei uns übernachten wollen. Aber weiter im Text. Nach Friedrichs Tod ging Gusow in den Besitz derer von Marwitz über – und über die lohnt ein kleiner Exkurs …«

Manfred Matuschewski bemerkte mit wachsendem Unbehagen, dass einige seiner Gäste an den Details der brandenburgischen Geschichte kein sonderlich großes Interesse hatten, und als Jochen Kalkbrenner ihm noch zuflüsterte, er würde den Schlossherrn kennen und dessen kleine Vorträge dauerten mitunter schon einmal eine Stunde und mehr, fürchtete er um den Erfolg seines Gusower Geburtstages. Doch seine Bemühungen, den Vortragenden zu stoppen, waren vergeblich, er ignorierte das Klopfen auf die hochgehaltene Armbanduhr ebenso wie ein lautes »Danke, das wäre es dann …«. Manfred Matuschewski sank auf seinen Stuhl zurück.

»… durch weitere Vererbung kam Gusow 1804 schließlich an Maria Clementine von Schön-Waldenburg, deren Ehemann …«

»Ah, die Clementine aus der Waschmittelwerbung!«, rief Horst Hastenteufel, der hoffte, den Schlossherrn zum Verstummen zu bringen, indem er das, was der sagte, gehörig veralberte.

»… deren Ehemann Graf Heinrich von Schönburg-Glauchau 1847 den Wriezener Landbaumeister Ferdinand Neubart mit der Sanierung und dem Umbau des Schlosses beauftragte.«

»Und in welchem Zimmer ist denn nun Friedrich der Große gestorben?«, fragte Horst Hastenteufel, der von seiner Zermürbungstaktik nicht lassen wollte.

»Setzen: Fünf!«, rief der Schlossherr. »Friedrich II. von Preußen ist bereits 1786 verstorben – und auch nicht hier, sondern in Sanssouci. Aber wenn Sie sich für den König so sehr interessieren, dann kann ich Ihnen auch gleich einmal erzählen, was ich kürzlich bei Johann Georg Zimmermann gelesen habe. Er war einer der größten Ärzte seiner Zeit und hatte 1771 eine längere Unterredung mit Friedrich. Zimmermann zufolge hat sich der König kurz vor seiner Vermählung eine venerische Krankheit zugezogen, einen venerischen Samenfluss. Der Markgraf von Schwedt empfiehlt ihm seinen Leibarzt, den Doktor von Malchow, und der beseitigt das Übel in wenigen Tagen. Friedrich kann nun die Ehe vollziehen und ist Zimmermann zufolge alles andere als homosexuell. Der Doktor von Malchow ist allerdings ein Quacksalber, und ein halbes Jahr später leidet Friedrich stark an einer ganz bestimmten Unpässlichkeit, das heißt, sein Penis ist nah an dem, was man damals den ›kalten Brand‹ nannte, einer Art Krebs also. Nichts anderes mehr als ein grausamer kleiner Schnitt kann Friedrich noch das Leben retten – und der wird tatsächlich vorgenommen. Friedrich ist hinterher in der Tat ein wenig verstümmelt, hält sich aber – und das ist das Tragische daran – für kastriert.«

Bei diesen Worten stürzte Horst Hastenteufel aus dem Saal, und Jochen Kalkbrenner nutzte die Chance, den Schlossherrn abzudrängen und mit seiner Frau ein Gedicht vorzutragen, das Manfred Matuschewskis Macke auf die Schippe nahm, alles mit Klebeband zu reparieren. Bei einem der Verse kam ganz besonderer Jubel auf: »Dass jedes seiner Kind lebt, / Zeigt, dass er nicht immer alles abgeklebt.«

»Und der Doktor von Malchow war bei ihm auch nicht am Werke!«, rief Jürgen.

Nach weiteren ebenso launigen wie geistvollen Redebeiträgen erreichte das Niveau solche Höhen, dass Manfred Matuschewski als Neuköllner Hinterhofkind fast schwindlig wurde: Es wurde musiziert, und zwar, wie es dem Geist des Haus entsprach, sehr klassisch. Nun gut, sein adliger Urahn Erdmann von Bosetzki hatte als Flötenspieler eine gute Figur gemacht, sein Vater hatte ausgezeichnet den Geigenbogen geführt und seine Mutter auf dem Klavier die Petersburger Schlittenfahrt spielen können, aber dennoch wollte ihm bei diesem Thema zuerst immer Wilhelm Busch einfallen: »Musik wird oft nicht schön gefunden, / Weil sie stets mit Geräusch verbunden.« Als sie ihm nun mit Klassik kamen, so wie es sich für einen gebildeten Menschen der höheren Stände gehörte, hätte er am liebsten ausgerufen: »Majestät überschätzen mir!«, konnte aber nicht anders, als entzückt zu sein. Zuerst sangen die finnischen Freunde, beide ausgebildet im Operngesang. Sie trug zwei Arien vor, er erfreute das Publikum mit dem finnischen Tango, der in Berlin langsam Kultstatus gewann. Dann spielte das Ensemble Polonaise Berlin unter der Leitung von Prof. Jürgen Rasinski Musik, wie man sie im 18. Jahrhundert am preußischen Hof geschätzt hatte, Werke von Frantisek Benda,

Georg Philipp Telemann, Carl Philipp Emanuel Bach, Johann Joachim Quantz und Friedrich II. selbst. Das fand sogar Manfred Matuschewski herrlich, und er fühlte sich in die Zeit des Alten Fritz zurückversetzt. »Hiermit ernenne ich Ihn, Manfred von Matuschewski, zu meinem Minister für die Wissenschaft und die Schönen Künste.«

Den meisten Beifall konnten aber bei diesem ganz speziellen Schlosskonzert nicht die Profis einheimsen – den bekam seine Tochter Melina, als sie mutig vortrat und auf ihrer Plastikflöte »Alle meine Entchen« spielte.

Nach so viel Kultur waren alle hungrig genug, um die Eröffnung des Büfetts mit Jubel zu begrüßen. Im Kessel köchelte die Brokkolicremesuppe, und in den Rechauds dampften gedünstetes Lachsfilet auf Blattspinat, die Schweinelende mit Käsecremesoße und für die Vegetarier die Gemüse-Reispfanne und das Kartoffelgratin. Daneben standen große Schüsseln mit Kartoffel-, Geflügel-, Nudel- und Blattsalaten und riesige Platten, auf denen Tomaten mit Mozzarella und Basilikum, geräucherter Fisch vom Altfriedländer Fischer, gebratene Hähnchenkeulen, Käsevariationen, diverse Schinkensorten und auch die von Manfred Matuschewski so geschätzten garnierten Eierhälften ausgebreitet waren. Natürlich durften auch die geliebten Bratkartoffeln nicht fehlen. Was den Nachtisch betraf, so konnte zwischen Obst, Brandenburger Roter Grütze mit Vanillesoße und Mousse Vanille gewählt werden.

Da Manfred Matuschewski als Gastgeber den anderen den Vortritt ließ, konnte er einiges beobachten, was ihm soziologisch höchst interessant erschien. Es ließ sich nachher in einer These zusammenfassen: Je mehr einer zu Hause für sein Essen ausgab und als Gourmet gelten konnte, der auch gern gehoben auswärts speist, desto zufriedener war er mit dem Büfett in Gusow. Am meisten meckerten die, die ihre Nahrungsmittel vorwiegend von Aldi und Lidl bezogen.

Nach dem Essen begann der gemütliche Teil des Abends, es wurde geplaudert und getanzt. Die Kinder tobten durch das Schloss, und der Hausherr bangte um seine Möbel und Sammlungen. Biertrinker gab es auch, aber die meisten orderten Weiß- und Rotwein und Sekt. Am allermeisten trank Horst Hastenteufel. »Ich muss über meinen Schock hinwegkommen.«

Manfred Matuschewski hatte Mühe, von einer Gruppe zur anderen zu ziehen und jedem Gast in etwa das gleiche Quantum an Aufmerksamkeit zukommen zu lassen.

Am oberen Ende des Tisches, also gleich neben seinem Ehrenplatz, hatten sich seine Mutter, Tante Gerda, Anuschka, Jürgen, Maik, Yasmina, Curt und Melusine versammelt. Wie er hörte, ging es um Krankheiten.

»Ich habe neuerdings ständig Schmerzen«, klagte Tante Gerda. »Auf der Straße falle ich hin – und dann bringen sie mich ins Krankenhaus. Da kannst du gar nicht mitreden, Margot, du mit deiner Bindehautentzündung.«

»Weil ich immer solide gelebt habe, Gerda, nie geraucht habe.«

»Ich habe schon so viele Operationen hinter mir!«

»Meinst du, ich bin nie operiert worden?«

Manfred Matuschewski versuchte, der Diskussion die Schärfe zu nehmen. »Na, am meisten mit Operationen hat noch Yasmina zu tun.«

»Weil sie mir die Galle rausgenommen haben?«

»Nein, als Lehrerin: Jeden Tag lässt du Rechenoperationen durchführen.«

»Lenk nicht ab, lass dir auch die Galle rausnehmen«, sagte Jürgen.

»Ach, Jürgi«, hauchte Manfred Matuschewski in schönster Transvestitenmanier. »Du möchtest ja nur meine Narbe sehen …«

»Es gibt Wunden, die nie vernarben«, sagte Curt. »Vor fünfzig Jahren hat mir Manfred in Schmöckwitz ein Buch aus der Hand gerissen, *Die Leiche im schwarzen Koffer*. Ich hatte es zuerst entdeckt.«

»Mich hat er als Kind auch immer geärgert«, sagte Anuschka. »Und meine Puppe oben auf die Laube gesetzt, wo ich nicht drangekommen bin.«

»Das hast du mit meiner Mutter gemacht?«, rief Maik. »Da muss ich dich zum Duell fordern.«

»Poolbillard haben sie hier in Gusow nicht, sonst gern.«

Margot Matuschewski sah immer wieder zu Curts Frau hinüber. »Du hast dich aber gar nicht verändert, Anett.«

»Doch, Tante Margot, denn Anett, das war Curts erste Frau, und ich bin die Melusine.«

»Entschuldige, aber werdet ihr erst einmal so alt wie ich!«

»Siehst du, Margot!«, rief da ihre Schwester. »Bei mir funktionieren das Herz und die Beine nicht mehr, aber im Koppe bin ich noch immer oho.«

»Solange sich die Leute noch streiten, ist das Leben nicht aus«, sagte Manfred Matuschewski und machte sich auf zur nächsten Gruppe.

Bei den Kladowern war es, als Max und Inge Bugsin noch gelebt hatten, immer am lautesten zugegangen, heute aber waren sie eine Insel des bedrückten Schweigens. Zudem herrschte zwischen Joe, Daniela und Rita auf der einen sowie Gerhard und Annegret auf der anderen Seite Kalter Krieg. Es waren zu viele alte Rechnungen noch nicht beglichen.

»Überall sehe ich Inge«, sagte Manfred Matuschewski, als er sich zu ihnen gesetzt hatte.

Joe hob sein Glas. »Dabei kannst du noch froh sein, dass du sie damals nicht geheiratet hast, da wäre die Sache noch viel schlimmer.«

»Sie hat *mich* nicht geheiratet«, korrigierte Manfred Matuschewski ihn. »Hätte sie mich damals an die Hand genommen, dann ...«

»Einmal hat Inge uns mächtig geärgert«, sagte Gerhard Bugsin. »Da haben wir draußen in Karolinenhof Karten gespielt – und morgens um vier wollte sie nicht mehr und ist einfach schlafen gegangen.«

Rita sah Manfred Matuschewski an. »Ich weiß, wie du noch richtig berühmt werden kannst ...«

»Indem ich mit meinen 65 Jahren bei Hertha Stürmer werde und in einer Saison dreißig Tore schieße?«

»Nein, du musst eine eigene Sendung im Fernsehen haben: Vorwärts mit FORMAT.«

»Rita will ja bloß Assistentin werden bei dir«, sagte Joe.

»Fahren wir denn im nächsten Sommer endlich nach Dramburg?«, fragte Daniela. »Ich will doch mal sehen, wo Großvati mit dem Kopf nach unten an der Brücke gehangen hat, ohne schwimmen zu können.«

»Max und ich waren Cousin und Cousine«, erklärte Rita.

»Das hat Manfred schon verstanden«, sagte Joe. »Was er nicht verstanden hat, ist etwas anderes: wie du gleichzeitig auch die Cousine seiner Frau sein konntest.«

»Ich erkläre euch das mal …«

»Nein!«, schrie Daniela. »Das ist Psychofolter.«

Manfred Matuschewski freute sich, die Kladower ein wenig aus ihrer Tristesse herausgerissen zu haben. Aber es war wirklich schon zum Heulen: Max, Irma und Inge Bugsin auf dem Friedhof, die Büromöbelfirma, einst ihr ganzer Stolz und Mittelpunkt ihres Lebens, aus dem Handelsregister gestrichen. Aus und vorbei.

Er stand auf und ging zur nächsten Gruppe, zu Elkes Familie. Melina weigerte sich gerade, den Schneeball, den sie eben draußen auf der Terrasse geformt hatte, auf der Toilette ins Waschbecken zu werfen und nicht, wie sie es vorhatte, ihrem Vater ins Gesicht.

»Nicht!«, rief Manfred Matuschewski. »Da ist zu viel Dreck drin eingebacken.«

Auch Elke herrschte ihre Tochter an. »Lass das bitte!«

Dennoch warf die Fünfjährige, und da das Werfen nicht ihre Stärke war, verfehlte sie den Kopf ihres Vaters um gut einen Meter. Das Geschoss schlug da ein, wo ihre Oma Margot saß, und zerschmetterte zwei Weingläser. Da Yasmina Rotwein getrunken hatte, gab es eine besonders schöne Sauerei. Die lieben Kleinen jubelten und genossen ihren persönlichen Höhepunkt des Abends. Melina strahlte, und Manfred Matuschewski riss ihr kleines Ärmchen in die Höhe. »Treffer! Die erste Goldmedaille für Melina Lehmann!«

Seine nichtehelichen Schwiegereltern konnten ihr Entsetzen nur schwer verbergen. »Bei uns früher hätte es das nicht gegeben. Ein Kind hat zu gehorchen, wenn ihm die Eltern etwas verbieten. Wo bleibt denn da die Autorität?«

»Das ist eben mein Pech«, meinte Manfred Matuschewski. »Wo soll bei einem, der kein Auto hat, die -rität herkommen? Ihr hattet ja gleich zwei Autos.« Ein privates und einen Lieferwagen für die »Fahrende Glaserei Hans-Günther Lehmann«.

Elke bemühte sich um eine wissenschaftliche Erklärung der Untat. »Das Kind weiß doch genau, dass sein Vater Spaß an solchen Sachen hat. Manfred projiziert seine anarchischen Wünsche in sie hinein und freut sich dann natürlich über solche Aktionen.«

»Großartig, Frau Lehmann«, sagte Manfred Matuschewski. »Sie sind die beste Studentin, die ich jemals hatte. Wollen Sie meine Frau werden?«

»Lass dich erst mal scheiden.«

»Aua, mein Rücken!«, rief Manfred Matuschewski. »Psychischer Stress soll ein Auslöser von Bandscheibenvorfällen sein.«

Elkes Schwester, die Krankengymnastin war, ließ ihn sofort aufstehen und Lockerungsübungen machen. Da sich sein Becken dabei rhythmisch nach vorne und nach hinten bewegte, bekam er Beifall von allen Seiten.

»Bravo!«, rief Joe. »Was hat Max immer gesagt? ›Der Mann nimmt seine Potenz mit ins Grab.‹ Und du bist auf dem besten Wege dahin.«

Alle amüsierten sich bei diesem Thema, nur Rita nicht – und Horst Hastenteufel erst recht nicht. Ihr war das zu sehr unter ihrem Niveau, und ihn erinnerte es an sein derzeit größtes Problem, das von Minute zu Minute umso schmerzlicher wurde, als die FORMAT-Mitarbeiterin Peggy Samith immer heftiger mit ihm flirtete und ganz offen durchblicken ließ, dass sie die Nacht liebend gern mit ihm verbringen würde. Er ließ sich von der Bedienung ein Glas Rotwein nach dem anderen kommen.

»Rotwein soll ja gut gegen alles Mögliche sein«, sagte Manfred Matuschewski. »Nur sollte der gute Horst ihn nicht trinken, sondern nutzen, um sein krankes Glied darin zu baden.«

»Hoffentlich ist er auch aus ökologischem Anbau«, sagte Lore Lehmann.

Elke ließ sich von ihrer Mutter provozieren. »Lest doch mal im *Ökotest*, was wir mit der Nahrung alles an Giften aufnehmen.«

»Sterben müssen wir so oder so«, sagte ihr Vater.

»Bleibt so! Und ›*cheese*‹ oder ›Mozzarella‹ sagen!«, rief Elkes Schwager, der eine seiner drei mitgebrachten Kameras gezückt hatte. Er war Fotograf von Beruf, und sein Equipment füllte den gesamten Kofferraum des Busses aus.

»Mach doch mal 'n paar Aufnahmen für den *Playboy*!«, rief Jürgen und schob Yasmina zu ihm hin. »Meine Schwiegertochter will da schon lange mal rein.«

»Was tut eine Lehrerin nicht alles, um ihre Schüler glücklich zu machen.«

Manfred Matuschewski machte sich auf zur nächsten Gruppe, zu einer, für die sich keine rechte Überschrift finden lassen wollte. Da waren seine beiden großen Kinder, dazu Jochen Kalkbrenner und dessen Frau, die er beide schon seit Ewigkeiten kannte, und die Rieses aus Frohnau, mit denen zusammen er auch schon einiges durchgemacht hatte. Man war bei einem ernsten Thema: den fehlenden Chancen der jungen Menschen um die dreißig.

»Wenn ich mit dem Jurastudium fertig bin, werde ich eine von zehntausend arbeitslosen Anwälten sein«, sagte Larissa.

Kalkbrenners Tochter fand keinen richtigen Job, Yasmina wartete schon eine Ewigkeit auf ihre Anstellung als Lehrerin, Joschas Indologisches Institut stand auf der Streichliste.

»Überschrift: Rückbau einer Gesellschaft«, sagte Prof. Dr. Jochen Kalkbrenner. »Oder: Reduktion von Komplexität durch Globalisierung. Die Arbeit wird dorthin vergeben, wo sie am billigsten ist, das Kapital wandert in Länder, wo es mehr Rendite abwirft.«

»Ja, die fetten Jahre sind vorüber«, brachte es Dieter Riese auf den Punkt. Auch seine Versicherungsagentur warf nicht mehr ab, was sie mal abgeworfen hatte.

»Da hatten wir es in meiner Jugend besser«, sagte Manfred Matuschewski. »Mit Abitur und Studium hatte man den Arbeitsplatz fürs Leben sicher. Bei Siemens anfangen, bei Siemens aufhören – und zwischendurch regelmäßig aufsteigen. Alles war berechenbar.«

»Mach dir mal keine Sorgen, Vater«, sagte Joscha. »Ich finde schon was.«

Frauke Kalkbrenner verwies darauf, dass sich die jungen Menschen glücklich preisen konnten, die Eltern und Großeltern hatten, die sie alimentierten. »Dumm sind die dran, bei denen das nicht der Fall ist. Die können sich gleich einen Strick nehmen.«

Ariane Riese, die in ihrer Freizeit Philosophie studierte, brachte Epikur ins Spiel: »… nichts ist im Leben für den Menschen furchtbar, der wahrhaft begriffen hat, dass im Nichtleben nichts Furchtbares liegt.«

»Danke für den Hinweis«, sagte Manfred Matuschewski. »In meinem Alter hört man so etwas gerne.«

Damit setzte er seine Wanderung fort und kam zu einer weiteren Gruppe alter Freunde. Dirk Kollmannsperger, Mathematikprofessor in München, war sein ältester noch lebender Schulfreund, mit Bernhard Bleibaum, genannt Moshe, zusammen hatte er die Lehre bei Siemens absolviert und dann an der FU Berlin studiert, Hans-Ulrich Muldenstein kannte er aus seiner Bremer Zeit, und Jutta und Detlef Fasold war er in seinem ersten Leben, Ende der siebziger Jahre musste es gewesen sein, während eines Kurzurlaubs im Fichtelgebirge begegnet.

»Darf ich zu euch kommen?«, fragte Manfred Matuschewski.

»Kommen und kommen lassen, das ist das Leben«, sagte Dirk Kollmannsperger. »Oben im Schloss stehen die Gemächer leer – und du lässt für deine Freunde keine Damen kommen, auf dass sie kommen, wo sie schon von so weither gekommen sind.«

»Wir sind alle verheiratet«, wandte Detlef Fasold ein. »Außerdem bin ich Katholik.«

»In der Woche zwie, macht im Jahre hundertvier«, sagte seine Frau, obwohl das von Martin Luther war.

»Hört doch endlich auf mit diesem Thema«, stöhnte Horst Hastenteufel und stemmte sich hoch, um auf die Toilette zu gehen.

»Misst der Weg dorthin, also die gerade Linie von A nach B, fünfundzwanzig Meter, so wird er an die vierzig zurücklegen«, sagte Hans-Ulrich Muldenstein, höherer Beamter in der Verwaltung der Uni Bremen. Nach mehreren langen Sekunden des Nachdenkens hatten auch alle verstanden, worauf er anspielte: Horst Hastenteufel hatte schon so viel getrunken, dass er nur noch in Schlangenlinien gehen konnte.

»Tja, im Worte Mitglied liegt für einen Mann das ganze Glück beschlossen«, meinte Manfred Matuschewski.

»Wäre er verheiratet, hätte er seine Frau das Brett absägen lassen können«, setzte Detlef Fasold hinzu. »Dann wäre ein mögliches Abrutschen mit der Säge weniger tragisch ausgefallen.«

Moshe Bleibaum, BWL-Professor und Vorsteher einer nicht unbedeutenden jüdischen Gemeinde im Rhein-Main-Gebiet, nahm den Faden auf. »Wird Jossel auf dem Bahnhof leise gefragt, ob die Dame in seiner Nähe seine Ehefrau sei. ›Ja.‹ – ›Was machst du dich lächerlich und schleppst dieses *menuwel*, dieses Scheusal mit auf Geschäftsreise? Hast du vielleicht Angst, in deiner Abwesenheit könnte man sie verführen?‹ – Antwortet Jossel: ›Unsinn! Aber ich konnte mich nicht entschließen, sie zum Abschied zu küssen.‹«

»Abschied ist das Stichwort«, sagte Manfred Matuschewski. »Ohne dass ich euch nun küsse, wende ich mich der letzten Gruppe zu, es stehen ja auch noch Yasminas Spiele an.«

Die letzte Gruppe bestand aus dem finnischen Ehepaar, Manfreds beiden FORMAT-Mitarbeitern und seinem alten Freund Heiner Dietrich. Sie waren gerade bei interkulturellen Vergleichen.

»Dass Finnland laut der PISA-Studie so weit vor uns liegt, sollte uns schon zu denken geben«, fand Dr. Leo Ackenboe.

Manfred Matuschewski lachte. »Was bin ich froh, dass Melina eine finnische Freundin hat, eure Marja-Liisa. Das norded uns auf.«

»Dieses Wort würde ich besser vermeiden«, meinte Heiner Dietrich. »Es stammt aus dem Wörterbuch des Unmenschen. Aufnorden …«

»Schön, dann bin ich eben für das Aufsüden. Auch daran denken wir, kommt doch Melinas zweite beste Freundin aus dem Irak.«

»Aufsüden ist gar nicht schlecht«, meinte Peggy Samith, die Psychologin in der FORMAT-Mann- beziehungsweise Frauschaft. »Dass sie so italienisch und spanisch geworden ist, hat der deutschen Gesellschaft sehr gut getan. Wir lernen das Chaos als liebenswert anzusehen, das *Mañana*-Prinzip als Lebensform zu schätzen – wunderbar.«

»Ich finde es gar nicht so wunderbar, dass der Busfahrplan bei mir in der Blissestraße nie stimmt und nur dahängt, damit die Haltestelle nicht so kahl aussieht«, sagte Hannu Lukkarinen.

»Und dass hier in der Schule so viele Stunden ausfallen, ist auch nicht schön«, fügte Siina Lukkarinen hinzu. »Fällt mal nichts aus, dann sind Ferien. Als Hannu und ich entscheiden sollten, ob unsere große Tochter Englisch oder Französisch als erste Fremdsprache haben wird, sagte ich zur Rektorin: ›Ist es nicht egal, was ausfällt?‹«

»Nein, das ist nicht egal«, sagte Manfred Matuschewski. »Fällt Englisch aus, dann ist das eine Demonstration gegen die Vorherrschaft des Englischen und den amerikanischen Kulturimperialismus, fällt Französisch aus, dann ist das schade.«

Weiter kam er nicht, denn Yasmina drängte darauf, dass man mit den Spielen, die sie vorbereitet hatte, nun endlich anfangen sollte. »In einer Stunde geht's ja schon wieder nach Hause.«

Hereingetragen wurde ein großes Paket, und Manfred Matuschewski musste mit dem Auspacken beginnen. Er fand einen

Ball mit einem Zettel, auf dem die Weisung stand: »Wirf den Ball dem zu, den du am meisten liebst.« Das war nun gar nicht so witzig, denn was er auch machte, irgendwer war hinterher gekränkt. Also beschloss er, den Ball über sich in die Höhe zu werfen, ihn selber wieder aufzufangen und zu rufen: »Mich natürlich!« Das mit dem Ausruf klappte auch, nicht aber das Hochwerfen des Balles. Das heißt, das Hochwerfen schon, aber nicht das Wiederherunterkommen, denn das schwarz-weiß gefleckte Sportgerät stieß oben gegen einen der alten Kronleuchter und sorgte, wie sich nachträglich herausstellen sollte, für einen Schaden von 232,24 Euro, einschließlich Mehrwertsteuer. Dazu kam, dass ihn herabfallende Glassplitter an der Stirn verletzten und er beträchtlich blutete.

»Manfred!«, rief seine Mutter. »Musst du mich denn so blamieren?«

»Kopfschuss!«, kam es von mehreren Seiten. »Sanitäter!«

»So gehört es sich für einen preußischen Soldaten!«, sagte Curt. »Wo bleibt die Tapferkeitsmedaille?«

»Das ist die Strafe dafür, dass du den Ball nicht spontan zu mir geworfen hast«, meinte Elke, während sie ihm ein kunterbuntes, an sich für Melina bestimmtes Pflaster quer über die Denkerstirn klebte.

»Hast du nicht Topfschlagen oder Eierlaufen im Programm?«, fragte Manfred Yasmina. Und da er schon genug getrunken hatte, war seine Impulskontrolle so gering, dass er nicht mehr an sich halten konnte und den Scherz mit den »garnierten Eiern« endlich anbringen musste.

»Los!«, schrie Jürgen. »Alle Männer in die Küche zum Garnieren!«

Der Schlossherr, wegen der tobenden Kinder und des demolierten Leuchters schon beträchtlich genervt, konnte die Küchentür gerade eben noch verbarrikadieren.

Moshe Bleibaum machte nun den Vorschlag, »Wer wird Millionär?« zu spielen, und erklärte sich auch gleich selber zum Spielleiter. »Der Gegensatz zu Günther Jauch und mir besteht lediglich darin, dass der ein ganzes Team von Fachleuten braucht, um sich seine Fragen ausbrüten zu lassen.« Alle fanden die Idee glänzend, nur in den Ring steigen wollte niemand, obwohl Manfred Matuschewski als Höchstpreis 100 Euro aussetzte. Schließlich blieb dem Geburtstagskind nichts weiter übrig, als den Anfang zu machen. Dies wurde jubelnd aufgenommen.

Moshe Bleibaum hatte die erste Frage schnell formuliert. »Wer war die erste Rabbinerin in Deutschland? A: Else Lasker-Schüler, B: Lea Rosh, C: Regina Jonas oder D: Henriette Herz?«

Manfred Matuschewski brauchte nicht lange zu überlegen. Außer Regina Jonas kannte er alle, also musste sie es sein.

»Richtig!«, rief Moshe Bleibaum. »1935 wurde sie ordiniert.« Dass man sie 1944 in Auschwitz ermordet hatte, verschwieg er, um die Stimmung nicht abstürzen zu lassen.

Gerade setzte er an, um Manfred Matuschewski zu fragen, ob er weitermachen wolle, da knallte und krachte es draußen im Schlosshof so gewaltig, als wäre, um das Geburtstagskind zu ehren, ein Meteor vom Himmel niedergefahren. Anschließend schrie auch noch jemand, als würde man ihm mit glühenden Zangen die Fingerkuppen abzwacken.

Was war geschehen? Horst Hastenteufel war auf der Flucht vor all dem Frohsinn in den Schlosshof hinausgetreten und hatte dort ihren Bus mit offenen Türen stehen sehen. Der Fahrer lehnte ein paar Meter weiter in der Tür und sprach mit dem Koch über Hansa Rostock, Energie Cottbus und den guten alten DDR-Fußball. Dabei war er so abgelenkt, dass er gar nicht bemerkte, wie der Schriftsteller den Bus enterte. Erst hatte sich Horst Hastenteufel nur auf die hintere Bank legen und schlafen wollen, halbbetrunken wie er war, dann aber war sein Blick auf den Zündschlüssel gefallen. Dass der dort steckte, war der entscheidende Stimulus für ihn, sich hinters Steuer zu setzen und sein liebstes Kinderspiel zu spielen: Busfahrer. Nur einmal eine kleine Spritztour die Dorfstraße hinunter und wieder zurück …

Es wäre vielleicht noch alles gutgegangen, wenn er die

Kurve gekriegt hätte. Nun steckte der Bus tief im Wasser und Schlamm des Schlossgrabens. Den Schrei hatte der Busfahrer ausgestoßen.

Als sie nach draußen stürzten, um zu sehen, was passiert war, kam Horst Hastenteufel aus der hinteren Tür des Busses geklettert.

»S.U.S.«, sagte Manfred Matuschewski. »Schnell und sicher in den Graben.«

»Nun übernachten wir doch noch alle im Schlosshotel!«, rief seine Tochter. »Hurra! Papa, ich freu' mich ja so!«

Es ging auf Ostern zu, und da das älteste Fest der Christenheit 2003 spät in den April fiel, war vorher noch Melinas Geburtstag zu feiern. Das gab wieder eine Menge Stress, aber Elke merkte an, dass es doch Eustress sei, also die positive Variante.

»Was wünschst du dir denn vom Osterhasen?«, wurde Manfred Matuschewski beim Frühstück von der Gefährtin seines zweiten Lebens gefragt.

»Eine Mundharmonika.«

»Wieso denn, so hochgradig unmusikalisch wie du bist?«

Manfred Matuschewski kam ihr nun mit einem Rätsel, das ihr den halben Tag über zu schaffen machen sollte: »Wer ist das: Ich habe denselben Vornamen wie er und übe den Beruf aus, den er im Nachnamen hat?«

Am Mittag rief sie ihn vom Büro aus an. Ihre ganze Arbeitsgruppe hatte sich den Kopf zerbrochen, und eine literarisch interessierte Kollegin hatte schließlich die Antwort gefunden: »Manfred Hausmann, deutscher Schriftsteller, 1898 bis 1986, bekanntester Roman *Abel mit der Mundharmonika*.«

Hausmann – das war es, was Manfred Matuschewski in alle auszufüllenden Fragebögen schrieb, und manchmal fügte er noch hinzu: TAV. Das meinte: Temporär Alleinerziehender Vater. Und als solcher hatte er seine Tochter jeden Mittag um 12.30 Uhr von der Vorschule abzuholen. So wie er sie drei Jahre lang vom Miniclub abgeholt hatte. Das war der Kindergarten der Vaterunser-Kirchengemeinde, wo die lieben Kleinen generell nur halbtags betreut wurden. Den ganzen Tag über hatten sie Melina nicht weggeben wollen, und in den anderen umliegenden Kindergärten hatte man sie mit ihrem Wunsch nach einer Halbtagsbetreuung brüsk abgewiesen. Für das Budget brauche man Vollzahler.

Elke schimpfte über die herrschenden Verhältnisse, aber Manfred Matuschewski fand es höchst anerkennenswert, dass es diese Gesellschaft überhaupt noch zuließ, Kinder zu kriegen und aufzuziehen. »Jeder drittklassige Betriebswirt – und das sind ja diejenigen, die bei uns den Ton angeben – kann dir vorrechnen, dass es wesentlicher billiger ist, auf Kinder zu verzichten und unsere wenigen noch vorhandenen Arbeitsplätze mit schon fertigen Menschen aus anderen Ländern zu besetzen. Würden Außerirdische bei uns landen, müssten sie melden, dass in Deutschland die Kinder alle vier Beine haben und entweder bellen oder miauen.«

Melinas Vorschulklasse war in den Park gegangen, und die abholenden Elternteile standen wartend vor dem Schulgebäude in der Koblenzer Straße. Nur Hartmut Wolkwitz fehlte noch. Er hatte vor Wochen einen Bandscheibenvorfall erlitten, und als er kam, hinkte er noch immer, allerdings deutlich weniger als in den letzten Tagen.

»Was ist passiert?«, fragte ihn Manfred Matuschewski, als er heran war.

»Ich bin jetzt bei einem Wunderheiler in Behandlung, beim Wunderheiler Witt in der Hildegardstraße.«

Manfred Matuschewski war ein durch und durch rationaler Mensch, der es stets mit einem Ausspruch seines Vaters hielt: »Ich glaube nur, dass ein Kilo Rindfleisch eine gute Brühe ergibt.« Alles Spirituelle und Esoterische war ihm fremd, und Horoskope hielt er für absoluten Humbug. Also machte er sich nun auch über den Wunderheiler lustig.

»Hat er dir die Hand auf die Stirn gelegt?«

Hartmut Wolkwitz schüttelte den Kopf. »Quatsch, das ist ein ausgebildeter Physiotherapeut.«

»Besser Physiotherapeut als Psychotherapeut«, warf Manfred Matuschewski ein.

»Und was er mit mir macht, nennt sich ... nennt sich ...« Wolkwitz kam nicht auf den Begriff. »Irgendetwas mit Ostern ...«

»Drückt er dir auf die ...« Da Damen in der Nähe standen, verzichtete Manfred Matuschewski darauf, seinen Satz zu vollenden. »Ein Skrotumologe vielleicht?«

Hartmut Wolkwitz war Computerfachmann und kannte sich daher wohl sehr gut im Englischen aus, wusste aber mit dem lateinischen Begriff Skrotum nichts anzufangen. »Nein, ich sage doch: etwas mit Ostern.«

Manfred Matuschewski überlegte einen Augenblick, dann hatte er's: »Ah, Osteopathie! *Os, ossis*, der Knochen, Osteologie – die Knochenkunde. Hat er dir also kräftig auf die Knochen gehauen? Und das soll geholfen haben?«

»Nein, er hat überall gezogen und gedrückt.«

Neben ihnen stand eine wirklich gebildete Mutter, und die wusste, um welche Heilmethode es sich handelte: die Craniale Osteopathie. »Man geht davon aus, dass Schädelknochen und -nähte noch beweglich sind und dass die pulsierende Schädelflüssigkeit den Schädel über die Wirbelsäule mit dem Kreuzbein verbindet. Wenn man nun die Schädelknochen gegeneinander bewegt, entstehen Reize, die den gesamten Körper positiv beeinflussen. Das hilft besonders bei Wirbelsäulenproblemen, aber auch bei Asthma und Angina.«

»Wer's glaubt, wird selig«, sagte Manfred Matuschewski. Er glaubte es nicht.

In diesem Augenblick bogen die Kinder um die Ecke, und die fröhlich tobende Schar war wirklich ein Anblick, der das Herz erwärmte. »Dass ich das noch erleben durfte!« Manfred Matuschewski hatte ein jedes Mal den klassischen Spruch seiner Schmöckwitzer Oma im Ohr. Als Melina angerannt kam und in seine Arme flog, war er der glücklichste Mensch auf Erden. Ganz im Gegensatz zu Hartmut Wolkwitz: Als dessen Tochter Sarah bei ihm dasselbe tat, schrie er vor Schmerzen auf und krümmte sich.

»Meine Bandscheibe, Mensch!«

»Du hast doch deinen Wunderheiler«, sagte Manfred Matuschewski. »Wunderheiler Witt wird's schon wieder richten.«

»Ja, ich geh' nachher gleich wieder hin. Kann ich Sarah bei euch abgeben?« Sarah und Melina waren die dicksten Freundinnen.

»Kannst du.«

»Und morgen ist ja sowieso Geburtstag bei euch. Was wünscht sich Melina denn?«

»Hat Simone schon alles aufgeschrieben.«

Simone, von Hause aus Krankenschwester, war Hartmuts Frau, aber in ihrer Ehe kriselte es schon seit langem, und sie redeten nur noch wenig miteinander. »Wenn Hartmut heute zu Hause spricht, dann dem Whiskey zu«, witzelte Manfred Matuschewski gelegentlich in Anspielung auf dessen Alkoholproblem.

Hartmut Wolkwitz grinste. »Kindergeburtstage sind schon etwas Schönes …«

»Vor allem eine Erfindung der Neurologen und Psychiater, um die Eltern in die Klapsmühle zu bringen«, stellte Manfred Matuschewski fest.

In den Tagen vor Melinas Geburtstag befand sich die Detmolder Straße im absoluten Ausnahmezustand. In Bezug auf seine beiden Lieben variierte er gern einen alten Spruch: »Wo wir sind, ist das Chaos, und wir sind überall.« Nicht dass er als deutscher Hausmann schon vom Putzfieber befallen war, aber dennoch ertappte er sich immer öfter dabei, Freude zu empfinden, wenn er geputzt, aufgeräumt und abgewaschen hatte. Im Hörsaal verhallte alles, hier in der Wohnung war zu sehen, was er geleistet hatte. Schon als Zweijährige hatte Melina bewiesen, dass sie zu messerscharfen Schlüssen fähig war: »Ihr saugt ja Staub – kommt heute Besuch?«

So gerne er aufräumte und die soziale Rolle der Reinemachefrau genoss, vor dem Kindergeburtstag moserte Manfred Matuschewski dennoch. »Es ist doch Quatsch, vorher sauberzumachen, das ist erst hinterher sinnvoll.«

»Die Eltern bringen aber ihre Kinder her. Soll es dann bei uns so aussehen wie bei …« In Zeiten der *political correctness* fiel es Elke schwer, einen Vergleich zu finden, der sich mit ihren guten grünen Werten in Einklang befand.

»Na …?«, stieß Manfred Matuschewski nach.

Elke brauchte eine Weile, bis sie sicheres Terrain gefunden hatte. »… wie nach einem Überfall der Vandalen.« Und ergänzte gleich: »Wenn du die Tische abgewischt hast, holst du die Stühle vom Balkon.«

Manfred Matuschewski stöhnte auf. »Wollen wir nicht doch lieber in ein Kindercafé gehen und die Profis alles machen lassen? Saft und Kuchen, die Spiele, Eis und Pizza?«

»Zu Hause ist zu Hause.«

Das war ein Argument, gegen das sich schwer etwas einwenden ließ. »Aber müssen es denn wirklich 25 Kinder sein, die sie einladen will?«

»Zwölf«, korrigierte ihn Elke. »Die Familie kommt ja erst am nächsten Tag.«

»Wie schön«, sagte Manfred Matuschewski und dachte an die Aufräum- und Küchenarbeit, die auf ihn zukommen würde. »Wenn de denkst, allet is vorbei, folgt die nächste Schweinerei.«

Elke überhörte das. »Und denk dir mal Spiele für die Kinder aus.«

»Aber es gibt doch schon eine Menge: Wände mit Ketchup beschmieren, auf der Toilette danebenpullern, CD-Hüllen zertrampeln, Becher mit klebrigem Saft auskippen, Vorhänge herunterfetzen, Telefonkabel aus der Wand reißen, mit den Kerzen alles vollkleckern …«

Elke nahm seine Einlassungen noch immer nicht zur Kenntnis, hatte sie doch als Diplom-Verwaltungswirtin gelernt, wie mit Widersprüchen umzugehen waren: formlos, fristgemäß, folgenlos. »Hängst du bitte noch die Girlanden auf.«

»Besser mich als die Girlanden«, murmelte Manfred Matuschewski und holte sich die Leiter aus der Kammer. Als das erledigt war, bekam er einen neuen Auftrag.

»Schlägst du bitte dicke Nägel in ein Brett?«

»Willst du mit den Kindern Fakir spielen?«

Elke verdrehte die Augen. »Kennst du das nicht? Man muss Luftballons mit Wasser füllen, und dann wird damit auf das Brett geworfen. Zerplatzen sie auf den Nägeln, bekommt man einen Punkt.«

»Und außerdem nasse Füße.«

Melina kam herbei. »Mama, ich will auch Topfschlagen spielen!«

Manfred Matuschewski winkte ab. »Hier wird niemand geschlagen, auf den Kopf schon gar nicht.«

»Topf, Papa, Topfschlagen, nicht Kopfschlagen.«

»Seid ihr denn nicht schon viel zu groß für den Topf? Mit sechs?«

»Nimm doch das Kind mal ernst«, mahnte Elke.

Das musste er auch, um keinen Schaden an Gesundheit und Kleidung zu nehmen, denn seine Tochter schrie nun: »Kämpfen!«, stürzte sich auf ihn und trat nach seinen Schienenbeinen, boxte, spuckte und kratzte. Schließlich hatte er auf den Unterarmen blutige Kratzer.

»Hör auf, sonst verklage ich dich wegen Vatersmisshandlung!«, rief er. »Elke, rette mich vor dieser kleinen Furie!«

Es folgte eine muntere Diskussion um einen zu engagierenden Künstler. Wem hatten sie in den vergangenen Jahren nicht alles zu einem kleinen Honorar verholfen: einem Zauberer aus Jamaica, einem Entertainer aus Kreuzberg, einer Puppenspielerin aus Pankow.

»Hast du dir für dieses Jahr schon etwas einfallen lassen?«, fragte Elke.

»Ja, einen Kunstfurzer, aber du reagierst ja phobisch auf das, was der Gebildete als *flatus* oder *vapor* bezeichnet, und außerdem gibt es Artisten dieser Art kaum noch in Deutschland.«

Erneut wurde ihm von Elke bescheinigt, nicht angemessen kommunizieren zu können, und sie beschloss, die Bande diesmal ohne eingeflogenen Profi bei Laune zu halten. »Ich habe genug in der Küche zu tun, du übernimmst die Spiele: Schatzsuche,

Topfschlagen, Wasserballon, Menschenraten, elektrischer Bonbon und Sackhüpfen.«

»Mein Freund Dirk Kollmannsperger würde sagen: ›Sein Sack hüpfte vor Freude, als er sie im Negligé auf sich zukommen sah.‹«

»Das ist doch primitiv.«

»Nimm das Leben nicht so schwer – sei auch mit siebzig pubertär«, reimte Manfred Matuschewski und dachte gleichzeitig mit Schrecken daran, dass er schon einmal bei einem Kindergeburtstag nahe an einer Herzattacke gewesen war. Damals war Larissa acht oder neun geworden, und sie hatten wegen des schlechten Wetters nicht im Garten feiern könnten, sondern die halbe Klasse bei ihr im Kinderzimmer unterbringen müssen. »Infernalisch« wäre eine unzureichende Beschreibung für den Lärm gewesen.

Diesmal war das Wetter auch nur mittelprächtig, und ab und an schneite es sogar, aber sie konnten wenigstens in den Innenhof gehen, ohne total durchnässt zu werden. Schon im Morgengrauen hatte Manfred Matuschewski eine Kiste mit Süßigkeiten und kleinen Geschenken im Buddelkasten vergraben – den Schatz – und stand nun den ganzen Vormittag über am Fenster, um aufzupassen, dass sie keiner aus Versehen fand und mit nach oben nahm.

Melina feierte die erste Runde ihres Geburtstages in der Vorschulklasse, und als Manfred sie pünktlich abholte, sangen die Kinder gerade: »Wie schön, dass du geboren bist, wir hätten dich sonst sehr vermisst.«

Manfred Matuschewski bedankte sich bei der Erzieherin und meinte, dass ihm kaum ein Kinderlied so zu Herzen gehe wie dieses, obwohl man ja eigentlich gegen dessen inhärente Unlogik protestieren müsse.

»Wie meinst du das?« Man duzte sich systematisch und nahm auch ihn trotz seines überhöhten Vateralters nicht aus.

»Ist einer nicht geboren worden, also nicht vorhanden, kann man ihn auch nicht vermissen.«

»Doch«, fiel ihm die Mutter, die immer alles wusste, ins

Wort. »Sozusagen als Wille und Vorstellung. Melina ist die Vorstellung einer immer lustigen, immer einfallsreichen Freundin, und wäre sie nicht da, würde das Leben der anderen ärmer sein. Sie ist die Personifizierung dessen, was man sonst vermisst hätte.«

Manfred Matuschewski bedankte sich für die Aufklärung. »Ich hätte doch lieber Philosophie studieren sollen. Bei vermisst fallen mir nur meine Verwandten ein, die seit Anfang 1945 als vermisst gelten: Onkel Gerhard und Onkel Rudi. Wenn im Krieg zu Hause die Vermisstenmeldung eintraf, war das ein schrecklicher Augenblick, vermisst war die euphemistische Umschreibung von gefallen. Die Nachricht vom Tod sollte durch einen Funken Hoffnung gemildert werden. Aber kaum ein Vermisster ist jemals wieder aufgetaucht.«

»Ja, diese Traumatisierungen«, meinte die Mutter, die immer alles wusste. »Schlimm für die Kinder, deren Väter das noch alles mitgemacht haben.«

Manfred Matuschewski beschloss, ihr Kind nicht zu Melinas Geburtstagsfeier zuzulassen, entschied sich aber wieder um, weil sich ein solches Verhalten für einen Wilmersdorfer Gutmenschen nicht schickte.

In seiner Rolle als Spielleiter war er dann gar nicht so schlecht, wie Elke befürchtet hatte, denn es war kein so großer Unterschied, ob man Studenten oder Sechsjährige zu bändigen hatte. Zwischen Kaffee und Abendbrot waren die Spiele zu organisieren.

Die Schatzsuche, die nach dem Muster einer Schnitzeljagd ablief, war ein Riesenspaß, obwohl Manfred die Kiste so tief vergraben hatte, dass die lieben Kleinen sie mit ihren Schippen nicht bergen konnten. Vorher hatten sie durch die Treppenhäuser toben dürfen, um eingeweihte Mieter nach weiteren Hinweisen zu fragen. Beim Topfschlagen gab es auch nur einmal Geschrei, als nämlich Melina mit ihrem tastenden Kochlöffel nicht den Topf traf, sondern Sarahs Finger. Was ein elektrischer Bonbon war, musste Manfred sich erst von den Kindern erklären lassen.

»Da schüttest du viele Bonbons auf den Teppich, und einer geht raus.«

»Ein Bonbon?«

»Nein, ein Kind. Und dann sucht ihr einen Bonbon aus, der elektrisch ist.«

»Mit einer kleinen Batterie drin?«

»Nein, einer wie alle anderen auch. Den muss man sich nur merken. Und wenn derjenige reinkommt, der vorher draußen war, darf er alle Bonbons wegnehmen und essen, bis er den anfasst, der elektrisch ist.«

Das kapierte Manfred Matuschewski, obwohl er sonst immer große Schwierigkeiten hatte, neue Spiele zu lernen. Auf den Packungen stand zwar oft »Von 6 bis 99«, aber der erforderliche IQ war nicht angegeben, und wer dabei unter 150 lag, hatte kaum eine Chance, das Ganze zu begreifen. Auch den Stopptanz überstand er, aber nur weil er sich Stöpsel in die Ohren steckte, die er sonst während der Kinowerbung und bei Sportveranstaltungen benutzte. Er lernte, dass immer derjenige ausschied, der sich als Letzter bewegte, wenn plötzlich die lärmende Musik abbrach.

Für Melina waren es zwei wunderschöne Tage, und sie wurde dabei so überschäumend und überreagierend wie eine ganze Schar von Hollywoodschauspielerinnen kurz vor der Oscar-Verleihung. Und das war, was letztendlich zählte: das Glück des Kindes. Was spielte es da für eine Rolle, dass sein Vater am Ostermorgen beim Aufstehen einen Schrei ausstieß? Es geschah beim Drehen des Körpers über die Bettkante, um die Füße auf den Boden zu setzen. Bei Manfred Matuschewski passierte im Bereich der Lendenwirbel Schreckliches. Ein heißer Schmerz – dann konnte er den linken Fuß nur noch eingeschränkt gebrauchen. Er hinkte und schaffte es nicht mehr, sich auf die Zehenspitzen zu stellen.

»Vor zwölf Jahren habe ich mich wenigstens noch uneingeschränkt bewegen können«, sagte er zu Elke. »Das heißt, ich bin fällig für die nächste Operation.«

»Geh doch erst einmal zum Orthopäden.«

»Danke für den Tipp, ich selber wäre doch glattweg beim Gynäkologen gelandet.« So humpelte er also Ostern in Frohnau durch den Garten und kam sich vor, als würde er seinen Vater parodieren. Der war mit einer steifen Hüfte aus dem Krieg zurückgekommen und für den Rest seines Lebens so gelaufen.

»Wasser ... Wasser ... Kohle ... Kohle ... Feuer!«

Melina jauchzte, als sie nacheinander fand, was der Osterhase für sie abgelegt hatte. Kleine Barbies, Schokoladeneier, bunte Filzer und Glitzerstifte, kleine Bücher. Auch Elke, Manfreds Mutter und er selbst entdeckten einiges hinter Bäumen, unter Steinen und welken Blätter, und dennoch endete das Ostereiersuchen mit einem kleinen Misston, denn Elke hatte ihm achtzehn kleinere und größere Geschenke in einen Korb gelegt und gebeten, sie im Garten zu verstecken, doch als sie jetzt nachzählten, waren es nur sechzehn.

»Du musst doch wissen, wo du was versteckt hast!«

»Nein, das weiß ich eben nicht mehr. Hätte ich mir eine Zeichnung machen sollen? Außerdem bin ich behindert.«

»Fragt sich nur, wo.«

Sosehr sie sich auch mühten, später auch noch Joscha und seine Freundin in die Suche einschalteten, eine Bibi-Blocksberg-Kassette und eine Tüte mit Melba-Eiern blieben unauffindbar.

Als Manfred Matuschewski eine Lage Eierlikör schmiss, stieg das Stimmungsbarometer wieder, und er vergaß für eine Weile die Malaise mit seiner Bandscheibe. Gleich am Dienstagmorgen saß er aber beim Orthopäden in der Praxis. Die war mächtig überfüllt, denn offenbar hatten sich viele Berlinerinnen und Berliner beim Ostereiersuchen überhoben. Als er dann nach anderthalb Stunden an der Reihe war, erfuhr er, was er eh schon wusste: dass es ein Bandscheibenvorfall war und man Näheres nur nach einer MRT sagen könne. Er bekam eine Überweisung und die Visitenkarte eines Instituts in die Hand gedrückt und durfte sich freuen, dass er so schnell einen Termin bekam. »In drei Wochen dann ...«

Bis dahin war auf eine Spontanremission zu hoffen, also darauf, dass er eines Morgens aufwachte und sich wieder völlig normal bewegen konnte. Doch damit war es nichts, aber wenigstens hielten sich seine Schmerzen in Grenzen, und wenn er durch die Wohnung oder die Gegend humpelte, hatte das etwas Heldenhaftes an sich. Vielleicht dachten die Leute, dass er sich bei einer Extremsportart verletzt hatte. »Dem wird in der Eigernordwand ein Stein auf die Hüfte gefallen sein ...«

Dann kam der Tag, an dem er im Gertraudenkrankenhaus in die Röhre gesteckt wurde. Hier war er beim ersten Bandscheibenvorfall operiert worden – und er sah sich schon wieder auf dem Operationstisch liegen. Die zwanzig Minuten in der Röhre waren die Hölle. Manfred kam sich vor wie ein Marinesoldat in einem Einmann-U-Boot, das pausenlos von Torpedos beschossen wird. Treffer! Sein Herz raste, er glaubte, sein Blut würde kochen. Immer stärker wurde der Impuls, auf den Ball zu drücken, den man ihm in die Hand gelegt hatte, und das Notsignal zu geben. Ich halt's nicht mehr aus! Hinterher meinte er, nun wüsste er in etwa, wie Foltern ginge. Er hielt es aus, aber das Ganze hatte ihn derart mitgenommen, dass er am Abend die nächste Gallenkolik registrieren konnte. Nun war sein Glück vollkommen.

Als er die MRT-Aufnahmen abholte und in den Umschlag sah, las er im Befund: »Ausgeprägter, nach tief caudal sequestrierter linksmediolateraler Discusprolaps LW 5/SW 1 mit Irritation der Nervenwurzel S 1.« Die erste Frage beim Orthopäden war, ob das nun Operation heiße oder nicht.

»Das werden die Neurologen zu entscheiden haben.«

Also besprach Manfred Matuschewski sich mit Dr. Aschke, seinem Hausarzt, und der riet ihm, in der Schlossparkklinik anzurufen. »Da sitzen jetzt die Ärzte, die dich damals im Gertrauden operiert haben.«

Er bekam relativ schnell einen Termin und sah dem Tag, an dem er sich dort vorstellen sollte, mit einem Alles-oder-nichts-Gefühl entgegen. Bange Minuten vergingen, als sich der Neurologe die MRT-Aufnahmen ansah.

»Das von damals ist wunderbar verheilt, da können wir uns selber loben ...«

Manfred Matuschewski nahm dies als Einleitung für die Mitteilung, dass man um eine zweite Operation nicht herumkommen würde, doch zu seiner großen Überraschung sagte der Arzt, dass man heute etwas anderes denken würde als damals. »Heute neigen wir dazu, es doch erst einmal konservativ zu versuchen.«

Normalerweise zuckte Manfred Matuschewski zusammen, wenn er das Wort konservativ hörte, in diesem Falle aber vernahm er es mit innerem Jubel, hieß es doch: keine Operation, sondern Physiotherapie.

»Haben Sie denn jemanden?«, fragte der Arzt.

Da rief er ganz spontan: »Ja, den Wunderheiler Witt!«

Er ließ sich, kaum war er wieder zu Hause, von Hartmut Wolkwitz die Nummer geben und bekam schon für den nächsten Vormittag einen Termin.

»Dass es so schnell geht, sollte dich eigentlich stutzig machen«, meinte sein Freund Horst Hastenteufel. »Wunderheilungen sprechen sich ja schnell herum, so dass der Mann eigentlich überlaufen sein sollte.«

Manfred Matuschewski duschte sich sorgfältig, um bei Witt einen guten Eindruck zu machen, zog seine schönsten Shorts und Socken an und machte sich auf den Weg zur Hildegardstraße. Eigentlich war er gar nicht darauf aus, geheilt zu werden, sondern einem Scharlatan das Handwerk zu legen.

Betrat Manfred Matuschewski eine therapeutische Praxis, verwirrte ihn das immer etwas. Exotische Düfte erfüllten den Raum, er hatte sich weitgehend zu entkleiden, attraktive Frauen standen bereit, um Hand an ihn zu legen. Nun, diesmal war es Herr Witt. Der sah so aus, als hätte er beim Iron-Man-Triathlon auf Hawaii einen der ersten Plätze belegt, gab sich aber so einfühlsam wie ein Psychiater im ersten Praktikum. Und Manfred Matuschewski liebte es durchaus, ausführlich über seine Leiden zu reden. In seiner Familie hörte man nie richtig zu – und in Elkes erst recht nicht.

»Sie haben also im linken Bein so ein taubes Gefühl?«

»Ja, als wenn es gar nicht mehr zu mir gehören würde. Und auf die Zehenspitzen stellen kann ich mich auch nicht mehr, die entsprechenden Muskeln funktionieren nicht. Das ist dann wohl der Grund dafür, dass ich so mächtig hinke. Meine Tante Elfriede in Krefeld heißt so, Hinke, aber ich habe sie wegen ihres Namens nie verspottet, so dass ihre Rache eigentlich ausgeschlossen ist.«

Nach der Anamnese durfte er sich auf einer Liege ausstrecken, und Wunderheiler Witt begann, überall zu drücken und zu pressen, bevorzugt auf dem Leib und dem Nacken. Dabei sprach er von körpereigenen Flüssigkeiten, die man zum Strömen bringen müsste. »Die sind durchaus in der Lage, das herausgequetschte Stückchen Bandscheibe, das auf Ihre Nervenwurzel drückt und Ihre Beschwerden verursacht, langsam abzubauen.«

Manfred Matuschewski hielt das für ausgemachten Schwachsinn, aber es ging ihm zu schlecht, als dass er groß über alles diskutiert hätte. Dann wurde er gebeten, sich auf den Rand der Liege zu setzen und das Gesäß etwas anzuheben. Wunderheiler Witt fasste ihm nun von vorn zwischen die Beine, um seine Rückenwirbel sozusagen von hinten zu packen und zu massieren. Manfred Matuschewski schwankte in seinem Urteil. Gehörte das nun zu einer fachgerechten Behandlung – oder war es schon als sexueller Übergriff zu werten? Wunderheiler Witt schien solche Reaktionen zu kennen und begann, von seinen Kindern zu reden. Das eine schloss nun das andere keineswegs aus, aber Manfred Matuschewski reagierte nicht mehr ganz so erschrocken. Dass die Behandlung allerdings gut für sein krankes Bein sein sollte, wollte er noch immer nicht einsehen.

Als er nach Hause gekommen war und Elke im Büro anrief, konnte er sich vor Hohn und Spott gar nicht mehr einkriegen. »So ein Quatsch, der drückt da und dort ein bisschen, und das soll dann helfen!«

»Man muss schon dran glauben«, sagte Elke.

»Das tue ich aber nicht.«

»Dann wird es auch nicht helfen«, erklärte sie.

Es half aber doch: Nach nur drei Behandlungen hatte sich Manfred Matuschewskis Zustand schon erheblich gebessert, und nach drei Wochen konnte er dank Wunderheiler Witt schon wieder laufen wie ein junger Gott. So blieb ihm nichts anderes übrig, als dem Mann herzlich zu danken, sich für seinen Irrtum zu entschuldigen und selbstkritisch seinen Vater zu zitieren: »Die nichts wissen und wissen, dass sie nichts wissen, sind mir lieber als die, die nichts wissen und nicht wissen, dass sie nichts wissen.«

»Der Zufall macht vor keinem Halt.« Das war einer von Manfred Matuschewskis Lieblingssprüchen. Mitte Mai 2003 hatte er allen Grund, ihn anzubringen. Er kam wieder einmal von einem Vortrag an der FU und wollte wie üblich mit der U-Bahn nach Hause fahren. Vom Thielplatz bis zum Heidelberger Platz waren es fünf Stationen, also ein Klacks. Er kam allerdings nur bis zum Breitenbachplatz, dann ging es nicht weiter. Man rätselte, ob eine betriebliche Störung die Ursache war – abgewrackt genug war die Strecke ja – oder ob ein lebensmüder Berliner die U-Bahn genutzt hatte, um Selbstmord zu begehen. Manfred Matuschewski schimpfte zwar mächtig auf die BVG, so wie sich das für einen echten Berliner gehörte, war aber gar nicht einmal so unfroh, noch ein bisschen an die frische Luft zu kommen. Es war ja wunderschönes Wetter, und das Lüftchen, das wehte, war noch lau, obwohl es schon auf den Abend zuging. Ein schöner Spruch aus seiner reichhaltigen Sammlung kam ihm in den Sinn, als er die Johannisberger Straße entlangging und rechts von ihm ein ausgedehntes Laubengelände auftauchte: »Ist der Mai warm und trocken, / kann man schon im Freien bocken.« Doch das taten die Leute in den Gärtchen nicht, sie gruben und sie harkten nur, sie pflanzten und sie gossen. Man müsste achtzehn sein, dachte Manfred, total verknallt in eine Klassenkameradin und dann mit ihr … gemeinsam Vokabeln lernen. *Cogito, ergo sum.*

Nein: *Coito, ergo sum.* Oder wie ging das? Gab es *coitare* als Vokabel? Das hatten sie in der Albert-Schweitzer-Schule damals nicht gelernt. Wie gerne hätte er in Bugsins Laube in Karolinenhof mit Inge geübt, doch sie hatte stets andere Lover gehabt. Ewigkeiten war das nun her, aber noch immer war er enttäuscht, fühlte sich deswegen leer und minderwertig. Noch der Toten nahm er es übel, dass sie ihn damals nicht von der Qual erlöst hatte, noch kein Mann zu sein, nicht zu wissen, wie »es« war und ging.

Sicherlich war Manfred Matuschewski ein neugieriger Mensch, das musste er als Soziologe auch sein, dennoch verkniff er sich, was er zu gern getan hätte: an den Zäunen stehenzubleiben und zu beobachten, was die Laubenpieper machten. Das schickte sich nicht und ließ einen Mann sogleich verdächtig werden. Entweder hielt man ihn für einen potentiellen Einbrecher, der etwas ausbaldowern wollte, oder für einen Sittenstrolch, der dicht davor war, sich vor einer friedlich harkenden Frau zu entblößen beziehungsweise über sie herzufallen. Anders hätte es ausgesehen, wenn er einen Hund bei sich gehabt hätte. Wie früher in Frohnau, wo er diese Chance weidlich genutzt hatte.

Manfred bog von der Johannisberger in die Homburger Straße ab und stutzte. Der Mann, der da am Ast seines Kirschbaums hing und Klimmzüge machte, kam ihm irgendwie bekannt vor. Natürlich: Detlev Fasold! Seine Frau Jutta saß vor einem neu aussehenden Holzhäuschen und genoss die milde Abendsonne. Man hatte sich lange nicht gesehen, und Manfred Matuschewski war sich nicht ganz so sicher, ob er sie wirklich stören sollte. Beide hatten wahrscheinlich einen harten Arbeitstag hinter sich, er als Realschullehrer, sie als MTA. Schließlich ging er hinter einem abgestellten Lieferwagen in Deckung und holte sein Handy heraus, um Jutta Fasold anzurufen. Kindliche Freude kam in ihm auf, als er ihr Handy, das auf einem Tischchen neben ihr lag, klingeln hörte. Er stand einen Steinwurf entfernt von ihr, sein Signal war aber Hunderte von Kilometern unterwegs gewesen. Das war schwer zu fassen für einen Mann von 65 Jahren, und er sah instinktiv zum Himmel hinauf, als fragte er sich, ob es dort wirklich Satelliten gab. Als Junge hatte er nur einen Satelliten gekannt: Walter Ulbricht, den Satelliten Moskaus. Warum ihm das gerade jetzt durch den Kopf ging, hätte er gern einen Hirnforscher gefragt.

Jutta Fasold hatte, wie er deutlich sehen konnte, einige Mühe, ihr Handy in einen betriebsbereiten Zustand zu versetzen. Ihr Mann ließ sich vom Baum herab, ihr behilflich zu sein. Endlich klappte es.

»Ja, bitte?«

Manfred Matuschewski gab sich einige Mühe, seine Stimme zu verstellen. »Guten Tag, Frau Fasold, hier ist der Vereinsvorstand. Würden Sie Ihrem Mann bitte sagen, dass er seine Turnübungen tunlichst unterlassen soll. Einige Ihrer Nachbarn fühlen sich in ihren ästhetischen Empfindungen verletzt.«

Jutta Fasold tippte sich mit dem Finger gegen die Stirn und reichte ihrem Mann das Handy.

»Detlev Fasold.«

Manfred Matuschewski schnauzte los. »Tun Sie nur nicht so scheißfreundlich, Herr Fasold, ich weiß doch genau, dass Ihre Frau mir eben einen Vogel gezeigt hat. Und Ihr höhnisches Grinsen entgeht mir auch nicht. Lassen Sie bitte die kreisenden Bewegungen vor Ihrer Stirn. So etwas wie Sie ist für unsere Kolonie nicht tragbar.« Damit schaltete er sein Handy wieder aus und wartete eine Weile.

Als er dann bei den Fasolds auftauchte, waren sie noch immer am Diskutieren, und er musste zweimal »Hallo« rufen, ehe sie auf ihn aufmerksam wurden und an den Zaun kamen. Man umarmte sich.

»Mensch, ich kann's nicht fassen: Ihr seid unter die Laubenpieper gegangen! Nehmen die denn auch Angehörige der höheren Stände?«

»Nur weil wir ein Enkelkind haben«, antwortete Jutta Fasold. »Aber sie versuchen schon, uns wieder loszuwerden. Da hat eben so ein Idiot angerufen, der Detlev verbieten will, hier im Garten seine Klimmzüge zu machen.«

Manfred Matuschewski zeigte volle Anteilnahme. »Menschen gibt's ... Aber wer seinem Vereinsvorsitzenden gleich einen Vogel zeigt ...«

Sie fragten nicht einmal, woher er das wissen konnte, so durcheinander waren sie, und es tat ihm leid, sie hereingelegt zu haben. Zur Wiedergutmachung lud er sie zum Essen ein.

Als sie mit Elke und Melina zusammen beim Griechen in der Detmolder Straße saßen, musste Manfred Matuschewski zugeben, dass die Wege des Herrn nicht immer nur wunder-, sondern manchmal auch etwas sonderbar waren, denn fast hätte Elke dieses Treffen mit dem Leben gebüßt. Sie hatte sich ein Gericht mit viel Salat und Gyros bestellt.

»Dass Manfred überhaupt noch mit dir zum Griechen geht, bewundere ich ja«, sagte Jutta Fasold.

Manfred Matuschewski lachte. »Elkes Lover, der mich mal umbringen wollte, hieß doch Pavlos und nicht Gyros.«

»Ist ja gut!«, mahnte Elke und verschluckte sich dabei so sehr an einem schlecht gekauten Fleischstück, dass sie keine Luft mehr bekam. Sie sprang auf und geriet in Panik. Jutta Fasold, die einmal begonnen hatte, Medizin zu studieren, stürzte zu ihr, um ihr von hinten die Hände um den Leib zu pressen, doch ihr Griff brachte nicht viel. Elke wollte den Bissen mit einem Schluck Weißweinschorle hinunterspülen, aber es war schon alles verschlossen, und sie versprühte ihre Schorle nur wie ein Rasensprenger. Sie rang nach Luft, sie hustete, und Manfred Matuschewski sah sie schon sterben, so wie Bubi Scholz, der Boxer, und Siegfried Rockendorf, Berlins bester Koch, nach einem steckengebliebenen Bissen ein schnelles und schreckliches Ende gefunden hatten. Detlev Fasold rief nach dem Notarzt. In letzter Sekunde bekam Elke den Brocken aber wieder herausgewürgt und fiel schreckensbleich auf ihren Stuhl. Hunger hatte keiner mehr.

»Wenn ihr uns nächsten Sonnabend in unserer Laube besucht, gibt es nur Suppe«, beschloss Detlev Fasold.

Sie freuten sich auf diesen Besuch, und Elke kaufte eine extraschöne blaue Hortensie.

»Damit ihr länger was davon habt«, sagte Elke beim Überreichen. »Zum Einpflanzen.«

»Gut, dass du Jutta das sagst, sie hätte sie sonst auf die Leine gehängt.« Manfred Matuschewski konnte es nicht lassen, die Welt mit seinen Sprüchen zu erfreuen, und Elke reagierte auch dementsprechend sauer. Erst der Prosecco, den sie zur Begrüßung gereicht bekamen, führte dazu, dass sich ihre Laune wieder besserte.

Manfred Matuschewski hob sein Glas. »Auf euer Wohl und eure Laube! Wie hat Wolfgang Sauer früher immer gesungen? ›Glaube mir, glaube mir, / meine ganze Laube gab ich dir.‹ Ihr seid ja auch noch in meiner Laube in Heiligensee gewesen, da müsst ihr euch angesteckt haben.«

»Inkubationszeit 25 Jahre«, rechnete Jutta Fasold.

Ihr Mann wies darauf hin, dass die Welt seitdem doch eine ganz andere geworden war. »Ihr hattet noch eine vorsintflutliche Sickergrube, wir haben eine Biotoilette.« Stolz führte er sie in einen kleinen Anbau und zeigte ihnen seine ökologisch so wertvolle Errungenschaft. Manfred Matuschewski durfte sie auch gleich benutzen – und trug dabei eine kleine Gehirnerschütterung davon. Das Toilettenhäuschen war nämlich ein wenig niedrig geraten, und die Konstrukteure hatten nicht einmal die Mindestmaße von Flugzeugtoiletten eingehalten.

»Aber schön, dass bei mir überhaupt noch etwas zu erschüttern ist«, fand Manfred Matuschewski und kam damit Elke zuvor.

Detlev Fasold wusste, dass er Elke mit allem, was »öko« und »bio« war, begeistern konnte. »Komm, ich zeig' dir mal mein Hochbeet.«

Manfred Matuschewski griff sich einen Spaten und hob ihn drohend in die Höhe. »Wenn du mit meiner Frau ins Hochbett gehst, dann …«

Mehr als Biotoilette und Hochbeet interessierte ihn allerdings, was auf dem Rasen des Nachbarn zu sehen war: eine Garteneisenbahn, und zwar keine gewöhnliche, sondern eine mit Berliner S-Bahnzügen.

»Da möchte ich am liebsten gleich mal einen fahrenlassen«, sagte Manfred Matuschewski.

»Benimm dich!«, rief Elke.

»Also, erstens sind wir an der frischen Luft, zweitens ist das eine zulässige Hommage an meinen Vater, und drittens meine ich wirklich die Baureihe 485 drüben.«

»Seine Züge hat der Straupitz alle selber gebaut«, verriet ihnen Detlev Fasold. »Und S-Bahnfahrer ist er auch.«

Manfred Matuschewski faltete die Hände. »Ein Königreich dafür, dass er mich mal vorn im Führerstand mitnimmt!«

Jutta Fasold hatte eine Idee. »Ladet ihn doch zum Skatspielen ein und lasst ihn gewinnen – dann macht er das bestimmt.«

Sie warteten ab, bis Stefan Straupitz sein Mittagsschläfchen beendet hatte, und traten dann wieder an den Zaun. Erst bewunderte Manfred Matuschewski die Modellbahnanlage, anschließend fragte Detlev Fasold, ob Straupitz nicht Lust zu einer kleinen Skatpartie habe. »Wir sind auf der Suche nach einem dritten Mann.«

Der Nachbar ließ sich nicht lange bitten, und schon waren die Karten gemischt. Der erste Jubelschrei kam aber nicht von S-Bahnfahrer Straupitz, sondern von Melina, denn sie hatte entdeckt, dass in Fasolds Hauskasten zwei Frösche lebten, und Jutta Fasold kletterte tatsächlich in das dunkle Verließ hinab, um sie einzufangen, nach oben zu holen und in eine Badewanne zu setzen.

»Das sind Priesemut und Priesemutine!«, rief Melina. Die Geschichten von Nulli und Priesemut, geschrieben und gezeichnet von Matthias Sodtke, gehörten zu ihren absoluten Lieblingsbüchern. Nulli war ein Hase und Priesemut ein Frosch.

Elke und Jutta Fasold saßen auf dem Rasen und plauderten, Melina spielte mit den beiden Fröschen, und die drei Männer warteten auf einen Grand mit Vieren – es war die reinste Idylle, und Manfred Matuschewski fühlte sich so wohl wie ehemals in Heiligensee oder noch früher in Schmöckwitz. »Als wennste schwebst«, hatte seine Schmöckwitzer Oma in Momenten dieses animalischen Wohlbefindens immer ausgerufen.

Manfred Matuschewski wagte einen Grand ohne Drei – und gewann ihn. Jubelnd sprang er auf, knickte dabei aber mit dem rechten Fuß ein wenig um, stürzte auf das Blumenbeet und zermalmte die gerade eingegrabene extra schöne blaue Hortensie.

»Hätte ich sie man doch auf die Leine gehängt«, meinte Jutta Fasold.

Es wurde trotz dieses Fehltritts noch ein wunderschöner Abend, und beim Bier am Grill fielen dann jene Worte, die Manfred Matuschewski ebenso entzückten wie fünfzig Jahre vorher ein »Ich liebe dich«: »Klar kannste ma vorn bei mir mitfahren. Übrigens: Ich bin der Stefan.«

»Und ich der Manne.« Manfred Matuschewski drückte sein Glück so aus, wie er es in seiner Jugend durch den deutschen Schlager gelernt hatte: »Alle Träume werden einmal wahr, übers Jahr, übers Jahr.«

»Nein, nein, eher schon«, versicherte ihm der S-Bahnfahrer.

Träumte Manfred Matuschewski von einer Führerstandsmitfahrt, so träumte seine Tochter von einer eigenen Laube. Aber nicht von einer x-beliebigen, sondern von der, die den Fasolds gehörte. »Bitte, Papa, bitte kauf sie ihnen ab!« Dies so süß und inniglich, dass er eigentlich nicht nein sagen konnte.

»Gerne, Kind, aber …« Es mussten scheinbar rationale Argumente herhalten. »Erst müssen wir mal sehen, ob uns Fasolds ihre Laube tatsächlich verkaufen wollen, und dann ist es sehr unwahrscheinlich, dass uns der Kleingartenverein wirklich als Pächter akzeptiert, denn es gibt immer eine lange Warteliste, und man muss sich hinten anstellen. Wahrscheinlich verdienen wir auch zu viel, und sie werden sagen: Sie haben ja schon ein Haus.«

»Aber da wohnt doch jetzt Joscha drin.«

Elke strahlte. »Wie gut sie doch argumentieren kann.«

»Und mich um den Finger wickeln …« Manfred Matuschewski war hin und her gerissen. Einerseits wollte er der Tochter ihren Herzenswunsch durchaus erfüllen, andererseits wusste er aus Erfahrung, dass ein Laubenpieperdasein nicht nur aus Glücksmomenten bestand, sondern auch mit sich brachte, dass man sich gehörig placken musste: gießen, Rasen mähen, Unkraut jäten, umgraben, Laub harken, die Laube streichen, den Zaun reparieren, die Biotoilette entleeren ... Er flüchtete sich in eine Floskel, die noch aus den Urzeiten des Fernsehens stammte, als der Sportreporter Heinz Maegerlein (»Tausende standen an den Hängen und Pisten«) eine Quizsendung moderiert hatte: »Ich bitte um Bedenkzeit.«

In den nächsten Tagen ging Manfred Matuschewski immer wieder an der Fasoldschen Laube vorbei, um sich zu prüfen. Vielleicht konnte man sich hier Karnickel halten und Melina damit glücklich machen. Wie sehr litt sie doch darunter, kein Haustier zu besitzen. Aber Elke wollte keine Hunde im Haus haben, er war allergisch gegen Katzenhaare – und beide verabscheuten sie alles, was nach Ratte aussah, mochten also auch keine Hamster und Springmäuse. Ein Zwerghase, wie ihn die Tochter immer wieder ins Spiel brachte, wurde eine Zeitlang erwogen, und dass diese Tierchen mitunter Telefonkabel durchbissen, hätte man noch als Segen werten können. Aber seit Elke bei Freunden gesehen hatte, wie diese putzigen Wesen überall auf den Teppichen ihre kleinen Knödel verteilten, schrie sie auf, sobald die Rede darauf kam. Umso mehr versteifte sich Melina auf ein Kuschelkarnickel. Manfred Matuschewski wagte schon gar nicht mehr, beim Griechen *kouneli* zu bestellen. Das hätte ihn auf immer und ewig die Liebe seiner Tochter gekostet. Von Elke trug es ihm nur einen Tritt gegen das Schienenbein ein, als er meinte, ein Betthase sei ihm allemal lieber als ein Zwerghase.

Statt des geschmorten Kaninchens bestellte Manfred sich beim nächsten Mal beim Griechen ein *souflaki*, doch darin schien sich etwas zu finden, das seinen Magen und seine Gedärme in Aufruhr versetze, jedenfalls musste er, als er am Rüdesheimer Platz aus der U-Bahn stieg, um die Fasoldsche Laube abermals in Augenschein zu nehmen, so dringend auf die Toilette, dass er in Panik geriet. Dünne Sommerhosen und heftiger Durchfall, dessen man nicht mehr Herr werden konnte ... Für jeden Erwachsenen eine schreckliche Vorstellung. Kam man in diesem Zustand nach Hause und traf auf der Treppe möglicherweise eine niveauvolle Nachbarin … Vorher hatte er auch noch einen Kilometer zu laufen, denn kein Taxifahrer würde ihn mitnehmen. Was lag da näher, als an die Fasoldsche Biotoilette zu denken? Sie war seine ganze Hoffnung. Ohne sie war er verloren.

Doch als er das Gartentor erreicht hatte und nach den Fasolds rief, musste er feststellen, dass sie nicht da waren. Ausgerechnet heute nicht. Auch Straupitz saß nicht in seinem Garten, wahrscheinlich hatte er Dienst. Fast war Manfred Matuschewski versucht, sich an den Fasoldschen Zaun zu setzen und … Nein, da kamen Leute! In seinem Bauch gab es eine kleine Explosion nach der anderen, und jeden Augenblick drohte der Druck der Gase so stark zu werden, dass sie den Afterschließmuskel glatt wegsprengten. Aber er musste freundlich grüßen und warten, bis die Spaziergänger wieder verschwunden waren. Es ging nicht mehr. Sekunden noch, dann … Er hatte nur noch eine Chance: über den Zaun zu klettern. Als schlechtem Turner misslang ihm allerdings die Flanke gründlich, und er stürzte kopfüber auf den Rasen. Gebrochen hatte er sich nichts, und mit wenigen Schritten war er am Toilettenanbau. Natürlich war der abgeschlossen, aber die Tür ließ sich schnell gewaltsam aufreißen, die Notlandung gelang. Manfred war danach so erschöpft, dass er lange auf der wackligen Brille sitzenblieb. Das Glücksgefühl, es gerade eben noch geschafft zu haben, glich einem anderen »Danach-Empfinden«, und er hätte sich die dafür gedachte Zigarette gerne angesteckt, wenn er denn Raucher gewesen wäre.

»Polizei! Bitte kommen Sie heraus!«

Manfred Matuschewski schreckte hoch und realisierte nach einigen Sekunden, dass man ihn für einen Einbrecher hielt.

»Moment, ich muss erst noch …« Nachdem alles Notwendige erledigt war, hob er, bevor er die Tür mit dem Fuß aufstieß, sicherheitshalber die Hände. Von einem SEK-Kommando erschossen zu werden, bescherte ihm sicherlich das Glück, am nächsten Tag in jeder Zeitung erwähnt und beklagt zu werden, hatte aber den Nachteil, es nicht mehr selber sehen und lesen zu können. Zwar sagte Fontane: »Ein Tod kann unsterblicher sein als ein ganzes Leben«, aber würde das hier schon reichen?

Es standen auch nur zwei ganz normale Beamte vor ihm, die zwar Eigensicherung betrieben, aber ansonsten nur Eines im Sinn hatten: möglichst wenig Arbeit mit ihm zu haben. »Ihre Ausweispapiere, bitte!«

Manfred Matuschewski verzichtete auf den Kalauer, dass er nicht vorhabe, sich auszuweisen, und reichte dem Vertreter des legalen staatlichen Gewaltmonopols kommentarlos die graugrüne Plastikkarte.

»Sind Sie der Pächter dieser Parzelle?«

»Nein. Aber ich bin hier nicht eingebrochen, sondern nur schnell mal auf die Toilette gegangen ... Die Laube gehört Freunden von mir.«

Ein Herr, der ein wenig aussah wie der ehemalige Berliner Innensenator Kurt Neubauer, war ans Gartentor getreten und mischte sich ein. »Die Laube gehört den Fasolds – und den Herrn, den habe ich hier noch nie gesehen.«

»Sie haben 110 angerufen?«, fragte einer der Beamten.

»Ja. Weil hier andauernd eingebrochen wird.«

»Wir können ja Herrn Fasold mal anrufen«, schlug Manfred Matuschewski vor. »Er wohnt hier gleich um die Ecke.«

Zum Glück für ihn war Detlev Fasold zu Hause und lief sogleich zu seinem Wagen hinunter. In zehn Minuten war die Sache geklärt.

Der Laubenpieper, der die Polizei alarmiert hatte, entschuldigte sich mehrfach bei Manfred Matuschewski, und als er erfahren hatte, dass der sogar ein Prof. Dr. war, begleitete er jeden seiner Sätze mit einer leichten Verbeugung. »Es wäre eine große Freude für uns, Herr Professor, Sie öfter in unserer Kolonie begrüßen zu dürfen.«

Manfred Matuschewski wollte einwenden, dass Deutschland keine Kolonien mehr habe, doch Detlev Fasold ließ ihn gar nicht zu Worte kommen.

»Wir wollen ja verkaufen ... Würden Sie denn Herrn Matuschewski auch als unseren Nachfolger akzeptieren, obwohl er nicht auf Ihrer Warteliste steht?«

Manfred Matuschewski verdrehte die Augen und hätte den Freund am liebsten in seine frisch gefüllte Biotoilette befördert, denn tief im Innern seines Herzens – das merkte er in diesem Augenblick – wollte er gar keine Laube mehr haben und hätte das »Njet« des Laubenpiepervorstandes gern genutzt, um Melinas Wunsch nicht erfüllen zu müssen.

Das Vorstandsmitglied war nur allzu geneigt, Detlev Fasolds Antrag wohlwollend zu behandeln. »Aber natürlich werden wir Herrn Prof. Dr. Matuschewski als Mitglied bei uns aufnehmen. Auch ohne dass er auf der Warteliste steht. Sozusagen als Entschädigung für das, was eben geschehen ist. Herr Professor, Sie und Ihre Familie sind uns herzlich willkommen.«

Das Tricksen war Manfred Matuschewski zuwider, und so zögerte er nicht, zu Hause alles wortgetreu wiederzugeben, was sich auf der Fasoldschen Parzelle ereignet hatte. Das war sein Glück, denn Jutta Fasold hatte schon bei Elke angerufen und ihr alles geschildert. Auch über den Kaufpreis waren sie sich bereits einig geworden.

»Nun denn ...«, sagte Elke. »Da werden wir also ab dem 1. August Laubenbesitzer.«

Als Melina erfuhr, dass sie die Fasoldsche Laube mitsamt der beiden Frösche kaufen wollten, führte sie Freudentänze auf.

Manfred Matuschewski fand sich mit seinem Schicksal ab und schwor sich, das Beste aus allem und seine kleine Tochter glücklich zu machen.

Dass sie dennoch keine Laubenpieper wurden, lag daran, dass das Holzhäuschen vierzehn Tage später abbrannte.

Einige hielten Manfred Matuschewski für den Täter, und auch er selbst hatte sich in Verdacht, es wirklich getan und aufgrund einer Persönlichkeitsspaltung verdrängt zu haben. Doch erstens hatte er die Nacht, in der es passiert war, in einem Hamburger Tagungshotel zugebracht, und zweitens wurde der Einbrecher, der den Brand gelegt hatte, wenig später gefasst.

»Nun will ich keine Laube mehr«, befand Melina.

In der Heiligen Schrift stehen viele Mahnungen und Warnungen wie diese: »Treibe den Spötter aus, so geht der Zank weg«, »Mancher kommt zu großem Unglück durch sein eigen Maul« oder »Tue von dir den verkehrten Mund und lass das Lästermaul ferne von dir sein« (Sprüche Salomos 22,10; 16,26 und 4,24). Dennoch konnte Manfred Matuschewski in dieser Hinsicht keiner Versuchung widerstehen. Als sein Cousin Curt, dem er von Jugend an herzlich verbunden war, 1994 mit seiner neuen Familie nach Hemmoor gezogen war, wurden die Einwohner der schönen Samtgemeinde für ihn die Hemmooriden, was geschrieben noch nachvollziehbar sein mochte, phonetisch aber von den Hämorrhoiden nicht zu unterscheiden war. Allein der Gag zählte für ihn – die Menschen dort wollte er, weiß Gott, nicht kränken und seine Verwandten erst recht nicht.

Elke tadelte ihn wegen der Hemmooriden. »Das ist schon irgendwie menschenverachtend.«

Manfred Matuschewski nickte. »Ich würde sogar noch einen Schritt weitergehen und sagen: menschenverneunend, darf aber zu meiner Verteidigung vorbringen, dass ich wegen meiner Nähe zu Friedrich dem Großen auch eine besondere Beziehung zu Hämorrhoiden habe. Unter denen hat er nämlich fürchterlich gelitten, und ein erheblicher Teil der Briefe, die er und sein Geheimer Kammerdiener Michael Gabriel Fredersdorf ausgetauscht haben, galt den Hämorrhoiden, von denen sie beide geplagt wurden.« Und zum Beweis, wie wissenschaftlich fundiert seine Darlegung war, zeigte er Elke einen Brief des Königs aus dem Jahre 1753, in dem es unter anderem hieß: »nim Dihr wohl in acht! Nun Sihestu Selber, daß Deine zufälle nichts als größten-theils von denen Hemeroiden Komen. Das lässet sich so wenig zwingen in 8 tage Cuhriren, als wie golt zu machen. gedult und tzeit werden Dihr curihren, Charlatans und goldtmachers umbs leben bringen! Gott bewahre Dihr!«

»Sehr schön«, sagte Elke. »Trotzdem – können wir nicht über etwas anderes reden?«

»Gut. Dann nehmen wir den Brief Friedrichs als ersten ernsthaften Versuch der Rechtschreibreform in Deutschland. Allerdings wäre in diesem Zusammenhang auch darüber nachzudenken, das Wort Hämorrhoiden durch ein anderes zu ersetzen, denn ich gehe jede Wette ein, dass nur 5,2 Prozent aller Deutschen wissen, wie man Hämorrhoiden schreibt, und rechnet man diejenigen heraus, die welche haben, sind es nur noch 3,8 Prozent. Außerdem sollte die Deutsche Forschungsgemeinschaft endlich einmal Geld für ein Projekt lockermachen, in dem ernsthaft erforscht wird, warum es die einzelne Hämorrhoide nicht zu geben scheint, sondern man immer nur die Mehrzahl im Auge hat. Letzteres aber bildlich gesprochen, denn es scheint für die Hämorrhoiden typisch zu sein, dass man sie selber nicht sehen kann. Nicht schreiben kann man sie, nicht sehen kann man sie ...« Er griff zum Duden, um zu ermitteln, ob es eine neue Schreibweise gab. Die gab es nicht. »Die Hämorrhoiden sind nur leicht bereinigt worden und heißen jetzt auch Hämorriden. Auch das werden nur 10,3 Prozent richtig schreiben können, weil der Rest primär an hemmen denkt ... beim Stuhlgang, einige auch beim Geschlechtsverkehr. Und da wären wir wieder bei Hemmoor und den Hemmooriden. Du siehst, so unrecht habe ich mit meinen Reflexionen nicht. Soll ich dir erzählen, wie mein Vater das Problem gelöst hat, wie er zu den Hämorrhoiden gesagt hat?«

»Nein, bitte nicht!« Elke verließ fluchtartig das Zimmer – und so erfuhr sie nicht, dass Otto Matuschewski, wie das im Berlin der unteren Stände üblich war, von Arschknödeln gesprochen hatte.

Hemmoor ist eine liebenswürdige Kleinstadt im Elbe-Weser-Dreieck und lockt mit Marsch, Moor und Geest, einem Museums- und Kulturpark, dem nahebei gelegenen Flüsschen Oste samt einer historischen Schwebefähre und einem imposanten Baggersee, dem sogenannten Todesloch. Letzteres war ehemals eine 50 Hektar große und 130 Meter tiefe Grube gewesen, in der man Kreide für die ortsansässige Zementindustrie abgebaut hatte. 1976 war dann die Sache nicht mehr rentabel genug, und man hatte die Pumpen abgeschaltet. Bald war das Ganze vollgelaufen und hatte sich zum vielleicht attraktivsten Tauchplatz

Deutschlands entwickelt. Der *Stern* berichtete ermunternd: »... auch erfahrene *diver* unterschätzen die Gefahren. Fünf Tote und ungezählte Unfälle – die Folgen reichen von vorübergehenden Lähmungen der Fingerspitzen bis zur permanenten Rollstuhlreife. Panik, Stimmritzenkrampf, Tiefenrausch, Schwindel, Erbrechen, vereisende und abblasende Lungenautomaten – das Hemmoor ist für manche Überraschung gut. Faustregel: Amateure kommen um, Fortgeschrittene erleiden sogenannte Dekompressions-Unfälle, die zu bleibenden Schäden führen können. Noch lebende Opfer werden mit dem Helikopter in die Druckkammer von Bremen oder Kiel geflogen.«

Manfred Matuschewski hätte sich in diesem Falle gewünscht, nach Bremen geflogen zu werden, weil da die Chance bestand, seinen Freund Hans-Ulrich Muldenstein zu besuchen und zu den Stätten zu pilgern, die ihm in seiner Bremer Zeit Anfang der siebziger Jahre etwas bedeutet hatten. Da er aber sowieso nicht tauchte, musste der Besuch in Bremen noch warten.

Nach Hemmoor ging es mit der Deutschen Bahn AG, wenn auch nicht auf direktem Wege, sondern mit einmaligem Umsteigen in Hamburg.

»Dazu haben wir minus sechs Minuten Zeit«, stellte Manfred Matuschewski fest, als er die Fahrkarten abgeholt hatte.

»Du redest wirr«, antwortete Elke.

»Kein Wunder, ich hab' doch im Nebenfach auch Volkswirrschaft studiert. Aber die Sache ist ganz logisch: Wir haben in Hamburg Hauptbahnhof neun Minuten Zeit zum Umsteigen, da aber unser Zug eine Viertelstunde Verspätung haben wird, müssen wir schon sechs Minuten vor seiner Ankunft aussteigen.«

»Das hättest du denen im Bahnhof Zoo mal erklären sollen.«

»Ich kaufe meine Fahrkarten doch nicht am DB-Schalter, da steh' ich länger an, als die Fahrt dauert – ich war bei uns im Reisebüro.«

Elke bummelte ihre Überstunden ab, und Melina wurde ein wenig früher aus der Vorschule geholt, so dass sie sich schon

Freitagmittag auf den Weg in den hohen Norden machen konnten. »Besser hoher Norden als Albert Norden«, hatte Manfred Matuschewski früher im Hörsaal gekalauert, aber da hatte es auch noch den einen oder anderen gegeben, der wusste, wer dieser Albert Norden war: ein SED-Ideologe.

Als sie auf dem Bahnsteig am Zoologischen Garten standen, geschah eines der Wunder, die Manfred Matuschewski in seiner Jugend im deutschen Schlager versprochen worden waren: Ihr Zug kam nur knapp fünf Minuten zu spät, per Definition der Bahn also pünktlich, und der Wagen, für den sie Platzkarten hatten, war tatsächlich noch vorhanden. Bei Manfreds vielen Bahnreisen – früher als vortragender Professor, heute als FORMAT-Chef – erlebte er immer wieder einmal, dass ein Wagen fehlte, zumeist wegen eines technischen Defektes. Bei auch in der ersten Klasse ausgebuchten Zügen blieben ihm dann nur noch der Speisewagen, sofern vorhanden, oder die Toilette. Einmal war er so erbost gewesen, dass er einem Bediensteten, der ihn mit einem 10-Euro-Gutschein trösten wollte, gesagt hatte, er könne sich damit den Hintern abwischen.

»Machen Sie die Toilette bitte frei für Reisende, die wirklich müssen«, forderte dieser.

»Ich habe ein Attest von Prof. Paracelsus bei mir, dass ich an hämorrhoider Diarrhöe leide«, hatte Manfred Matuschewski erwidert. »Wenn Sie mich hier rauswerfen, ist das ein Straftatbestand.«

Daraufhin hatte er bleiben dürfen, den Ort aber doch nicht so recht genießen können, denn der Toilettendeckel war erbärmlich hart, und dauernd rüttelte jemand an der Tür. Es waren aber sämtlich literarisch ungebildete Reisende, die da in ihrer höchsten Not Einlass begehrten, denn niemand benutzte für seine Flüche die klassischen Worte aus Carl Zuckmayers *Hauptmann von Köpenick*: »Wer scheißt denn hier so lange?«

Auf der Fahrt nach Hamburg saß die Familie nun aber feudal in einem Erste-Klasse-Nichtraucherabteil, leider noch mit einem Topmanager und einer Lektorin zusammen. Er hatte seinen Laptop aufgeklappt, studierte bunte Tortendiagramme und formulierte Vorstandsbeschlüsse, die über das Wohl und Wehe Hunderttausender entschieden, sie korrigierte die Texte eines jungen Hochliteraten. Beide gaben sich den Anschein, ungemein bedeutsam zu sein. Aber Melina war sechs Jahre alt und ein fast schon hyperaktives Kind.

»Mama, spielst du mit mir Mensch-ärgere-dich-nicht?«

»Lass mich bitte lesen.«

»Papa, gehst du mit mir ein Eis kaufen?«

»Du hast schon so viel genascht heute.«

»Melina, hör auf, an dem roten Griff zu ziehen, das ist die Notbremse!«

So in ihrem Tatendrang behindert, begann Melina, die Gepäckablage als Turngerät zu benutzen. Dabei war sie nahe daran, der Dame die Brille von der Nase zu treten und ihre Schuhe am Hosenbein des Herrn zu säubern. Die beiden Betroffenen tauschten einen Blick aus, den man, ohne die Taubstummensprache zu beherrschen, leicht übersetzen konnte: »Was heute alles erste Klasse fährt! Vor dem Plebs ist man nirgends mehr sicher!«

Manfred Matuschewski reagierte auf diese Beleidigung mit einer schichtspezifischen Antwort, die ihm sein Vater einmal beigebracht hatte. Das heißt, er ließ durch kurzes Öffnen des Afterschließmuskels fein dosiert das entweichen, was der Gebildete mit *vapor* bezeichnete, der einfache Mann aus dem Volke aber einen »Schleicher« nannte. Nun hatten die beiden wichtigen Menschen neben dem akustischen auch noch ein olfaktorisches Problem. Natürlich schoben sie es dem Kinde zu. Auch Manfred Matuschewski zeigte sich indigniert, tat so, als hätte er Elke und Melina noch nie gesehen, und betrieb mit zunehmender Spannung das, was Soziologen eine offene nichtteilnehmende Beobachtung nennen. Wer von den beiden würde als erster die Contenance verlieren – und wie dann reagieren? Der Topmanager vielleicht mit einer Reizgasattacke, die Lektorin mit einem Nervenzusammenbruch?

Nein, beide ergriffen die Flucht und suchten sich ihren Arbeitsplatz in einem anderen Abteil.

»Das ist also die deutsche Elite«, sagte Manfred Matuschewski. »Standhalten kann sie nicht.« Nun hatten sie endlich das ganze Abteil für sich und konnten sich wie zu Hause fühlen, das Ganze also in kürzester Zeit in einen Saustall verwandeln, wie Otto Matuschewski gesagt hätte. Um der Deutschen Bahn AG keinen neuen Wagen bezahlen zu müssen, ackerte Manfred Matuschewski kurz vor Hamburg wie ein Irrer. »Mir macht das nichts«, sagte er. »Ich komme schließlich aus einer Familie von Lakaien – wir sind es gewohnt, den Dreck anderer wegzumachen.«

Auch ohne dass Melina die Notbremse betätigte, blieb der Zug zwischen Reinbek und Bergedorf ruckartig stehen und hielt dann mehr als zehn Minuten, so dass sie den Anschlusszug nach Cuxhaven wirklich planmäßig verpassten.

»Und nun die gute Nachricht des Tages!«, rief Manfred Matuschewski im Sound von Radio Paradiso, dem Sender, dessen Moderatorinnen ständig so jubelten, als wäre ihnen der Herr gerade in dieser Sekunde erschienen. »Wir sind lebend angekommen, und es hat kein zweites Eschede gegeben.«

Da sie gerade so schön dabei waren, positiv zu denken, nutzten sie die fünfzig Minuten Aufenthalt in Hamburg, um oben auf der Galerie frische Krabben zu essen.

Der nächste Zug nach Cuxhaven stand dann pünktlich am vorgesehenen Gleis, war aber alt und »versifft«, wie Elke es ausdrückte. Sie flüchteten sich in die erste Klasse, wo es leerer war, die Polster jedoch, als sie sich setzten, so viel Staub und Milbenkot in die Luft entließen, dass die Grenzwerte der EU weit überschritten wurden und Manfred Matuschewski als Allergiker sofort zu röcheln begann. Ein Sprühstoß Sultanol musste her.

In den knapp anderthalb Stunden von Hamburg nach Hemmoor dösten sie vor sich hin, und Melina las zwischendurch in ihren Büchern, die allesamt weit davon entfernt waren, für den deutschen Jugendbuchpreis nominiert zu werden, und deshalb einen Riesenspaß machten. Manfred Matuschewski erfreute sich an den Stationsnamen. Buxtehude. Dieser Ort bezog seine

Identität von einer Frauschaft in der ersten Handballbundesliga. Dann kam Horneburg, was er zuerst mit dem Ort des Schießens verwechselte. Folgte Agathenburg. Agathe, das war doch die Tochter des Försters, die nähend am Fenster gesessen hatte ... Stade. Man sah den Atomreaktor, und Elke freute sich, dass er nun stillgelegt wurde. Hammah. »Guck mal, Melina, wenn man das von hinten liest, kommt dasselbe raus wie von vorne. Überlege mal, bei welchen Worten das noch so ist ...« Otto, Anna und Abba. Himmelpforten. Das erinnerte Manfred an das Kloster Himmelpfort bei Lychen. Hechthausen. Das war Modellbahn pur.

Dann kam schon Hemmoor, und auf Gleis 1 stand Curt mit Hund und Tochter. Alles war Manfred Matuschewski so vertraut, als wären sie erst am letzten Wochenende hier gewesen.

»Wir haben Karten!«, rief Curt, kaum dass sie sich alle umarmt hatten.

»Prima!« Manfred Matuschewski hatte schon lange nicht mehr Skat gespielt. »18, 20, 22, 23, 24.«

»Nein, nur sieben.«

»Wie willst du denn mit sieben Karten Skat spielen?«

»Vier für uns, drei für euch.«

»Das löst das Problem doch auch nicht.« Manfred Matuschewski setzte zu einem längeren Vortrag über das Skatspiel und seine Regeln an. »Kreuz, Pik, Herz und Karo mit jeweils acht Karten – das macht 32.«

»Wer redet denn von Skat?«, fragte Curt. »Ich meine Karten für die Küsten-Klassik-Konzerte.«

Manfred Matuschewski freute sich über dieses Geschenk in etwa so wie ein eingefleischter Vegetarier über einen Gänsebraten, zumal sich herausstellte, dass die Künstler bis auf die Chorleiter und Dirigenten Kinder und Jugendliche waren. Er stöhnte. »Das ist nun gar nicht die Zielgruppe für meine ausufernde Phantasie. Hättet ihr nicht wenigstens das Fernsehballett engagieren können?«

Natürlich war es anrührend, wie viel Mühe sich die jungen Musiker gaben, aber am Abend fiel der schönste Dauerregen, und die Sitzbänke der Tribünen, die man auf dem Sand des Strandbades errichtet hatte, waren aus besonders hartem Holz. Und alles dauerte. Allein die Eröffnungsreden erreichten die Länge einer Halbzeit beim Fußball, hatten aber auch einen absoluten Höhepunkt, als nämlich einer der Honoratioren erklärte, Hemmoor würde mit dieser Veranstaltung den Versuch machen, zum »Bayreuth des Nordens« zu werden.

Auch am nächsten Tag wurde viel gesessen. Zunächst bei Ilschen, Curts Schwester, die eine halbe Autostunde entfernt auf einem Bauernhof lebte. Sie hatte eine Buttercremetorte gebacken, und man setzte sich auf die Terrasse, um bei Kaffee und Kuchen zu klönen.

»Oh, was ist denn das für ein wunderschönes Muster!«, rief Elke, als sie an den Tisch trat und die Torte, die mit einer durchsichtigen Plastikhaube abgedeckt war, im Blickfeld hatte. »Das sieht ja wie ein Halmaspiel aus.« Doch bei näherem Hinsehen erkannte sie, dass die schwarzen Punkte kein nachempfundenes Spielfeld waren, sondern Fliegen. Sie stieß einen Schrei aus. »Nein!« Schon eine einzige Fliege in der Küche bedeutete eine absolute Katastrophe für sie und löste lang anhaltende Jagden aus, in deren Verlauf sie auch Schnittverletzungen und Knochenbrüche billigend in Kauf nahm, wenn nur der Schädling erlegt wurde, denn jede Fliege übertrug in ihren Augen Tausende von Bakterien – und damit den sicheren Tod. Nun also diese Fliegenschwärme auf Ilschens Hof. Im Kuh- und Schweinestall waren die weiß getünchten Wände schwarz von ihnen, und als dann jeder sein Tortenstück auf dem Teller hatte, war es unmöglich, die Biester zu verscheuchen. Stets saß zumindest ein schwarzer Brummer auf dem Bissen, den man gerade zum Munde führte, und auch die Arme und die Stirn hielten die Fliegen besetzt.

Auch Manfred Matuschewski war nicht eben begeistert von dieser Invasion und befürchtete heftigen Durchfall auf der Rückfahrt nach Berlin bei ewig blockierten oder wegen irgendeines technischen Defektes unbenutzbaren Toiletten im ICE. Einmal hatte er in einem Zug gesessen, bei dem in weiten Teilen die elektronischen Bordsysteme ausgefallen waren. Die Türen hatten sich nicht öffnen und die Toiletten nicht benutzen lassen. In höchster Not hatte er eine Plastiktüte aus seinem Koffer gezogen und schon überlegt, ob die Blasenentleerung auf einem Einzelsitz im Großraum der ersten Klasse gelingen konnte, wenn er eine Jacke über seine Blöße breitete ... Mehr Sorgen noch machte ihm die Entsorgung des gefüllten Beutels ... Platzte er in dem Moment, wo er ihn in den Koffer stecken wollte ... Besser war es schon, ihn zum Abfalleimer zu tragen. Wie auch immer – was im Falle der Blase irgendwie noch machbar schien, war beim Darm platterdings nicht möglich.

»Fliegen machen nichts«, sagte Ilschens Mann, als er ihr Zögern bemerkte. »Wir sind alle gesund und munter und werden uralt mit ihnen.«

»Ihr seid eben immun dagegen«, wandte Manfred Matuschewski ein.

Curt ging die Sache naturwissenschaftlich an. »Fliegenpilze und Fliegen sind zweierlei Dinge, und außerdem hat Melusine genügend Medikamente in der Apotheke. Gib mir mal gleich zwei Stücke.«

Auch Melina hatte nichts gegen Fliegen. Sie wünschte sich schon immer ein Haustier – und hatte nun gleich Tausende davon zum Spielen. Zwei von ihnen, die sie Pünktchen und Anton getauft hatte, wollte sie in einem Weckglas mit nach Berlin nehmen.

Manfred Matuschewski überwand sich, führte die Gabel mit dem ersten Stück Fliegenschisstorte zum Mund, ergab sich in sein Schicksal und zitierte aus Georg Hermanns *Jettchen Gebert*: »Und es kam, wie es kommen musste. Alles, wie es kommen musste.«

Elke rang mit sich und fand dann einen Kompromiss: Sie nahm sich ein Stück aus der Mitte der Torte und köpfte es dann, als es auf ihrem Teller lag, mit Hilfe des Tortenhebers, das heißt, sie entfernte das Oberteil und schob es zum Tellerrand. »So viel Sahne darf ich nicht wegen meines Cholesterins ...«

Sie redeten über die alten Zeiten. Curts und Ilschens Mutter,

Manfred Matuschewskis Tante Eva, hatte ihre letzten Lebensjahre hier auf dem Bauernhof bei Ihlienworth verbracht.

»Die Nächsten, die man zu Grabe tragen wird, sind wir«, meinte Ilschen.

Bis zum Abend, als sie in einem Restaurant am Ufer der Oste saßen, um gehoben zu speisen, hatte es in ihren Gedärmen jedenfalls noch nicht zu rumoren begonnen. Manfred Matuschewski genoss den Blick auf den schmalen Fluss, der irgendwo bei Zeven seinen Ursprung hatte und gegenüber von Brunsbüttel in die Elbe mündete. Er fühlte sich an die Flüsse seiner Ahnen erinnert, an Warthe und Oder, obwohl man dort Ebbe und Flut nicht kannte und die Deiche längst nicht so hoch waren. Richtig schön waren die Ufer der Oste nur bei Flut; stand das Wasser niedriger, waren sie nur schlammige Streifen, die Manfred an die Berliner Kanalisation erinnerten. Nichtsdestotrotz: Tuckerten auch noch Boote vorbei und hatte er zum frischen Fisch genügend Weißwein getrunken, erfüllte ihn eine gewisse Seligkeit. Der Anblick der Schwebefähre tat ein Übriges. Nur das Sitzen bereitete ihm einige Schwierigkeiten, wobei weniger der Rücken schmerzte als die beiden Pobacken und das, was man allgemein »Sitzhöcker« nannte. An dieser Stelle hatte er wenig Sitzfleisch aufzuweisen, und er beneidete diejenigen, denen man nachsagte, sie würden ihren »fetten Arsch« nie hochkriegen.

Aber nicht nur seine Sitzhöcker drückten auf den harten Gasthausstühlen, es juckte auch zunehmend in der Anusfalte, und sich dort zu kratzen, verbot nun der Anstand. Auf der Rückfahrt nach Berlin wurde es immer schlimmer, und nur ein kleiner Streit mit dem Zugschaffner lenkte ihn etwas ab.

»Personalwechsel. Die Fahrkarten, bitte!«

Manfred Matuschewski streckte sie dem Uniformierten gottergeben hin. »Ihr Vorgänger hatte sie zwar schon, aber schön ...«

»Ihre Bahncard, bitte!«

Das bedeutete eine lange Suche in den Tiefen seiner Tasche, und die hätte er gern vermieden, weil sie wieder einen abgebrochenen Fingernagel zur Folge haben könnte. »Die hat doch ihre Kollegin auf der Hinfahrt schon gesehen und geprüft.«

»Woher soll ich das wissen?«

»Weil sie sonst meine Fahrkarte nicht geknipst hätte«, argumentierte Manfred Matuschewski.

»Richtig, mein Herr, es könnte aber sein, dass Ihre Bahncard mit dem gestrigen Tage abgelaufen ist.«

Gegen diese Logik war nicht anzukommen, und so musste er, wie es sich für König Kunde in einem Dienstleistungsland gehörte, minutenlang in seinen Taschen kramen, in Panik, die Karte nicht zu finden und quasi als Krimineller dazustehen. Er fand sie aber und war stolz auf seine funktionierende Impulskontrolle. Was hatte ihm nicht alles auf der Zunge gelegen …

Manfred kam also nach Berlin zurück, ohne ein Gerichtsverfahren wegen schwerer Beleidigung befürchten zu müssen. Beim ersten Stuhlgang auf der häuslichen Toilette schrie er auf. Als sich dann am Toilettenpapier noch Blutspuren zeigten, geriet er vollends in Panik: Darmkrebs!

Am nächsten Morgen ging er zu seinem Hausarzt. Einer seiner FORMAT-Mitarbeiter hatte einmal geschrieben: »Ich schaue dir nachher mal rein« – statt »bei dir«. Der Hausarzt aber schaute ihm nun wirklich rein, und die Diagnose war schnell gestellt: »Du hast knotige Erweiterungen des Venengeflechts im Mastdarm, mein Lieber, zu Deutsch: Hämorrhoiden. Und zwar sogenannte ›äußere‹ Hämorrhoiden, wie sie bei Menschen mit sitzenden Berufen häufig vorkommen.« Mit einem langen Rezept zog Manfred Matuschewski von dannen.

»Das ist Hemmoors Rache!«, rief Curt, als er am Telefon von Manfred Matuschewskis Malaise erfuhr. »Meine Hemmooriden grüßen deine Hämorrhoiden.«

Manfred Matuschewski beklagte Elke gegenüber immer wieder, einige seiner besten Freunde aus den Augen verloren zu haben, und fügte hinzu, dass ihn dies im Falle von Gerhard Bugsin ganz besonders schmerzen würde.

»Schon unsere Mütter kannten sich von der Schule her, und

seine Schwester sollte ich heiraten. Kladow kam immer gleich nach Schmöckwitz …«

»Ich weiß«, erwiderte Elke dann. »Das hast du mir schon unzählige Male erzählt.«

»Wie oft kaust du denn mit Rebecca alles durch?«

Rebecca war Elkes beste Freundin, und wenn Manfred ihren Namen hörte, zuckte er so zusammen, als hätte sich gerade die Kanüle einer Spritze in seine Haut gebohrt. Auch ein Mückenstich hätte als Vergleich gelten können. Ein Wespenstich wäre übertrieben gewesen, obwohl es bei Theodor Fontane hieß: »Hundert Nadelstiche regen mehr auf als ein Kolbenstoß.«

Dabei war Rebecca Castritius eine attraktive Frau, und Manfred Matuschewski mochte sie eigentlich. Sie kam aus Ingolstadt, hatte aber einen italienischen Vater, was einen Teil ihres Temperaments erklärte. Mit dem Abitur in der Tasche war sie nach Berlin geflüchtet und hatte nach einigen Umwegen an der Hochschule für Öffentliche Verwaltung Verwaltungswissenschaft studiert. Dort war sie dann Elke begegnet, und beide zusammen hatten ein mit »Eins« bewertetes Referat bei Manfred Matuschewski gehalten. Das Thema lautete: »Neue Werte braucht das Land – Die Ökobewegung«. Das Referat hatte sich, obwohl dieser Begriff damals noch gar nicht so richtig bekannt war, als sehr nachhaltig erwiesen. Nach zwei Jahren Fron im Sozialamt hatte Rebecca dem Öffentlichen Dienst ade gesagt und mit ihrer Abfindung in der Steglitzer Schloßstraße einen kleinen Ökomarkt eröffnet. Der nun wurde sehr bald zu Elkes Tempel, und mindestens zweimal in der Woche, auf jeden Fall samstags, pilgerte sie in die Schloßstraße – zum Großeinkauf wie zur Andacht, denn die Ökobewegung war eine Religion für sie, aber natürlich auch zum Plaudern mit der besten Freundin.

Darüber hinaus blockierten beide nahezu jeden Tag das Telefon, denn zu berichten gab es immer etwas. Rebecca führte ein Leben, wie es in der Fernsehserie *Sex and the City* als vorbildlich vorgeführt wurde, und Elke hatte von ihrer »Bühne« Sozialamt ständig Sensationelles zu berichten. Manfred Matuschewski fand diesen Telefonmarathon einerseits gut, da er dadurch den Kopf für seine Arbeit frei hatte oder aber ungestört längeren Sportübertragungen folgen konnte, andererseits war er doch ein wenig eifersüchtig. Während Elke bei den endlosen Dialogen mit ihrer Freundin witzig war und sich vor Lachen ausschüttete, geriet ihre Kommunikation mit ihm nur allzu häufig zur nüchternen Übermittlung von Fakten wie »Das Brot ist alle, wenn du morgen mal Zeit hast ...« und folgte dem Motto, das in Manfred Matuschewskis Kindheit jede Telefonzelle geziert hatte: »Fasse dich kurz!«

Sosehr er sich auch mühte, gegen die beste Freundin gab es kein Gegenmittel. Und wenn er in seiner Hilflosigkeit deren Namen zu Gastritius verballhornte, brachte ihm das bei Elke viele Minuspunkte ein, noch mehr aber sein Argument, Rebecca würde ihn – kein Wunder bei ihrem Namen – gleichsam kastrieren.

»Ich fahre zu Rebecca in den Ökomarkt. Kommst du mit?«

»Nein, die Bombe, an der ich gerade bastele, ist noch nicht fertig.« Zu seinen Tagträumen gehörte es, den Sprengkörper sonnabends im Laden zu deponieren und den Zünder so einzustellen, dass das Ding am Sonntag explodierte, wenn niemand beim Einkaufen war.

Auch Manfreds Freund Gerhard Bugsin wäre nie auf die Idee gekommen, in der Schloßstraße in einen Ökomarkt zu gehen, wenn er sich nicht beim Thai in der Ahornstraße mit einem Geschäftsfreund getroffen hätte. Anschließend waren sie zum Rathaus Steglitz geschlendert, wo sie ihren Wagen geparkt hatten.

»Wie geht's denn deiner Frau eigentlich?«, fragte der Geschäftsfreund.

»Der Annegret ...?« Gerhard Bugsin blieb erschrocken stehen und fasste sich an den Kopf. »Mensch, ich soll unbedingt ein Berliner Landbrot mitbringen!«

»Geh doch gleich in den Ökomarkt hier.«

»Gute Idee!«

Als Gerhard Bugsin das Brot dann in der Hand hielt und den

Laden wieder verlassen wollte, kam eine junge Dame auf ihn zu und sprach ihn an. »Entschuldigen Sie bitte, haben Sie einen Moment Zeit für mich?«

»Für Sie einen ganzen Abend ...« Gerhard Bugsin war schon immer ein großer Charmeur gewesen.

»So lange wird's nicht dauern«, sagte die Studentin. »Nur eine kleine Kundenbefragung im Auftrag der Firma FORMAT.«

»FORMAT!«, rief Gerhard Bugsin. »Die kenne ich doch, die gehört meinem ältesten noch lebenden Freund, dem Manfred Matuschewski. Aber leider kommen wir nicht mehr zusammen. Es ist ein Jammer!«

Das hatte er so laut geschmettert, dass es Rebecca Castritius bis an die Kasse hörte. Sofort kam sie hervor, um sich als Mediatorin zu betätigen. »Dem Manne, dem Manfred nämlich, kann geholfen werden, und Ihnen auch. Sie sind doch der Gerhard Bugsin?«

»Das will ich nicht leugnen, aber ... Haben Sie mal Büromöbel bei uns gekauft?«

»Nein, ich bin die beste Freundin von Frau Lehmann.«

»Wer ist Frau Lehmann?«, fragte Gerhard Bugsin.

»Na, die Elke, mit der er nun auch schon seit fast fünfzehn Jahren zusammen ist.«

»Wer ist er?«

»Ihr ältester noch lebender Freund: Manfred Matuschewski. Neulich hat er mal alte Fotos gezeigt, und da waren Sie immer wieder drauf. Und auch er bedauert sehr, dass Sie sich überhaupt nicht mehr sehen. Fahren Sie doch gleich mal hin, die Detmolder Straße ist ja gleich hier um die Ecke. Los, los, nicht zögern! Bester Freund trifft beste Freundin – das ist doch eine schöne Geschichte.«

Und so kam es, dass Manfred Matuschewski, als er sich gerade eine neue Patrone für seinen Drucker kaufen wollte, Gerhard Bugsin vor seiner Haustür in die Arme lief. Sein Erstaunen war groß.

»Was für ein Zufall! Und mitten auf dem Kurfürstendamm!« Es war zwar nur die Detmolder Straße, aber seit den sagenumwobenen Zeiten der Kabarettsendung *Die Insulaner* im RIAS war das eine Wendung, die der eingeborene West-Berliner gern gebrauchte. Als Gerhard Bugsin erzählte, wie er auf die Idee gekommen war, mal bei Manfred Matuschewski zu klingeln, konnte der nur murmeln: »Ja ja, die Wege des Herrn ...«

Sie betraten den geräumigen Innenhof des Hauses, der die Größe von zwei Fußballplätzen hatte und eigentlich ein kleiner Park war, setzten sich auf eine Bank und sahen zu den Fenstern hinauf, aus denen sie vor Ewigkeiten einmal hinausgeschaut hatten. Im Sommer 1954 waren die Bugsins – Max, Irma, Inge und Gerhard – in die Wohnung in der Koblenzer Straße gezogen, dann hatte Gerhard mit seiner Familie dort gewohnt – mit seiner Frau Roswitha und den Söhnen Philipp und Leander – und anschließend, ab 1973, Manfred Matuschewski mit den Seinen, mit Renate, Joscha und Larissa. Und als er sich dann 1982 das Haus in Frohnau gekauft hatte, war Gerhard als Single zurückgekommen.

Sie zählten alle auf, die inzwischen gestorben waren, und umarmten sich dann. »Schön, dass wir beide noch leben.«

Eine Wilmersdorfer Witwe, die gerade ihren Müll zum Container trug, beschwerte sich beim Hausmeister: »Dass sich der Herr Matuschewski nun auch noch in aller Öffentlichkeit mit Männern abgibt!«

Manfred Matuschewski sah Gerhard an. »Wie hat dein Vater immer gesagt? Der Mann nimmt seine Potenz mit ins Grab.«

»Und was macht er dort damit?«

»Das haben wir uns schon damals immer gefragt.«

Hatten sie als Jungen »Winnetou und Old Shatterhand« oder »Jule hat 'n Schwein geschlachtet« gespielt, so spielten sie nun »Damals war's – Geschichten aus dem Leben der Familien Bugsin und Matuschewski«.

»Man müsste das alles mal aufschreiben«, sagte Gerhard Bugsin, als sie – anderthalb Stunden später – bei der Anekdote Nummer 86 angekommen waren.

»Ja ...« Manfred Matuschewski dachte nach. »Es soll ja

Schriftsteller geben, die halten alles fest und machen daraus ein Buch, wenn man ihnen seine Lebensgeschichte erzählt. Allerdings nur für Geld.«

»Das habe ich nicht.«

»Ich auch nicht.«

In ihr melancholisches Schweigen hinein brach helles Lachen. Manfred Matuschewski drehte sich um und fand seine Vermutung bestätigt, dass es aus seinem eigenen Fenster drang. Klar, Elke telefonierte. Mit ihrer besten Freundin.

»Du, Rebecca, weißt du was das Schärfste ist …?«

Manfred Matuschewski wäre nie auf die Idee gekommen, in den Ferien nach Göhren zu fahren, wenn sich das nicht so schön lyrisch anhören würde: »Mit dem Gör nach Göhren!« Er und seine FORMAT-Mitarbeiter überlegten schon lange, ob sie sich auf die Werbung stürzen sollten, um die Firma vor der drohenden Insolvenz zu retten. »Willst du dich nicht ums Leben betrügen, so fahre im Urlaub nach Rügen.« Manfred empfand es als Mangel, noch nie auf Rügen gewesen zu sein, der Insel Caspar David Friedrichs. Mochte der auch »gegenüber« in Greifswald geboren worden sein, mit seinem Bild *Kreidefelsen auf Rügen*, gemalt 1818, wurde er automatisch Deutschlands größter Insel zugerechnet. Manfred Matuschewski erhoffte sich von dieser nie gekannte romantische Gefühle. Bei der Wahl des Hotels entschied er sich für eines, das in der Friedrichstraße lag und den originellen Namen *Meeresblick* hatte.

»Alles, was ich mir wünsche, ist absolute Ruhe«, sagte er. »Keinen Menschen hören und sehen, kein Small Talk, nur die tiefe Stille der Natur.«

Elke stimmte ihm zu. »Ja, nur wir drei. Wenn ich Geld hätte, würde ich auch meine Eltern und meine Schwestern einladen – die sind ja im Augenblick alle nicht auf Rosen gebettet. Ebenso Simone Wolkwitz und Sarah. Und Rebecca natürlich. Die hat es wirklich nötig, mal aus ihrer Tretmühle herauszukommen.«

»Zum Glück hast du kein Geld«, sagte Manfred Matuschewski erleichtert. Als er dann aber sah, was Elke alles mitnehmen wollte, war er doch einer Ohnmacht nahe. »Wir ziehen nicht um, wir verreisen nur.«

»An der Ostsee weiß man nie, wie das Wetter werden wird.«

»Dem kann kaum widersprochen werden, ich gebe aber zu bedenken, dass wir kein Auto haben, sondern mit der Bahn fahren, und da ich leider ein Mensch bin und keine Krake, habe ich nur zwei Greifwerkzeuge und kann bestenfalls drei Koffer tragen – zwei mit den Händen und einen auf dem Kopf. Und bei aller Wertschätzung von Frauenpower – wie du die anderen vier wegschaffen willst, verschließt sich mir im Augenblick. Außerdem erlaube ich mir den Hinweis, dass die IC-Züge keinen speziellen Gepäckwagen mehr haben – und ob sie unseretwegen einen aus dem Museum holen und hinten anhängen, wage ich zu bezweifeln.«

»Dann lass dir was einfallen.«

Das tat er, und vier große Koffer wurden ein paar Tage vor dem Urlaub im Auftrage der Bahn abgeholt. »Die sind garantiert vor Ihnen am Ort«, sagte der Bote. Manfred Matuschewski glaubte es nicht, behielt aber seine Zweifel für sich.

Als sie am Sonnabendmorgen mit der Taxe zum Bahnhof Zoo fuhren, waren nur noch zwei kleinere Koffer, zwei voluminöse Rucksäcke und drei Plastiktüten zu bewältigen, von Melinas kleinem Kinderkoffer einmal abgesehen.

»Muss denn das sein?«, fragte er. »Wir haben doch schon alles vorgeschickt.«

»Melina braucht für die Fahrt Bücher zum Vorlesen und ein paar Spiele. Und Wechselsachen, falls sie sich mal bekleckert. Das sind doch über vier Stunden, bis wir da sind. Da muss man auch Essen und Trinken dabeihaben.«

»Klar, wenn wir bei 53 Grad im Schatten in der Mecklenburgischen Zentralwüste stecken bleiben und die Indianer vom Stamme der Mäkpommantschen unseren Bistro-Wagen in Brand schießen, ist das schon beruhigend.«

»Männer!«

»Frauen!«

Mit dem Auto vom Bundesplatz zum Zoo zu kommen war normalerweise nicht besonders schwierig. Auch ein ukrainischer Taxifahrer, der nie eine Prüfung gemacht, sondern seine Lizenz auf dem Schwarzen Markt gekauft hatte, schaffte dies, denn man brauchte nur immer geradeaus zu fahren. An diesem Sonnabendvormittag aber wäre auch der beste aller Berliner Taxifahrer ins Schwitzen gekommen, denn in diesen Stunden strömte die deutsche Jugend millionenfach nach Berlin, um im Rahmen der Love-Parade den Tiergarten zu verwüsten. Am Bahnhof Zoo ballte man sich zum ersten Hautkontakt zusammen. Um das Trommelfell langsam auf seine Zerstörung vorzubereiten, führte ein jeder und eine jede eine Trillerpfeife mit sich und machte pausenlos Gebrauch davon. Durch diesen Wall musste Manfred Matuschewski nun mit seiner Familie hindurch, und das mit dem noch immer beachtlichen Gepäck. Am meisten Angst hatte er um Melina. Wenn er sein Gehör einbüßte, war das halb so schlimm – nichts ging über ein richtiges Inferno.

Sie schafften es mit Müh und Not, und in ihren Armen war nichts tot, allerdings hatte Melinas Hase ein Ohr verloren. Doch auch das ließ sich mit einiger Improvisationskunst wieder reparieren. Der Zug nach Binz war pünktlich, auch waren die Plätze, die Manfred Matuschewski für seine Familie reserviert hatte, von keinem Nichtberechtigten okkupiert worden.

»Wir sind allein!«, jubelte Elke.

Sie hätten sich also glücklich in die Polster fallen lassen können, doch noch bewegten sich draußen auf dem Gang einige Reisende, die sie als »eklig« einstuften. Mit denen über vier Stunden im selben Abteil ... Keine schöne Vorstellung.

»Ich kann uns retten«, sagte Manfred Matuschewski und erinnerte sich an die Reise nach Hemmoor. »Aber da muss ich zum letzten Mittel greifen.«

»Hast du Pfefferspray dabei?«, fragte Elke mit leichtem Entsetzen.

»Nein, alles öko, weißt du doch. Frisch aus dem Naturdarm. *The same procedure* ... Aber auf deine Verantwortung.«

Sie nickte, wenn auch mit Abscheu und Empörung, und als wenig später zwei säuerliche Menschen Anstalten machten, ihr Abteil zu entern, antwortete sie auf das gebellte »Ist hier noch frei?« mit dem freundlichsten Lächeln der Welt: »Aber ja. Bitte sehr ...«, und machte ihnen den Weg frei.

Der Mann drängte Melina unwirsch zur Seite, um seiner Frau einen Fensterplatz sichern. »Komm, Gudrun, das Kind kann ein Stück rücken.«

»Danke, Günther. Da fährt man nun schon erster Klasse und denkt, da seine Ruhe zu haben ... Früher gab es doch extra Spielwaggons für Kinder.«

Elke sah den Gefährten ihres Lebens erwartungsvoll an, doch sosehr Manfred Matuschewski auch drückte und drückte, seine Geheimwaffe versagte an diesem Tage. Sie verdrehte die Augen und murmelte höhnisch: »Ich denke, du kannst immer.«

Nein, das konnte er nicht, und das Wissen darum traf ihn mehr als hart. Von wegen der Gene. Sein Vater hatte noch das Talent gehabt, als Kunstfurzer aufzutreten.

Aber nun zeigte sich, welch hohes Einfühlungsvermögen ihre Tochter hatte und wie kreativ sie sein konnte. Als von ihrem Vater nichts zu riechen war, begann sie, ihre ganz speziellen Waffen einzusetzen. Zuerst schrie und zeterte sie ganz fürchterlich, dass sie nicht sofort ein Eis bekam, dann nutzte sie die Gepäckablage als Reckstange und traf Gudrun mit ihrem Schuh an der Schulter.

»Entschuldigung«, sagte Manfred Matuschewski und pflückte seine Tochter von dort oben ab – absichtlich so ungeschickt, dass sie auf Günthers Füßen landete. »Ich bitte nochmals um Entschuldigung.«

Da Melina nicht turnen durfte, wandte sie sich einer anderen gesellschaftlich sehr geschätzten Übung zu, dem Musizieren. Schnell war ihre Blockflöte aus dem Koffer gezogen. Da sie nur hin und wieder einen Ton traf, begannen Gudrun und Günther in einem Maße zu leiden, das Manfred Matuschewski wieder hoffen ließ.

»Man hätte Ohrstöpsel mitnehmen sollen«, meinte Günther.

»Früher hätte man den Kindern das Lärmen verboten«, fügte Gudrun hinzu.

Melina suchte daraufhin nach ihren Malsachen, und nachdem sie mit ihrem roten Filzer erst Gudruns helles Kostüm und dann Günthers weiße Manschette getroffen hatte, drohte man, die Polizei zu holen.

»Am besten gleich ein SEK«, sagte Manfred Matuschewski, nachdem er sich abermals entschuldigt hatte. »Und hier sind fünfzig Euro für die Reinigung.«

Daraufhin bebten Gudrun und Günther nicht nur vor Zorn, sondern beschlossen auch, sich ein anderes Abteil zu suchen. Als sie mit ihren beiden Koffern abgezogen waren, konnte Manfred Matuschewski seiner Tochter eine weitere Berliner Redewendung nahebringen, denn es stank bei ihnen plötzlich wie in einem Schweinestall.

»Ruf mal den Mann zurück, Melina, er hat hier einen Koffer stehenlassen.«

Sie rätselten noch eine Weile, wem der leise Stinker entfahren war – ihm oder ihr – und ob es ein geplanter Racheakt gewesen war oder eine bloße mechanische Folge des abrupten Aufspringens.

Elke hatte, da sich das Fenster nicht öffnen ließ, mit der Entlüftung ihres Abteils erhebliche Mühe. Als sie die Stadtgrenze passierten, war es geschafft, und sie konnten ihre Dreisamkeit genießen. Elke vertiefte sich in ihre Frauenzeitschriften, Melina malte Mandalas aus, Manfred schaute aus dem Fenster und ließ seinen Gedanken freien Lauf.

12.44 Uhr – Bernau. »Bernauisch Bier und heißer Brei machten die Mark hussitenfrei«, kommentierte Manfred und hoffte, dass seine beiden Damen Näheres darüber wissen wollten, doch keine reagierte. Auch seine Mitteilung, dass hier die Berliner S-Bahn enden würde und sie somit ihre Heimat verließen, interessierte sie nicht. So zählte er nach, wie viele Male er mit Freunden und der Wandergruppe schon in Bernau gewesen war, und kam auf die Zahl »oft«.

13.00 Uhr – Eberswalde. Hier gab es einen Obus, und auf der

Fahrt zur Wanderung um die Feldberger Seen war Dieter Riese geblitzt worden. Der Fußballverein hieß Motor, was West-Berliner immer sehr erheiterte.

13.20 Uhr – Angermünde. Manfred Matuschewski bekam feuchte Augen, denn von hier aus war es nicht weit bis nach Biesenbrow, dem Dorf am Rande des Welsebruchs, in dessen Nähe der Schriftsteller Ehm Welk geboren worden war. Biesenbrow stand für Kummerow, und *Die Heiden von Kummerow* war seit sechzig Jahren Manfred Matuschewskis absolutes Kultbuch.

13.42 Uhr – Prenzlau. Gleich nach der Wende waren er und Elke im Wagen seines Freundes Jochen Kalkbrenner nach Prenzlau gefahren, frisch verliebt und auf der Flucht vor Elkes griechischem Exfreund, der finstere Morddrohungen ausgestoßen hatte.

14.01 Uhr – Pasewalk. Das klang nach Pritzwalk, und Manfred Matuschewski dachte an das Kriegsende in Groß Pankow, das zwischen Perleberg und Pritzwalk lag.

14.30 Uhr – Anklam. »Melina, hör bitte auf, dich bei mir anzuklammern. Wisst ihr, wer aus Anklam kommt?« Nein. Aber sie wollten es auch gar nicht wissen. »Otto Lilienthal.« Als Melina fragte, ob das ihr Opa Otto sei, fühlte Manfred sich vergackeiert.

14.42 Uhr – Züssow. Von hier fuhr die Bäderbahn nach Usedom, und etliche Reisende stiegen aus und um. Auch das säuerliche Ehepaar, das sie aus ihrem Abteil vertrieben hatten. Melina winkte den beiden zu.

14.58 Uhr – Greifswald. Die Stadt kannte Manfred nur aus Hermann Kants DDR-Heldenepos *Die Aula* über die Arbeiter- und Bauernfakultät.

15.20 Uhr – Stralsund. Im Kopfbahnhof konnte Manfred sich eine Viertelstunde lang die Beine vertreten. Hier hatte einer seiner Vorfahren mit den Schillschen Husaren gegen Napoleon gekämpft. Gern hätte er sich die Stadt angesehen, aber weiter ging es, über den Rügendamm hinweg auf die Insel.

15.53 Uhr – Bergen auf Rügen. »Hier muss es viele Unfälle

geben«, sagte Manfred. »Weil sie dauernd Leute bergen müssen.« Elke ermahnte ihn, im Beisein des Kindes nicht so zu reden.

16.19 Uhr – Ostseebad Binz. »Wer hätte gedacht, dass sie hier auf Rügen einen Fußballer aus Frankfurt am Main mit der Benennung eines Ortes ehren«, staunte Manfred Matuschewski, den »Manni Binz«.

Elke stieß ihn nach vorn. »Kümmere dich lieber darum, dass wir ein Taxi kriegen.«

Er beruhigte sie. »Ich habe doch im Hotel angerufen, damit man uns eins schickt.«

Überall standen Taxen und Kleintransporter, deren Fahrer Schilder hochhielten, auf denen die Namen der entsprechenden Hotels und Pensionen mit dickem Filzer aufgemalt waren. *Meeresblick* war aber nicht dabei.

»Das verstehe ich nicht …« Manfred Matuschewski begann so zu fluchen, dass Elke Melina ein Stück zur Seite nehmen musste. Ein Anruf im Hotel scheiterte daran, dass der Akku seines Handys wieder einmal leer war. Dann solle er sich eine Telefonzelle suchen, befand Elke. »Wir werden doch auch so eine Taxe kriegen.« Das war aber gar nicht so einfach, denn mit dem Zug aus Berlin waren so viele Gäste angekommen, dass das Binzer Kontingent erschöpft war. Sie mussten warten, bis eine Taxe vom Einsatz zurückkam.

Endlich ging es die Halbinsel Mönchgut hinunter. Jagdschloss Granitz, Sellin, Baabe, Göhren. Es war fast achtzehn Uhr geworden, als sie endlich vor dem Hotel *Meeresblick* in der Friedrichstraße hielten. Frohgemut trat Manfred an die kleine Rezeption, um sich und seine Familie einzuchecken.

Die junge blonde Dame hinter dem Tresen war lieblich anzuschauen, und er sah ihr gern beim Blättern in ihren Unterlagen wie beim Hacken in den Computer zu. Er war so vertieft in ihren Anblick, dass er ein paar Sekunden brauchte, um zu begreifen, was sie ihm mitzuteilen hatte. »Wir haben hier keinen Matuschewski, Manfred.«

»Keinen …? Dann bin ich sicherlich unter D wie Dr. abgespeichert.«

Wieder begann die Suche, doch auch diesmal war das Ergebnis negativ. »Dann vielleicht unter P wie Prof.« Das war ihm einmal beim Finanzamt widerfahren, und er hatte trotz pünktlicher Zahlung seiner Steuern einen schlimmen Mahn- und Drohbrief erhalten. Nein, auch dort war er nicht. »Dann vielleicht unter dem Namen meiner Lebensgefährtin. L wie Lehmann.«

»Nein, auch da nicht, tut mir leid.«

Er lief zu Elke und Melina hinaus, um seine Reiseunterlagen zu suchen. Mit einem Griff hatte er den Brief gefunden, mit dem ihm vom Hotel *Meeresblick* Buchung und Anzahlung bestätigt worden waren, und auch eine Durchschrift des Überweisungsträgers war angeheftet. Triumphierend lief er zur Rezeption zurück. »Hier, bitte ...«

Die Angestellte überflog die Unterlagen und lächelte noch eine Spur charmanter. »Das stimmt schon alles, Herr Dr. Matuschewski, aber heute haben wir Sonnabend – und Ihre Anreise ist erst für den Montag terminiert.«

Da stand er nun als Denkmal für den zerstreuten deutschen Professor. Elke kam herbeigeeilt, erfuhr den Tatbestand, dass sie zwei Tage zu früh angereist waren, und gratulierte ihm. »Schön, dass ich einen Organisationsfachmann als Partner habe.«

Melina begann zu weinen. »Müssen wir nun nach Berlin zurück, Mama?«

»Sicher, hier ist doch Hochsaison und alles belegt.« Sie nahm die Tochter in den Arm.

»Ein Zelt wird schon noch aufzutreiben sein«, sagte Manfred Matuschewski. »Ist doch auch mal schön.«

Es ging nun eine Weile hin und her, die Spannung wuchs, und er sah sich schon mit seinen beiden Lieben im Nachtzug nach Berlin beziehungsweise in zwei Notquartieren auf der Insel verstreut, dann aber durfte aufgeatmet werden. »Sie können bis Montag bei uns im *Meeresblick* bleiben, müssen allerdings zweimal umziehen.«

Sie zogen sich um, streiften kurz durch den Ort und speisten dann im Gourmetrestaurant *Meeresblick*, laut *Gault Millau* das beste im Lande. Nach einem Gruß aus der Küche und einem feinen Süppchen gab es in Kräutern gebeizten Ostseelachs mit Frischkäse vom Ziegenhof. Als Hauptgang wurde Rückenfilet vom Reh an Wacholdersoße mit Pfifferlingen serviert und als Dessert wurden Variationen vom Sommerblüteneis aufgetischt. Es war das teuerste und feudalste Essen ihres Lebens, und Manfred Matuschewski konnte dies nur so kommentieren, wie es seine Schmöckwitzer Oma getan hätte: »Nobel geht die Welt zugrunde.«

Vor dem Einschlafen vertiefte er sich in den Plan von Göhren. Der Ort lag auf einem Landrücken, der sich weit in die Ostsee schob und sozusagen die hohe See vom Greifswalder Bodden trennte. Vom Hotelbalkon blickte man auf die Greifswalder Oie, eine langgestreckte Insel mit Leuchtturm, aber ohne Menschen, und konnte dahinter die Insel Usedom erkennen. Es gab den eher mondänen Nordstrand mit Seebrücke, Strandkörben, Promenade und Konzertmuschel und den naturbelassenen Südstrand, an dem entlang man nach Lobbe und Thiessow wandern konnte.

Sie entschieden sich nach Frühstück und Umzug ins andere Zimmer für den Südstrand. Um den zu erreichen, mussten sie einen steinzeitlichen Hügel hinabsteigen und sich dann an verfallenen Gehöften vorbei ihren Weg suchen. Kompass oder Ortsplan brauchte Manfred Matuschewski allerdings nicht auszupacken, denn der Strand ließ sich bald erriechen. Das lag am Seetang, der sich stellenweise als dicker Wall zwischen Wasser und Sand angesammelt hatte. Nachdem sie weitere zweihundert Meter gewandert waren, fanden sie ein freies und genügend großes Plätzchen, um ihre gestern Abend noch schnell gekaufte Strandmuschel aufzustellen. Obwohl es Elke strikt ablehnte, von geschlechtsspezifischer Arbeitsteilung zu sprechen, bestand keinerlei Zweifel daran, dass die Montage Manfreds Aufgabe war.

Er nahm die Anleitung zu Hand und las vor, was dort schlecht gedruckt geschrieben stand. »*Zoek een vlakke plaats* ... äh? Ach nein: Wählen Sie eine möglichst ebene Aufbanstelle ... Was ist eine Aufbanstelle?«

»Ein Druckfehler.«

»Danke.« Die Zeichnung zum Zusammensetzen des Gestänges erinnerte an das Krickelkrackel einer Dreijährigen, und er gab es auf, sie verstehen zu wollen. Er setzte sich lieber erst einmal in den Sand und sah zu, wie es die anderen machen. Seine gute Mutter hatte ihm nicht umsonst beigebracht, dass man mit den Augen ruhig stehlen dürfe. Nachdem er das ausgiebig getan hatte, schaffte er es in der Tat, ihre Strandmuschel aufzurichten. Melina und Elke weihten sie mit Jubel ein und füllten sie mitsamt den Rucksäcken fast völlig aus. Für Manfred war ja draußen Platz genug.

»Ihr hättet ruhig danke sagen können«, brummte er. »Schließlich habe ich meine Gesundheit euretwegen ruiniert.« Ein Fingernagel fehlte ihm, und aus einer kleinen Fleischwunde am rechten Knie tropfte einiges Blut. Er hatte sich auf den Boden geworfen, um zu verhindern, dass die nur teilweise verankerte Strandmuschel vom Wind auf die hohe See hinaus getragen wurde – und dabei übersehen, dass er schon einen der Heringe, auch Erdnägel genannt, in den Boden getrieben hatte.

»Das verheilt doch schnell«, kam Elkes Trost. »Salzwasser desinfiziert ja.«

»Das ist ja ringsum in ausreichender Menge vorhanden, wenn auch eiskalt. Hätten wir bloß unseren Tauchsieder mitgenommen! Aber ich pass' schon auf, wenn ich reingehe, dass ich mit keiner Eisscholle kollidiere.«

So kalt das Wasser war, so flach war es, und Manfred konnte gute hundert Meter hineingehen, ohne dass es ihm weiter als bis an die Brustwarzen reichte. Sogar ein so schlechter Schwimmer wie er hatte unter diesen Umständen keine Chance zu ertrinken. Also konnte er sich voll darauf konzentrieren, einem Herzschlag zum Opfer zu fallen. Auch das misslang, und so konnte er das Bad langsam genießen. Noch schöner aber war es, im Sonnenschein am Strand entlangzulaufen, bis hin zur nördlichen Landzunge und der Bucht, hinter deren Deichen Lobbe lag. Manfred Matuschewski setzte sich auf einen Stein und genoss den Blick auf Thiessow und den Greifswalder

Bodden. Frachtschiffe hielten Kurs auf Stettin, Segler kreuzten gegen den Wind. Die Möwen kreisten auf leichte Beute lauernd um einen Fischkutter und machten infernalischen Lärm. Dicht hinter ihm erhob sich eine steile Wand aus Lehm und Mergel und eingestreuten Steinbrocken. Gute dreißig Meter hoch. Irgendwie war ihm die Sache etwas unheimlich, und er wäre bestimmt aufgesprungen und davongelaufen, wenn er geahnt hätte, dass genau an dieser Stelle ein Jahr später zu Weihnachten eine junge Frau von herabstürzenden Erdmassen getötet werden sollte.

Zurück in der Strandmuschel, spielte Manfred mit seinen beiden Lieben Mensch-ärgere-dich-nicht und Stadt-Land-Fluss.

»Ist das nicht herrlich hier?«, rief Elke aus, und Melina und Manfred stimmten ihr zu.

»Und keiner von den anderen hier hat den Wunsch, mit mir zu plaudern.« Wenn Manfred Matuschewski etwas hasste, dann war es der Small Talk um des Small Talks willen. »Ich bin keine Graugans, ich kann auch ohne das Geschnatter leben.«

Morgens, wenn seine beiden Damen noch schliefen, machte er sich auf den Weg, um Rügens Landschaft zu genießen. Der Hügel, auf dem Göhrens Kirche erbaut war, ragte wie ein Bug in die Felder und Wiesen. Die lichten Birken auf dem Speckbusch ließen ihn an Schmöckwitz denken. Vor ewigen Zeiten sollten die Ureinwohner der Insel ihre Toten hier bestattet haben. Weit ging der Blick über den Rügischen Bodden. Ganz in der Ferne schimmerte das Gelbe Ufer, die Steilküste der Halbinsel Zudar, und links davon ließen sich die Türme von Greifswald erahnen. Oder waren es die Schornsteine des stillgelegten Atomkraftwerks Lubmin? Vor ihm lag wie ein großes mit Wasser gefülltes U die Hagensche Wiek. Der Bogen dieses Us zeigte in seine Richtung, der rechte, also nördliche Schenkel wurde von einer schmalen Landzunge gebildet, der linke von den Zickerschen Bergen, auch Zickersche Alpen genannt. Vom Bakenberg, der 66 Meter aufzuweisen hatte, schien jemand herüberzuwinken. Oder war es nur eine grasende Kuh? Ein Kutter tuckerte aus dem kleinen Hafen des Fischerdorfs Gager. Welch Name! Er wähnte sich auf einem fremden Planeten, einem Planeten der Kontemplation und des unendlichen Friedens. Dies war das Paradies. Er war letzte Nacht gestorben, und seine Seele hatte ihre Heimstatt gefunden. Nein, er stand im Alten Museum und war in ein Bild vertieft, das Caspar David Friedrich hier am Speckbusch gemalt hatte. Lange saß Manfred hier, ehe er zum Frühstück ins Hotel zurückkehrte. Eine Entschlackungskur für seine Psyche nannte er die morgendliche Andacht auf dem Kirchenhügel.

So ging das neun wunderschöne Tage lang, und er hatte schon so weit abgeschaltet, dass er sich für die Post, die ihnen nachgeschickt wurde, nicht mehr interessierte. Alles ließ er ungeöffnet liegen. Anders Elke: Am Montagmittag stieß sie nach dem Öffnen eines Briefes einen Jubelschrei aus und umarmte ihn und Melina.

»Bist du befördert worden?«, fragte er.

»Nein, ich habe im Lotto gewonnen.«

»Dreißig Euro?«

»Nein, dreitausend.« Die wollte sie nicht für sich behalten, sondern wollte lieben Menschen eine kleine Freude machen. »Weißt du was? Ich lade meine Eltern und meine Geschwister für ein verlängertes Wochenende nach Göhren ein.«

Manfred Matuschewski bedauerte, nicht Ernest Hemingway zu sein. Dann hätte er ein Gewehr zur Hand gehabt, um sich zu erschießen. So musste er all seine Schauspielkunst aufbieten, um sein Entsetzen zu kaschieren. »Schön, alle mal wiederzusehen …« In Berlin hätte er gepoltert und »Nur über meine Leiche!« gerufen, hier auf Rügen aber war er innerlich schon so befriedet, dass er sich zunächst zurückhalten konnte. Erst als er Elkes Gästeliste vor Augen hatte, stieg der Zorn in ihm auf. Das waren nicht nur ihre Eltern und ihre Lieblingsschwester Anja mit Mann und Kind, sondern auch noch Ines, die jüngste Schwester, und außerdem Rebecca, die beste Freundin, und Simone, die andere Freundin, mit ihrer Tochter Sarah. »Damit Melina jemanden zum Spielen hat. Nicht immer nur Erwachsene.«

Manfred Matuschewski hielt sich nun an die alte Devise »Wie du mir, so ich dir!«, nahm den Dispokredit seiner Bank in Anspruch und lud seinerseits Freunde und Verwandte ein: seine Mutter, seine Kinder Joscha und Larissa, seine Cousine Anuschka mit ihrem Mann und dazu noch Horst Hastenteufel als den ärmsten seiner Freunde.

Was blieb Elke anderes übrig, als das hinzunehmen? Fünfzehn Gäste also bewegten sich auf Rügen zu. Nicht alle waren in Göhren selber unterzubringen, da einige in Autos kamen, konnte man ihnen auch Quartiere in entlegenen Orten wie Glowe oder Patzig zumuten.

Achtzehn Mann hoch zogen sie fortan über die Insel, besichtigten das Jagdschloss Granitz, bestaunten die Kreidefelsen und dampften mit dem Rasenden Roland nach Putbus.

Bei so viel Trubel und Geschnatter glaubte sich Manfred Matuschewski des Öfteren einem Herzinfarkt nahe. Er überlebte aber die Invasion ohne Infusion und wollte auch künftig auf Göhren schwören.

Dass Manfred Matuschewski in seine Tochter vernarrt war, stand außer Frage, aber anstrengend war Melina schon, viel anstrengender, als es Larissa und Joscha gewesen waren. Das mochte an den verschiedenen Müttern und den schon etwas anderen Genen liegen, aber auch am Zeitgeist. Hatte er gute Laune, sagte er, Melina sei eine kapriziöse kleine Persönlichkeit, war er schlecht gelaunt, bezeichnete er sie als zickig. Am meisten schien ihr wie den anderen Kindern ihres Alters das zu fehlen, was er im Hörsaal immer als »Impulskontrolle« bezeichnet hatte. Auch das *deferred gratification pattern*, das Muster der aufgeschobenen Bedürfnisbefriedigung, war ihnen verlorengegangen, das heißt, sie lebten voll nach der Devise »Ich will alles, und zwar jetzt«, und bekamen sie es nicht, gab es ein riesiges Geschrei. Melina knallte in ihrer grenzenlosen Wut mitunter so heftig mit den Türen, dass oben die Glasscheiben herauszufliegen drohten. Dazu schrie sie dann »Papa, du bist bescheuert!« oder »Papa, du bist Scheiße!« Er nahm es gelassen hin, denn die gängige Pädagogik seiner Kreise freute sich darüber, dass die Kinder alles »rausließen«, und verhieß, nichts sei für ihre Psyche gesünder als dieses.

»Wenn ich mich als Kind so verhalten hätte wie Melina, dann wäre ich von meinen herzensguten Eltern erst tüchtig mit dem Ausklopfer verdroschen worden, und anschließend hätten sie mich stundenlang in die dunkle Toilette gesperrt. Dazu hätte es eine Woche Stubenarrest und einen Monat lang kein Taschengeld gegeben. Und was mache ich, wenn mir Melina an den Kopf wirft, ich sei fett und blöd? Ich schmunzele und sage ihr ganz sanft, dass das für sie als höhere Tochter nicht die angemessene Ausdrucksweise ist.« Ab und an brüllte er aber dennoch und knallte seinerseits die Türen zu. Zehn Minuten später herzten sie sich schon wieder.

Alles, was Melina sich wünschte, bekam sie. Wenn er dies beklagte, entgegnete Elke, dass sie sehr vieles nicht bekäme. »Kein Pferd, keinen Hund, keine Katze, nicht mal einen Hamster oder ein Meerschweinchen.« Da musste er ihr recht geben. »Und eine kleine Schwester bekommt sie auch nicht«, fügte Manfred hinzu. Elke ging auf die fünfzig zu, er auf die siebzig.

Manfred Matuschewski konnte nicht als geizig gelten, ja, er war nicht einmal sparsam zu nennen, aber er war geboren worden, als es das Land Preußen noch gab, und er war als Kriegskind mit Not und Mangel aufgewachsen. So ärgerte er sich tagtäglich über die Verschwendung in ihrem Haushalt: dass der teure Joghurt nur halb aufgegessen wurde, dass Melinas Pausenbrote nur einmal angebissen im Mülleimer landeten, dass der stromfressende Deckenfluter auch dann eingeschaltet war, wenn es draußen den hellsten Sonnenschein gab. Immer wieder rief er aus: »Wir können ja unser Geld gleich aus dem Fenster werfen!«, doch Abhilfe brachte es nicht.

Vor diesem Hintergrund spielte sich die Diskussion um Melinas Schulmappe ab. Als Manfred Matuschewski von dem Preis ihres Wunschmodells erfuhr, bekam er einen gelinden Wutanfall.

»Das darf doch nicht wahr sein! Was meinst du, wie der

Ranzen ausgesehen hat, mit dem ich 1944 eingeschult worden bin?!«

Elke ignorierte seinen Protest. »Die Schulmappe kriegt sie doch von deiner Mutter geschenkt.«

»Trotzdem. Und ich gehe auch nicht in den Laden und kaufe das Ding in Omas Auftrag, das kannst du selber machen. Es ist für mich das Symbol einer Fehlentwicklung, und ich will damit nichts zu tun haben.«

Die Berliner Schulpolitik stand ständig in der Kritik, hatte dafür aber die Sache mit der Einschulung trefflich geregelt. Die Eleven wurden erst eine Woche nach Ferienende in die Klassenzimmer gebeten. Und dies auch noch an einem Sonnabend, damit die Eltern und Großeltern, Patentanten und -onkel und all die anderen lieben Anverwandten ohne Schwierigkeiten am Festakt teilnehmen konnten. Da kaum eine Aula diese Menschenmassen aufnehmen konnte, musste man Klasse für Klasse nacheinander antreten lassen oder aber auf den Schulhof gehen. Die Birger-Forell-Schule, in die Melina gehen sollte, hatte sich für die zweite Möglichkeit entschieden, die aber immer auch ein Vabanquespiel darstellte, denn wenn es regnete, war man aufgeschmissen.

Am Morgen des 23. August zeigte sich der Himmel zugezogen, aber es war noch trocken. Jeden Augenblick konnten jedoch die ersten Tropfen vom Himmel fallen. In der Detmolder Straße war die Stimmung etwas gereizt.

»Wir haben doch gar nicht so viele Schirme!«, rief Elke.

»Wenn es regnet, fällt die Einschulung aus«, sagte Manfred Matuschewski. »Und mit ihr die ganze Schule. Melina bekommt Privatunterricht. So wie der Hans Pfeiffer in der *Feuerzangenbowle*.«

Unten wurde Sturm geklingelt, denn Margot Matuschewski war mit der Taxe gekommen und wollte mit dem Fahrstuhl nach oben geholt werden. Gleich nach ihr kamen auch Joscha mit seiner Lebensgefährtin und deren Kind aus erster Ehe, sowie Larissa und Elkes Schwester mit ihrer Tochter.

»Wir allein sind ja schon neun«, sagte Manfred Matuschewski

nach mehrmaliger Zählung. »Wenn alle anderen einzuschulende Kinder auch so viele Gäste mitbringen, werden wir ins Olympiastadion umziehen müssen. Na, da ist wenigstens ein Dach drüber.«

»Ich will aber nachher meine Dampferfahrt machen«, wandte Margot Matuschewski ein.

»Ja, Mutti.«

»Gerda geht es gar nicht gut, die wird wohl nicht kommen.«

»Nein, Mutti, zumal ja Yasminas älteste Tochter heute auch eingeschult wird.«

Vor dem Haus traf man noch die finnischen Freunde und Nachbarn. Auch deren Tochter Marja-Liisa wurde heute eingeschult.

»Euretwegen wird das Fernsehen da sein«, sagte Manfred Matuschewski. »Finnische Familie riskiert Verblödung und schult Tochter in Deutschland ein.«

Hannu lachte. *»En ymmärrä sinua.«*

»Hyvää päivää«, sagte Manfred Matuschewski. Das hieß »Guten Tag« und war alles, was er auf Finnisch sagen konnte, abgesehen einmal von *yksi*, *kaksi*, *kolme*, *neljä*, *viisi*, *kuusi*, *seitsemän*, *khadeksan*, *yhdeksän* und *kymmenen*, also den Zahlen von eins bis zehn. Dabei war *seitsemän* seine Lieblingszahl. Ein jedes Mal, wenn er Siina und Hannu traf, führte er ihnen seine Sprachkenntnisse vor.

»Muss das sein?«, fragte Elke. »Stell dir mal vor, sie sagen immer: ›Eins, zwei, drei, vier, fünf, sechs, sieben, acht, neun, zehn‹, wenn sie dich sehen.«

»Jooo«, bestätigte Siina. Das einzige deutsche Wort, das sie falsch aussprach, war »ja«. Dadurch klang es aber ungemein fröhlich.

»Finnen im Freundeskreis sind herrlich, / Doch Finnen im Körper sehr gefährlich«, reimte Manfred Matuschewski. »Ich esse schon gar kein Schabefleisch mehr.«

»Können wir auch Dampfer fahren?«, bat Marja-Liisa ihre Eltern, als sie von Melina gehört hatte, was in der Familie Lehmann / Matuschewski für diesen Tag noch geplant war.

»Ja, kommt doch mit«, schlug Manfred Matuschewski vor. »In Finnland kennt ihr ja so etwas wie einen See nicht.«

»Sopii! Kiitos.«

»Mit der *Sophie* nach Kioto? Das liegt doch in Japan. Nein, wir fahren mit der *Moby Dick* und bleiben auf dem Wannsee.«

»Manfred, du redest wirr«, befand Elke.

»Besser kann man doch sein Kind gar nicht auf die Schule vorbereiten.«

Auf dem Schulhof war ein Podium aufgebaut und alles wunderschön geschmückt worden, doch zehn Minuten vor Beginn des Festaktes begann es wirklich zu regnen. Daraufhin gab jemand, der halbwegs offiziell aussah und wohl dem Förderverein der Schule angehörte, die Parole aus: »Alles in die Turnhalle!« Dorthin bewegte man sich nun, obwohl viele Eltern in vorauseilender Schleimerei der Rektorin mitteilten, wie sehr sie doch um den Parkettfußboden fürchteten. So kam es, dass man, kaum hatte Manfred Matuschewski für sich als Rückenkranken und seine greise Mutter zwei Stühle organisiert, zum Rückzug blies. Der Regen sei ja gar nicht so stark, und vielleicht höre er bald auf, erklärte die Mutter, die immer alles wusste. Das tat der Regen zwar nicht, aber immerhin entartete er nicht zum Wolkenbruch. Wohl dem, der einen Regenschirm mitgebracht hatte. Ein Vater hielt ihn über den Kopf der Rektorin, als sie die lieben Kleinen herzlich begrüßte und andeutete, sie würden in ihrer Schule sechs wundervolle Jahre erleben. Die Kinder der zweiten Klassen führten nun kleine Stücke vor und sangen: »ABC tut nicht weh.«

Manfred Matuschewski dachte an seine eigene Einschulung 1944 in Zieko, einem kleinen Dorf in Sachsen-Anhalt. In der einklassigen Dorfschule hatte niemand gesungen, und der Lehrer war schon lange pensioniert gewesen, bevor sie ihn zurück ins Schulhaus geholt hatten, um den Kollegen zu ersetzen, der im Felde stand. Eine Schultüte hatte es aber auch dort gegeben. Die Stadtkinder aus Berlin waren von der Dorfjugend nicht gerade geliebt worden. »Uns haben sie immer gehänselt und gegretelt«, sagte Manfred Matuschewski des Öfteren.

Er konnte Melina mit ihrer großen Schultüte im Kreise der rund neunzig Kinder kaum ausmachen, zumal sie alle die gleichen gelben Mützen trugen, gesponsert von einem Autohersteller. Sie tat ihm leid. Womöglich hatte sie dreizehn Schuljahre vor sich, und er hatte die Schule nie geliebt. Warum, wusste er bis heute nicht. Wahrscheinlich, weil er von den Lehrerinnen und Lehrern nie so geschätzt worden war, wie er es gern gehabt hätte. Aber war es deren Schuld, dass er nie intensiv gelernt hatte, sondern sich immer nur so durchgemogelt hatte? Nein. Was ihm nicht zugefallen war, hatte er gehasst. Vor allem die Mathematik, aber auch die Chemie und die Musik und das höhere Deutsch. Wie oft war er da von den Lehrern als Trottel vorgeführt worden. »Matuschewski, warum lässt Kleist den Prinzen von Homburg ausrufen: ›Nun, oh Unsterblichkeit, bist du ganz mein!‹?« Woher sollte er das wissen? »Na, weil er selber mit dem Stück unsterblich werden wollte.« Dass er es mit solchen Antworten bestenfalls auf eine Vier gebracht hatte, konnte er den Lehrern wirklich nicht übelnehmen. Kurzum, er sah die Schulzeit als verlorene Lebenszeit an, obwohl sie ihm viel gegeben und auch das Abiturzeugnis nicht verwehrt hatte. Aber die Lehrerinnen und Lehrer hatten ihn nie als Helden gefeiert, die Mitschülerinnen ihn nicht angehimmelt, die Stunden ihn meistens angeödet – zu selten war es so zugegangen wie in der *Feuerzangenbowle*. Schule und Gefängnis hatten in seiner Wahrnehmung vieles gemeinsam, zu vieles. Aber nun schrieb man das Jahr 2003, und das ließ hoffen.

Die Zeremonie ging zu Ende, und alle wünschten Melina viel Glück und Erfolg. Was sollte auch schiefgehen? Lesen und schreiben konnte sie ja ohnehin schon.

»Wann machen wir denn nun die Dampferfahrt?«, fragte Margot Matuschewski.

»Gleich, Mutti. Wir müssen nur sehen, wie wir uns auf die vorhandenen Autos verteilen.«

»Ich will aber meine Schulmappe mitnehmen!«, rief Melina und unterstrich ihre Forderung dadurch, dass sie mit dem Fuß aufstampfte.

Manfred Matuschewski hätte ihr am liebsten einen Vogel gezeigt. »Kommt nicht in Frage: Das teure Ding bleibt zu Hause.«

»Warum soll denn das Kind seine Schulmappe nicht mitnehmen?«, fragte Elke.

»Weil es eine Schul- und keine Dampfermappe ist.«

»Wie sachlich!«, rief Elke. »Es ist ihre Schulmappe, und sie kann damit machen, was sie will.«

»Auch morgen auf dem Trödelmarkt verkaufen?«

»Mit dir kann man nicht reden.«

»Das ist ja das Schöne an mir.«

Seine Mutter unterbrach die angeregte Diskussion, indem sie aufschrie: »Wo ist denn meine Handtasche?«

»Mutti, die liegt schon bei Joscha im Auto. Du hast sie ihm eben gegeben.«

»Melina hat sich gar nicht bei mir für ihren Ranzen bedankt.«

»Doch, Mutti, und sie hat dir auch ein schönes Bild gemalt.«

»Wo essen wir denn?«, fragte Siina.

»Na, in Kladow in der Finnensiedlung. Euch zuliebe. Zwar gibt es da kein Restaurant, schätze ich, aber vielleicht werden wir, nett wie wir sind, irgendwo hereingebeten. Wenn die Leute musikalisch sind, singen Hannu und du eine Arie.«

»Jooo.«

Endlich, nachdem noch ausgiebig fotografiert worden war, setzte sich der Konvoi in Bewegung. Da Elkes Schwester, die Finnen und Joscha jeweils einen Wagen hatten, kamen auch alle gut mit. Es ging zur Heerstraße, von wo aus sie in See stechen wollten. Im Wirtshaus Moorlake war ein Tisch reserviert. Manfred Matuschewski hatte das ausgemacht, als sein Freund Horst Hastenteufel dort aufgetreten war.

Trotz des nicht gerade strahlenden Wetters wurde beschlossen, draußen zu sitzen. Einmal im Jahr Dampfer zu fahren war für jeden Berliner ein Muss, und Manfred Matuschewski sah es als kultische Handlung an, die man den alten slawischen Flussgöttern schuldete. Als er diese These vortrug und fragte, wer ihnen denn auch noch etwas opfern möge, sagte Joscha, dass er nicht ausreichend gefrühstückt habe. »Aber nach dem Essen vielleicht.«

»Dazu lade ich euch doch alle ein«, sagte seine Großmutter. »Hast du mir auch Geld von der Bank geholt?«

»Ja, es reicht für eine Bratwurst für alle, die wir uns dann teilen.«

»Ist denn sonst alles bezahlt?«

»Ja, Oma, das wird automatisch von deinem Konto abgebucht.«

Margot Matuschewski war nicht ganz überzeugt davon, dass so etwas möglich war, wurde aber dadurch abgelenkt, dass sie nun das enge Pichelsdorfer Gemünd verließen und sozusagen auf die offene Havel kamen, die hier bei Schildhorn eigentlich ein See war. »Da sind ja meine Müggelberge!«

»Dann muss hier aber sehr viel Glaube im Spiel gewesen sein und sie versetzt haben«, sagte Manfred Matuschewski.

Elke stieß ihm den Ellenbogen in die Seite. »Lass ihr doch den Glauben.«

So schwieg er, wobei er sehr daran zweifelte, dass die Gefährtin seines Lebens genau wusste, dass dies hier rechts hinter Schildhorn der Dachs- und der Karlsberg waren, Letzterer gekrönt vom Grunewaldturm. So hoch ihr IQ auch war, er hätte wetten mögen, dass auch sie überzeugt war, die Müggelberge vor sich zu haben.

Siina und Hannu erzählten von Finnland. Dass sie, blickten sie zum Gatower Ufer hinüber, immer wieder an ihr geliebtes *Mökki* erinnert würden, ihr Sommerhäuschen oben am Inarisee.

»Gut, ich werde euch zuliebe beantragen, dass wir die U-Bahnstation Möckernbrücke in Mökkibrücke umbenennen«, sagte Manfred Matuschewski. Wovon er dabei träumte, war eine Einladung nach Finnland in dieses *Mökki*, denn neben Ehm Welks *Die Heiden von Kummerow* war Curt Biegings *Inari – Eine Lapplandfahrt* das Kultbuch seines Lebens. Darin war ein Mann allein im Faltboot unterwegs.

»Was essen Sie denn in Finnland so?«, fragte seine Mutter.

»Na, Finnwale, Mutti, gebraten in Mückenfett. Vati hat doch immer gesagt, man solle nicht glauben, wie viel Fett so eine Mücke hat.«

»Musst du Oma immer unterbrechen?«, mahnte Larissa.

Siina schwärmte von ihrer *Lenkkimakkara*, der Fleischwurst im Ring, und der *Mustamakkara*, der gegrillten Grützwurst, die man am besten mit Preiselbeeren aß. Ihr Lieblingsgericht sei der *Karjalanpaisti*, der karelische Fleischtopf, aber auch karelische Piroggen, *Karjalanpiirakat*, stünden bei ihr ganz obenan.

»Wir haben zu Karjalan immer Karajan gesagt«, warf Manfred Matuschewski ein. »Herbert von Karajan.«

Damit waren sie bei der Musik angekommen, und Siina und Hannu hatten viel von ihren Auftritten zu erzählen. Hannu war, wenn die Oper ihn nicht gerade rief, dabei, den finnischen Tango in Deutschland populär zu machen. »Nicht Argentinien, Finnland ist das Land des Tangos. Mag er bei uns auch ein bisschen hölzerner sein – wir befinden uns schon seit Jahren im Tangofieber. Erst Tango tanzen und dann Krebse trinken – das isses!«

»In Berlin essen wir die Krebse«, korrigierte ihn Margot Matuschewski.

»Nein, nein, liebe Frau Matuschewski, das stimmt schon: Wir sagen Krebse trinken, weil es beim Flusskrebsessen, das am 21. Juli beginnt, Sitte ist, pro Krebs möglichst ein Glas Wodka zu trinken.«

»Dann trinken wir mal Krebse ohne Krebse!«, rief Manfred Matuschewski und winkte die Serviererin herbei.

Die vier Kinder tobten herum. Neben den drei Mädchen – Melina, ihre Cousine Rabea und ihre finnische Freundin Marja-Liisa – fühlte sich Jesco, Joschas Ziehsohn, etwas verloren. Obwohl nur ein Jahr jünger als Melina, war er, sollten Joscha und Carmen heiraten, strenggenommen ihr Neffe, weigerte sich aber natürlich, zu ihr »Tante« zu sagen. Genauso war Manfred Matuschewski nicht der Opa Manfred für ihn, sondern Manne.

»Melina, ihr lasst Jesco bitte mitspielen!«, rief Elke mahnend. »Manfred, stell bitte ihre Schulmappe auf die Bank und mach den Riemen hinten fest. Ich möchte nicht, dass sie im Wasser landet.«

»Die Kinder werden noch alle ins Wasser fallen!«, barmte Margot Matuschewski.

»Es fällt nur der, der schwimmen kann«, ordnete Manfred Matuschewski an.

Was ins Wasser fiel, war jedoch nur Melinas neue Schulmappe. Als ihr Dampfer zwischen der Insel Imchen und dem Strandbad Wannsee die Bugwelle der BVG-Fähre schnitt, rutschte sie, ehe einer der Erwachsenen zupacken konnte, die Bank entlang und durch die Reling.

Melina sah die Mappe auf den Havelwellen treiben und schrie fürchterlich. Elke sprang auf und hätte den Vater ihres Kindes am liebsten ins Wasser gestoßen. »Das ist deine Schuld. Ich hab doch gesagt, du sollst sie festbinden.«

»Und ich habe gesagt, dass Melina sie zu Hause lassen soll.«

»Das hilft doch jetzt auch nicht weiter.«

»Weiter hilft nur das hier!« Damit hatte sich Manfred Matuschewski schon das Hemd vom Körper gerissen und die Schuhe abgestreift. »Ich springe hinterher und rette sie.«

Joscha hielt ihn fest. »Und wer rettet dich? Ich. Aber du gehst doch unter wie ein Stück Blei, und in dem trüben Wasser kann ich dich bestimmt nicht mehr packen.«

»Hauptsache, das Kind hat seine Schulmappe – dass es dann keinen Vater mehr hat, spielt doch keine Rolle.«

Margot Matuschewski starrte entgeistert der pinkfarbenen Mappe hinterher, die langsam Richtung Schwanenwerder trieb. »Warum hat Melina die denn weggeworfen? Hat sie ihr nicht gefallen? So geht ihr mit meinen Geschenken um! Na, ich bin ja bald tot ...«

Elke schrie auf die Kommandobrücke hinauf, ob man nicht schnell anhalten könne. – Nein, nicht, wenn was ins Wasser gefallen war.

Hannu zögerte nicht, den anderen zu beweisen, dass das

finnische Bildungssystem dem deutschen überlegen war und schaffte, was die deutschen Akademiker nicht zustande brachten: einen der vielen vorbeikommenden Motorbootkapitäne zu bitten, die wertvolle Schulmappe zu bergen und beim Wirt in Moorlake abzugeben. »Zur Belohnung gibt es ein Mittagessen nach der Wahl.«

»Bis 2006 werden die nicht warten wollen«, sagte Manfred Matuschewski, fand Hannus Idee aber ansonsten phantastisch.

Und wirklich fand sich ein Freizeitsportler zur Rettung des Utensils bereit. Nachdem man in Moorlake an Land gegangen war, konnte Melina ihre geliebte Schulmappe in die Arme schließen und mit ihr schmusen wie mit einem Hamster oder Hasen im Vogelpark Teltow.

Alles aus und vorbei?

Ein paar Tage nach der Einschulung fand Manfred Matuschewski im Briefkasten eine graphisch schön gestaltete Karte, mit der Einladung zur Eröffnung von Joes Bratkartoffel-Restaurant. Endlich war der entscheidende Schritt getan.

»Rate mal, wie das Etablissement nun heißen soll?«, fragte er Elke.

»Doch *Fried Potatoes ...*?«

»Nein, das ging wohl nicht, weil Erich Fried zur Einweihung nicht kommen konnte.«

»Warum konnte der nicht kommen?«

»Weil er schon seit etwa fünfzehn Jahren tot ist.« Manfred Matuschewski hatte von Erich Fried nie etwas gelesen, kannte den österreichischen Lyriker, Essayisten und Übersetzer aber, weil er ab und an, beim Warten in Arztpraxen oder im Urlaub etwa, Kreuzworträtsel löste und weil er seiner Tochter Larissa öfter bei ihren Hausarbeiten geholfen hatte. »Also nichts mit *Fried's Kartoffeln* und nichts Amerikanisches wie *Kentucky Fried Chicken ...*« Unwillkürlich fing er zu lachen an.

»Was ist denn daran so lächerlich?«, wollte Elke wissen.

»Im Fernsehen am Freitagabend, in der Sendung, wo auch Anke Engelke mitgemacht hat ...«

»In der Anke Engelke mitgemacht hat«, korrigierte ihn Elke. »Ich will nicht, dass sich Melina dieses ›wo‹ angewöhnt.«

»Gut, ich erhöhe mein Niveau. Also: In der Sendung, in der auch Anke Engelke mitge*wirkt* hat, haben sie *Kentucky Fried Chicken* einmal umgedreht: Kentucky schreit ...«

»Ist ja gut!«

»Das erinnert mich an meinen letzten Geburtstag, als jemand Horst Hastenteufel gefragt hat, was er beruflich so machen würde. Er antwortete: ›Ich stelle Schrift.‹ Darauf der andere: ›Gut, dass Sie nicht Grafiker sind.‹«

»Hör doch mal auf damit!«

Eine Stunde später wusste Elke noch immer nicht, wie Joe Stegmanns Restaurant nun heißen sollte, und erst, als sie sich wieder ordnungsgemäß bekleideten, weil Melina jede Sekunde von ihrer Freundin Sarah zurückkommen konnte, erfuhr sie es.

»*Joe's Bratkartoffel-Kathedrale.*«

»Wer soll'n das aussprechen, das ist doch 'n echter Zungenbrecher«, mäkelte Elke.

»Ich finde es gar nicht mal so schlecht. Kathedrale spielt auf die gemauerten Bögen an, und Aufmerksamkeit erheischt es wegen seines Widerspruchs: Die Kathedrale als etwas Hehres und Transzendierendes – und die Bratkartoffel als etwas sehr Profanes und Irdisches.«

Horst Hastenteufel, dessen Romane sich immer schlechter verkauften, hatte gern Joes Auftrag entgegengenommen, ihm für 250 Euro eine kleine Geschichte der Bratkartoffel zu schreiben, die man vorn in die Speisekarte kleben konnte.

»Was für eine Speisekarte?«, fragte Elke. »Bratkartoffeln sind doch Bratkartoffeln.«

»Lass dich überraschen«, erwiderte Horst Hastenteufel, der jetzt öfter zu ihnen kam, weil er keine Lust hatte, selber zu kochen, und kein Geld, um essen zu gehen. Auch heute Abend war er wieder da. »*Pommes sautées* sind etwas Herrliches.«

Manfred Matuschewski lachte. »Wer bestellt sich schon versaute Kartoffeln!«

»Man müsste Französisch können …«

»Das kann ich schon, nur mit der Sprache habe ich meine Schwierigkeiten. Wir hatten Englisch und Latein in der Schule. Und das auch nur unzureichend: In England versteht man mein Englisch nicht, und in Lateinamerika kann ich mit meinem Latein auch nicht viel anfangen.«

Horst Hastenteufel beschloss den Abend mit Friedrich Nietzsche, den er in letzter Zeit für sich entdeckt hatte: »Schön ist's, miteinander schweigen, / Schöner, miteinander lachen, – / Unter seidenem Himmels-Tuche / Hingelehnt zu Moos und Buche / Lieblich laut mit Freunden lachen / Und sich weiße Zähne zeigen.« Seit er sich auch von seiner zweiten Frau getrennt hatte und alleine wohnte, waren seine Zähne nun allerdings nicht mehr ganz so weiß und vollständig schon gar nicht.

Am 6. September 2003, einem Sonnabend, war es dann so weit, und alle eilten zum S-Bahnbogen am Bahnhof Bellevue, um bei der Eröffnung von *Joe's Bratkartoffel-Kathedrale* dabei zu sein. Nachdem der Wirt Gäste und Ehrengäste begrüßt hatte, war es an Manfred Matuschewski, ein paar passende Worte zu sagen.

»Verehrte Honoratioren, liebe sonstige Anwesende, mein lieber Joe. Es ist ein schöner und ein stolzer Tag für dich, lieber Joe, Herr in deiner Kathedrale zu sein …« Er musste einen Augenblick innehalten, denn über ihm auf der Stadtbahn rauschten gerade zwei S-Bahn- und zwei Regionalzüge aneinander vorbei. »… und deine Gäste mit der Krönung aller Kartoffeln, der Bratkartoffel, glücklich zu machen. Denen, die dir heute zum ersten Mal in die Augen schauen dürfen, sei gesagt, dass du mit richtigem Namen Josef Stegmann heißt. Josef mit f, nicht mit ph, und wie sage ich immer: Besser Josef als Joe soff – was aber nicht heißen soll, dass dein Bier hier nicht des Trinkens wert ist. Eigentlich müsste die Kartoffel bei dir vorn mit C geschrieben werden, wie *car*, denn in deinem Auto sind wir auf die Idee mit dem Bratkartoffel-Restaurant gekommen. Dass es dein Glück werde, sei dir von Herzen gewünscht.« Er machte einen Schritt zur Seite, um Joe zu umarmen. »So – das war der Rede erster Teil, und der zweite folgt sogleich, gehalten von einem Manne, den alle mir mit Ehrfurcht nennen: Horst Hastenteufel, dessen kriminelle und historische Romane wir kennen und lieben. Der Kartoffel ist er ganz besonders verbunden, weil er immer an sie erinnert wird, wenn er vor dem Spiegel steht. Kleine Gedichte schreibt er auch – etwa: ›Ob Kavalier, ob Stoffel – alle lieben Joes gebratene Kartoffel.‹ Bitte sehr …«

Horst Hastenteufel, Emil Jannings in *Der Blaue Engel* zum

Verwechseln ähnlich und ziemlich korpulent, trat nach vorn und entfaltete sein Manuskript, konnte aber erst beginnen, als die nächste S-Bahn sozusagen über das Dach der *Bratkartoffel-Kathedrale* hinweggerollt war.

»Nur ein paar Sätze zur Kulturgeschichte der Bratkartoffel ... Sie ist bäuerischer Herkunft. Am frühen Morgen, oft schon um vier, musste es schnell gehen, und was lag da näher, als auf Pell- oder Salzkartoffeln zurückzugreifen, die vom Vortage übriggeblieben waren. Schnell waren sie geschnitten und mit Bauchfleisch oder Speck in der Pfanne gebraten. Dazu noch Zwiebeln, Salz, Pfeffer, Kümmel oder Majoran, auch Rosmarin und Knoblauch, und es schmeckte phantastisch. Ging es dem Bauern gut, kamen zu den Bratkartoffeln noch Spiegelei, Wurst oder Matjes auf den Teller. Dabei ist die Bratkartoffel keine deutsche Spezialität, vor dieser Einschätzung möchte ich warnen. Auch jene Deutschen, die sich a priori als Gutmenschen fühlen, weil sie alles Deutsche verachten, dürfen ruhigen Gewissens Bratkartoffeln verzehren, denn andere Völker kennen und schätzen sie genauso wie wir. Die Schweizer als Rösti, traditionell mit Speck und Ei serviert, die Franzosen mit Rührei schlicht als Bauernfrühstück, und die Spanier lieben etwas ähnliches als *Tortilla francesa* – Tortilla auf französische Art. Im 19. Jahrhundert wird Europa industrialisiert, und die Bauern und Landarbeiter strömen in die Städte. Dort haben sie weder Zeit noch Geld für ausgedehnte und üppige Mahlzeiten, und die Bratkartoffeln werden sozusagen ihr Festessen. Jede Witwe, die auf einen neuen Mann aus war, wusste, wie sie die Männer anlocken konnte: mit dem Duft ihrer Bratkartoffeln, die sie mit viel Zwiebeln und Speck zubereitete. Mit Speck fängt man eben nicht nur Mäuse. Wie bei Muttern schmeckte es, und bald war das berühmte Bratkartoffelverhältnis entstanden. In unserer Zeit war die Bratkartoffel lange verpönt aufgrund von Diätvorschriften und der Warnung vor zu viel Cholesterin im Blut, neuerdings erlebt sie aber eine Renaissance. Dies vielleicht auch deswegen, weil die West-Berliner wieder unbeschränkt ins märkische Umland reisen dürfen, und die Bratkartoffeln dort zur bodenständigen

Küche gehören. Aber, liebe und sehr verehrte Anwesende, warum denn in die Ferne schweifen, die gute Bratkartoffel liegt so nah – hier bei Josef Stegmann in der *Bratkartoffel-Kathedrale*. Ich wünsche ihm und seinem lokal-exotischen Restaurant alles erdenklich Gute und schließe mit der Variation eines alten Berliner Spruches: Eine jut jebratene Kartoffel is eine jute Jabe Jottes. In diesem Sinne: Guten Appetit!«

Es gab viel Applaus. Joe dankte Horst Hastenteufel mit herzlicher Umarmung und gab dann sozusagen die Küche frei: »Dann mal ran an die Bratkartoffeln!«

Auf der Speisekarte der *Bratkartoffel-Kathedrale* gab es immerhin fünfzehn Gerichte zur Auswahl, so dass es Manfred Matuschewski, Elke und Melina schwerfiel, sich etwas auszusuchen:

1. Bratkartoffeln pur
(in Butterschmalz und mit Speck und Zwiebeln gebraten)
2. Bratkartoffeln mit Leberkäse
3. Bratkartoffeln mit Tomaten und Mozzarella
4. Bratkartoffeln mit Blutwurst und Sauerkraut
(wie Joe sie als Kind am liebsten mochte)
5. Bratkartoffeln mit Paprika, Champignons,
Zwiebeln und Salat
6. Bratkartoffeln mit Paprika,
Champignons und Chicken Nuggets
7. Bratkartoffeln mit zwei Rühreiern, Zwiebeln und Salat
8. Bratkartoffel-Omelett (mit Zucchini, Fleischtomaten,
Schnittlauch und geräuchertem Speck)
9. Bratkartoffeln mit Sauerkraut,
Ananas und geräuchertem Speck
10. Bratkartoffeln vegetarisch (gebraten in Olivenöl, mit
Schafskäse, Spinat, Knoblauch und Oregano)
11. Bratkartoffeln schwedisch (mit Karamell gebraten, dazu
eine Berliner Bulette mit süßem Senf)
12. Bratkartoffeln à la Spreewald
(mit Gewürzgurken und geräuchertem Speck)

13. Bratkartoffeln mit Sülze und Remouladensoße
14. Bratkartoffeln à la Schwiegermutter Inge
(mit Wiener Schnitzel)
15. Bratkartoffeln mit Geflügelaspik

»Ich gehe erst mal in die Küche und gucke, was für mich am wenigsten gefährlich ist«, befand Manfred Matuschewski, denn fette Bratkartoffeln waren sozusagen Gift für ihn. »Nicht schon wieder eine Gallenkolik.«

In der kleinen Küche war Joe, unterstützt von einem Hilfskoch aus Bangladesch, mächtig am Wirbeln.

»Bratkartoffeln zuzubereiten ist eine Kunst«, erklärte Joe Manfred Matuschewski. »Man braucht festkochende Kartoffeln und die richtige Pfanne. Einige Leute wollen die Bratkartoffeln weich, die meisten aber knusprig. Die Pfanne muss gut vorgeheizt sein, und dann darfst du nicht zu wenig Fett nehmen, sonst werden sie zäh wie Sohlenleder. Sind zu viele Schichten Kartoffeln in der Pfanne, werden dir die Dinger zu weich. Das A und O ist eine eher längere Bratzeit unter sparsamem Wenden. Gewürze, Zwiebeln und Speck dürfen erst ganz zum Schluss dazugegeben werden.«

Manfred Matuschewski bedankte sich für diese Einführung in die Bratkartoffelbratkunde und ging zurück zu dem Tisch, an dem er mit seiner Mutter, Elke, Melina, Rita, Daniela Stegmann und Horst Hastenteufel saß.

»Euer Kaffee ist gut«, erklärte Horst Hastenteufel, der sich für seinen Auftritt mit Koffein gedopt hatte.

»Der ist auch aus fairem Handel«, merkte Daniela an.

»Was, ihr handelt jetzt auch mit Fähren?«, fragte Manfred Matuschewski.

Margot Matuschewski schaute alle mit großen Augen an. »Max und Irma haben ein Motorboot gehabt, aber keine Fähre. Mit ihrem Boot haben sie immer am Krossinsee gelegen, und dann sind Otto und ich von Schmöckwitz aus hingepaddelt. Als Inge noch Kind war. Warum ist sie denn heute nicht gekommen?«

»Auferstanden ist bis jetzt nur einer, Mutti.«

Daniela, Inge Bugsins Tochter, strich ihr über den Handrücken. »Seit Januar liegt sie doch auf dem Friedhof, Tante Margot.«

»Sie sollte doch immer meinen Manfred heiraten.«

Rita seufzte. »Ach, Margot, Inge und die Männer. Ich habe immer gedacht, sie habe so ein keusches Leben geführt – und dann hat Daniela nach ihrem Tode die Tagebücher gefunden ...«

»Das ist ein extra Roman«, sagte Manfred Matuschewski.

Joe nahm sich einen Augenblick Zeit, zu ihnen zu kommen und sich ein wenig um seinen Freund zu kümmern.

»Na, Manne, was haben der Herr gewählt?«

»Bis jetzt immer SPD. Aber seit Hartz IV und den Millionen, die Herr Ackermann legal nach Hause tragen darf, weiß ich nicht mehr so recht. Vielleicht gründen wir zur Wahl 2006 eine Bürgerinitiative: Gerhard Schröder – das kleinere Übel.«

»Von Übel sind sie doch alle«, sagte Horst Hastenteufel und machte einige verächtliche Bemerkungen über die Politkaste. »Alles mehr oder minder Lakaien des Kapitals und mit ihren Riesendiäten Parasiten am Körper des Volkes!«

»Psst!«, machte Manfred Matuschewski, und Elke meinte, Horst würde sich langsam in die rechte Ecke bewegen. »Wie der andere Horst – Horst Mahler.«

»Ein Maler müsste auch mal zu mir kommen, um die Küche zu streichen«, sagte Margot Matuschewski.

»Ich kann das nicht mit meinem Rücken, Mutti.«

Joe wurde langsam ungeduldig. »Macht mal, ich muss wieder in die Küche, sonst brennen mir die Bratkartoffeln an.«

»Was können Sie mir denn empfehlen?«, fragte Manfred Matuschewski.

»Nimm die Nummer 14 – zum Gedenken an Inge.«

Der Zusammenhang zwischen Nummer und Inge war für Manfred Matuschewski eher eine schmerzliche denn eine lustvolle Erinnerung, aber dennoch ließ er sich von Joe überreden, die Bratkartoffeln mit dem Wiener Schnitzel zu nehmen.

»Kann ich auch Wiener Schnipsel haben?«, fragte Melina.

»Eine Kinderportion ... Sehr wohl, die Dame. Franziska wird euch alles bringen.« Joe eilte wieder davon.

Franziska war Joes Bedienung. Sie war so mollig wie eine Rubensfigur, und Horst Hastenteufel konnte sich gar nicht satt sehen an ihr. Vom weiblichen Geschlecht war er in letzter Zeit nicht sehr verwöhnt worden. Fragte ein Psychologe ihn, was er mit dem Begriff »Frau« assoziiere, fiel im als erstes »Trennung« ein. Er war von beträchtlicher Körperfülle und litt unter dem Trauma, einmal eine Frau beim Akt zu erdrücken, seit ihm vor Jahren ein kleines Persönchen in der Missionarsstellung fast erstickt wäre. Immer wieder murmelte er, dass diese Franziska seine Hutnummer sei.

»Eine Hutnummer, wie geht denn die?«, fragte Manfred Matuschewski.

»Hörst du bitte auf!« Elke sah ihn mahnend an. »Das Kind!«

»Ich habe ja nur darüber nachgedacht, ob die Nummer 14 in einem Hut serviert wird.«

»Sei bloß auf der Hut!«, warnte ihn Daniela mit Blick auf Elke.

»Nicht doch! Hannelore Huth war eine Kollegin von mir bei Siemens – und die hat immer so nach ranziger Butter gerochen.«

Als Franziska mit seinen Bratkartoffeln kam, zuckte Manfred Matuschewski zusammen. »Die sind doch viel zu fett. Und dann noch die Panade vom Schnitzel. Meine Galle ...«

»Sie sind doch Ehrengast hier«, sagte Franziska. »Und wenn die anderen sehen, dass Sie alles auf dem Teller lassen, denken die, es schmeckt Ihnen nicht, und machen Propaganda gegen uns.«

Manfred Matuschewski sah ein, dass er sich bei der Eröffnung der *Bratkartoffel-Kathedrale*, die ja auch irgendwie sein Kind war, nicht geschäftsschädigend verhalten durfte, und aß alles auf, was auf dem Teller war.

»Brav«, sagte seine Mutter.

Manfred Matuschewski wälzte sich hin und her und stöhnte vor Schmerzen so laut, dass er fürchten musste, Elke und Melina im Nebenzimmer aufzuwecken. Von Frauen hatte er gehört, eine Gallenkolik hätte ihnen mehr zugesetzt als die Geburt ihres ersten Kindes. Zwischen den einzelnen Wehen hätten sie sich wenigstens ein wenig erholen können, aber bei der Gallenkolik gab es keine Pausen. Es war die Hölle. Er verfluchte Gott und die Welt und betete Sekunden später, dass es doch wenigstens ein wenig besser werden würde. Ein Anfall dauerte bei ihm in aller Regel zehn Stunden – und zwei hatte er erst hinter sich. Da half nichts. Keine Ablenkung, indem er den Fernseher einschaltete und sich Krimis, Sport und Striptease ansah, und kein Medikament, nicht einmal ein Opioid wie Tramadol, ein morphinähnliches Mittel. Und Morphin selbst war bei Gallenkoliken nicht vorgesehen.

Um Mitternacht stand Elke im Zimmer. »Du Armer, du. Soll ich den Notarzt rufen?«

»Nein, lass mal.« Bei früheren Anfällen hatten sie einen kommen lassen, doch was der ihm gespritzt hatte, war völlig wirkungslos geblieben. Also ließ Manfred es diesmal lieber. Auf einen Schamanen, der durch bloßes Auflegen seiner Hand den Schmerz hinwegfegte, war ohnehin nicht zu hoffen.

Manfred Matuschewski jammerte nicht, er verfluchte sich nur. »Warum habe ich Idiot diese Scheiß-Bratkartoffeln nicht auf dem Teller gelassen! Hättest du mir den Mist bloß weggerissen und in den Mülleimer geschüttet.«

»Nun bin ich auch noch schuld«, protestierte Elke. »Ein schöner Fall von externaler Zurechnung.«

»Gib mir eine Bombe, ich will diese verdammte Bratkartoffel-Bude in die Luft sprengen!«, rief Manfred Matuschewski.

»Lass dich operieren«, erwiderte Elke lakonisch.

»Du willst mich bloß loswerden, du hast 'n anderen.«

»Ja, einen ohne Galle. Mit dem ist alles einfacher. Kann ich denn gar nichts für dich tun? Vielleicht eine Wärmflasche?«

»Ja, wenn du dadurch besser schlafen kannst.«

Wie beneidete er alle, die in dieser Nacht ohne Schmerzen

waren! Die Wirkung der Wärmflasche ging wie erwartet gegen null. Immer wieder stand er auf, schaltete das Licht an, blätterte im *Kursbuch Gesundheit*, um einen guten Ratschlag zu finden. Es musste doch etwas geben, das ihm etwas Linderung verschaffte!

»Gallensteine können zunächst jahrelang bestehen, ohne Beschwerden zu machen ... Irgendwann setzen dann plötzlich starke Koliken ein. Heftige Krämpfe im Oberbauch, die sich bis ins Unerträgliche steigern und bis zur Schulter reichen können, verbunden mit Erbrechen, Schweißausbruch, Schwindelgefühl, oft auch Fieber und Schüttelfrost.«

Kaum hatte er das gelesen, stürzte er auch schon zur Toilette und würgte minutenlang grünlichen Schleim hervor. Anschließend war ihm dann so schwindlig, dass er sich eine Weile an der Badewanne festhalten musste. Danach war er so durchgeschwitzt, dass er die Sachen wechseln musste. Wenigstens hatte er kein Fieber. Das bekam er aber, als ihm einfiel, dass einer seiner Bekannten, auch noch ein Pfarrer, nach einer Gallenkolik gestorben war. Da war die Gallenblase von den spitzen Steinen perforiert worden, und die Flüssigkeit hatte sich in den Bauchraum ergossen und den Körper vergiftet.

Wenn es doch endlich Morgen würde! Um acht Uhr abends hatte es im Bauchraum heftig zu rumoren begonnen. Offenbar war ein kleiner scharfkantiger Stein im Gallengang steckengeblieben, und der Organismus versuchte sich zu helfen, indem er drückte und presste. Einige Male war das auch geglückt, heute aber hatte es der Stein nicht bis zum Ausgang geschafft. Gegen 22.30 Uhr war Manfred Matuschewski klargeworden, dass die nächste Gallenkolik fällig war. Das geschah in jedem Vierteljahr einmal, und Elke rief reflexartig, er solle sich doch endlich operieren lassen. Seine Antwort war ebenso standardisiert: »Nein, auf keinen Fall. Ich bin von meiner Bandscheibenoperation noch immer traumatisiert.« Lieber litt er, denn er war sich sicher, die Galle-OP nicht zu überleben. Da konnten die anderen noch so sehr beteuern, dass die OP doch ein Klacks sei, nicht schlimmer, als wenn einem der Blinddarm rausgenommen würde.

Noch im Krankenhaus, sechs Tage nach seiner Bandscheibenoperation im Oktober 1991, hatte ihn die erste Gallenkolik ereilt, ausgelöst offenbar durch den Operationsstress und die Angst, im Rollstuhl zu landen. Dann hatte es alle vierzehn Tage eine gegeben, und am schlimmsten war die am ersten Weihnachtstag gewesen, als er bei seiner Mutter ein Stück fetter Gans mit Grünkohl gegessen hatte. Dr. Aschke hatte bei der Sonographie sieben schöne Gallensteine gefunden und sofort im Moabiter Krankenhaus angerufen, um einen Operationstermin für ihn festzumachen.

»Nein, auf keinen Fall. Nicht schon wieder eine Operation.«

Seitdem hatte Manfred Matuschewski mit seinen Gallensteinen leben gelernt. Er aß immer nur kleine Portionen und niemals Fettes. War bei festlichen Anlässen das Büfett auch noch so reichhaltig bestückt, er ließ in seiner Selbstkontrolle nie nach und verzichtete auf große Gaumenfreuden. Immer hatte er gern und gut gegessen, nun aber war Essen eine ständige Gefahr für ihn. Das Gute daran war, dass er kein Gramm zu viel auf die Waage brachte und Herz und Kreislauf wunderbar in Ordnung waren. Aber der Preis dafür ... Jeden Abend, wenn es in den Gedärmen auch nur gering rumorte, stellte er sich die bange Frage, ob es heute wieder so weit sein würde. Aber acht Jahre lang hatte er völlige Ruhe gehabt, bis Pfingsten 2002. Und von da an konnte er alle drei Monate einmal mit einer Gallenkolik rechnen.

Die Bratkartoffel-Kolik, wie er sie nannte, war aber die weitaus schlimmste. Gegen fünf Uhr morgens hatte er noch keine Sekunde Schlaf gefunden und war kurz vor dem Kollabieren. Zum dritten Mal nahm er den Hörer, um 112 anzurufen und sich ins Krankenhaus schaffen zu lassen, aber auch dieser Anlauf scheiterte. Er wollte kein Schaf sein, das sich selbst zur Schlachtbank führte. Hätte er doch bloß nicht in einem der TV-Gesundheitsmagazine diesen Film gesehen, in dem die Vorteile der minimal-invasiven Chirurgie anpriesen wurden: durchs Schlüsselloch in den Körper, keine großen Narben mehr, kein langes Verweilen im Krankenbett ... Aber wie einem vorher der

Bauch zu einem Ballon aufgepumpt wurde und einem dann ein Rohr, das breit und spitz war wie der vordere Teil eines Zuckerstreuers, mit Karacho in den Bauchnabel fuhr – schrecklich hoch drei! Außerdem war Manfred überzeugt davon, aus der Narkose nie mehr zu erwachen. Dass in Wirklichkeit Tag für Tag Tausende von Menschen nach einer Operation wieder aufwachten und keinerlei Nachwirkungen der Narkose verspürten, konnte seinen Glauben an die Formel »Narkose = Tod« nicht erschüttern.

Als er um 7.15 Uhr im Radio zum x-ten Mal »Sport kompakt« hörte – Stunde für Stunde derselbe Text – und viel von Kämpfen und Siegen die Rede war, begriff er, dass es sinnvoller war, gegen die Blockaden anzukämpfen und nicht gegen den Schmerz. Seine Ängste musste er besiegen und nicht den Schmerz.

Es dauerte noch eine Viertelstunde, dann hatte er sich endgültig überwunden. Blass, fast schon ein wenig grünlich im Gesicht und taumelnd vor Schwäche, aber vom Gefühl her ein Held, ging er in die Küche, wo Elke sich heute selbst den Kaffee kochte, und sagte ihr, dass er sich nun doch operieren lassen wolle. »Ich fahre nachher gleich zu Dr. Aschke, um alles in die Wege zu leiten.« Und er schloss mit einer Altberliner Wendung: »Lebenslauf, ick erwarte dir.«

Elke umarmte ihn, und Melina versprach, ihm ein schönes Bild zu malen, das er sich dann im Krankenhaus übers Bett hängen konnte.

Dr. Aschke zeichnete ihm alles auf, was bei einer Gallenoperation wichtig war, ehe er zum Prozedere kam. »Zuerst zum Röntgen in die Ollenhauerstraße, dann Magenspiegelung bei mir in der Praxis. Hier ist die Nummer der Schlosspark-Klinik, da rufst du an und machst einen Termin aus. Wenn du am Mittwoch operiert wirst, bist du am Sonntag wieder draußen. Kann ich sonst noch etwas für dich tun?«

»Ja, was ist denn mit dieser Beule hier vorn am linken Oberschenkel?«

Der Arzt sah sich alles an und winkte ab. »Ein Lipom, eine

Fettgeschwulst. Ein kleiner Schönheitsfehler, aber solange du nicht Model für Herrenunterwäsche werden willst, kann das Ding dranbleiben.«

Manfred Matuschewski bedankte sich und tat dann, wie ihm geheißen worden war. Das Röntgen von Leber und Galle war insofern eine Tortur, als ihm per Tropf ein Kontrastmittel zugeführt wurde und er eine halbe Stunde auf einer Liege zubringen musste. Dabei rechnete er jeden Augenblick mit einem anaphylaktischen Schock, das heißt mit Atemnot und Herzstillstand, denn er war ja Allergiker und hatte immer wieder von der Gefährlichkeit solcher als harmlos angepriesenen Infusionen gelesen. Was ihn als Kriegskind noch stärker zittern ließ, waren aber die pausenlosen Tieffliegerangriffe. Als solche empfand er jedenfalls die Landeanflüge der großen Passagiermaschinen: Das Röntgeninstitut am Kurt-Schumacher-Platz lag genau in der Einflugschneise des Flughafens Tegel, und die Maschinen flogen dort so dicht über die Dächer hinweg, dass die Luftwirbel fast schon die Ziegel auf die Straße fegten. Manfred Matuschewski sah immer wieder vor sich, wie ein Jet plötzlich an Höhe verlor und sich in das Gebäude bohrte, in dem er hilflos lag.

Nun, er überlebte, und gemessen an dem, was ihn in der nächsten Runde erwartete, war das alles nur eine Lappalie. Die meisten Menschen, die sich einer Magenspiegelung unterziehen müssen, begeben sich zu diesem Zweck in ein Institut, werden dort mit Hilfe einer Vollnarkose ruhig gestellt und haben, erwachen sie kurze Zeit später, die ganze Prozedur gar nicht mitbekommen. Keine Spur von Angst und Schrecken.

Dr. Aschke aber hielt Manfred Matuschewski für einen Helden, und Helden schluckten den Schlauch bei vollem Bewusstsein. Nur der Rachen wurde mit einem Spray vereist. »Es ist doch schön, wenn du dir deinen Magen selbst einmal von innen ansehen kannst.«

»Ich kann mir Schöneres vorstellen, aber bitte …« Manfreds Angst vor der Narkose war größer als die vor dem Schlucken des Schlauches.

»Dann wollen wir mal …«

Die Sprechstundenhilfe hielt ihm die Arme fest, denn in einem Notwehrreflex wollte er dem Arzt alles wegreißen. Er glaubte zu ersticken, er kämpfte gegen einen furchtbaren Brechreiz, er war dabei zu sterben.

»Jetzt weiß ich wenigstens, wie es ist, wenn man erwürgt wird«, sollte er später sagen, als er Elke Bericht erstattete.

Mag es der Schrecken der Magenspiegelung oder mögen es die zu scharfen Speisen beim Inder gewesen sein – jedenfalls ging es pünktlich vor dem Schlafengehen wieder los: Manfred Matuschewski durfte die letzte Gallenkolik seines Lebens noch einmal so richtig genießen.

Die Operation wurde für den 22. Oktober vereinbart, das war ein Mittwoch. Am Tag zuvor sollte er sich in der Klinik einfinden, so wurde ihm am Telefon gesagt, um über die Gefahren der Operation aufgeklärt zu werden und den Behandlungsvertrag zu unterzeichnen.

»Bleibe ich denn nicht schon die Nacht über da?«

»Nein, Sie kommen am Morgen vor der Operation in die Klinik. Die notwendige Spritze bekommen Sie mit, die können Sie sich selber setzen.«

Klar, die Gesundheitsreform. Nur gut, dass sie von ihm nicht verlangten, sich schon selber aufzuschneiden, und nur den Rest vom Fachmann erledigen ließen. So hatte er es vor zwanzig Jahren bei der Renovierung des Hauses in Frohnau auch gemacht: alle Leitungen selbst verlegt und nur den Anschluss an den Sicherungskasten vom Elektriker besorgen lassen.

Zuerst musste Manfred Matuschewski einen ellenlangen Fragebogen ausfüllen, dann wurde ihm Blut abgenommen, und schließlich befragte ihn der Anästhesist nach seinen Allergien und allen sonstigen Beeinträchtigungen.

»Haben Sie einen Herzschrittmacher?«

»Nein.«

»Sind Sie Gebissträger?«

»Nein.«

Das aufklärende Gespräch über die Operation selbst führte ein junger und überaus sympathischer AiP mit ihm, ein Arzt im Praktikum. Als Operationsverfahren würde man die Laparoskopie wählen. »Durch einen etwa ein bis zwei Zentimeter langen Schnitt im Nabelbereich wird über ein Führungsrohr ein optisches Instrument, ein Laparaskop, mit einer Mini-Fernsehkamera in den Bauchraum eingeführt. Um besser sehen zu können, leiten wir Kohlensäuregas in den Bauchraum ein. Durch zwei bis drei zusätzliche kleine Schnitte werden weitere Führungsrohre für spezielle Operationsinstrumente eingebracht, zum Beispiel feine Zangen, Scheren und elektrische Schlingen. Wir sehen dann das Operationsfeld auf dem Bildschirm, präparieren die zur Gallenblase führenden Blutgefäße und den Gallenblasenausführungsgang frei und verschließen ihn mit Metall- oder Kunststoffclips. Dann wird die Gallenblase samt Inhalt entfernt.«

Manfred Matuschewski hielt sich tapfer und zuckte nur kurz zusammen, als ihm das Ganze in einer Graphik vorgeführt wurde. Da hatte ein Mensch nun ein Leben lang Angst, dass ihm einer ein Messer in den Bauch stieß oder ihn eine Kugel traf – dieser schreckliche Bauchschuss in den Kriegsfilmen –, und nun wurde im Operationssaal seine Bauchdecke gleich mehrfach durchlöchert. Sein Unbehagen wuchs noch um einiges, als der AiP auf die möglichen Komplikationen zu sprechen kam.

»Im ungünstigsten Fall ist auch bei sorgfältigem Vorgehen die Verletzung oder Durchtrennung von Gallenwegen oder Blutgefäßen zur Leber nicht auszuschließen ... Schwerwiegende Komplikationen infolge von Verletzungen oder Durchstoßungen von Nachbarorganen oder Blutgefäßen können nicht ganz ausgeschlossen werden ... Wird die Gallenblase beim Fassen mit Zangen unbeabsichtigt geöffnet, können sich Steine in die Bauchhöhle entleeren und verlorengehen ...«

Manfred Matuschewski nickte nur noch, wollte aber gar nichts mehr hören. Die alte Volksweisheit »Was ich nicht weiß, macht mich nicht heiß« war ja so richtig. Wie in Trance unterschrieb er alles, was man ihm vorlegte, ohne richtig hinzusehen, und er hätte auch die Erklärung unterschrieben, mit seiner standrechtlichen Erschießung einverstanden zu sein. Sicher, es war ein Riesenunterschied, aber irgendwie fühlte er sich doch wie kurz vor seiner Hinrichtung. Gerade hatte er Fontanes Debütroman *Vor dem Sturm* gelesen, in dem am Ende Levin von Vitzewitz nach einem gescheiterten Aufstand gegen die napoleonischen Besatzer in der Festung Küstrin auf seine Hinrichtung wartete:

… allmählich stieg die ganze furchtbare Wirklichkeit vor ihm herauf, und er lauschte, ob er nicht schon den Tritt eines ihn abholenden Wachkommandos hören könne. Wusste er doch, dass die Morgendämmerung die Zeit für solche Szenen sei. – Aber was war die Stunde? Er griff nach der Uhr und ließ sie repetieren. Fünf. Das war noch zu früh; es konnte nicht vor sechs geschehen. Also noch eine Stunde Leben, aber auch noch eine Stunde Tod, und er wünschte sich die Minuten weg, um Gewissheit zu haben. Das Letzte, das Schreckliche konnte nicht so schrecklich sein wie diese Qual.

Für Manfred Matuschewski sollte diese Qual noch 22 Stunden anhalten, denn mit einer gefüllten Heparin-Spritze für den Abend und einem Merkblatt für die »Stationäre Aufnahme am Operationstag« wurde er wieder nach Hause geschickt. Zwischen achtzehn und neunzehn Uhr sollte er anrufen und fragen, wann genau er operiert werden würde. »Um halb zehn«, erfuhr er dann. »Aber bitte seien Sie eine Stunde vorher bei uns. Und vergessen Sie Ihre Heparin-Spritze nicht.«

»Nein, nein.« Doch so oft er sie auch ansetzte, er schaffte es nicht, sich das Ding in die Haut zu jagen, die er über der linken Hüfte gefaltet hatte. »Wäre ich doch bloß rechtzeitig Junkie geworden …«

Melina bot sich zwar als Gehilfin an und zeigte ihm auch, wie das mit einer wassergefüllten Plastikspritze bei ihrer Puppe ging, doch er klingelte lieber bei einer Nachbarin, die einmal als Krankenschwester gearbeitet hatte.

Nun war nur noch die Nacht zu überstehen. Leider war er so dumm gewesen, sich in der Klinik nicht nach einer Schlaftablette zu erkundigen. Sonst war das Fernsehen das beste Schlafmittel, aber heute … Zwischen Länge und Tiefe seines Schlafes und den Chancen, die Operation zu überleben, sah er einen direkten Zusammenhang: Schlief er schlecht, war sein Organismus kaum in der Lage, mit dem Operationsstress fertig zu werden. Aber je mehr er sich mühte, endlich einzuschlafen, umso wacher wurde er. Sollte er nicht lieber aufstehen und ein Testament machen? Wenigstens festlegen, wie er bestattet und wo er begraben werden wollte? »Meine Urne bitte neben die meines Vaters auf dem Frohnauer Friedhof.« Grab und Grabstein reichten für eine Großfamilie. Seinen Vater hatte er dann neben sich, und sozusagen in Rufweite ruhte sein Freund Rainer Dingeldey. Nicht zu vergessen seine Frohnauer Verwandten, Tante Lolo und Onkel Kurt, deren Särge ganz unten lagen.

Es wurde ein Uhr, es wurde zwei Uhr. Immer wieder musste er auf die Toilette. Die Aufregung war ihm auf die Blase geschlagen. Hoffentlich führte sie zu keiner neuen Gallenkolik. Kam die, durfte nicht operiert werden. Mal schaltete er das Licht ein und las, mal knipste er die Lampe wieder aus und hörte Radio. Manche der Berichte hatte er schon dreimal gehört, und das führte dann in der Tat dazu, dass er kurz vor drei Uhr wirklich einschlief.

Um sieben Uhr war er wieder wach und sah zu, wie seine beiden Lieben frühstückten. Er selbst war angewiesen worden, nüchtern zu bleiben. Vergleichsweise nüchtern nahmen sie dann auch Abschied voneinander. Elke ging ins Büro und nahm Melina gleich mit in die Schule. Sie hasste Dramatisierungen, und so tat man, als würde er für ein paar Tage verreisen, um Vorträge zu halten und mit FORMAT-Kunden zu verhandeln.

Kurz nach acht ließ er sich eine Taxe kommen und zur Schlosspark-Klinik fahren. War es seine letzte Fahrt? Nun nahm alles seinen Lauf, und er kam sich vor wie ein Rädchen in einer großen Maschinerie. Im Büro checkte er sich ein, musste wieder zig Formulare unterschreiben und sich eine Telefon-

und Fernsehkarte für sein Zimmer kaufen. Dann marschierte er zu seiner Station. Ebenso einsam wie tapfer. Ein richtiger Held. Wo war die Kamera? Eine freundliche Schwester zeigte ihm sein Zimmer. »Sie werden allein sein.« Fast hätte er mit dem alten Sponti-Spruch geantwortet: »Wer Würmer hat, ist nie allein«, aber er hatte keine Würmer. Wenigstens etwas, das er nicht hatte. Auf seinem Bett lagen die Thrombosestrümpfe und das hinten offene Hemd für die Operation. Es sah aus wie ein Totenhemd, und er musste an Max Bugsin denken, der immer gesagt hatte, wenn es seiner Firma schlechtginge, würde er sein Geld eben als Mannequin für Totenhemden verdienen.

Als Manfred Matuschewski mit dem Umkleiden fertig war, legte er sich auf sein Bett und blätterte in dem Roman, den er sich mitgebracht hatte. Es war eines seiner Kultbücher: *Jettchen Gebert* von Georg Hermann. Schnell stieß er auf die Stellen, die er rot unterstrichen hatte. »... und ich sagte mir, dass der beste Teil des Lebens – wenigstens unseres Lebens – aus Erinnerungen und Träumen bestehe.« Da starrte er aus dem Fenster. Es war ein wunderschöner Herbsttag. Das Weinlaub am gegenüberliegenden Giebel leuchtete so intensiv wie das in Schmöckwitz. An der Kiefer neben der Gartenlaube rankte es sich hoch bis zum Wipfel. »Und es kam, wie es kommen musste. Alles, wie es kommen musste.« Dass er älter geworden war und krank ... dass er sein Paradies längst verloren hatte ...

Er schreckte hoch. Ein Oberarzt erschien, um ihn zum letzten Mal zu untersuchen. Per Ultraschall musste nachgesehen werden, ob nicht Steine im Gallengang steckten. Alles war in Ordnung. Dann aber zeigte der Arzt auf Manfred Matuschewskis linken Oberschenkel, und es kam die Frage: »Was haben Sie denn da?«

»Ein Lipom, das ist nichts weiter.«

»Ich seh's mir aber gerne mal an.« Er war Spezialist für diese Art von Geschwulsten und ließ eine Schwester kommen, die Manfred Matuschewski die Haare über seiner Beule abrasierte. Das Gel war kalt und eklig, und als sein Blick auf das Gesicht des Arztes fiel, schien das nichts Gutes zu verheißen.

»Gibt es etwas, das ...?«

»Nein, nein ...« Weiter kam er nicht, denn die Schwester erschien, um Manfred Matuschewski eine Tablette zu bringen, die er schlucken sollte, um ruhiger zu werden. Vorher maß sie noch Temperatur und Blutdruck.

Er nahm die Tablette ein und legte sich wieder aufs Bett. Ein unendlicher Friede erfüllte ihn. Als würde er wieder im warmen Fruchtwasser liegen und selig dahindämmern. Bis in alle Ewigkeit hätte dieser Zustand andauern können.

Elke kam herein und küsste ihn. »Na, wie fühlst du dich?«

»Blendend. Sie haben mir eine Tablette gegeben, damit ich sanft entschlafe, aber die wirkt überhaupt nicht ...«

Kaum hatte er es gesagt, da war es so weit: Er verlor das Bewusstsein. Urplötzlich und ohne jeden Übergang.

Zwei Stunden waren vergangen, als er in einem fremden Raum erwachte. Aber es war die Schlosspark-Klinik. Ohne große Überraschung realisierte er, noch am Leben zu sein. Fast war er ein wenig enttäuscht, nicht im Jenseits aufgewacht zu sein. Oder in den Welten außerirdischer Intelligenzen.

Man fuhr ihn in sein Zimmer und stellte ihm ein Plastikröhrchen mit seinen herausgenommen Gallensteinen auf den Beistelltisch. Es war ein gewaltiger Brocken dabei, von bräunlicher Färbung, groß und rund wie eine Gewehrkugel zu Zeiten Friedrichs des Großen, dann aber gab es noch gut zwei Dutzend länglicher und scharfkantiger Steine in allen Größen. Manche sahen aus wie Mini-Meteorite. Ein kleines Schotterfeld war es. Klar, dass er da Höllenqualen erlitten hatte, wenn die kohlenstoffschwarzen Splitter in seinem Gallengang steckengeblieben waren. Was würde das für ein herrliches Leben werden, ohne die ständige Angst vor einer neuen Kolik!

Schmerzen hatte er keine. Bald konnte er schon aufstehen und sogar eine Kleinigkeit essen. Als er aber seinen Körper betrachtete, erschrak er: Seine Haut hatte sich in Richtung Himbeerrot und Bronze verfärbt, er sah etwa so aus wie Winnetou und seine Krieger der Apachen. Die Ärzte zeigten sich ratlos ob dieses Phänomens, dachten an eine Allergie gegen eins der

Medikamente, die er erhalten hatte, waren aber nicht weiter besorgt. Manfred telefonierte viel, las und schaltete den Fernseher ein. Am Nachmittag kamen Elke und Melina, und er spielte mit seiner Tochter Schiffe versenken. »A 5 …« – »Treffer!« Aus pazifistischer Sicht war das sicherlich nicht koscher, aber Spaß machte es trotzdem.

Die Nacht über schlief er besser als zu Hause, was ihn beunruhigte, war allein die Tatsache, dass alles so problemlos gelaufen war. Irgendwann musste doch noch etwas Schreckliches geschehen, sonst hätte er sich ja zehn Jahre lange umsonst mit seinen Gallenkoliken gequält! Nur eine plötzliche Komplikation hätte sein Zögern gerechtfertigt. Aber nichts geschah, auch nicht, als er es am nächsten Tag geradezu darauf anlegte und sich anzog, um ein wenig im nahen Schlosspark spazierenzugehen. Es war so herrliches Wetter. Etwa fünfhundert Meter hatte er zurückgelegt und gerade die Rückfront des Schlosses erreicht, da fühlte er seine Kräfte verschwinden. Wenn er jetzt kollabierte … Nein, er schaffte es zurück in sein Zimmer. Bald hatte er sich wieder erholt.

Der Krankenhausbetrieb war erholsam. Manfred Matuschewski brauchte sich um nichts zu kümmern, alles geschah, ohne dass er etwas dafür tun musste.

»Daran kann ich mich richtig gewöhnen«, sagte er zu Elke. »Der Beginn meiner Hospitalisierung.«

»Du bist kein Greis.«

Genauso fühlte er sich aber, als es auf Mitternacht zuging. Plötzlich war die Krise da. Es schien ihm, als sei er in ein schwarzes Loch gestürzt. So eine Depression hatte er noch nie erlebt. Er begann zu schluchzen: Alles war so sinnlos. Sein Zimmer, das ihm ehedem so groß und freundlich erschienen war, wurde zu einer Folterzelle. Er saß auf der Bettkante und hatte das Gefühl, in der nächsten Sekunde verrückt zu werden, nicht mehr zu wissen, wo und wer er war. Nach der Schwester zu klingeln wagte er nicht – was hätte er ihr sagen sollen? Am Ende steckten sie ihn noch in die Psychiatrie.

Der Anfall ging vorüber, und am nächsten Tag, als Joscha ihn besuchte, konnte er mit ihm schon bis ans Ende des Schlossparks gehen. Am Sonnabendvormittag wurde er entlassen und fuhr mit der Taxe nach Hause. Im Flur hing ein herrliches buntes Bild, das Melina gemacht hatte: »Hertzlisch willkomen, liba Papa.« Das Leben war wunderbar.

Fünf Tage währte sein Glück, dann fuhr er in die Müllerstraße zur MRT. Für ihn war diese Untersuchung eigentlich überflüssig, und er legte sich nur in die Röhre, um die Geschwulst an seinem linken Oberschenkel untersuchen zu lassen, weil er dem besorgten Chefarzt der Klinik einen Gefallen tun wollte. Warum dieser Aufwand um eine solche Bagatelle? Außerdem war es eine ziemliche Tortur, in der engen Röhre zu stecken und ruhig zu liegen. Ringsum gab es einen Höllenlärm, und er fühlte sich wie ein Soldat in einem Bunker, der unter vollen Beschuss geraten war. Es gab viele Menschen, die dabei in Panik gerieten. Er war dicht davor. Hätte er noch eine Galle gehabt, wäre ihm bei einem solchen Stress die nächste Kolik sicher gewesen. Nach einer halben Stunde bekam er die Aufnahmen ausgehändigt. Schon die Radiologin machte ein Gesicht, das ihn unruhig werden ließ, hielt sich aber mit einer genauen Diagnose zurück. Er setzte sich in eine Taxe und fuhr zur Schlosspark-Klinik, wo er einen Termin beim Chefarzt hatte. Der hielt die Röntgenbilder nur kurz vor die Lampe und sagte dann etwas auf Latein, das Manfred Matuschewski nicht so ganz verstand, hatte er doch nur das Kleine Latinum gemacht, und das auch nur mit einer Vier.

»Tut mir leid, Herr Professor, wenn Sie das bitte auf Deutsch …«

»Natürlich, Herr Professor … Mit Ihren Gallensteinen hätten Sie hundert Jahre alt werden können, dies hier aber will Ihnen ans Leben.«

»Ist es bösartig?«

»Das werden wir erst wissen, wenn wir das Gewebe untersucht haben.«

»Entnehmen Sie also eine Probe?«, fragte Manfred Matuschewski und dachte, dass diese kleine Prozedur bei lokaler

Betäubung weniger schlimm sein würde als das Bohren beim Zahnarzt.

»Nein, das wäre zu riskant. Wir müssen operieren.«

Manfred Matuschewski sank in sich zusammen. »Schon wieder ... Aber nur mit örtlicher Betäubung?«

»Das ist unmöglich. Machen Sie so schnell wie möglich einen Termin aus und nehmen Sie sich ein paar Tage Zeit.« Der Chefarzt stand auf und legte ihm die Hand auf die Schulter. »Keine Angst, das kriegen wir schon alles wieder hin.«

Am 8. Dezember sollte er am Bein operiert werden, doch Manfred Matuschewski schaffte es, die Sache weithin zu verdrängen und den November über ganz normal zu leben. Bis er eines Tages auf dem Bahnhof Zoologischer Garten stand, um zu einem FORMAT-Kunden nach Hannover zu fahren. Außerhalb der Halle ging er auf dem Bahnsteig auf und ab und sah zum Zoo hinüber, sah sich mit seiner Schmöckwitzer Oma am Eingang stehen. 1946 musste das gewesen sein. Seit dreißig Jahren war sie tot. »Und bald bin ich's auch«, hörte er sich murmeln, und ein gewaltiger Anfall von Schwermut packte ihn. Am besten war es, er warf sich vor den nächsten Zug. Nein, dazu war er zu gelähmt, dazu hing er zu sehr an seiner Familie, das konnte er keinem antun.

Was ihn so depressiv stimmte, war auch das Schicksal von Elkes Vater. Lange schon hatte der Glasermeister Mühe gehabt, längere Strecken als dreihundert Meter zurückzulegen, ohne dass ihm die Beine den Dienst versagten, und nun hatten die Ärzte bei ihm ein Lungenkarzinom diagnostiziert.

»Mir werden sie wohl einen Lungenlappen wegschneiden«, sagte er am Telefon zu Manfred Matuschewski.

»Und mir das halbe Bein.« Ein kleines Gedicht fiel Manfred ein, das seine Mutter immer aufsagte: »Es wird schon wern mit Mutter Bern. / Mit Mutter Horn is ooch jeworn. / Bloß Mutter Schmidten, die hat sehr jelitten.«

Sein nichtehelicher Schwiegervater sah die Sache realistisch. »Wenn sie dir das linke Bein wegschneiden und mir die Lunge, wer kann dann wohl zu wessen Beerdigung gehen?«

Manfred Matuschewski bekam sich wieder in den Griff. Noch zehn Tage bis zur Operation – noch eine Ewigkeit.

Aber dann war auch diese Ewigkeit vorbei, und wieder saß er dem jungen AiP gegenüber und ließ sich mit Hilfe eines Info-Blattes über die Operationen von Weichteiltumoren aufklären. Was er da hörte und las, war fürchterlich. Schon das Wort »Tumor« klang nach Siechtum und Tod. Wie oft hatte er leichthin gesagt: »Lieber Humor statt Tumor.« Die Geschwulst konnte gutartig oder bösartig sein, aber das erfuhren die Chirurgen erst während der Operation. »Zu Beginn der Narkose führen wir eine Probebiopsie durch, das heißt, wir entnehmen ein Stück Gewebe für eine Schnellschnittuntersuchung. Die feingewebliche Untersuchung kann mehrere Tage in Anspruch nehmen. Ist die Geschwulst bösartig, muss sie radikal entfernt werden, das heißt mit einem gehörigen Sicherheitsabstand. Dabei wird auch angrenzendes gesundes Gewebe mitgenommen, unter Umständen können das ganze Muskelgruppen sein.«

Manfred Matuschewski kratzte sein letztes bisschen Humor zusammen. »Dann ist es also mit meinem großen Traum endgültig aus, einmal Olympiasieger über hundert Meter zu werden ...«

Der AiP lächelte eilig, um dann routiniert fortzufahren: »Auffällig vergrößerte Lymphknoten, die von Absiedelungen befallen sein könnten, werden mitentfernt.«

Manfred Matuschewski vernahm es wie ein Todesurteil, denn Absiedelungen verwies auf ein Wort, das bisher noch gar nicht gefallen war. »Habe ich also Krebs ...?«

»Ja, Sie haben ein Sarkom.«

Was er dann auf Seite zwei des Aufklärungsblattes las, erinnerte ihn an einen Satz Theodor Fontanes: »... wer bereits mit dem Rasiermesser vor dem Spiegel steht, um sich den Hals abzuschneiden, *den* zu erdolchen wäre überflüssig«. Da stand: »Bei Tumoren an den Gliedmaßen kann in Einzelfällen ... eine Amputation erforderlich werden.« Er sah sich mit einer Prothese durch die Gegend humpeln.

Tröstlich war allein die Tatsache, dass der Chefarzt ihn operierte, und der war eine Koryphäe. Nicht nur das, er strahlte Zuversicht aus und hatte das an sich, was einen guten Mediziner erst recht eigentlich ausmachte: etwas von einem Schamanen. Außerdem gab es in der Aufklärungsschrift seiner Klinik einen Satz, an den Manfred Matuschewski sich nun klammerte wie an den berühmten Strohhalm: »Verglichen mit anderen bösartigen Tumoren haben Sarkome gute Heilungschancen.«

Elke war von rigorosem Pragmatismus: »Warte doch erst mal ab, ob der Tumor wirklich bösartig ist.«

Er hoffte, dass es nicht so war, nahm sich aber dennoch schon einmal Lance Armstrong zum Vorbild: Der war trotz und nach einer Krebserkrankung mehrfach Sieger der Tour de France geworden.

Für die Tage bis zur Operation gab Manfred Matuschewski für sich die Devise aus: *Business as usual.* Alle FORMAT-Termine nahm er wahr, darunter einen in Osnabrück, ging mit Melina und ihrer Freundin ins Kino, um das Clownsfisch-Drama *Findet Nemo* zu sehen, und fuhr nach Frohnau hinaus, um an der Urnenbeisetzung seiner ersten Schwiegermutter teilzunehmen.

Vor allem aber lief er »wie ein Besengter« durch die Straßen und wanderte durch die Mark Brandenburg. Je näher der 8. Dezember heranrückte, um so befreiter wirkte er. Zum einen verdrängte er die Möglichkeit, ein Krebsgeschwür mit sich herumzutragen, zum anderen wirkte das, was ihm insbesondere Elke immer wieder eingehämmert hatte: »Positiv denken! Freu dich auf den nächsten Urlaub, erfreue dich an deinen Kindern!« Das tat er dann auch, und wenn Hertha BSC, Alba und die Eisbären gewannen, freute er sich zusätzlich.

So nahm alles seinen Lauf. Der 8. Dezember war ein Montag, und am Abend vor der Operation stieg er wieder zu seiner Nachbarin hinauf, um sich die Heparin-Spritze geben zu lassen, und am Morgen danach klinkte er sich wie gewohnt ins Krankenhausgefüge ein. Alles lief genauso ab wie bei der Gallen-OP, nur fühlte er sich diesmal beim Erwachen aus der Narkose wesentlich schlechter. Das mochte auch daran liegen, dass gleich zwei Schläuche aus seinem Körper führten, der eine zum Tropf oben am Haken – das kannte er –, der andere aber aus einem riesigen Verband im linken Oberschenkel zu einer flachen Plastikflasche, die sich langsam mit rotbrauner Wundflüssigkeit zu füllen begann. Man schob ihn wenig später von der Intensivstation auf sein Zimmer, und bald konnte er schon zum Harnlassen auf die Toilette humpeln, wobei er aufpassen musste, dass seine »Blutflasche« nicht vom Schlauch gerissen wurde.

Bei der Visite hielten sich Chef- und Oberarzt bei seiner Frage, ob denn der Tumor nun gut- oder bösartig gewesen sei, auffällig bedeckt. Man wisse es noch nicht genau, die Ergebnisse des eigenen Labors lägen noch nicht vor, und die endgültige Einstufung könne sowieso erst das Referenzzentrum liefern, das heißt der »Sarkom-Papst« Katenkamp in Jena. Es hieße also abwarten. Manfred Matuschewski suchte in den Gesichtern der Männer zu lesen. Der Chefarzt signalisierte Hoffnung, dass der Tumor gutartig war, der Oberarzt hielt ihn offenbar für bösartig und sprach von einer möglichen Nachoperation. Das schmerzte Manfred Matuschewski wie ein Kolbenhieb auf den Kopf.

Am späten Nachmittag kamen dann Elke und Melina, und als seine Tochter auf seinem Tisch eine Schale mit Griespudding und Kirschkompott sah, fragte sie: »Ist das das, was sie Papa aus dem Bein rausgeschnitten haben?«

Als er ein wenig jammern wollte, fuhr ihn Elke geradezu an: »Sei froh, dass nun alles raus ist.«

Es war ein Fernseher im Zimmer, und abends sah er im DSF ein Spiel der zweiten Bundesliga, was ihn ein wenig ablenkte und ihm häusliche Normalität vorgaukelte. Er hatte in seinem Leben nie Schlaftabletten geschluckt und fürchtete auch, abhängig zu werden, wenn er sich jetzt eine geben ließ, andererseits aber hatte er Angst vor den jagenden, den quälenden Gedanken. Zudem schmerzte die Wunde trotz aller Mittel, und er hatte das operierte Bein sehr unbequem auf einer Art Rampe liegen. Manchmal kam er sich vor wie ein verwundeter Soldat. Mit Tablette schlief er schließlich ein, aber immer wieder schreckte er hoch, denn die Tür ging auf und die Nachtschicht sah nach, ob er auch wirklich schlief. Und dann lief ein jedes Mal die Endlosschleife ab: Habe ich nun Krebs, oder habe ich keinen Krebs? Es folterte ihn.

Am Dienstagmorgen bekam er einen Zimmergenossen, einen kraftvollen jungen Krieger, wie er in Hollywoods Troja-Filme gepasst hätte. Die Bräune aus dem Sonnenstudio sah wie dicke Schminke aus, die kurzen Haare standen wie Stacheln in die Höhe und waren blond gefärbt.

»Gregor Sargorski«, stellte er sich vor. »Ich bin wegen einem Bruch hier.«

Manfred Matuschewski zuckte zusammen. Nicht nur, weil er reflexartig dachte: wegen ein*es* Bruch*es*, sondern weil er mit Bruch sofort Einbruch assoziierte und ihm dies als die einzige Möglichkeit erschien, mit der Herr Sargorski an die finanziellen Mittel für eine Chefarztbehandlung gelangt sein konnte. Statt des Einbruchs konnte es auch Zuhälterei, Menschenhandel oder Kfz-Diebstahl sein. Irgendwie kam ihm der Mann auch bekannt vor. Wahrscheinlich hatte er sein Bild schon einmal in der Zeitung gesehen, Rubrik Gerichtsreportage. Aber immerhin lenkte ihn Sargorski von der alles entscheidenden Frage ab: Krebs – ja oder nein. Er hätte ihn direkt nach seiner Profession fragen können, aber das wäre zu einfach gewesen.

Sargorski sollte in anderthalb Stunden operiert werden, pfiff aber vergnügt vor sich hin, als er sich umzog. Er sah Manfred Matuschewski an. »Warum sind Sie denn unters Messer gekommen?«

»Ein Sarkom. Womöglich Krebs.«

»Ich liebe Krebs«, sagte Sargorski.

»Wie?« Manfred Matuschewski glaubte sich verhört zu haben.

»Na, Diether Krebs. Ein wunderbarer Komiker. Und woran ist er gestorben? An Krebs. Ach ja, das Sterben … Mich hält man ja manchmal für einen Bestattungsunternehmer …«

»Weil die Leute an Sarg-Orski denken?«

»Nein, weil ein falscher Pfiff von mir das Ende für sie bedeuten kann.«

»Sind Sie Verkehrspolizist?«

»Nein, Schiedsrichter.«

»Ah …« Daher kannte Manfred Matuschewski den Mann. Von den Sportseiten, aus dem Fernsehen. »Aber in Deutschland gibt's doch noch gar keine Profi-Schiedsrichter?«

»Ich studiere noch. BWL, Marketing.«

Manfred Matuschewski konnte sich an ein Referat erinnern, das er einmal vergeben hatte: »Der Fußballschiedsrichter als Institution der Konfliktregelung.« Was hatten seine beiden Studenten damals erzählt, was hatte er zu diesem Thema alles gesagt? Er bekam es sehr schnell wieder zusammen: Der Schiedsrichter ist zumeist männlich und entstammt einer Berufsgruppe, die als solide und bürgerlich gilt. In seinem angestammten Beruf hat er selten Karriere gemacht, und ohne sein Schiedsrichterdasein wäre er im Allgemeinen so unauffällig wie ein Spatz in einer Spatzenschar. Nun aber … Alles hört auf sein Kommando, und dieses Gefühl »Alles tanzt nach meiner Pfeife« ist für ihn einfach göttlich, insbesondere wenn er den Millionarios die rote Karte zeigen kann. Schön, manchmal muss er auch unter Polizeischutz aus dem Stadion geleitet werden, und auf dem Spielfeld sehen alle, dass er lange dürre Beine und kaum Waden hat. Mit leichenblasser Haut dazu. Auch wird er des Öfteren mit dem Gegenstand gleichgesetzt, aus dem er akustische Signale zur Leitung des Spieles erzeugt: »Du Pfeife, du!« Viele Schiedsrichter werden von den Zuschauern für blind gehalten, und man verlangt von ihnen lautstark, das Blindenabzeichen anzulegen. Schiedsrichter ziehen also Aggressionen auf sich und leben gefährlich. Das ist der Preis dafür, dass sie partiell und temporär eine so machtvolle Rolle spielen dürfen. Es mag neben dem Zuwachs an Macht und Bedeutsamkeit viele andere Gründe geben, Schiedsrichter zu werden. Da spielen Liebe und Affinität zu einer ganz bestimmten Sportart ebenso eine Rolle wie das Problem, mit dem Gefühl der Leere fertig zu werden, das manche Menschen, *workaholics* ganz besonders, an den Wochenenden überfällt. Auch hat man einen triftigen Grund, sich seinem geliebten Partner für eine Weile zu entziehen. »Der ganze Spielbetrieb bricht doch zusammen, wenn ich nicht pfeife.« Altruismus ist immer ein gutes Handkanten-Argument. Zudem ist anzunehmen, dass Menschen mit einem rigiden Über-Ich und hohen Ladungen auf der Dogmatismus-Skala gern Schiedsrichter werden, da ihnen Einhaltung und Durchsetzung der Normen der höchste aller Werte ist. Normenbrecher können sie auf der Stelle negativ sanktionieren: Pfiff, gelbe, gelb-rote oder rote Karte – und die heilige Ordnung ist wiederhergestellt.

Nun hatte er also einen leibhaftigen Schiedsrichter als Zimmergenossen, und erst als Gregor Sargorski in den Operationssaal gefahren worden war, fiel Manfred Matuschewski ein, dass es in seiner eigenen Familie zwei Schiedsrichter gegeben hatte: Richard Schattan, den Schwager seiner Schmöckwitzer Oma, und dessen Sohn Gerd.

Als Sagorski alles überstanden hatte und sie gemeinsam Abendbrot aßen, kam Manfred Matuschewski auf seine einschlägige Verwandtschaft zu sprechen. »Onkel Richard war so dick wie der Großvater der Berliner Schiedsrichter, Paul Neumann von Viktoria 89. Der ›dicke‹ Neumann. Und wissen Sie, was das Schärfste ist …?«

»Als Dicker hätte er heute keine Chance mehr, heute muss der Schiedsrichter ein Athlet sein, ebenso gut sprinten können wie zehn Kilometer durchhalten.« Sargorski entblößte sich, um seinen tadellosen Oberkörper zu präsentieren.

»Danke …« Manfred Matuschewski hoffte, dass ihn die Schwulen unter seinen Freunden in der Zeit besuchen würden, in denen Sargorski mit ihm das Zimmer teilte. »Dennoch werden Sie bei aller Athletik nie das erreichen, was der dicke Neumann geschafft hat: 1908 hat England gegen Deutschland gespielt – und die Engländer waren mit einem deutschen Schiedsrichter einverstanden, mit Paul Neumann. Dabei kam der linke Verteidiger der deutschen Mannschaft noch aus demselben Verein wie Neumann. Die Engländer haben 5:1 gewonnen und den dicken Neumann mit einem noch dickeren Lob bedacht und ihm was Schönes geschenkt.«

Sargorski besah sich seinen Verband. »Hoffentlich werde ich bald wieder laufen können … Bei uns gibt es ja sogar Testläufe über 1500 Meter.«

»Da passen Sie nur auf, dass Sie nicht dasselbe Schicksal wie Ewald Regely erleiden.« An diesen Namen konnte sich Manfred Matuschewski noch gut erinnern, denn dass einer, der auf das Regeln von Wettbewerben zwischen zwei sozialen Systemen spezialisiert war, Regely hieß, war schon bemerkenswert. »Regely ist bei einem Testlauf in Barsinghausen zusammengebrochen und gestorben.«

»Ich halte schon durch, bis ich mein erstes Pokalendspiel geleitet habe«, erklärte Sargorski.

»Eines nur?«, fragte Manfred Matuschewski mit leisem Spott. »Alfred Birlem, Berlins bester Schiedsrichter aller Zeiten, hat fünf Endspiele um die Deutsche Meisterschaft geleitet, dazu noch fünfzehn Länderspiele.«

Gregor Sargorski erklärte, am meisten von Peter Gabor und Lutz-Michael Fröhlich profitiert zu haben. »Ein paar Jahre noch, dann habe ich deren Erbe angetreten.«

Der Mann war um sein Selbstbewusstsein zu beneiden. Er hätte gut zu einem Jungmanager getaugt, aber auch zum Geschäftsführer eines Etablissements im Rotlichtmilieu.

Am Abend kam Heiner Dietrich, und Manfred Matuschewski ging mit ihm in die Besucherecke auf dem Flur, um Sargorski nicht zu stören. Was sie dort inszenierten, war ein wunderbares Theaterstück: *Zwei alte Männer beim verzweifelten Versuch des positiven Denkens.* »Durch Reden kommt eine Unterhaltung zustande«, war eine der Lieblingswendungen seiner Mutter, und so fragte Manfred Matuschewski den Freund vornehmlich nach Kollegen und Bekannten aus der gemeinsamen Zeit an der HÖV.

»Wie geht es denn Frau Schubert?«

»Die haben wir letzten Freitag zu Grabe getragen. Darmkrebs.«

»Und der Dürre aus der Vervielfältigung, mit dem sie befreundet war?«

»Der ist schon Ostern bei einem Verkehrsunfall ums Leben gekommen.«

Manfred Matuschewski stöhnte auf. »Gibt's auch noch welche, die gesund und munter sind?«

Heiner Dietrich musste einen Augenblick nachdenken. »Ja, der Herr Julius aus der Bibliothek, aber der soll auf die Überhangliste und hat gedroht, Selbstmord zu begehen.«

»Unter jedem Dach wohnt ein Ach«, analysierte Manfred Matuschewski die Lage der Deutschen im Jahre 2003. »Was muss man also tun, um unser Volk wieder glücklich zu machen? Alle unter freiem Himmel leben und schlafen lassen. Wo kein Dach ist, kann auch kein Ach sein – und man kann folglich auch keinen Dachschaden haben.«

Heiner Dietrich sah ihn so an, als würde er das in seinem Falle stark in Zweifel ziehen. »Steht wirklich fest, dass du am Bein operiert worden bist?«

So ging es noch eine Weile, und als Heiner Dietrich dann gegangen war, hatte Manfred Matuschewski sein Elend ein wenig vergessen und konnte ganz gut schlafen.

Grau aber war der Mittwochmorgen, denn bei der Visite wussten die Ärzte noch immer nicht, ob es nun Krebs war oder nicht. Als er dann am Frühstückstisch Sagorski gegenübersaß, hätte er diesem einerseits am liebsten in den Hintern getreten, weil er so wenig Empathie an den Tag legte und sich nicht im Geringsten um seine Probleme kümmerte, andererseits war er dem Schiri auch dankbar dafür, dass er da war, denn das hinderte ihn daran, völlig durchzudrehen. Durch Sagorski war Manfred Matuschewski gezwungen, sich zu kontrollieren und die Contenance zu bewahren.

Sie diskutierten darüber, warum es Hertha BSC nicht schaffte, noch einmal Deutscher Meister zu werden.

»In Berlin sind die Spieler zu sehr von allem abgelenkt«, lautete Sagorskis Analyse.

»Dann dürften ja Real Madrid, Arsenal London, Panatheneikos Athen und Benfica Lissabon auch nie Meister geworden sein«, entgegnete Manfred Matuschewski.

»Es ist alles eine Sache des Geldes.«

»Na, vielleicht kommt ja auch mal ein russischer Ölmilliardär nach Berlin und macht aus Hertha ein zweites Chelsea«, hoffte Manfred Matuschewski. »Dann spielen Henry, Ronaldo und noch ein paar andere im Olympiastadion.«

Das brachte sie dahin, über berühmte Fußballer zu plaudern, und da konnte Manfred Matuschewski mit seinem Gedächtnis glänzen.

»Kriegen Sie denn noch die Weltmeistermannschaft von 1974 zusammen?«, fragte Sagorski.

Manfred Matuschewski musste nicht lange überlegen: »Maier, Vogts, Breitner, Beckenbauer, Schwarzenbeck, Bonhof, Overath, Grabowski, Hoeneß, Müller und Hölzenbein ... Ein schöner Name. Aber davon gab's ja einige. Beim HSV spielte einer, der Spundflasche hieß, Heinz Spundflasche. Bei Borussia Dortmund hatten sie den Kapitulski, und ein Reporter hat daraus Katapulski gemacht. Neben ihm stürmte Kelbassa, was auf Polnisch Wurst bedeutet.« Bei Jürgen Rumor, 1. FC Köln und Hertha BSC, hatte Manfred Matuschewski immer an die Qualen des Lateinunterrichtes und ans leidige Vokabellernen denken müssen, denn *rumor* ist das Geräusch, und bei Horacio Neumann, ebenfalls Köln, an die ebenso wenig geliebten Stunden bei Frau Müller im Fache Literatur. Denn Hamlet fleht mit Horatio im ersten Aufzug, erster Auftritt, den Geist an: »Ich beschwöre dich / Beim Himmel: sprich!« Mit seinem Freund Dirk Kollmannsperger hatte er einen regelrechten Zweikampf daraus gemacht, wem zu wem was Witziges einfällt. »Bei Michael Bella vom Meidericher SV, gleich MSV Duisburg, haben wir immer mit Vico Torriani gesungen: *Bella, bella donna, bella, bella mia* ..., bei Gerd Zewe von Fortuna Düsseldorf an aufsaugende Tücher gedacht – »Zewa wisch und weg« –, bei seinem Nebenmann Dieter Brei an die vielen Köche, die ihn verderben, und bei Günter Pröpper vom Wuppertaler SV an den Meister der sauberen Küche.«

Auch Sagorski fiel nun etwas ein. »Bei Werder Bremen hat mal einer gespielt, der hieß Bordell.«

»Mit einem L nur«, korrigierte ihn Manfred Matuschewski. »Aber immerhin ... Wen haben wir noch? Klaus Wunder vom MSV Duisburg: ›Wunder gibt es immer wieder ...‹ Roman Geschlecht von Bayer Leverkusen, der den -sverkehr erfunden hat.« Und er zählte noch eine ganze Reihe von Spielern auf, die ihn an etwas erinnerten: Georg Kottan (Bayer Uerdingen) an den Österreicher, der ermittelt, Thorsten Lahm (FC Homburg) an die -arschigen, Erich Miß (zuletzt VfL Bochum) an die -wahlen und -erfolge, Hans-Günther Neues (zuletzt 1. FC Kaiserslautern) an Neil Diamond (»What a wonderful noise«), Thomas Stratos (zuletzt Arminia Bielefeld) an seine Sphäre, Wolfgang Trapp (zuletzt Karlsruher SC) an die rührige Familie um Ruth Leuwerik, aber auch an die -schützen bei den Olympischen Spielen, Martin Trieb (zuletzt SVW Mannheim) an die diesbezüglichen Täter und Werner Kik (Rot-Weiß Essen) an die Kicker-Gattung als solche und den berühmten Kick per Drogen. Der HSV hatte gleich fünf Spieler in seinen Reihen, von denen sie damals zu Assoziationen angeregt worden waren: Horst Sandmann (»Kinder, schlafen gehen, der Sandmann ist da!«), Wolfgang Kampf (»*Mein Kampf*, Nazis raus!«), Peter Barfuß (*Barfuß im Park*, der Film) und Manfred Kaltz (»Ah, der Erfinder der Kaltzschale!«). Eingeprägt hatten sich bei ihm auch die Herren Krauthausen (zuletzt Rot-Weiß Oberhausen), Kleinholz (1. FC Köln), Stockhausen von Arminia Bielefeld (»Den kann ja das Komponieren nicht auslasten ...«), Wottka von Hannover 96 (»Prost!«), Peter Rühmkorf vom selben Club (»... noch 'n Gedicht!«), dessen Literatenkollege Kafka vom KSC und zwei vom 1. FC Nürnberg: Paul Derbfuß (»Gleich vom Platz stellen!«) und Rolf Wütherich (»Was willst du mit dem Dolche, sprich, entgegnete finster der Wüterich«).

»Wissen Sie aber, was die absolute Krönung für mich ist und bleibt?«, fragte Manfred Matuschewski Sagorski.

»Nein ...«

»Der Adolf Kunstwadl von Bayern München.« Der hatte in

der Saison 1965/66 zweimal gespielt und null Tore geschossen.

Nach dem Mittagessen erschien Horst Hastenteufel und war für Manfred Matuschewski deshalb ein großer Trost, weil er selber getröstet werden musste. Es begann mit einer Bemerkung, die eigentlich darauf zielte, dass der Freund seit ihrer letzten Begegnung noch etliche Kilo zugenommen hatte, also in die Breite gegangen war. Nun wollte Manfred Matuschewski ihm nicht direkt ins Gesicht sagen, dass er unheimlich dick geworden war, sondern verpackte es in den Scherz, er käme ihm heute kleiner vor.

»Klar«, erwiderte Horst Hastenteufel mit einiger Bitterkeit. »Wenn man als normaler Autor auf der Frankfurter Buchmesse war, kommt man hinterher um einiges geschrumpft nach Hause zurück. Zurechtgestutzt.«

»Du hast doch jetzt zwei Standbeine: deine Kriminalromane – immer noch unter Hoss McDevil – und deine historischen Romane unter deinem richtigen Namen.«

»Ja, aber eins und eins macht bei mir auch nur eins. Ich bin vom Netzwerk nicht ausersehen, auf die Bestsellerlisten zu kommen.«

Manfred Matuschewski erinnerte sich an einen Satz Theodor Fontanes: »Man muss sich darin finden, dass immer wer da ist, der einem vorgezogen wird.«

»Mir werden zu viele vorgezogen«, sagte Horst Hastenteufel. »Und was ich im Jahr verdiene, liegt knapp über der Sozialhilfe, knapp über 12 000 Euro.«

Manfred Matuschewski blieb nur, mit Fontane zu seufzen: »Wie viel hat das Leben, aber für wenige nur.«

Horst Hastenteufel schimpfte auf die unselige Trennung von Hoch- und Unterhaltungsliteratur in Deutschland und beklagte, dass die einen ständig hochgejubelt und die anderen ständig abgewertet wurden. »Dabei ist die sogenannte Hochliteratur weithin nichts anderes als die Unfähigkeit von Leuten, sich vernünftig auszudrücken. Dazu muss ein hohes Maß an erzeugter Langeweile kommen.« Und zum Beweis seiner These holte er ein Buch hervor und suchte nach der Stelle, in der ein Lesezeichen steckte. »Hier – Alain de Botton, *Trost der Philosophie*, Seite 193.« Dann zitierte er: »Wir nehmen gemeinhin an, ein hochgeistiges Buch vor uns zu haben, wenn wir beim Lesen zunehmend weniger verstehen. Profunde Gedanken können schließlich nicht in der Sprache von Kindern mitgeteilt werden. Das Gleichsetzen von Unverständlichkeit mit Tiefsinn ließe sich weniger wohlwollend aber auch als literarische Manifestation einer seltsamen Eigentümlichkeit bezeichnen, die uns aus dem Gefühlsleben bekannt ist, der nämlich, dass geheimnisvoll tuende und ausweichende Menschen schlichten Gemütern einen Respekt einflößen, der geradlinigen und klaren versagt bleibt.«

Manfred Matuschewski lächelte. »Dass Unverständlichkeit mit Tiefsinn gleichgesetzt wird, ist aber nicht nur in der Literatur so, das gilt auch in den Geisteswissenschaften, und dort wahrscheinlich noch viel mehr. Man muss es nur verstehen, das einfache ›zwei mal zwei gleich vier‹ zu einer Formel aufzublasen, die eine ganze Tafel füllt. Mehr an Welterkenntnis hat man den Leuten dadurch auch nicht geboten, wird aber geschätzt und bejubelt und allemal den schlichten Menschen vorgezogen, die zugeben, auch nichts zu wissen über das Weshalb und Warum in der Welt.«

»Irgendwie müsste man mal ein Zeichen setzen«, sagte Horst Hastenteufel.

»Ein Ausrufungszeichen«, ergänzte Manfred Matuschewski nicht ohne leisen Spott.

Nachdem Horst Hastenteufel gegangen war, bekam Sagorski Besuch von Schiedsrichterkameraden, und Manfred Matuschewski fiel ein, dass er sich noch gar nicht bei seiner Mutter gemeldet hatte. Elke, die Kinder und er waren übereingekommen, ihr nicht zu sagen, dass er erneut ins Krankenhaus gekommen war und es diesmal viel ernster war als mit der Galle. Sie kannten ihre Ängste, dass ihr Sohn vor ihr sterben würde.

»Guten Abend, Frau Matuschewski, wie geht es Ihnen denn heute?«

»Wer ist denn da?«

»Ihr Sohn.«

»Von wo rufst du denn an?«

»Aus dem Restaurant, Mutti.« Das musste er sagen, weil die Schiedsrichter nebenan immer lauter wurden. »Wie geht es dir so?«

»Ich war gar nicht unten heute.«

»Du hast ja deinen Balkon.« Immer wieder ertappte er sich dabei, dass er das vorwegnahm, was sie mit Sicherheit in der nächsten Sekunde sagen würde.

»Gerda hat ja nur noch Schmerzen.«

»Die Arme, ja … Da kannst du doch froh sein, dass es dir so gut geht.«

»Wann kommt denn Joscha wieder, mir Geld holen? Ich habe nichts mehr.«

Manfred Matuschewski lachte. »Macht nichts, wenn ich wieder aus dem Krankenhaus raus bin, gehen wir zusammen auf die Höfe und singen.« Er zuckte zusammen. Nun hatte er sich doch nicht ganz unter Kontrolle gehabt und alles verraten.

Doch sie hatte gar nicht hingehört. »Mein Rollo liegt wieder mal auf der Erde, und mir können alle ins Schlafzimmer sehen.«

Er vermied es zu sagen, was ihm auf der Zunge lag, dass er nämlich daran denke, die Fenster gegenüber für hundert Euro die Stunde an Schaulustige zu vermieten, und versprach ihr, so bald wie möglich alles wieder in Ordnung zu bringen. »Aber vielleicht schafft Joscha das auch.«

»Ich habe ja so gute Enkelkinder!«

»Das liegt an deinem Sohn, Mutti.«

»Gerda hat ja nur noch Schmerzen.«

»Weihnachten fahren wir alle zusammen nach Schmöckwitz raus. Pass mal auf, wie sie sich freuen wird.«

So ging es noch eine Weile, und er setzte alles daran, sie aufzuheitern. Nachdem er aufgelegt hatte, trieb es ihn wieder auf die Flure hinaus. Zum einen, weil Bewegung tröstlich war, und zum anderen, um den Chefarzt irgendwo aufzuspüren. Er war sich sicher, dass der den Befund aus der Pathologie schon lange kannte, im Tagesstress aber vergessen hatte, ihm Bescheid zu sagen. Das war Manfred Matuschewskis positive Ausdeutung des Faktes, dass man ihn so lange warten ließ, hin und wieder aber fragte er sich auch, ob der Mediziner nur deshalb noch nicht mit ihm gesprochen hatte, weil es eine Hiobsbotschaft zu überbringen galt. Ach, Unsinn! Er humpelte weiter.

Da sah er den Chefarzt am Ende eines langen Flures. Er kam auf ihn zu. Unaufhaltsam. Und als er auf etwa zehn Meter heran war, wusste Manfred Matuschewski, dass er wirklich Krebs hatte. Das Gesicht des Mannes, die Körpersprache, alles war eindeutig. Und richtig, als er heran war, sagte er nur: »Kommen Sie, mein Lieber, wir müssen uns einmal in eine stille Ecke setzen und über alles reden.«

Manfred Matuschewski fühlte sich wie jener Mensch, den er einmal in einem Film über das Ende der Welt gesehen hatte: Der war an einem Strand entlanggegangen, einsam und verlassen, wissend, dass alles vorbei war, dass er das letzte Exemplar der Gattung Homo sapiens war. *The rest is silence* ...

Krebs ... Er dachte an Inge Bugsin und ihren ebenso tapferen wie vergeblichen Kampf.

»Sie dürfen sich nicht aufgeben«, sagte der Arzt. »Fünfzig Prozent Ihrer Heilungschancen liegen darin, dass sie kämpfen. Tun Sie es schon Ihrer kleinen Tochter wegen.«

So einfühlsam der Mann auch war, Manfred Matuschewski hätte jetzt nur einer helfen können. »Aber du, Herr, sei du mit mir um deines Namens willen; denn deine Gnade ist mein Trost: Errette mich! Denn ich bin arm und elend; mein Herz ist zerschlagen in mir. Ich fahre dahin wie ein Schatten, der vertrieben wird ... Meine Knie sind schwach ...«

Er schlich in sein Zimmer zurück. Sagorski lag auf seinem Bett und vergnügte sich mit dem *Kicker*. Ihm von seinem Krebs zu erzählen verbot sich. Er hätte ihm nur einen Sketch mit Diether Krebs erzählt. Manfred Matuschewski hasste Sagorski, aber was hätte er ohne Sagorski getan? Wahrscheinlich wäre er mit dem Kopf gegen die Wand gerannt. Nur alles vergessen! Er setzte sich auf die Bettkante und betete. Dabei löste sich der Schlauch von seiner Blutflasche, und er musste die Schwester rufen, weil er mit dem Patent nicht zu Rande kam. Es musste immer ein Unterdruck bestehen, um die Wundflüssigkeit abzusaugen.

Er hatte Angst, Elke und die großen Kinder anzurufen und ihnen zu sagen, wie es um ihn stand. Sie nicht belasten, ihnen nicht das Leben schwermachen, sie nicht auch die Last tragen lassen, die ihm aufgebürdet worden war.

Doch als Elke dann von sich aus anrief und fragte, was denn sei, da er sich gar nicht melde, merkte sie sehr schnell, wie es um ihn stand.

»Der Chefarzt hat mit dir gesprochen?«

»Ja.«

»Und?«

Das Geständnis eines Mordes wäre ihm nicht schwerer gefallen, als ihr zu sagen, dass er Krebs hatte. »Der Tumor ist bösartig gewesen.«

»Aber nun ist er doch draußen!«, rief Elke.

»Ja, aber die Absiedelungen, die sogenannten Fernmetastasen …«

»Hat man denn schon welche gefunden?«

»Nein …«

»Na, bitte!«

Manfred Matuschewski hätte schon erwartet, dass sie mit ihm in Tränen ausgebrochen wäre, doch wahrscheinlich war Härte in diesem Falle die weit bessere Therapie. Nicht Wehleidigkeit und Selbstmitleid waren angesagt, sondern das, was Boxer Nehmerqualitäten nannten. Alle Schläge wegstecken und weiterkämpfen.

Im Fernsehen gab es ein Spiel der Champions League, das lenkte ihn etwas ab, die Schlaftablette tat ein Übriges, jedenfalls trat nicht ein, was er am meisten befürchtete: der Absturz in den Wahn – dass sein Geist ganz einfach aus dem Körper floh und man ihn als psychisch Kranken in die Psychiatrie verfrachtete. Auch war er sich nicht ganz sicher, ob er nicht nach einer Möglichkeit suchte, Selbstmord zu begehen. Die Flucht aus dem Leben, die Erlösung, sich nie mehr quälen müssen. Gegen Mitternacht schlief er ein, nachdem er sich vorgestellt hatte, beim Berlin-Marathon mitzulaufen.

Am Donnerstagvormittag wurde Gregor Sagorski entlassen, und Manfred Matuschewski war wieder allein im Zimmer. Kaum hatte sich die Tür hinter ihm geschlossen, kam die nächste Panikattacke. Er verspürte den unaufhaltsamen Drang, alles zu zertrümmern, was in seiner Nähe war, zu schreien und zu toben, bis er bewusstlos zu Boden sank.

Bei langen Flügen hatte er immer, wenn es zu Turbulenzen kam, einen Block aus seinem Bordkoffer gezogen und zu schreiben angefangen, um sich von seiner aufschießenden Angst abzulenken, dass er abstürzen, dass im nächsten Augenblick alles aus sein könnte. Jetzt war es dieselbe Angst, noch potenziert. Er griff nach seinem linierten Block wie nach einem Rettungsanker.

»Besuch ist gut«, schrieb er, »wirft aber auch die Frage auf, ob es schon Zeit ist, langsam von allen Abschied zu nehmen. Es kann jeden treffen, hatte ich gedacht, nur *mich* nicht. Jeden Moment kann die Tür aufgehen und der Chefarzt mit einer neuen Hiobsbotschaft hereinkommen. Vom Sarkom-Papst in Jena beispielsweise. Man müsse nachoperieren.«

Es hielt ihn nicht länger im Bett. Obwohl es für die Wunde nicht gut war, humpelte er im Bademantel durch die Gänge. Seine Blutflasche steckte in der linken Seitentasche. Er musste an die Bücher von Irving Goffman denken und daran, was dieser über »Totale Institutionen« geschrieben hatte. Waren das bei ihm schon die ersten Hospitalismusschäden? In der Augenabteilung schien es einige noch schlimmer getroffen zu haben als ihn. Auch ein Trost. Edel war es nicht, so zu denken, aber es war eine Reaktion wie ein Reflex und nicht zu unterdrücken.

Wieder im Zimmer, kam ein Anruf von Dieter Riese. Im Internet stehe, dass nur ein Prozent aller Weichteiltumore bösartig seien. »Und warum soll das ausgerechnet bei dir der Fall sein?« Außerdem habe ihm Dr. Aschke gesagt, bösartige Tumore würden erst nach vier, fünf Jahren streuen. »Also ist es bei dir noch längst nicht so weit gewesen.« Noch etwas Tröstliches.

Manfred Matuschewski legte sich wieder aufs Bett, versuchte mit seiner Blutflasche klarzukommen und griff zum Roman, zu *Jettchen Gebert*. Aber er hatte heute keinen rechten Sinn für die biedermeierliche Idylle, erst recht nicht für Henriettes Leid, als sie den ungeliebten Vetter Julius zum Mann nehmen soll. Lange wehrt sie sich, und gibt dann nur nach, weil alle so lieb zu ihr sind. »Und gerade das war es, was Jettchens stillen Widerstand gebrochen hatte; denn die schlimmste Tyrannei herrscht ja dort, wo es keine bösen Worte und keine Befehle gibt.« Das schien ihm eine geniale Einsicht zu sein, zumal er sich dadurch in seinem Tun bestärkt fühlte, denn oft genug verfluchte er seine Nächsten und war mit seinem drastischen Witz nicht einfach zu ertragen.

Warten, warten, warten …

»Wann hören die Turbulenzen endlich auf«, schrieb er in sein Tagebuch, »wann landen wir im sicheren Hafen DS 16, wie ich die Detmolder Straße 16 immer nenne? Ich liebe das Leben, das mit diesem Kürzel verbunden ist, und bete, dass es ewig währt.« Und er betete wirklich. Die Bibel lag auf dem Tischchen neben ihm, immer wieder las er die Psalmen. »Siehe mein Elend und errette mich … Befiehl dem Herrn deine Wege und hoffe auf ihn; er wird's wohl machen … Gott, hilf mir; denn das Wasser geht mir bis an die Seele. Ich versinke in tiefem Schlamm, da kein Grund ist; ich bin im tiefen Wasser, und die Flut will mich ersäufen … Erhöre mich, Herr, denn deine Güte ist tröstlich.«

Die Tür ging auf, der Chefarzt sah ihn an. »Gehen Sie bitte gleich nach vorn – CT, Thorax.«

Manfred Matuschewski brauchte einige Sekunden, um zu begreifen, dass Thorax der Brustkorb war. »Die Lunge?« Er sah den Mediziner ungläubig an. Was hatte die Lunge mit seinem Sarkom am linken Bein zu tun?

»Wenn ein Sarkom wie das Ihre Absiedelungen bildet, dann zuerst in der Lunge.«

Manfred Matuschewski setzte sich auf die Bettkante und

starrte in den leeren Himmel. Inzwischen hatten sie Elkes Vater sein Lungenkarzinom entfernt – und nun lag er seit vierzehn Tagen im künstlichen Koma. Er sah genau vor sich, was ihn erwartete. Erstens: Nachoperation am Bein, um noch mehr Gewebe zu entfernen, zweitens: Entfernung der Lymphknoten in der Nähe des Sarkoms, drittens: Entfernung der Metastasen in der Lunge, viertens: künstliches Koma, fünftes: Exitus.

»Nein!«, schrie er in den Himmel hinauf. »Nein!«

Er versuchte sich anzuziehen, so weit seine Blutflasche und der Schlauch es zuließen, denn der Röntgentrakt der Klinik befand sich in einem besonderen Gebäude, und es war ein Stückchen durch die Kälte zu gehen. Als er das Pförtnerhäuschen gerade erreicht hatte, sah er seinen Freund Jochen Kalkbrenner dort vorbeikommen.

»Haben sie dich schon entlassen?«

»Nein, ich muss zur Computertomographie.« Manfred Matuschewski erzählte ihm, was anlag.

»Das ist ja alles weniger schön ...«

»Du sagst es, aber die 75 steht.«

»Welche 75?«, fragte Jochen Kalkbrenner.

»Ich will unbedingt 75 Jahre alt werden – mindestens.«

Als er dann mühsam auf den Tisch kletterte, um in die CT-Röhre geschoben zu werden, kam er sich schon jetzt wie neunzig vor, denn er war nicht nur ein schlechter Turner, eben der berühmte steife Bock, sondern wurde auch durch Blutflasche und Schlauch arg behindert. Es war wie in einer Sitcom-Serie. Schließlich gelang es doch, und er bekam, bevor sie ihn in die enge Röhre schoben, eine Art Ball in die Hand gedrückt, wie man ihn benutzte, um Rückenkissen aufzupumpen. »Wenn Sie es nicht mehr aushalten, dann pressen Sie ihn zusammen.« Das tat er dann auch nach einer halben Minute, denn er hielt es nicht mehr aus. »Ich denke, ich liege im Sarg«, erklärte er der Schwester. Man verabreichte ihm ein Beruhigungsmittel, und im zweiten Anlauf klappte es. Mit der Auswertung der Bilder könne es bis morgen Vormittag dauern, wurde ihm gesagt.

Er humpelte in sein Zimmer zurück. Jochen Kalkbrenner begleitete ihn, und sie redeten anschließend noch eine Weile über die guten alten Zeiten an der FU Berlin. Wie sie ihren verehrten Doktorvater Otto Stammer zu dessen 65. Geburtstag mit einem Fackelzug geehrt hatten, wer von den Kommilitonen welche Karriere gemacht hatte, wer schon gestorben war.

Wieder allein, kam die nächste Krise. »Warten, hoffen, hin und her gewirbelt wie ein Korken in einem Wasserfall«, vermerkte er in seinem Tagebuch. »Oder wie der Fischvater, der Nemo sucht, kurz vor dem Hafen von Sydney. Stürme widersprüchlichster Gefühle: Mal will ich kämpfen, mal mich fallen lassen und für immer Ruhe haben. Wann kommt der Chefarzt und sagt mir, was die Tumorkonferenz ergeben hat?« Seine innere Unruhe war nicht mehr zu beherrschen. Was konnte er nur tun, um über die Zeit zu kommen? Er verließ sein Zimmer und wanderte, obwohl sich die Blutflasche, die er mit sich herumschleppte, immer schneller füllte, durch die Gänge. Bewegung war der einzige Tranquilizer. Schließlich war er mit seinen Kräften am Ende und froh, wieder ins Bett sinken zu können.

Endlich kam der Chefarzt. Er war einfühlsam und menschlich, ein Freund. »Die Auswertung der Lungen-CT habe ich noch nicht, davon wird alles abhängen, aber ich kann Ihnen wenigstens sagen, dass die Tumorkonferenz die Sache nicht so dramatisch sieht, als dass sofortige Schritte notwendig wären. Sie können also hoffen, dass mit dieser einen Operation alles erledigt ist. Vielleicht reicht es aus, die Problemstelle am linken Oberschenkel in regelmäßigen Abständen sonographisch zu untersuchen. Sarkome wie das Ihre bilden sich mit Vorliebe immer da neu, wo sie schon einmal waren.«

Manfred Matuschewski presste Finger und Daumen auf die Augen, um seine Tränen zu verbergen. Zu groß war die aufschießende Freude, »gefühlsmäßige Aufwallungen«, wie er das mit einer Lieblingswendung Max Webers nannte.

»Sie werden es schaffen«, sagte der Chefarzt beim Hinausgehen. »Fünfzig Prozent des Erfolges macht der eigene Wille aus.«

Manfred Matuschewski blieb verwirrt zurück. Wenn alles

aus seinem Körper herausgeschnitten war und es keine Metastasen gab – wozu und gegen wen sollte er da kämpfen? Also war doch davon auszugehen, dass es anders war ...

Joscha kam noch und schenkte ihm eine Kassette mit Marcel Prousts *Auf der Suche nach der verlorenen Zeit*, weil er *Eine Liebe von Swan* in den Stunden nach seiner Bandscheibenoperation so genossen hatte.

Joscha hatte sich so entwickelt, dass Manfred Matuschewski biblisch ausrufen konnte: »Du bist mein lieber Sohn, an dir habe ich Wohlgefallen.«

Am Freitagmorgen wartete er qualvolle Stunden lang auf das Ergebnis der CT. Von der hing nun alles ab. Gab es Tochtergeschwülste in der Lunge, war er wohl ein sicherer Todeskandidat, gab es sie nicht, konnte er erst einmal aufatmen und sich als gerettet ansehen. Er suchte Ablenkung bei Proust. *Im Schatten junger Mädchenblüte* hieß der Teil, dem er sich zuwandte. Aber bei den meisten Sätzen hatte er das Gefühl, in seinem Gehirn erhebliche Zerstörungen anzurichten, wenn er sie zu begreifen suchte, zum Beispiel diesem:

Aber der tiefere Grund, der sich übrigens auf die Menschheit im Allgemeinen anwenden lässt, war der, dass unsere Tugenden in sich selbst nichts frei Verfügbares sind, mit dem wir nach Belieben schalten und walten können; sie gehen in unserem Geist schließlich eine so enge Verbindung mit den Handlungen ein, bei denen wir uns ihre Ausübung erstmalig zur Pflicht gemacht haben, dass eine plötzlich von uns verlangte Betätigung ganz anderer Art uns unvorbereitet trifft und gar nicht auf den Gedanken kommen lässt, hier könne ihre Anwendung ebenfalls angezeigt sein.

Das war für ein Kind vom Neuköllner Hinterhof entschieden zu viel an Tiefsinn, und er wurde nur an das erinnert, was er neulich an einer Hauswand neben der Deutschen Oper in der Bismarckstraße gelesen hatte: »Kultur ist Scheiße!«

Prompt kam die Schwester und fragte ihn, ob er Stuhl gehabt habe. Er brauchte eine Sekunde, um das zu übersetzen. Ja, er hatte, und hätte er nicht gehabt, wäre er glatt zum Lügner geworden, um der Klistierspritze zu entgehen.

Er legte Proust wieder beiseite und versuchte sich an einem Kreuzworträtsel. Doch da kam er ohne Lexikon nicht weit. Woher sollte er das auch wissen: Stadt am Obbusen? Also legte er auch das Rätsel beiseite und hinkte wieder über die Flure, immer in der Hoffnung, ganz zufällig den Chefarzt zu treffen und ihn an seine CT erinnern zu können. Doch der stand wohl noch im Operationssaal.

Gegen Mittag kam Larissa, und sie redeten über dieses und jenes, über familiären Kleinkram wie ihre Qualen beim Studium der Jurisprudenz.

»Papa, Jura ist etwas anderes als Soziologie. Bei euch war eine Zwei-bis-Drei faktisch die schlechteste Note, bei uns ist das der absolute Traum. Man kann bis zu neunzehn Punkte erreichen, aber fast vierzig Prozent schaffen nicht einmal vier Punkte. Die braucht man, um bestanden zu haben. Bei vier Punkten, bei einem schlechten Ausreichend also, reißen wir die Arme hoch und jubeln.«

»Okay, jetzt weiß ich jedenfalls, wie es um die deutsche Elite bestellt ist. Alle Macht den Juristen! Früher haben die ›vons‹ das Volk glücklich gemacht, heute sind es die ›jurs‹. Wie mein Parteifreund Gerhard Schröder.«

»Papa, reg dich nicht wieder auf! Du kannst ja auch noch Jura studieren.«

»Im nächsten Leben mach' ich das auch.«

Sie wandten sich nun den lieben Verwandten zu. Immer wieder blickte Manfred Matuschewski auf die Uhr. »Der Chefarzt wollte schon längst ...«

Um vierzehn Uhr kam er endlich, wusste aber noch immer nichts vom Ergebnis der Lungenuntersuchung. Eine Schwester flüsterte ihm zu, dass ein Umschlag beim Pflegedienst liegen würde. »CT Lunge ...« Der Chefarzt eilte weiter. Schweigend warteten sie. Larissa zitterte mit ihm. Er hatte ihr von allem erzählt, und beide wussten, dass es sein Todesurteil sein konnte. Er war jetzt 65 Jahre alt, sein Vater war mit 62 gestorben. Sein Denken verengte sich auf ein paar Floskeln: Einmal muss es ja sein. Alles kommt, wie es kommen muss. Nichts währt ewig.

Die Tür ging auf. Der Chefarzt strahlte: »Alles okay.«

Manfred Matuschewski fuhr hoch. »Ich möchte Sie am liebsten umarmen.«

»Nehmen Sie lieber Ihre Tochter.«

Beide weinten und brauchten eine Weile, bis sie ihre Fassung wiedergewonnen hatten. Als dann wenig später Dieter und Ariane Riese mit Kaffee und Kuchen kamen, wurde es eine ausgesprochen fröhliche Runde. Die beiden hatten im Internet eine Seite der Tumorforschung an der Uni Essen gefunden und ausgedruckt. Darin hieß es zur Frage, wie hoch die Chancen einer Heilung bei Sarkomen einzuschätzen war: »Ganz allgemein lässt sich feststellen, dass ein großer Teil aller Patienten mit einem Knochensarkom oder einem Weichteilsarkom, die bei der Erstdiagnose keine Fernmetastasen aufweisen, nach fachgerechter Behandlung des Ersttumors langfristig tumorfrei bleibt und somit voraussichtlich als geheilt angesehen werden kann.«

Manfred Matuschewski feierte seine Rückkehr ins Leben, doch kaum war der Besuch gegangen, erschien der Oberarzt an seinem Bett und sorgte für einen jener Umkippeffekte, auf die Horst Hastenteufel in keinem seiner Romane verzichtete.

Es käme auf die Malignitätsstufe des Tumors an, erklärte ihm der Oberarzt. »… auf das *grading*, und das reicht von eins bis drei. Kommt aus Jena die Nachricht, dass Ihr Sarkom die Stufe drei aufweist, also sehr bösartig ist, dann müssen wir doch noch nachoperieren.«

Anschließend schrieb Manfred Matuschewski in sein Tagebuch: »Heute Achterbahn der Gefühle. Wieder banges Warten, neue Ungewissheit. Habe ich mich, haben wir uns zu früh gefreut? In Analogie zum Fußball lässt sich also sagen: Nach der Operation ist vor der Operation …«

Am Abend kam Joscha und schenkte ihm ein indisches

Horoskop. Darin stand, er würde 83 werden. Manfred Matuschewski umarmte den Sohn: »Eigentlich bin ich von 86 ausgegangen, aber die drei Jahren machen es nun auch nicht aus.«

Sie redeten über die Zukunft. Joscha ließ durchblicken, dass er mit seiner Familie gern ins Frohnauer Haus ziehen würde, und Manfred Matuschewski war gerührt. Alles ging weiter, er war glücklich, Teil eines Ganzen zu sein.

Als er dann allein war, nahm seine Unruhe wieder zu, und beim Streifen durch das Zimmer, auf und ab, von der Tür zum Flur zur Toilettentür, riss er sich seinen Schlauch von der noch immer mit einer eklig rotbraunen Flüssigkeit gefüllten Blutflasche. Er reparierte die Sache selber, doch es funktionierte nicht mehr so recht. Er rief die Nachtschwester, und die erklärte ihm, dass man einen Unterdruck erzeugen müsse. Er wurde neu ausgerüstet, doch der kleine Vorfall ließ ihn in Panik geraten: Solange diese Blutflasche noch nötig war, entließen sie ihn nicht.

»Ich bin dem Krankenhauskoller nahe«, sagte er Elke, als sie ihn anrief, um ihm eine gute Nacht zu wünschen. »Das ist zynisch: Hier habe ich keine gute Nacht mehr.«

»Denk an meinen Vater, der hat es viel schlimmer!« Dessen Chancen standen schlecht.

Manfred Matuschewski dachte an einen seiner Standardsätze: Glück ist die Summe des Unglücks, dem man entgangen ist. Trotzdem fand er ohne Tablette keinen Schlaf. Um zwei Uhr morgens ließ er sich eine geben.

Als er aufwachte, verspürte er sofort wieder dieselbe folternde Spannung. War er zum Mittagessen zu Hause – oder lag er erneut im OP? Was würde dieser Sonnabend bringen?

Vor dem Frühstück erschien der Schwarm der Mediziner nicht zur Visite, auch als es neun Uhr geworden war, hatte sich noch immer niemand blicken lassen. Für Manfred Matuschewski begann erneut das große Zittern. Es sah ganz so aus, als hätte der Chefarzt vom Tumorzentrum Informationen erhalten, die alles, was er gestern gesagt und entschieden hatte, in Frage stellten. Wieder wurden Manfred Matuschewskis Ängste so intensiv, dass er zum Block greifen musste, um nicht abzustürzen, das heißt zu kollabieren und in eine Art Wahn zu verfallen. Wirr waren seine Gedanken.

»Alles ist wieder ungewiss«, schrieb er. »Ich kenne für meinen Zustand nur ein Wort: ›verstört‹. Wie ein verstörtes Kind fühle ich mich, ein Kind, an dem ein Verbrechen begangen worden ist. Auch an mir ist ein Verbrechen begangen worden. Dass ich dieses Sarkom hatte – und seine Fernmetastasen womöglich noch habe –, ist ein Verbrechen. Ein Verbrechen des Lebens. Ich bin das Opfer dieses Verbrechens. Großes Gefühlschaos! Wie soll es weitergehen? Radikaler Pragmatismus bis zum Ende, wann immer das sein wird – oder Suche nach, ja, wonach? Nach einem Zustand, bei dem man in sich ruht, dahingleitet, alles an- und hinnimmt ohne Gefühlsstürme, ohne Aufbegehren. Doch ich bin kein Typ fürs Spirituelle. Ratlosigkeit. Abwarten. ›Schau'n mer ma‹ als letzte aller Philosophien der Lebensbewältigung. Ich bin so klug als wie zuvor … Ich weiß nur, dass ich nichts weiß … Goethe, Sokrates. Auch bei großen Geistern reduziert sich letztendlich alles auf Rat- und Hilflosigkeit. Also gut: Ich will 86 Jahre werden, denn die 86 ist meine Zahl – meine geliebte 86 von Grünau nach Schmöckwitz. Die Kindheit … Ich werde nie von ihr loskommen. In der Rollentheorie-Vorlesung habe ich im Hörsaal dreißig Jahre lang bei Shakespeare und seinem Satz ›Die ganze Welt ist eine Bühne‹ begonnen. Der Kreis schließt sich wieder, wenn der Greis am Ende dieselben Verhaltensweisen an den Tag legt wie das Baby am Anfang. Fontane schreibt: ›Immer enger werden unsere Kreise – auf dem Weg zum Greise.‹ Oder so ähnlich. Was passiert, wenn jetzt die Tür aufgeht? Sagt der Chefarzt: ›Alles so weit okay, Sie können nach Hause‹, oder sagt er: ›Der Sarkom-Papst hat bei Ihnen *grading* drei festgestellt, und wir sollten gleich nachoperieren‹? Draußen ist es ein Tag, wie er nicht trüber sein könnte.«

Kurz vor zehn kam der Chefarzt dann doch ins Zimmer geeilt und setzte sich neben sein Bett.

»Sie bekommen jetzt einen Druckverband – und dann sehen

wir uns erst wieder, wenn die Fäden gezogen werden. Der Sarkom-Papst hat gesprochen: *grading* zwei! Eins wäre besser, aber bei zwei müssen wir nicht nachoperieren. Alle drei Monate kommen Sie zu uns zur Sonographie der befallenen Stelle, und Ende des Sommers geht es zur MRT des Beines und zur CT der Lunge. Es spricht alles dafür, dass Sie dem Tod noch einmal von der Schippe gesprungen sind.«

Manfred Matuschewski bekam wieder einmal feuchte Augen. »Wie sage ich immer? Die Wege des Herrn sind wunderbar.« Ohne Gallen-OP wäre sein Sarkom viel zu spät entdeckt worden und er verloren gewesen. »Das ist der Lohn der Angst, das ist die Belohnung dafür, dass ich mich mit meinen Gallenkoliken so lange herumgequält habe. Aber auch ein Beweis dafür, dass Zögern manchmal richtig ist, denn hätte ich mir die Galle schon 1991 rausnehmen lassen, dann wäre das Sarkom jetzt nicht entdeckt worden.«

Das Leben geht weiter

Wenn Elke meinte, ihr Lebensgefährte würde nur noch aus Sprüchen bestehen, dann konnte Manfred Matuschewski nicht umhin, ihr recht zu geben, fügte aber hinzu: »Aus Sprüchen und aus Widersprüchen.« Beides zeigte sich am Rotwein. Eigentlich trank er, wenn überhaupt, viel lieber Weißwein, aber bestimmte Stoffe im Rotwein sollten ja gut für Herz und Kreislauf sein und außerdem verhindern, dass sich Krebszellen im Körper bildeten und ausbildeten. Also trank er seit der Sarkom-Operation jeden Abend sein Glas Rotwein. Den passenden Spruch dazu hatte er schnell gefunden: »›Im Rotwein muss Kot sein‹, sagte der Kaprophage.« Der Kaprophage war der Kotesser und der Spruch eine Ergänzung zu dem, was er in jedem Semester mindestens einmal im Jahr unter dem Jubel der Menge zum Besten gegeben hatte: »›Der Mensch lebt nicht vom Kot allein‹, sagte der Kaprophage und biss in den Apfel.« Später sollte er noch hinzufügen: »Besser Rotwein als tot sein«.

Die erste Flasche Rotwein bekam er von seinem Freund Dieter Riese geschenkt, der einen ebenso großen Spaß an jedem Nonsens und jeder Blödelei hatte. So war es eine Flasche »El Coto«. Ein sehr deutsch aussehender Hirsch prangte vorn auf dem Etikett, darunter aber stand: *Embottelado por El Coto de Rioja, S. A. Oyon – España.*

»Mit dem Kot, das mag ja noch angehen, aber wenn er von der SA eingeflascht worden ist, dann trinke ich ihn nicht«, sagte Manfred Matuschewski.

Ariane Riese wies darauf hin, dass *S. A.* ihres Wissens nach Aktiengesellschaft bedeutete und zumindest im Italienischen *cote* der Schleifstein sei, was aber wenig Sinn mache, so dass *El Coto* wahrscheinlich der Hirsch sei.

»Stierblut gibt es ja als Rotwein«, fand Dieter Riese. »Warum dann nicht auch Hirschblut? Prost!«

Es wurde also ein Ritual, dass Manfred Matuschewski jeden Abend vor dem Schlafengehen seine Medizin in Form eines Glases Rotwein einnahm. Dabei war stets Zeit genug, sich die Flaschen und die vorn und hinten aufgeklebten Etiketten genauer anzusehen und sich von ungewissen Stimuli treiben zu lassen.

Rioja – Viña Pomal – Tempranillo – 2000 – Bodegas Bilbainas – Crianza. »Ausschließlich hergestellt aus Tempranillo-Trauben von dem Weingut ›Viña Pomal‹. Ein Wein mit intensiver Farbe, kräftiger Struktur und zeitgemäßem Charakter. Die Holzaromen der Alterung stehen in perfektem Einklang mit der intensiven Fruchtnote, die diesem Rioja-Wein seinen moderenen Stil verleihen.«

»Moderenen« stand wirklich da. Meinte das nun modern und war nur ein Druckfehler oder gab es das Wort »moderen« in der Sprache der Weinkenner wirklich? Meinte es vielleicht modern im Sinne von faulen und bedeutete, dass der Wein einen gewissen Modergeruch ausströmte? Manfred Matuschewski sah im Duden nach und fand auch da keine Antwort.

2001 – Oude Kaap – Shiraz – Western Cape South Africa. A classic, rich wine, deep and fruity. Oude Kaap ... Spielte der nicht bei Schalke 04 ...? Nein, der Gelsenkirchener Verteidiger hieß Oude Kamphuis. Shiraz klang nach einer Stadt im Iran, war aber im Diercke Weltatlas nicht aufzufinden. Komisch, es gab also Städte, von denen ihre Einwohner gar nichts wussten. Dass er den englischen Satz problemlos verstand, erfüllte ihn mit Freude und der Gedanke an *deep throat* mit noch größerer.

Santa Helena – Prestigio del Directorio – Reservado 2002 – Cabernet Sauvignon – Colchagua Valley Wine from Chile. »Was hat das mit dieser Sau Vignon auf sich?«, fragte er Elke, doch die wusste es auch nicht. Wahrscheinlich war das eine Rebsorte, aber warum sagte man das einem dummen Menschen nicht? *Colchagua* klang irgendwie nach Kolchose, aber im Lande eines Pinochet war das noch immer schwer vorstellbar.

Oxford Landing – Vintage 2001 – South Australia – Cabernet Sauvignon & Shiraz. Die Schiffsanlegestelle der Uni Oxford lag also im südlichen Australien. Das war ihm neu.

»2003 Spätburgunder Qualitätswein – Halbtrocken – Amtliche Prüfungsnummer ... Ahr – Erzeugerabfüllung – Winzergenossenschaft Mayschoss / Altenahr, Deutschland.«

»Halbtrocken ... Warum gibt es eigentlich kein halbtrockenes Wasser? Amtliche Prüfungsnummer, zwölfstellig auch noch – man merkt, dass es sich hier um deutschen Wein handelt. Erzeugerabfüllung ... Mein Erzeuger hat nicht so viele Flaschen abgefüllt, ich bin Einzelkind. Winzergenossenschaft ... Hat der Otto Winzer, seit er nicht mehr DDR-Außenminister sein kann, seine Genossen an der Ahr um sich geschart.«

Ging Manfred Matuschewski zu einer Geburtstagsfeier, trank er nicht mehr Saft und Selters, sondern Rotwein. Das schonte seine häuslichen Vorräte und erweiterte seinen Geschmackshorizont. Zwar kaufte er seine Rotweine auch nur bei »Getränke Hoffmann« und nicht bei einem Fachhändler, doch er wählte immer welche in der Preiskategorie zwischen 6 und 7 Euro. Bei den meisten Partys aber überwogen die zu 2,99 Euro – und da merkte selbst er den Unterschied. Natürlich war er zu höflich, nach dem ersten Schluck zum nächstbesten Ausguss zu eilen.

Einen weniger teuren Rotwein traute Manfred Matuschewski auch Peggy Samith zu, einer Psychologin, die er vor einiger Zeit ins FORMAT-Team geholt hatte. Sie kam aus dem schönen Templin, der Perle der Uckermark, und lebte gern mit Männern zusammen, die liebenswerte Loser waren. Einige hatte sie schon vor dem Selbstmord bewahrt, und alle lobten sie, weil sie so sanft und einfühlsam sei, doch so ganz selbstlos war ihr Einsatz nicht, denn sie hielt alles, was sie erlebte, in karierten Seminarblöcken und auf dem Computer fest, um eines Tages den großen Jahrhundertroman zu schreiben. Mit einigen Kurzgeschichten und Gedichten hatte sie in der Szene schon einiges Aufsehen erregt. Die Frauenmagazine liebten sie, weil sie eine verhinderte Ornithologin war und ihre Wohnung in der Schönhauser Allee zu einer Art Voliere gemacht hatte. Schöne Überschriften wie »Ein bunter Vogel unter vielen anderen« ließen sich schnell formulieren. Man lästerte des Öfteren, eigentlich gehöre sie doch wegen der gängigen Wendung »Peggy ist immer gut zu Vögeln« in den *Playboy* und nicht in die *Brigitte*.

Mit großer Begeisterung fuhr Manfred Matuschewski nicht zu Peggy Samiths Geburtstagsparty, auch wenn ihm das die Chance bot, wieder einmal die Hochbahn Ost zu benutzen. Ihm als genuinen West-Berliner, der mit der Hochbahn zwischen Gleisdreieck und Schlesischem Tor aufgewachsen war, erschien das Pendant in der Schönhauser Allee noch immer als rein gedankliches Konstrukt, und er musste sich ein jedes Mal neu vergewissern, dass es wirklich existierte.

Eberswalder Straße solle er aussteigen, hatte Peggy Samith gesagt. Eberswalder Straße? Kannte er nicht, gab es nicht. Er brauchte Sekunden, um sich zu besinnen. Klar, das war der frühere Bahnhof Dimitroffstraße! Noch früher, bei seiner Eröffnung 1913 Danziger Straße.

Zu Danzig sollte Manfred später auf der Party ein Witz einfallen, den er sehr schätzte, weil er vieles auf den Punkt brachte: »1944. Ein Haus bekommt einen Volltreffer, alles liegt in Schutt und Asche. Ein Mann wird schließlich gerettet. Ihm fehlen die Nase, beide Beine und der linke Arm. Außerdem teilt man ihm mit, dass seine Frau, seine Eltern und seine drei Kinder tot sind. Was macht er? Er hebt den verbliebenen rechten Arm zum Hitlergruß und ruft aus: ›Hauptsache, Danzig ist deutsch!‹«

So richtig kam sein Witz auf Peggys Party nicht an. Er vermutete, dass die Anwesenden, behindert durch ihr hohes Niveau, seine Intention nicht verstanden hatten und ihn für einen heimlichen Neonazi hielten, es konnte aber auch ganz einfach daran gelegen haben, dass bei der Pointe wieder einmal einer laut gerufen hatte: »Lass das Fenster zu – die Vögel!« Dauernd drohte einer der vielen Piepmätze zu entweichen, und wer kam, hatte erst eine Art Schleuse zu passieren: Ehe die Tür zum Treppenhaus nicht wieder geschlossen war, durfte die zum Korridor nicht geöffnet werden.

Manfred Matuschewski hätte sich in einem Dorf der Eipo auf Neuguinea nicht so einsam gefühlt wie hier in der Schönhauser Allee. Alle waren so herrlich intellektuell und bedeutsam, und wenn er sagte, in dieser Welt der Vögel vermisse er nur noch die Brüder Hans-Joachim und Bernhard Vogel, dann sahen ihn alle so an, als hätte er eben die *Bild-Zeitung* hochgehalten und aus ihr zitiert.

Als er sich aus einer Karaffe sein Glas mit Rotwein füllte, stand ein Mann neben ihm, den man für Woody Allen hätte halten können, wenn man noch nie einen Film mit Woody Allen gesehen hatte. Manfred Matuschewski hielt den Atem an. Wie der andere sich gab, wie er sich spreizte, die aufgereihten Speisen und Getränke und die anderen Gäste ungnädig musterte, ungehalten darüber, sich mit solchem Plebs im selben Raum aufhalten zu müssen – da musste er jemand ganz Besonderes sein. Manfred Matuschewski überlegte fieberhaft, wo er den Mann unterbringen konnte. Ein Politiker? Nein, so ein Gesicht auf einem Wahlplakat kostete eine Partei neunzig Prozent potentieller Stimmen. Obwohl ja Roland Koch auch nicht besser aussah. Ein Schauspieler, ein Regisseur, ein Filmemacher? Vielleicht, aber da kannte er sich nicht so gut aus, um unbedingt einen Treffer zu landen. Ein Sportstar, zumindest ein gewesener? Nein, da kannte Manfred Matuschewski alle, bis auf die vom Curling vielleicht. Diese Sportart kam aber auch nicht in Frage, denn der Mann schien nicht in der Lage zu sein, sich zu bücken, ohne einen Muskelfaserriss zu erleiden. Ein bekannter Journalist? Nein, dann hätten ihn die anderen Gäste schon in Beschlag genommen. Manfred Matuschewski musste zugeben, die Identität des Mannes nicht zu erraten.

Er hörte zu, wie der Gaststar der Zeitungsvolontärin, die gerade auf ihn zugekommen war, mit seinem Intellekt und seiner geschliffenen Rhetorik zu imponieren suchte. »Meine Liebe, wie habe ich Ihre letzte Rezension genossen! Sie haben ja so recht mit Ihrer These, dass Literatur in den Zeiten der Instant-Historisierung nur überleben kann, wenn sie sich darauf konzentriert, Nachgedanke zu sein.«

Manfred Matuschewski hätte fast geglaubt, einen Berliner Kultursenator vor sich zu haben, aber Christoph Stölzl hätte das Letztere noch schöngeistiger sagen können, und Thomas Flierl kannte er. Aber vielleicht war es ein neuer Theaterintendant, den Flierl irgendwo ausgeguckt hatte ... Wieder Fragezeichen.

Die nächsten Sätze ließen vermuten, dass der kleine Unbekannte sein Geld als Restaurantkritiker oder Sommelier verdiente. »Ich liebe Rotweine, die mit ihrem intensiven Beerenaroma bestechen und die am Gaumen sanft, aber auch ein wenig animalisch sind, erfüllt von verhaltener, urwüchsiger Kraft.« Mit großer Geste hob er sein Glas und hielt es prüfend ins Licht. »Nun, dieser Australier hier ... Cabernet Sauvignon ... Eine Cuvée aus verschiedenen Lagen ...« Er zog den Duft des Weines in die Nase. »Typische Cassis-Noten ...« Dann nahm er endlich einen Schluck. »Hm ... ja .... Deutliche Aromen von Holunderbeere, Minze, schwarzem Pfeffer und Vanille. Das sanfte Tannin-Polster ist gut eingebunden. Ein langer Nachhall ...«

Peggy Samith musste Manfred Matuschewskis Nöte erahnt haben – schließlich war sie Psychologin – und kam herbei, um ihn von seiner Ungewissheit zu erlösen. »Darf ich dir Laban Levee vorstellen? Du hast sicherlich von ihm gehört?«

Manfred Matuschewski nickte. »Ja, in der Bibel kommt er öfter vor. Ganz vorn, wahrscheinlich im ersten Buch Mose. Viele Schafe und zwei Töchter hatte Laban: Lea und Rahel. Lea hatte ein blödes Gesicht, so wörtlich in der Heiligen Schrift, aber Rahel war hübsch und schön. Und wen heiratet Jakob dann? Rahel natürlich. Aber die ist unfruchtbar – und Lea wird schwanger. Das fällt mir zu Laban ein. Zu Zeiten meiner Großmütter gab es ein geflügeltes Wort in Berlin: ›Du langer Laban‹. Als ich fünfzehn wurde, bekam ich es zu hören. Widersprüche in sich selbst sind aber auch eine schöne Sache ...« Das bezog sich darauf, dass Laban Levee recht klein geraten war, und Manfred Matuschewski hätte am liebsten diesen Witz erzählt: Kommen Norbert Blüm und Heinrich Lummer in ein Lokal und rufen: »Zwei Kurze!« Antwortet der Wirt: »Det seh ick selba.«

Peggy Samith brachte, geschickt wie ein Falkner, einen heranschwirrenden Wellensittich dazu, sich auf ihren hingestreckten rechten Zeigefinger zu setzen. »Mit der Bibel wird unser Laban nicht viel im Sinn haben. Er ist Essayist und Literaturwissenschaftler. Da drüben im Regal steht sein Standardwerk *Die deutsche Literatur seit Lessing*, kurz: der *Landwasser/Levee*. Sein Koautor Lothar Landwasser hat einen Lehrstuhl in Hagen an der Fernuni.«

Manfred Matuschewski war ein wenig enttäuscht. Hätte das Sein dem Schein entsprochen, wäre ein zweiter Lessing zu erwarten gewesen. Erst jetzt machte es »klick« bei ihm. Natürlich hatte er schon von Laban Levee gehört: In allen Schmähreden, die sein Freund Horst Hastenteufel über die inzestuöse deutsche Kulturkaste und die selbstreferentielle Mafia der E-Literaten vom Stapel ließ, fiel sein Name. Manfred Matuschewski lächelte. »Ich dachte, Sie wären längst ermordet worden ... von einem Berliner Schriftsteller, den ich sehr gut kenne: Horst Hastenteufel alias Hoss McDevil.«

»Wer ist Horst Hastenteufel?«, fragte Laban Levee.

»Ein Mann mit einer Millionenauflage, ein Mann, den viele Leserinnen und Leser schätzen und lieben.«

»Die breite Masse ...« Laban Levee war es zuwider, sich diese Leute auch nur vorzustellen.

»Also Menschen wie ich ...« Manfred Matuschewski konnte seinen Impuls kaum unterdrücken, Laban Levee seinen Rotwein ins Gesicht zu schütten, ließ es aber und trank ihn lieber. Es wurde ein langer Schluck. Als er das Glas wieder absetzte, verspürte er etwas Klebriges an der Oberlippe. Ein Stück vom Korken. Er entfernte es mit dem rechten Zeigefinger. Als er es mit dem linken auf den Boden schnippen wollte, sah er aber, dass es kein Stück vom Korken war. Er schrie auf: »Das ist ja Vogelkacke!« Einer von Peggys Lieblingen hatte unbemerkt etwas fallen lassen. Manfred Matuschewski stürzte in die Toilette, um ins Waschbecken zu spucken.

Elke sollte es später auf den Punkt bringen: »Im Rotwein muss Kot sein ... Nun weiß ich endlich, was eine *selffulfilling prophecy* ist.«

Früher im Hörsaal hatte Manfred Matuschewski immer über die Kraft der Rituale doziert und ausgeführt, wie integrierend für eine Familie doch gerade Geburtstagsfeiern seien, war dabei aber stets mit gewichtigen Gegenargumenten konfrontiert worden.

»Das ist doch immer dasselbe!«

Er ließ sich nicht beirren. »Gut, aber sind nicht alle glücklich zu preisen, die ihren dreißigsten, vierzigsten, fünfzigsten, sechzigsten, siebzigsten und achtzigsten Geburtstag halbwegs gesund und munter feiern können – und nicht schon vorher gestorben sind?«

»Wer früh stirbt, muss später nicht leiden.«

»Aber Geburtstage zu feiern macht doch auch Spaß.«

»Mir nicht«, wurde ihm entgegnet. »Erst muss man alles vorbereiten, und hinterher hat man den Dreck. Und einer meckert immer.«

Das alles hatte Manfred Matuschewski im Ohr, als überlegt wurde, was man seiner Tante Gerda in Schmöckwitz zu ihrem neunzigsten Geburtstag schenken konnte.

»Gerda will ja in kein Heim«, sagte Margot Matuschewski.

»Schade«, erwiderte Manfred Matuschewski, »sonst hätten wir ihr einen Heimtrainer schenken können.«

Elke nahm die Sache ernster als er. »Lesen kann sie ja nicht mehr mit ihren Augen, aber wie ist es mit einem großen Kasten Konfekt?«

Manfred Matuschewski winkte ab. »Sie hat doch auch Zucker, und Diabetikerschokolade hat sie schon die letzten Jahre von uns bekommen. Auch Duftwässer jeder Art.«

»Gerda hat ja jetzt immer Schmerzen«, sagte Margot Matuschewski.

»Wir können ihr doch nicht bloß eine Schachtel Aspirin schenken, Mutti, und das auch noch zu viert.«

»Ich gehe nicht gern mit leerer Hand irgendwohin.« Seine Mutter war den Tränen nahe.

Melina hatte die erste brauchbare Idee. »Ich male Tante Gerda ein Bild. Mit dem Nordpol und einem Eisbären drauf.«

»Wieso denn der Nordpol?«, fragte Elke.

»Ihr sagt doch immer, dass Tante Gerda aus Polen kommt.«

Dem Kind musste der Unterschied erklärt werden. »Sie kommt aus Berlin wie wir, war aber nach dem Krieg in Polen. Das ist unser Nachbarland hinter der Oder. Aus Polen ist sie dann 1959 nach Deutschland zurückgekommen, in die DDR damals – zu Erich Honecker.«

Elke tippte sich an die Stirn. »Quatsch, damals war doch noch Walter Ulbricht an der Macht, Honecker ist erst 1971 gekommen.«

»Setzen, Eins!« Manfred Matuschewski musste sich geschlagen geben – und frohlockte dennoch: »Mensch, das ist die Idee: Tante Gerda kommt doch noch immer nicht los von der guten alten DDR – da schenken wir ihr einen Besuch von Erich Honecker. Ein alter Bekannter von mir, der Günther aus Hohenschönhausen, verdient sein Geld damit, dass er als Honecker-Imitator auftritt. Dann muss ich Tante Gerda nicht loben und ihr für alles danken, das kann der dann machen.«

Sein Vorschlag fand allgemeinen Beifall, und der Vertrag mit Günther war schnell geschlossen. Sie konnten Tante Gerdas neunzigstem Geburtstag beruhigt entgegensehen.

Manfred Matuschewski kehrte am 2. März von einem FORMAT-Termin in Leipzig zurück und wollte nicht vor der Zeit in Schmöckwitz sein, um Tante Gerda nicht zusätzlich zu belasten. Seine Cousine Anuschka hatte ausdrücklich darauf hingewiesen, dass man bitte nicht ins Häuschen kommen möge, sondern gleich in den *Schmöckwitzer Krug*. »Pünktlich um sechs.« Nun stieg er aber schon kurz nach sechzehn Uhr in Grünau aus der S-Bahn, hatte also sehr viel Zeit. Was tun?

Die Straßenbahn, ein Ungetüm vom Typ Tatra, kam die Wassersportallee herab und bog um die Ecke. Manfred Matuschewski war immer noch zornig darüber, dass seine geliebte 86 zur 68 gemacht worden war. Er war froh, dass sie seine Mutter überredet hatten, mit der Taxe nach Schmöckwitz zu fahren, denn der Einstieg in die Bahn war derart steil, dass es ohne Seil oder Hublift kaum gegangen wäre. Er selber hatte Mühe, die

Stufen zu nehmen, war aber dennoch schnell genug, um einen Fensterplatz auf der linken Seite zu erobern. Nach dem Krieg hatten die Menschen hier so dichtgedrängt gestanden wie die Japaner in ihren U-Bahnen, heute aber gab es zur Hauptverkehrszeit noch freie Sitzplätze. Mühelos wäre der Schaffner durchgekommen, um das Fahrgeld zu kassieren, nur gab es keine Schaffner mehr. Die potentiellen Anwärter für diesen Job kassierten heute Arbeitslosengeld oder Sozialhilfe und sahen keinen Sinn im Leben.

Schon am Morgen hatte Manfred Matuschewski an Schmöckwitz denken müssen, denn im Hotel hatte es einen Rhabarber-Erdbeer-Saft gegeben, der so geschmeckt hatte wie der seiner Oma. »Ein Schluck Schmöckwitz«, hatte er zu Leo Ackenboe gesagt. Nun ging es wieder die Strecke entlang, die er in seiner Kindheit und Jugend immer frohen Herzens gefahren war: Regattatribünen, Sportpromenade, Strandbad Grünau, Richtershorn, Schappachstraße, Lübbenauer Weg, Adlergestell ...

Der Lange See. Wie oft war er hier gepaddelt, hatte im Faltboot seiner Eltern wie im eigenen gesessen? Die Müggelberge, Karolinenhof. Wie oft war er mit dem Rad hierher zu den Bugsins gefahren, um mit seinem Freund Gerhard zu spielen und zu hoffen, dass Inge ihn endlich begehrenswert fand? Das Adlergestell. Irgendwo im Wald lag sein Urgroßvater August Quade, 1945 verhungert und schnell begraben. Im Handwagen hatten sie ihn im notdürftig gezimmerten Sarg über das Adlergestell gezogen. Das Reifenwerk. Hier hatte Leczek, Tante Gerdas Mann, jahrelang geschuftet. Die Bahn rollte am Grundstück vorbei. Dessen Schmuck, die beiden riesengroßen Birken, war längst gefällt, und das Fertighaus seiner Cousine Lucyna füllte den vorderen Teil. Doch hinten schimmerte noch immer das Häuschen seiner Oma hervor.

Was hätte er dafür gegeben, mit einer Zeitmaschine ins Jahr 1954 zu reisen, fünfzig Jahre zurück, und einen winzigen Augenblick nur alle die zu sehen, zu umarmen und zu küssen, die schon lange auf dem Friedhof lagen!

Er fuhr durch bis zur Endhaltestelle Alt-Schmöckwitz, stieg

aus und versuchte, einen Blick in die alte Remise der Grünau-Schmöckwitzer-Uferbahn zu werfen, in der heute wunderbar gepflegte Museumsstraßenbahnen standen. Natürlich war er Mitglied in dem entsprechenden Verein, aber es war niemand da, der ihn eingelassen hätte. So ging er ein wenig enttäuscht hinüber zur Dorfkirche, die bescheiden auf einem kleinen Hügel stand. Immerhin hatte ihr Theodor Fontane einige Beachtung geschenkt, weil hier die Frau des Fischers Kahnis ausgesegnet worden war. Der hatte sein schönes Weib auf einer Insel am Ende des Seddinsees vor den Franzosen versteckt gehalten – auch noch Jahre nachdem die Europäer Napoleon zum Teufel gejagt hatten.

Nichts war mehr wie ehedem, und Manfred Matuschewski konnte es nicht fassen. Im Menschen steckte offenbar ein Mechanismus, der ihm weismachte, nur die Welt seiner Kindheit sei die einzig wahre und alles andere nur Fälschung und Irrtum.

Dann stand er auf der Brücke und wartete auf eine Gelegenheit, um seiner Spucke die Freude zu machen, Kahn fahren zu können, doch zu dieser Jahreszeit hatte kaum jemand sein Sportboot zu Wasser gelassen, und Lastkähne ließen sich auch nicht blicken. Was ihn aber am meisten schmerzte, war die Tatsache, dass es das legendäre Restaurant unterhalb der Brücke nicht mehr gab, die *Palme*. Auch das Schild »44« an der Landzunge zwischen dem Langen See und dem Seddinsee war verschwunden. Wie oft hatte er hier an heißen Sommertagen gelegen ... Mit seinen Freunden Jörg und Robert war er im Ruderboot von Else Zastrau herübergekommen.

Er wechselte auf die andere Seite der Brücke und suchte im Dunst den Zeuthener Kirchturm. Links von ihm lag die Schmöckwitzer Badewiese. Hier hatten schon seine Oma und sein Urgroßvater gelagert. Um 1900, zur Kaiserzeit. Trauer erfüllte ihn. Ob eines Tages seine Enkel und Urenkel auf dieser Brücke stehen und an ihn denken würden? Wie er mit seinem Faltboot an der Badewiese angelegt hatte? Wie er mit Tante Trudchen todesmutig ans andere Ufer geschwommen war, immer einen Wasserball vor sich her treibend, um sich im Falle eines Wadenkrampfes selber retten zu können?

War seine eigene Stimmung noch melancholisch zu nennen, so musste er, als er die Geburtstagsgesellschaft im *Schmöckwitzer Krug* versammelt sah, sofort an Menschen denken, die sich zum VHS-Kurs »Wie bekämpfe ich meine Depressionen?« versammelt hatten. Bei Tante Gerdas Beerdigung hätte es nicht gedrückter zugehen können. Es tat ihm leid, sie und ihre Gäste beim Tagesordnungspunkt »Schweigen wir von etwas anderem« mit seiner lauten Fröhlichkeit zu stören.

»Für die nächsten zehn Jahre wünsche ich dir viel Glück und eine ausreichend gute Gesundheit, auf dass wir deinen Hundertsten im Palast der Republik gebührend feiern können. Mein Geschenk kommt später. Also: Wachse, blühe und gedeihe.«

»Ich wachse nur noch dem Grab entgegen«, sagte Tante Gerda.

»Gerda hat ja nur noch Schmerzen«, ergänzte ihre Schwester.

»Schmerzen hat sie immer nur, wenn jemand da ist«, murmelte Anuschka. »Und an denen bin ich dann auch noch schuld. Dabei habe ich dafür gesorgt, dass es Mutti jetzt so gemütlich bei sich hat.«

»Rede doch nicht!«, fuhr Tante Gerda auf.

Manfred Matuschewski machte sich daran, die anderen zu begrüßen. Zuerst seine Mutter, dann die beiden Cousinen, Anuschka und Lucyna, und ihre beiden Männer, Jürgen und Thoralf. Folgten Maik, das war Jürgens und Anuschkas Sohn, dessen Frau Yasmina und die beiden Töchter. In diesem Augenblick kamen auch Elke und Melina zur Tür herein und wenig später noch Joscha und Larissa. Nun war man komplett, und die Serviererin konnte die Bestellungen entgegennehmen. Nachdem sie die Getränke gebracht hatte, sagte Manfred Matuschewski, dass er schnell einmal auf die Toilette müsse. Dort wartete nämlich Erich Honecker auf seinen Auftritt und memorierte seine Laudatio auf das Geburtstagskind. »Erich, du kannst …«

Manfred Matuschewski führte ihn in den Saal, und die Festgesellschaft klatschte begeistert Beifall, als Erich Honecker Tante Gerda einen großen Strauß roter Nelken überreichte.

»Sie leben also noch!«, stieß das Geburtstagskind hervor.

»Ich sage dir, Gerda, eines Tages kommen auch die Nazis wieder!«, meinte Margot Matuschewski.

Erich Honecker setzte zu einer längeren Rede an und gab sich große Mühe, alles in einer Mundart einzufärben, die wohl saarländisch sein sollte, aber eher sächsisch klang. Zudem nuschelte er nach Kräften und verschluckte bei längeren Sätzen die Endungen.

»Liebe Gerda Brokowski, es ist mir ein Herzensbedürfnis, Sie an Ihrem Ehrentage persönlich heimzusuchen. Neunzig Jahre halten in ihrem Lauf weder Ochs noch Esel auf, darum sind Sie heute auch so alt. Das ist nun einmal so, wie es ist. Leczek, Ihr lieber Mann, liegt ja leider schon einige Jahre auf dem Grünauer Friedhof. Mit ihm haben Sie uns die deutschpolnische Freundschaft vorgelebt und der Republik zwei gemischte Töchter geschenkt. Im Schmöckwitzer Reifenwerk hat er Reifen runderneuert, und ohne Ihre liebevolle Betreuung hätte er nie die Prämien nach Hause bringen können. Nun aber wieder zu Ihnen, liebe Gerda Brokowski. Durch Anwendung sowjetischer Arbeitsmethoden im Konsum haben Sie einen aktiven Beitrag zum Aufbau des Sozialismus in der Deutschen Demokratischen Republik geleistet. Besonders im Gemüse haben Sie sich bewährt, aber auch an der Kasse und bei der Flaschenrücknahme. Tausende von Urlaubern auf dem Zeltplatz am Krossinsee wären verdurstet, wenn sie sich nicht bei Ihnen im Konsum mit Margon Tafelwasser und Club Cola hätten eindecken können. Sie haben viele gute Taten für den Sozialismus vollbracht, weil sie gewusst haben, dass der Sozialismus zu einem besseren Leben für alle Werktätigen führt. Dafür danke ich Ihnen als Generalsekretär des ZK der SED und Vorsitzender des Staatsrats der Deutschen Demokratischen Republik von ganzem Herzen.«

»Bravo!«, rief Jürgen. »Lieber geschlossen hinter Honecker als einzeln vor Erich Mielke.«

Erich Honecker freute sich und erzählte einen Witz über sich selbst. »Ein Franzose fragt am Alexanderplatz einen Mann aus der Hauptstadt unserer DDR nach seiner Meinung über mich. Sagt der Mann: ›Eine solche Frage mitten auf der Straße? Viel zu gefährlich!‹ Auf dem Friedhof will er auch nichts sagen, hinter jedem Grabstein könnte ja einer lauern. Endlich gehen beide auf eine Wiese, auf der weit und breit niemand zu sehen ist. ›Also, was denken Sie über Erich Honecker?‹, insistiert der Franzose. Da flüstert der Ost-Berliner: ›Sie müssen mich verstehen, aber ich habe mächtige Angst. So übel finde ich ihn gar nicht. Aber wenn ich das laut in der Öffentlichkeit sage, schlagen mich die Leute hier tot ...‹«

Endlich kam Heiterkeit auf, so dass Erich Honecker eine Flasche mit Kräuterlikör aus der Tasche zog, deren Etikett sein Konterfei schmückte. »Die gehört dem, der den besten DDR-Witz erzählen kann.«

Maik machte den Anfang. »Was ist der Unterschied zwischen Sozialismus und Orgasmus? – Im Sozialismus stöhnt man länger.«

Anuschka war die Nummer zwei. »Kommt ein Mann zum Fahrkartenschalter und sagt: ›Bitte einmal nach Kürze.‹ Die Reichsbahnerin am Schalter sucht und sucht und sagt dann: ›Kürze finde ich nicht.‹ – Der Mann findet das komisch: ›Der Genosse Honecker hat doch gesagt, in Kürze gibt es alles.‹«

Dann kam Jürgen dran. »Wer hat den weitesten Weg aufs Klo? – Erich Honecker. Der muss wegen jedem Scheiß nach Moskau rennen.«

Auch Manfred Matuschewski als Ex-West-Berliner wollte am sozialistischen Wettbewerb teilnehmen und erzählte seinen Lieblingswitz. »Steht ein Volkspolizist auf der Kreuzung Invaliden- und Chausseestraße und onaniert kräftig. Fragt ihn sein Vorgesetzter: ›Was machst du denn da, bist du verrückt geworden?‹ Antwort: ›Nee, du hast doch gesagt: Sperr ma ab.‹«

Da die anderen nicht wollten, machte Yasmina den Schluss. »Ein Ehemann erwischt seine Frau mit einem anderen im

Schlafzimmer. Entsetzt ruft er: ›Ihr Idioten! Im Konsum gibt's Apfelsinen!‹«

Erich Honecker konnte sich nicht entscheiden, wem er den Preis zuerkennen sollte. »Das müssen wir erst im Leitungskollektiv beraten. Am besten, ich nehme die Flasche mit nach Chile und leere sie mit meiner Margot auf das Wohl aller Bürgerinnen und Bürger der Deutschen Demokratischen Republik.« Dann bat er alle Anwesenden, mit ihm in sein Lieblingslied einzustimmen: »Sandmann, lieber Sandmann, / es iiiist noch etwas Zeit. / Wir seeenden erst den Abeeendgruß, / eeh jedes Kind ins Bettchen muuuuss, / Duhu hast gewiss nohoch Zeit.«

Manfred Matuschewski ging zu seiner Tante Gerda und küsste sie auf die Stirn. »Dass du noch sehr viel Zeit haben mögest, wünschen wir dir alle, die wir aus dem kapitalistischen Ausland nach Schmöckwitz gekommen sind. *Sto lat* – hundert Jahre sollst du werden!«

Es war nicht zu bestreiten, dass Manfred Matuschewski ein quasi erotisches Verhältnis zur Berliner S-Bahn hatte. Ob er ihren Zügen hinterhersah oder einer schönen Frau, es bereitete ihm denselben Genuss. »In beiden Fällen geht es um den Trieb«, erklärte er. »Bei den Wagen wie beim Geschlecht.« Wahrscheinlich waren es frühkindliche Prägungen, die ihn die S-Bahn so lustvoll erleben ließen. Vielleicht hatte seine Mutter ihn in der S-Bahn gestillt oder sich die Schmöckwitzer Oma liebevoll über ihn gebeugt, während der Zug angefahren war. Mit der S-Bahn waren sie nach Schmöckwitz gefahren, in sein Paradies. Ein lebenslanger Traum war es auch, S-Bahnfahrer zu sein. Quasi keinen Vorgesetzten zu haben und im Alltag eigentlich nichts falsch machen zu können. Stand ein Signal auf Rot, dann hielt man eben, und hielt man nicht, dann gab es immer noch die automatische Fahrsperre, die Unfälle verhinderte. Weichen waren nicht zu stellen, das taten die Kollegen im Stellwerk, und entscheiden, wen er mitnehmen sollte oder nicht, brauchte er auch nicht. Vorn im Führerstand war er absolut sein eigener

Herr, und wenn er gehorchen musste, dann nur dem System – und keinen Menschen, die ihn mobbten.

»Und warum bist du dann nicht S-Bahnfahrer geworden?«, wurde er des Öfteren gefragt.

»Ja, warum? Die Kräfte, die nach dem Höherhinaus drängten, sind offenbar stärker gewesen.« Und dann zog er sich auf seinen Fontane zurück: »Eigentlich ist es ein Glück, ein Lebelang an einer Sehnsucht zu lutschen.«

So war Manfred Matuschewski mehr als glücklich, als ihn im April 2004 Stefan Straupitz anrief und ihm verkündete, dass es am nächsten Sonnabend endlich so weit sein würde und er im Führerstand der S-Bahn mitfahren dürfe. »Sie wissen ja sicherlich, warum es so lange schlecht möglich war.«

Manfred Matuschewski wusste es. In letzter Zeit hatte es spektakuläre Fälle von S-Bahnnarren mit gehörigem Sachverstand gegeben, die sich in geliehenen Uniformen den Zugang zum Führerstand erschlichen hatten, um endlich mal selber einen Zug zu fahren. Manfred Matuschewski hatte volles Verständnis für diese Menschen und sagte, wenn er ihr Richter wäre, er würde sie freisprechen. Wahrscheinlich wäre die Sache auch gar nicht so hochgekocht, wenn nicht einer der Trieb(wagen)täter bei seiner Festnahme auf einen Polizisten eingestochen hätte. Nun aber war etwas Gras über die Sache gewachsen, und Straupitz konnte es wagen, ihn mitzunehmen, auch weil die Firma FORMAT dabei war, mit der S-Bahn GmbH ins Geschäft zu kommen, und Manfred Matuschewski schon mit einigen der Oberen geredet hatte.

Die Vorfreude war groß gewesen, als Manfred Matuschewski dann aber auf dem Bahnhof Bundesplatz stand, um auf Straupitz und seinen Zug zu warten, tendierte seine Stimmung in Richtung Moll hoch zwei, denn hier hatte er öfter, zuletzt noch vor zwei Wochen, auf seinen alten Freund und HÖV-Kollegen Rainer Wurl gewartet – und vorgestern hatte ihn Heiner Dietrich angerufen und ihm mitgeteilt, Wurl sei auf einer Reise in sein geliebtes Elsass verstorben. Rainer Wurl hätte ein Doppelgänger von Harald Juhnke sein können, und Manfred Matuschewski hatte ihn wegen seines heiteren Wesens trotz aller ideologischen Differenzen immer gemocht. Zwar hatte Wurl in Rudow gewohnt, doch sie waren sich in Wilmersdorf immer wieder über den Weg gelaufen. Wurls Mutter wohnte in der Blissestraße, und hinten in der Meraner Straße hatte er nach seinem Abschied von der HÖV eine Anwaltskanzlei eröffnet. Nun war nur noch auf die Traueranzeige zu warten …

Der Zug mit Stefan Straupitz hielt pünktlich auf die Sekunde und auf den Zentimeter genau vor der Tafel mit dem großen weißen H auf schwarzem Grund. Der Fahrer winkte ihm zu, und dann kam der große Augenblick im Leben von Manfred Matuschewski: Die Tür zum Führerstand wurde aufgezogen, und er wurde hereingebeten. Voller Neid und Verwunderung schauten ihm die ganz gewöhnlichen Fahrgäste hinterher. Er wurde links auf dem Notsitz platziert, dann ging es los. Der Stationsvorsteher gab per Funk seine Anweisungen, vorn auf der Signaltafel leuchtete es in verschiedenen Farben. Grün, Weiß, Orange. Sie zeigten an, wann die Türen zu schließen waren, wann der Fahrer losfahren sollte und welche Geschwindigkeit bis zum nächsten Signal einzuhalten war. Straupitz schaltete die Motoren auf, es knackte überall geheimnisvoll, und sie setzten sich in Bewegung. Was Manfred Matuschewski zuerst überraschte, war die ganz andere Perspektive, die er nun hatte. Viele hunderte Male war er die Strecke Bundesplatz – früher Wilmersdorf –, Westkreuz, Gesundbrunnen schon gefahren, aber immer nur mit Blick links oder rechts aus dem Fenster, also zur Seite hin. Fast immer hatte er auf der Ringbahn einen weiten Horizont gehabt und unendlich viel sehen und registrieren können, hier vorn aber verengte sich alles. Das lag daran, dass die Augen auf die Gleise fixiert waren. Auch im Freien hatte das den berühmten Tunnelblick zur Folge. Mochte die Freiheit über den Wolken grenzenlos sein, bei der Berliner S-Bahn war sie es nicht. Dazu kam, dass der Führerstand der Baureihe 485, im Jargon »Cola-Dose« genannt, mit dem Cockpit eines Airbus wenig Ähnlichkeit hatte. Alles sah recht bieder aus.

Ein bisschen enttäuscht war Manfred Matuschewski schon,

und er zog schnell eine alte Parallele: Er fühlte sich in etwa so wie beim ersten Rendezvous mit einem Mädchen, das er lange aus der Ferne angebetet hatte, bei dem sich nun aber herausstellte, dass sie furchtbar lispelte, Mundgeruch hatte und Heinrich Böll für den Erfinder von Silvesterknallern hielt.

Seine Gefühle wurden noch negativer, als sie am Heidelberger Platz hielten und dort ein etwas verwirrt aussehender Mann sehr nahe an der Bahnsteigkante stand.

»Das würde mir gerade noch fehlen, dass sich ausgerechnet jetzt, wo Sie neben mir sitzen, einer vor den Zug wirft, weil dann alle sagen würden, Sie hätten mich abgelenkt und ich hätte nicht rechtzeitig bremsen können.«

»Und wenn der Selbstmörder dann auch noch einer ist, den ich kenne ...« Manfred Matuschewski wusste eine Reihe von Menschen in seiner Nähe, die suizidgefährdet waren. An erster Stelle vielleicht Horst Hastenteufel, der als Schriftsteller völlig out war und von dem jeden Tag eine Verzweiflungstat zu befürchten war. Dann Ebba, die befreundete Schauspielerin, die keine Rollen mehr bekam. Oder Hartmut Wolkwitz, der Vater von Melinas Freundin, der seinen Job verloren hatte und nur noch trank. Auch Leo Ackenboe steckte in der Krise und war mit dem, was die Firma FORMAT ihm zu bieten hatte, mehr als unzufrieden.

Der erste Tote dieses Tages wäre dann er um ein Haar selber gewesen ... Am Bahnhof Westend nämlich fuhren sie auf die Kehranlage, und Manfred Matuschewski bekam von Straupitz eine Warnweste umgehängt, aber nicht gesagt, dass er sich vor den Stromabnehmern in Acht zu nehmen habe, wenn sie von einem Führerstand in den anderen wechselten. Sie verließen den Zug und stiegen von einem hölzernen Podest auf den Kiesweg hinunter, der zwischen den beiden Abstellgleisen angelegt war. Die Stromschiene, vor der Manfred Matuschewski eine höllische Angst hatte, befand sich auf der anderen Seite des Zuges. Berührte man sie, sorgten die achthundert Volt für einen Stromschlag, der wahrscheinlich tödlich war, auf alle Fälle trug man erhebliche Verbrennungen davon, schmurgelte wie ein Steak in der Pfanne. Die Stromschiene war also außer Reichweite, nicht aber die Stromabnehmer, die auf ihrer Seite glitzernd und verlockend wie Fühler vom Zug abstanden. Manfred Matuschewski war sich als Kenner der S-Bahn absolut sicher, dass sie im Ruhezustand vom Bordnetz des Zuges getrennt waren und sich der Kontakt erst schloss, wenn sie mit der Stromschiene in Berührung kamen und angedrückt wurden. So beugte er sich arglos nach unten, um einen der blitzenden Stromabnehmer quasi zu streicheln.

»Sind Sie wahnsinnig!«, schrie da Straupitz und riss ihn zurück.

Die Stromabnehmer der Berliner S-Bahn waren auch im Ruhezustand nicht abgeschaltet …

Von diesem Schock konnte sich Manfred Matuschewski nicht so schnell erholen, obwohl es eine Traumroute war, die sie nun fuhren: von Westend einmal um den Ring herum, dann hinter Neukölln vom Südring auf den Abzweig zur sogenannten Görlitzer Bahn, über Schöneweide nach Spindlersfeld und von dort zurück auf den Ring Richtung Schöneberg.

An der Papestraße gab es eine große Baustelle, und Straupitz meinte, dass der große Bahnhof, von dem dann auch Fernzüge abfahren sollten, wohl den Namen Südkreuz erhalten würde.

»Dann haben wir also ein West-, ein Ost- und ein Südkreuz, aber wo bleibt das Nordkreuz?« Das nun konnte es nicht geben, weil sich drei Bahnhöfe – Gesundbrunnen, Bornholmer Straße und Schönhauser Allee – seine Aufgaben teilten. »Asymmetrie kann schmerzlich sein.«

In Tempelhof zuckte er zusammen, denn es schien ihm, als sei der Stationsvorsteher in sein Häuschen geeilt, um Polizei oder Bundesgrenzschutz anzurufen. »In der S 42 sitzt jemand, der den Zug gekapert hat.« Gleich würden Beamte herbeigeeilt kommen, um ihn festzunehmen. Nein, die Eile des Mannes musste einen anderen Grund gehabt haben.

Sie kamen am Flughafen Tempelhof vorbei, und so manche Erinnerung wurde wach, dies noch mehr, als links von ihnen die wallartigen Ränge des alten Neuköllner Stadions auftauchten. Da hatte er mit seinem Vater gestanden und die Tore der Tasmanen bejubelt, da hatte er als Leichtathlet bei den Neuköllner Sportfreunden (NSF) mit die schönsten Stunden seines Lebens verbracht.

Hermannstraße. Die Reste des Bahnsteigs der Neukölln-Mittenwalder Eisenbahn waren noch zu erkennen. Neukölln. Seine Gedanken gingen nach Rudow. Dort irgendwo in einer Kühlkammer lag jetzt sein Freund Rainer Wurl. Sonnenallee. Manfred Matuschewskis Heimatbahnhof. Er sah sich auf dem Bahnsteig stehen, während er wartete, um mit dem Zug nach Siemensstadt zu fahren und dort zu leiden. Als sie über den Neuköllner Schifffahrtskanal hinwegfuhren, glaubte er hinten auf der Treptower Brücke seine Mutter zu erkennen. Der Güterbahnhof Treptow. Hier war er 1943 mit seiner Mutter zusammen in die Eisenbahn gesetzt worden, um nach Steinau an der Oder gebracht zu werden. Evakuierung nannte man das. Seither hatte er instinktiv etwas gegen Frauen, die Eva hießen. Dann konnte er in die Rethelstraße hineinsehen, in der früher die Bugsins gewohnten hatten, Max, Irma, Inge und Gerhard. Treptower Park. Die Spree, die weiße Flotte. Drüben lag Stralau, wo seine Vorfahren einmal ein Restaurant und eine Baufirma besessen hatten. Ostkreuz, Rostkreuz. Dort hieß es früher umsteigen zur HÖV in Karlshorst.

Dicht standen die Menschen hier auf dem schmalen Bahnsteig an der Kante. Ob sich einer von ihnen vor den Zug werfen würde? Horst Hastenteufel, Ebba, Leo Ackenboe, Hartmut Wolkwitz oder gar Renate.

Gott sei Dank, nein. Nun ging es den Nordring hinauf. Frankfurter Allee. Umsteigen in die U 5 zum Tierpark. Storkower Straße. Früher, als er hier entlang zu Siemens gefahren war, hieß die Station Zentralviehhof. Landsberger Allee, einst Leninallee. Aussteigen zum Velodrom beziehungsweise zur Berlin Arena. Greifswalder Straße. Aussteigen, wenn er zu Joscha und seiner Familie wollte. Schönhauser Allee. Hier ging es zum Basketballspiel von Alba in der Max-Schmeling-Halle. Gesundbrunnen. Umsteigen in die S 1 nach Frohnau. Weiter Richtung Westen.

In Jungfernheide hatte er umsteigen müssen in die Siemensbahn, zu Siemens oder zu Tante Trudchen. Die Siemensbahn nach Gartenfeld war stillgelegt worden, und niemand rechnete damit, dass sie je wieder in Betrieb genommen wurde. Westend. Aussteigen zur Schlosspark-Klinik. Westkreuz. Umsteigen zur Stadtbahn und nach Spandau beziehungsweise nach Wannsee und Potsdam. Nun die Wilmersdorfer Stationen: Halensee, Hohenzollerndamm, Heidelberger Platz, Bundesplatz. Sein Blick ging nach links: Was Elke und Melina in dieser Sekunde wohl gerade machten? Wahrscheinlich waren sie einkaufen und machten den Ökomarkt reich.

An der Hermannstraße standen die Leute wieder dicht an der Bahnsteigkante, hier musste es passieren. Er hatte es ganz deutlich vor Augen und erinnerte sich an die Aussagen von U- und S-Bahnfahrern, die Lebensmüden zum Opfer gefallen waren, sie hätten, als die Räder über die armen Teufel hinweggerollt seien, die Knochen deutlich krachen hören.

»Noch ein Trauma mehr«, murmelte Manfred Matuschewski.

»Bitte?«, fragte der S-Bahnfahrer rechts neben ihm.

»Ach, nichts ... Ich habe nur an meinen Freund Rainer Wurl denken müssen. Wir kommen ja gleich nach Neukölln, und ein Stückchen weiter in Rudow liegt er irgendwo aufgebahrt.« Und er erzählte ein paar Anekdoten. Wie Studentinnen sich auf ihre Art darüber lustig gemacht hatten, dass Wurl ab und an »den Macho rausließ«. Sie hatten ihm bei einer Exkursion eine Nilpferdpeitsche geschenkt. Mit der hatte er dann in einer Jugendherberge ausgeholt – und nicht nur eine Lampe von der Decke geholt, sondern sich auch noch so die Augenbraue aufgerissen, dass er wie ein schwer getroffener Boxer geblutet hatte.

Stefan Straupitz revanchierte sich, indem er erzählte, was er in der Laubenkolonie so alles mit Detlev Fasold erlebt hatte. »Er hat auf unserem schmalen Mittelweg Speerwerfen trainiert und – als der Speer ihm etwas abgerutscht ist – die Satellitenschüssel unseres Vorstandsvorsitzenden vom Dach geholt.«

Zwischen Köllnischer Heide und Baumschulenweg stöhnte

Manfred Matuschewski auf. »Meine Blase drückt immer stärker, und ich weiß nicht, wie ich das bis zu Hause aushalten soll.«

Straupitz lachte. »Da soll's doch in der Apotheke so ganz bestimmte Windeln geben ...«

»Ich dachte eher, Sie hätten hier eine Büchse oder Flasche an Bord. Für eventuelle Notfälle.«

»Nein.«

»Schade.« Wie gerne hätte Manfred Matuschewski von einer solchen Möglichkeit Gebrauch gemacht, zumal wissenschaftlich erwiesen war, dass Harnverhaltung tödlich enden konnte.

»Warten Sie bis Spindlersfeld, dort ist eine Toilette – und ich habe den Schlüssel dazu.«

So kam es, dass Spindlersfeld für Manfred Matuschewski ein Bahnhofsname wurde, der nach Verheißung klang.

Vorher aber musste er noch die Augen schließen, denn zwischen den Bahnhöfen Baumschulenweg und Schöneweide lag rechts von ihnen das riesige Friedhofsareal an der Kiefholzstraße, und sein Freund Gerhard Bugsin und er hatten auf den Fahrten nach Schmöckwitz beziehungsweise Karolinenhof ein seltsames Ritual entwickelt: »Sieh nie zum Friedhof hin, dann wirst du nicht auf ihm liegen.« Es war das Orpheus-Muster und hatte über fünfzig Jahre funktioniert.

Auf die Strecke zwischen Schöneweide und Spindlersfeld hatte er sich ganz besonders gefreut. An sich war das ein Stummel in der Netzspinne, der früher immer jwd gewesen war, nun aber zum Kehren der ausgefädelten Ringbahn gebraucht wurde, was eine ungeheure Aufwertung bedeutete. Den naheliegenden Gedanken, die Ringbahn immer im Kreise herumfahren zu lassen, eine Zuggruppe innen im Uhrzeigersinn und eine andere außen herum entgegen diesem, hatte man aus zweierlei Gründen fallen lassen müssen. Zum einen befürchtete man eine einseitige Abnutzung der Räder, und zum anderen brauchte ein Zug für eine Fahrt rund ums innere Berlin 63 Minuten. Das Ganze hätte aber nur sechzig oder siebzig Minuten dauern dürfen, wollte man im Takt bleiben. Schneller fahren lassen konnte man die Bahnen nicht, und sie irgendwo sieben Minuten anzuhalten schien absurd. Also kamen die Züge der Ringbahn – die S 41 innen und die S 42 in entgegengesetzter Richtung außen – von außerhalb des Ringes liegenden Bahnhöfen wie Spindlersfeld oder Königs Wusterhausen, umrundeten den Ring, kehrten in Westend oder Gesundbrunnen und fuhren dann wieder zu ihren Ausgangsstationen zurück. Manchmal wurde dann während der Fahrt »umgeschildert«, was die meisten Berliner furchtbar nervte. Viele hatten das System auch Jahre nach seiner Einführung noch immer nicht begriffen, aber für Manfred Matuschewski und seinesgleichen war es eine faszinierende Sache.

Auf diese Art und Weise kam er heute endlich einmal nach Spindlersfeld. Dass er dort sein langes Leben nicht ein einziges Mal ein- oder ausgestiegen war, empfand er schon als Mangel. Hinter dem Bahnhof Schöneweide begann ein respektables Gleisgewirr, und Manfred Matuschewski staunte, dass Straupitz so sicher den richtigen Weg nach Spindlersfeld erwischte. Hinweg über das Adlergestell und die Strecke nach Königs Wusterhausen und Schönefeld ging es in ein Gelände hinein, das für ihn immer eine geheimnisvolle *Terra incognita* gewesen war. Rechts lag die ausgedehnte S-Bahnwerkstätte, und dann führte die eingleisige Strecke durch ein ausgedehntes Laubengelände zum Bahnhof Oberspree. Louis Armstrong schien zu singen: *»The time stood still …«* Manfred Matuschewski war wieder Kind und fuhr mit seiner Schmöckwitzer Oma zu einer der vielen Freundinnen, die sie im ganzen Stadtgebiet hatte.

Dann kam Spindlersfeld: ein Prellbock, aus. Das Areal hätte Teil eines DDR-Museums sein können. Manfred Matuschewski aber ließ alle Nostalgie fahren und konzentrierte sich nur noch auf eines: die Toilette. »Gleich platzt mir die Blase.«

»Dann aber so, dass ich kein Spritzwasser abbekomme.«

»Geben Sie mir den Schlüssel zur Toilette – oder kommen Sie mit?«

»Weder – noch.«

Manfred Matuschewski erstarrte. »Wieso?«

Der S-Bahnfahrer sah auf seine Armbanduhr. »Ich habe fünf

Minuten zum Kehren, aber sechs Minuten Verspätung. Ich muss zum anderen Führerstand rennen und sofort zurück.«

»Dann bleibe ich hier und fahre mit dem nächsten Zug allein zurück.«

»Meinen Schlüssel kann ich Ihnen aber nicht geben.«

»Die Toilette wird schon offen sein.« Manfred Matuschewski bedankte sich in aller Eile bei Stefan Straupitz und spurtete los. Doch die Toilette war geschlossen. Also sprang er wieder in den Führerstand. »Vielleicht halte ich es doch bis Bundesplatz durch.«

Das gelang ihm aber nicht. Als sie in den Bahnhof Neukölln einfuhren, ging es nicht mehr, sosehr er sich auch alles zuzuhalten suchte. »Ich lauf' hier in ein Restaurant ... Herzlichen Dank nochmals und auf Wiedersehen!« Schon war er auf den Bahnsteig gesprungen. Mit ein paar Schritten erreichte er die Treppe und setzte an, nach unten zu spurten wie früher beim Leichtathletiktraining. Doch er kam nicht weit. Schon auf dem ersten Absatz prallte er mit einem Mann zusammen – und schrie derart auf, dass ringsum alle zusammenfuhren. Nicht, weil er sich etwas gebrochen oder das Hirn erschüttert hatte, nein, sondern weil er sozusagen in den Armen eines Toten lag.

»Rainer, du? Ich denke, du bist ...?«

Nein, Rainer Wurl war nicht gestorben, sondern so quicklebendig wie immer. Manfred Matuschewskis Freunde hatten sich nur einen kleinen Scherz geleistet. Es war aber kein makabrer Aprilscherz, wie das Datum des Anrufs, der 1. April, vermuten lassen könnte, sondern ein schon lange geplanter Racheakt. Zu oft hatte Manfred Matuschewski sie reingelegt und mit seinem drastischen Witz zusammenzucken lassen. Eine Aktion wie diese war schon lange einmal fällig gewesen.

Er selbst musste später über diese Sache lachen, denn es war schon hübsch: Er hatte Angst davor gehabt, bei seiner S-Bahnfahrt einen lieben Mitmenschen sterben zu sehen – und war dann einem vermeintlich schon gestorbenen Freund in die Arme gelaufen. Weniger fröhlich stimmte ihn aber, was man über diesen Vorfall noch kolportierte: dass er nämlich, bedingt durch den

Schock beim Zusammenstoß mit dem totgeglaubten Wurl, die Kontrolle über seine Blase verloren habe und anschließend mit einem dunklen Flecken auf der hellen Hose durch die Stadt gefahren sei. Notgedrungen mit der S-Bahn, denn kein Taxifahrer habe ihn in seinem Zustand mitnehmen wollen.

Je heftiger Manfred Matuschewski dies dementierte, desto eher glaubten die anderen wirklich an diesen Fall von vorgezogener Inkontinenz.

»Ein Geburtstag kommt selten allein«, sagte Manfred Matuschewski, denn rund sechs Wochen nach seiner Tante Gerda wurde deren Schwiegersohn sechzig, und Jürgen hatte beschlossen, groß zu feiern.

»Wo denn?«

»In meiner Schule.«

Manfred Matuschewski stutzte. »Geht denn das mit mehr als fünfzig Gästen?«

»Ich habe Ostersonntag Geburtstag.«

»Das erklärt vieles. Aber so ohne Schüler ... Die Päderasten unter deinen Gästen werden traurig sein.«

»Wir feiern im Pausen- und Freizeitraum – und da ist auch ein Pool.«

Manfred Matuschewski freute sich. »Ich muss nur daran denken, meine Badehose einzustecken.«

»Mensch, kein Schwimmbecken«, stellte Jürgen die Sache richtig, »sondern ein Poolbillard.«

»Gut, dann können wir dir ja ein neues Queue schenken.« Manfred Matuschewski freute sich, dass ihm langes Nachdenken erspart blieb. »Und – hast du im Hinblick auf die Pomeranze besondere Wünsche?«

Jürgen überlegte einen Augenblick. »Ja, nicht mehr ganz so jung, Mitte dreißig also, und eher etwas fülliger als zu dünn. Und mit schwarzen Dessous.«

Manfred Matuschewski fasste sich an den Kopf. »Eine Pomeranze ist kein leichtes Mädchen, sondern die Lederkappe eines Billardstockes – darauf schmiert man die blaue Kreide.«

»Schade.« Jürgen seufzte.

Anuschka, Manfred Matuschewskis Cousine und Jürgens Frau, rief einen Tag später in Wilmersdorf an und sagte, dass sie sich von ihm als Geburtstagsgeschenk für ihren Mann eine lange Rede wünschen würde. »Ich habe ja nicht die Begabung dazu, aber du. Und deine Rede kostet nichts.«

»Doch, Zeit und Kraft.« Darum hatte er zu Tante Gerdas Geburtstag lieber den Honecker-Imitator engagiert.

Nun musste er sich selber den Kopf zerbrechen. »Erschreckend ist doch, wie wenig man eigentlich über einen Menschen weiß, den man schon über dreißig Jahre kennt«, sagte er zu Elke. Wenn man sich sah, dann meistens bei Geburtstagen, wo zumeist oberflächlich gescherzt wurde, oder bei Beerdigungen, bei denen alle sehr zurückgenommen waren. Manfred Matuschewski blieb nichts weiter übrig, als die Sache mit wissenschaftlicher Akribie anzugehen, beziehungsweise so zu tun, als würde er eine Biographie schreiben wollen. Nur war über Jürgen nicht ganz so viel im Internet zu finden wie über den Bundeskanzler oder wenigstens die Spieler von Hansa Rostock, die vom Geburtstagskind so heiß verehrt wurden. Jürgen kam aus Luckau, und dort lebte seine Mutter noch immer. Also arrangierte Manfred es so, dass seine Wandergruppe in der Nähe von Luckau durchs Land latschte und er sich ansehen konnte, wo Jürgen groß geworden war. Anschließend klingelte er bei Jürgens Mutter, die eine reizende alte Dame war, und ließ sich anhand vergilbter Fotos erzählen, was ihr Sohn als Kind so alles angestellt hatte. Damit nicht genug, telefonierte er auch stundenlang mit Anuschka und fragte sie aus. Von ihr kam der Hinweis, dass Jürgens Kollegen und ehemalige Schüler bestimmt eine Menge wüssten. »Alles, was mir Jürgen zu Hause nie erzählt hat.« Also rief er einige Lehrerinnen und Lehrer aus Jürgens Kollegium zu Hause an und trug ihnen sein Anliegen vor. Es war ein sehr mühsames Geschäft, aber er erfuhr doch eine ganze Menge. Auch von Jürgens Lieblingsschülern. Deren Mailadressen oder Telefonnummern herauszubekommen war dann geradezu ein Teilzeitjob, und so übertrieb er nur ein ganz klein wenig, wenn er sagte, die Rede zu Jürgens sechzigstem Geburtstag habe ihn mehr Zeit und Kraft gekostet als seine Diplomarbeit. Sein Manuskript war sieben Seiten dick.

Am Ostermontag war es dann so weit. Sie fuhren mit einer Taxe gen Osten und luden unterwegs noch seine Mutter ein. Von Wilmersdorf nach Hohenschönhausen kostete das mehr als ein Flug nach London, aber Margot Matuschewski bezahlte es ja. Pünktlich um elf Uhr waren sie zur Stelle, doch wer noch fehlte, war das Geburtstagskind.

»Klar, dass wir Deutschen bei der Pisa-Studie so weit hinten gelandet sind«, sagte Manfred Matuschewski, nachdem Jürgen auch nach einer halben Stunde nicht aufgetaucht war und die Gäste langsam unruhig wurden. »Wenn die Lehrer immer zu spät kommen.«

»Ach, das wird die Sparsamkeit sein«, vermutete Hans-Ulrich Muldenstein, der mit seiner Frau aus Bremen angereist war. Eigentlich war er Manfred Matuschewskis Freund, hatte aber auch engen Kontakt zu Anuschka und Jürgen.

Manfred Matuschewski musste lange überlegen, was Hans-Ulrich Muldenstein wohl gemeint haben mochte. Oft waren seine Sätze ein kleines Rätsel und seine Reden kryptisch, so dass seine Zuhörer hilflos dastanden. Wie Manfred Matuschewski in diesem Augenblick. »Wie hängt denn Jürgens Zuspätkommen mit seiner Sparsamkeit zusammen?«

»Wer am 12. April geboren worden ist und am 12. April auch stirbt, der spart an Kosten für den Steinmetz.«

»Du meinst also, dass er heute …?«

»Ja. Es ist statistisch erwiesen, dass überdurchschnittlich viele Menschen in der Nähe ihres Geburtstages sterben. Klar, bei den gefühlsmäßigen Aufwallungen, die damit verbunden sind, und von der vielen Arbeit ganz zu schweigen.«

Doch Jürgen hielt sich nicht an die Statistik, er erschien kurz vor zwölf in seiner Schule. »Entschuldigt bitte, es ist nicht meine Schuld.« Er hatte seine Mutter aus Luckau abgeholt und war dabei mit einem Motorschaden auf der Autobahn liegengeblieben.

Die Gratulationstour begann, und Jürgen freute sich sehr über ihr Geburtstagsgeschenk, wenn auch nicht so sehr über das Queue, sondern über das, was an der Pomeranze klebte: ein Gutschein für das nächste Spiel Hertha BSC gegen Hansa Rostock. »Das ist alles von meiner Mutter und uns, das wertvollste Geschenk aber kommt später noch.« Damit meinte Manfred Matuschewski seine große Rede. Seine letzten Vorräte an Witz und Esprit hatte er für sie geopfert.

Die nächsten Minuten gehörten Jürgens Schwiegermutter, also Manfred Matuschewskis Tante Gerda. Sie kam mit einem Krankenwagen und wurde, auf einer Bahre liegend, von zwei Pflegern auf den Schulhof geschoben und in einen Rollstuhl gesetzt. Kurz nach ihrem Geburtstag war sie im Garten gestürzt und hatte sich das Becken gebrochen. »Nun haben sie mich aber im Köpenicker Krankenhaus wieder zusammengeflickt, und ich kann für ein paar Stunden unter euch sein.«

»Besser unter uns als unter der Erde«, sagte Manfred Matuschewski.

Margot Matuschewski kam herbei und begrüßte ihre Schwester. »Unser Vater hat ja auch im Rollstuhl gesessen.«

»Nein, Margot, das war nicht unser Vater, das war der Vater von Friedel Nauendorf.« Dann schlug sie sich mit der flachen Hand auf den Kopf. »Hier ist bei mir noch alles in Ordnung. Meine Schwester ist zwar körperlich besser dran als ich, aber dafür hapert es hier oben.«

»In der Schule hat Margot aber immer bessere Noten gehabt als du«, sagte Jürgens Mutter.

Jürgen befürchtete nun einen Krieg der Greisinnen und drängte alle, sich in den Festraum zu begeben. »Immer rein in die gute Stube, da ist es auch wärmer als hier draußen.«

Das nun allerdings war ein gehöriger Irrtum, denn in den Ferien wurde im armen Bundesland Berlin natürlich keine Schule geheizt. An die dreizehn Grad mochten es sein, und da insbesondere die Damen in luftigen Kleidern erschienen waren und die Herren ihre langen Unterhosen weggelassen hatten, begann ein allgemeines Bibbern.

Als nahezu alle erschienen waren, die auf der Gästeliste standen, schwang Jürgen eine Glocke und begrüßte alle noch einmal.

»Herzlichen Dank, dass ihr alle gekommen seid ...«

»Ich bin heute noch nicht gekommen!«, rief eine seiner kecken Kolleginnen. »Aber wenn ich dich so sehe, Jürgen ...«

»Mandy – ein Tadel wegen schweinischer Reden! Weiter im Unterricht. Ich danke euch auch allen für die schönen Geschenke. Jetzt müsste ich eine lange Rede halten und euch alle vorstellen und sagen, was ihr mir bedeutet, aber ihr wisst, dass ich lange Reden hasse, und diese komischen Gedichte, die bei Geburtstagen vorgetragen werden, noch viel mehr. Also, die herzliche Bitte an euch: keine Reden, keine Gedichte, keine komischen Vorführungen. Danke!«

Manfred Matuschewski konnte es nicht fassen. »Die ganze Arbeit umsonst«, sagte er zu Elke.

»Nein, du hältst deine Rede natürlich. Das muss er ertragen.«

Manfred Matuschewski stand auf, um in den Nebenraum zu gehen, wo das Poolbillard stand, von dem Jürgen gesprochen hatte. Auch Joscha, Hans-Ulrich Muldenstein und Maik hatten große Lust, bis zum Mittagessen zu spielen. Sie verabredeten ein großes Turnier. Manfred Matuschewski hatte in seinem Leben schon viel Billard gespielt, zu Hause an der Treptower Brücke hatten sie sogar einen kleinen Billardtisch stehen gehabt, das heißt eine Art Brett, das man auf den Esstisch legte.

Die Jüngeren lästerten, weil er nicht wusste, wie in der Kneipe Poolbillard gespielt wurde. Er kam vom vergleichsweise aristokratischen Karambolagespiel her und hielt Dreiband für die Königsdisziplin im Billardsport, war aber auch ein Freund des diffizilen englischen Snooker. Stundenlang verfolgte er im Fernsehen die Partien von Ron O'Sullivan, Stephen Hendry und Paul Hunter. Dagegen erschien ihm das amerikanische Poolspiel simpel und barbarisch. Schon nach den ersten Versuchen, die Bälle in die Taschen zu wuchten, tat ihm der Rücken weh, und seine roten Warnlämpchen flammten auf. Doch sein

Ehrgeiz war stärker als seine Vernunft. »Euch jungen Spunde fege ich doch noch mit Leichtigkeit vom Tisch!« Und je mehr er ins Hintertreffen geriet, desto verbissener kämpfte er.

Das ging so lange gut, bis Jürgen zum Mittagstisch rief. Da wollte er den Stoßball über drei Banden spielen, holte gewaltig aus und ... Ein Schrei hallte durch die Schule. Wieder seine Bandscheibe. Er konnte nicht mehr gehen. Jürgen holte Tante Gerdas Rollstuhl und fuhr ihn in den Erste-Hilfe-Raum. Es war kaum auszuhalten, als sie ihn auf die Liege bugsierten.

»Es wird ein bisschen dauern, bis der Notarzt kommt«, sagte Jürgen.

Manfred Matuschewski sah, dass die Rede, die in seinem Jackett gesteckt hatte, auf den Boden gefallen war. Er bat Jürgen, sie aufzuheben. »Schenke ich dir. Hätte ich sonst für deine Grabrede aufgehoben, aber wenn ich die Spritze, die ich gleich bekommen werde, nicht vertrage, dann wird daraus ja nichts mehr werden.«

Manfred Matuschewski hatte viele Freunde, aber auch etliche Feinde – und unter diesen hatte L. F. Barsch einen ganz besonderen Stellenwert, war er doch Staatssekretär und zu noch Höherem berufen. Kennengelernt hatten sie sich im April 1980 an der HÖV, der Hochschule für Öffentliche Verwaltung Berlin.

Es war die erste Stunde im ersten Semester gewesen, und Manfred Matuschewski war im Tauentzien-Tower mit dem Fahrstuhl zum fünfzehnten Stockwerk hinaufgefahren, um die jungen Menschen mit Grundbegriffen des Faches Soziologie vertraut zu machen: mit der zweiten, nämlich der sozio-kulturellen Geburt des Menschen, also seiner Sozialisation, mit der Notwendigkeit eines Wertesystems, mit den Funktionen der Sprache, mit der Kategorie der sozialen Rolle und mit abweichendem Verhalten. Immer unter besonderer Berücksichtigung des spezifischen Berufsfeldes. Dass nicht alle Studierenden versessen waren auf das Wissen, das er ihnen vermitteln sollte, ließ ihn in nur verhaltenem Tempo dem Hörsaal 1514 entgegenstreben. Insbesondere die politisch eher konservativ eingestellten Studenten hatten instinktiv etwas gegen Soziologie, klang sie ihnen doch sehr nach Sozialismus, und die Dozenten, die diese unterrichteten, waren a priori als Staatsfeinde anzusehen, als Volksschädlinge, wie ihre Großeltern gesagt hätten, da sie durchweg von der West-Berliner FU kamen.

Manfred Matuschewski verspürte sicherlich keine beißende Angst, als er den Hörsaal betrat, sondern nur ein gehöriges Unbehagen, gepaart mit etwas Lampenfieber. Dazu kam eine gewisse Frustration, eine tiefe Traurigkeit darüber, dass die Welt nicht so war, wie er sie bei der Wahl seines Berufes einmal erträumt hatte: dass ihn die Studierenden sozusagen mit *standing ovations* begrüßten, zumindest aber mit einem erwartungsfrohen Klopfen oder Scharren. Die Realität aber sah so aus, dass bei seinem Eintreten niemand groß Notiz von ihm nahm. Natürlich wusste er, dass dies ein ganz normaler Mechanismus war, um das Machtgefälle zwischen ihm und ihnen zu nivellieren, und dennoch ärgerte es ihn. Ebenso wie es ihn ärgerte, dass denen, die da vor ihm hockten, jene Neugierde fehlte, die nötig war, um im Leben wirklich gut zu sein.

Er ließ seine Materialien auf den Tisch fallen, dass es wie ein Startschuss klang. »Guten Morgen, meine Damen und Herren! Meine Name ist Manfred Matuschewski, und ich vertrete mir hier nicht die Füße, sondern das Fach Soziologie, von dem wir überzeugt sind, dass Sie es brauchen werden, um in Zukunft gute Beamtinnen und Beamte zu sein. Ich darf Sie nun herzlich bitten, mir etwas zu schenken: Ihre Aufmerksamkeit.« Damit setzte er sich und nahm die Liste zur Hand, in der die HÖV-Verwaltung alle Studierenden seines Kurses aufgelistet hatte. »Ich will Sie jetzt nicht einzeln aufrufen, um zu sehen, wer wer ist, aber versuchen, den einen oder die andere schon einmal kennenzulernen. Welches Gesicht gehört zu welchem Namen?« Es war geradezu eine Marotte von ihm, nach exotischen Vor- und Familiennamen zu suchen und Anknüpfungspunkte zu finden. Zumeist war das recht unterhaltsam und half, das Eis zu brechen.

»Stein. Ah, die Nachfahrin des Freiherrn vom … Das war der, welcher mit dem Herrn Hardenberg zusammen die preußische Verwaltung so schön reformiert hat. Was heute wieder einmal dringend nottut und weswegen Sie ja auch hier sind. Becker. Doch nicht etwa die Tochter von Atze? Was, Sie kennen Atze Becker nicht, einen der Recken von Tasmania 1900? Füllsack. Nun, das ist für einen werdenden Beamten nicht gerade ein glücklicher Name, ließe er doch auf Bestechung und Selbstbedienungsmentalität schließen. Aber trösten Sie sich damit, dass es gleich nach dem Krieg einen wackeren Berliner Kommunalpolitiker namens Paul Füllsack gegeben hat, Leiter der Senatsabteilung für Ernährung.« So ging es weiter, quer durch das Alphabet, und es wurde immer schwieriger, halbwegs interessante Assoziationen zu finden. Bei L. F. Barsch hakte er noch einmal ein. Vor allem, weil die Vornamen nicht ausgeschrieben waren. Wahrscheinlich hatte der Platz in der vorgesehenen Spalte nicht ausgereicht, und die Sekretärin hatte sich zu diesen Abkürzungen entschlossen. Manfred Matuschewski sah auf. »L. F. Barsch. Das erinnert mich an G. F. Unger und dessen Western. Oder steht L. F. für Lieselotte Friederike?«

»Nein, für Louis Ferdinand!«, rief jemand aus der hintersten Reihe. »Meine Eltern haben Prinz Louis Ferdinand bewundert. Aber der wird Ihnen ja nichts sagen.«

»Doch.« Manfred Matuschewski lachte. »Prinz von Preußen, Neffe Friedrichs des Großen, fiel 1806 in der Schlacht bei Saalfeld im heldenhaften Reiterkampf, das heißt, er wurde von einem französischen Offizier erstochen und erst am Morgen nach der Schlacht, seiner Kleidung beraubt, unter Tausenden von Toten gefunden. Preußens großes Idol, Preußens Glanz …«

»… war im Arsch, Herr Barsch!«, kam der ergänzende Zwischenruf einer resoluten Aufstiegsbeamtin, die sich schon von Anfang an über die Arroganz ihres Kommilitonen aufgeregt hatte.

»Könnten Sie Ihre Spielchen mit unseren Namen bitte unterlassen, Herr Professor?«, bat L. F. Barsch ebenso förmlich wie distinguiert.

Manfred Matuschewski nickte. »Ja, natürlich. Es wäre auch nicht gut, wenn ich fortfahren würde …«

Einer der Studierenden, der ihn vom ersten Augenblick an gemocht hatte, tat es an seiner Stelle: »Mein Onkel ist auch ein geborener Barsch, und der stellt sich immer vor mit: Großes B, kleiner Arsch!«

»In unserem Falle ist es aber ein großer«, murmelte die Aufstiegsbeamtin.

Nun, Manfred Matuschewski hatte dies zwar nicht selber gesagt, aber es wurde ihm von L. F. Barsch voll zugerechnet, und von diesem Tage an hatte er einen neuen Feind fürs Leben.

Im Frühjahr 2004 lag das alles schon lange zurück, und es wäre auch nie zu einer Prügelei zwischen beiden gekommen, wenn es da nicht Tasmania 1900 gegeben hätte.

Den meisten Deutschen fiel, hörten sie den Namen Tasmanien, höchstens ein, dass das eine Insel im Süden Australiens war, und schlugen sie im Lexikon nach, dann konnten sie lesen: »Mit Nebeninseln 67 800 km^2, etwa 450 000 Einwohner.« Manfred Matuschewski aber musste sofort an Tasmania 1900 denken, den legendären Neuköllner Fußballverein, und sein Herz schlug gleich um einiges höher, denn so viele Erinnerungen wurden wach …

Mit seinem Vater zusammen war er ins Neuköllner Stadion gepilgert, damals eine Kuriosität, denn zwischen Rängen und Rasen lag nicht nur die mausgraue Aschen-, sondern auch noch die gewaltige Radrennbahn, fünfhundert Meter lang und aus Beton gegossen. Gleich hinter den Zuschauerrängen, die aufragten wie Festungswälle, begann die weite Fläche des Tempelhofer Flughafens, und so mancher Schiedsrichterpfiff ging im Lärm der startenden Maschinen unter. Spielernamen wie Riebow (»Der Bomber«), Pinkpank, Posinski (»Jockel«), Mauruschat, Becker (»Atze«), Peschke (»Funkturm«), Talaszus oder Usbeck hatte er auch nach über fünfzig Jahren nicht vergessen. Sein Freund Heiner Dietrich spottete immer, er würde unter einer Tas-Mania leiden. Laut *Wörterbuch zur Psychologie* bezeichnete *Mania* eine »Vielzahl von Symptomen affektiver und motorischer Übererregbarkeit und -erregtheit, die sich vor allem durch ihre Unkontrolliertheit charakterisieren lassen«, und im sechsbändigen Duden wurde sie als »krankhafte Sucht« beschrieben, als »heiter-erregter Gemütszustand« in manischen Phasen. Bei Manfred Matuschewski ging seine Manie so weit, dass er manchmal die Frage stellte, ob Torquato Tasso wirklich bei Tas gespielt habe. »Nein, eher bei Eintracht Frankfurt, denn Goethe wird ja deren Fan gewesen sein.«

Er hatte fürchterlich gelitten, es musste Ende der fünfziger Jahre gewesen sein, als Tasmania im Olympiastadion dem Spandauer SV 0:1 unterlegen war und damit nicht mehr Berliner Meister werden konnte. Nicht Tas hatte verloren, er hatte verloren, und seine narzisstische Kränkung war schlimmer gewesen, als wenn ihn eine angebetete Klassenkameradin wie Henriette Trittin brüsk abgewiesen hätte.

Als Tas dann unter dem Trainer Fritz Mauruschat doch noch dreimal hintereinander Berliner Meister geworden war, hat er mit seinem Vater zusammen gejubelt. Ihr Verein hatte auch für sie gesiegt, sie fühlten sich bestätigt und in ihrem Wert erhöht. Kam es zu Wortgefechten mit Freunden und Verwandten, die Anhänger von Hertha BSC, Tennis Borussia oder Viktoria 89 waren, hatte man einen ganz anderen Stand.

Sie hatten sich in den Armen gelegen, als Tasmania im Frühjahr 1964 im Poststadion beim Kampf um den Aufstieg in die Bundesliga Bayern München mit 3:0 vom Platz gefegt hatte, obwohl bei denen Franz Beckenbauer die Nummer 5 getragen hatte. Die Spieler der ruhmreichen Tas-Mannschaft von damals konnte er auch im Jahre 2003 noch so fehlerfrei aufsagen wie die der Sieger von Bern: Basikow, Bäsler, Talaszus, Becker, Peschke, Konitzka, Neumann, Fiebach, Fischer, Rosenfeldt, Reimer. »Wir sind Tasmanias Elite«, hatten sie gesungen und: »Greifen wir an, rast die Arena.« Was ja Manfred Matuschewski und sein Vater auch wirklich getan hatten. Wie hatten sie dann zu Hause an der Treptower Brücke getrauert, als schließlich nicht Tas aufgestiegen war, sondern Borussia Neunkirchen.

Dann durften sie ihre Mannschaft doch noch in der Bundesliga erleben. Wunder gab es immer wieder. In den nächsten Jahren war die Berliner Meisterschaft dummerweise entweder an Hertha oder an Tennis Borussia gegangen, doch dann hatte das Sportgericht des DFB Hertha BSC wegen falscher Angaben im Aufnahmeantrag und anderer Satzungsverstöße in die Regionalliga zurückversetzt. Aber die Frontstadt (West-)Berlin ohne einen Verein in der wichtigsten aller Bundesligen – das war undenkbar. Also wurde Tasmania ausgeguckt. Sechs Wochen vor Beginn der dritten Bundesligasaison erfuhren die Spieler davon. »Wir in der Bundesliga!« Unfassbar für alle. »Und wenn Werder Bremen deutscher Meister werden kann, dann kann das Tas schon lange.«

Weil sein Vater hatte arbeiten müssen, war er im August 1965 allein ins Olympiastadion gefahren. Natürlich nicht ganz allein, sondern mit fast 80 000 anderen Menschen. Tas mit den Herren Basikow, Fiebach, Talaszus, Becker, Bäsler, Konitzka, Bruske, Engler (»Der schwarze Peter«), Zeh, Szymaniak (»Schimmi«), Usbeck gegen den Karlsruher SC und den Rest der Welt – zumindest die ganze Bundesrepublik, die alle West-Berliner, was den Fußball betraf, für die letzten Hinterwäldler hielt. Aber Tas hatte 2:0 gesiegt. Der Held auf dem Rasen war neben der Mannschaft der unvergessliche Horst Szymaniak gewesen, als Retter aus Italien nach Berlin geholt. Auch er trug das *mania* im Namen, und das zu Recht, denn er war ein Irrer im positiven Sinne des Wortes, mit katzenhaften Bewegungen und Charisma, ein Genie auf dem Rasen. Szymaniak war finanziell am Zuschauerschnitt beteiligt und beklagte sich eines Tages über das Tasmania-Präsidium, dem er vorwarf, ihn übers Ohr hauen zu wollen: »Die haben mir fünfzig Prozent versprochen, ich hab' das schriftlich. Und jetzt wollen die mich mit zwei Dritteln abspeisen …«

Schließlich war Tasmania 1900 ins Buch der Rekorde gekommen, wurde unsterblich und zum Mythos durch die Punktzahl, die der Verein am Ende der Saison 1965/66 nach insgesamt 34 Spielen aufzuweisen hatte, nämlich 8:60 (bei einem Torverhältnis von 15:108). Nach dem ersten Heimspiel hatte man noch eins gewonnen: das letzte (mit 2:1 gegen den Mitabsteiger

Borussia Neunkirchen). Dazwischen lagen ganze vier Unentschieden, darunter ein 0:0 in Kaiserslautern, das den einzigen Auswärtspunkt ergab, und 28 zum Teil fürchterliche Niederlagen.

Auch im Jahre 2004 war Manfred Matuschewski noch immer nicht von seiner Tas-Mania geheilt, obwohl der Verein Anfang der siebziger Jahre in Konkurs gegangen und später unter dem Namen Tasmania 73 neugegründet worden war. Jetzt hieß er Tasmania Gropiusstadt und dümpelte in unteren Klassen dahin. Aber auch mit 65 Jahren konnte man noch Träume haben – und Manfred Matuschewski hatte da einen ganz besonderen: Er träumte davon, dass er von irgendeinem bis dato unbekannten Verwandten eine Milliarde Euro erbte und in Berlin wiederholen konnte, was ihm ein reicher Russe in London mit dem FC Chelsea vorgemacht hatte: so viele Weltklassespieler zu kaufen, dass es bis in die Champions League reichte. Mit dem Rest seines Geldes würde er sich dann eine Villa in Tasdorf kaufen. Das war kein Hirngespinst, diesen Ort gab es wirklich – gleich hinter der Berliner Stadtgrenze an der B 1/B 5 Richtung Müncheberg.

Das war die Lage der Dinge, als Manfred Matuschewski beim Einkaufen in der Blissestraße von einem jüngeren Mann angesprochen wurde, der sich als Jugendtrainer von Tasmania 73 Gropiusstadt vorstellte und von seiner Tas-Mania wusste.

»Wir suchen immer wieder Sponsoren für unsere Jugendmannschaften«, sagte er. »Und da sind wir auch auf Sie als alten Neuköllner gekommen ...«

Manfred Matuschewski dachte mit einigem Schrecken an seine leeren Privat- wie Firmenkonten und versuchte es erst einmal mit einigen Ausflüchten. »Eigentlich bin ich ja Leichtathlet und versuche immer, für NSF etwas zu tun, und außerdem habe ich selber ja nicht bei Tas Fußball gespielt, sondern beim 1. FC Neukölln. Und ich bin kein Unternehmer oder Aufsichtsratsvorsitzender. Fragen Sie doch mal Herrn Ackermann.«

»Den treffe ich ja nicht in der Blissestraße. Außerdem: Wir haben nach Hertha die beste Jugendarbeit in Berlin und spielen mit den Junioren in der Bundesliga.«

»Was soll ich denn spendieren? Einen Fußball?«

»Ein bisschen mehr könnte es schon sein.«

Schließlich einigten sie sich darauf, dass Manfred Matuschewski einer Tas-Schülermannschaft einen Satz Trainingsanzüge bezahlte – und die als Gegenleistung dafür auf dem Rücken Werbung für ihn spazierentrugen: »FORMAT – Managementberatung«.

»Schön«, sagte Manfred Matuschewskis Freund Dirk Kollmannsperger, als er von dieser Sache erfuhr. »Da wird sich der Vater von Hassan Kücük aber freuen, dass er endlich die richtige Adresse hat, wenn er für seine Döner-Bude am Bahnhof Neukölln einen Gehilfen einstellen will. Wie du weißt: Bei der Werbung kommt es immer auf die richtige Zielgruppe an.«

Einige Wochen später wurde Manfred Matuschewski vom Heimatmuseum Neukölln angesprochen. Man plane eine Ausstellung über die Geschichte des Sports im Bezirk Neukölln, und dies unter Berücksichtigung des Fußballvereins Tasmania 1900. Ob er da nicht als Zeitzeuge von seinen Erlebnissen als Schlachtenbummler berichten mochte? Da sagte er mit Freuden zu und ließ sich gerne interviewen.

Zur Eröffnung der Ausstellung am 7. Mai 2004 war er eingeladen und blätterte erwartungsvoll im Katalog *Neukölln bewegt sich – Von Turnvater Jahn bis Tasmania*, denn auf der Seite 158 begann ein Bericht über die Neuköllner Sportfreunde 07. Ob er wohl seinen Namen finden würde? Nein, dem Nachkriegsgeschehen waren nur ein paar Zeilen gewidmet, und es gab nur ein Foto, gewidmet dem erfolgreichsten aller Leichtathleten mit dem großen roten N auf der Brust: Martin Buß, mit 2,36 Metern Hochsprung-Weltmeister von 2001. Manfred Matuschewski hatte 1,36 Meter mit Mühe geschafft – und saß für den Rest der Veranstaltung ein wenig depressiv herum.

Als er gehen wollte, wurde er von einem der Organisatoren angesprochen. »Wir planen für Anfang Juni ein Fußballspiel: Prominente, die in Neukölln aufgewachsen sind, gegen die Tasmania-Recken von damals. Wollen Sie da mitmachen?«

Manfred Matuschewski fühlte sich geehrt, war aber zugleich

auch mächtig erschrocken. »Meine Kondition reicht doch höchstens für zehn Minuten – und in meinem Alter sind die Knochen nur noch aus Glas. Von meinem operierten Bein mal ganz zu schweigen.«

»Keine Angst, wir wechseln laufend durch wie beim Eishockey, und jeder sieht sich ja vor. Alle spielen nur in Turnschuhen. Die Kleidung stellen wir.«

»Na schön, ich komme.«

Hinterher tat ihm seine Zusage schon wieder leid. Nicht dass er am Abend vor dem Spiel gebetet hätte, aber er war kurz davor: dass er keinen Beinbruch davontrug oder noch Schlimmeres mit ihm passierte. Aber die andere Stimme war stärker: Mach es, zeig deinem Krebs, dass du dich nicht ergibst! Also fuhr er ins Neuköllner Stadion an der Oderstraße und betrat dort die Kabine mit der Aufschrift »Promis – born in Neukölln«.

Hätte er aber geahnt, wer beim Umziehen neben ihm auftauchte, er wäre doch nicht erschienen, denn es war kein anderer als der Herr Staatssekretär Louis Ferdinand Barsch. Auch er Neuköllner, großgeworden in Rudow. Unaufhaltsam war er aufgestiegen. Vom Fraktionsvorsitzenden im Bezirksparlament zum Stadtrat, vom Stadtrat zum Senator. Dann, als es neue Koalitionen gegeben hatte und die Bonner nach Berlin gekommen waren, war er in ein anderes Bundesland ausgewandert und dort Staatssekretär geworden. An Einkommen und Macht war Barsch Manfred Matuschewski nun um vieles voraus. Sie hatten sich nie aus den Augen verloren und sich ständig kleine Scharmützel geliefert. Hatte Manfred Matuschewski gelästert: »Ein Barsch ist noch kein Barschel«, so hatte Louis Ferdinand B. mit einem Ausspruch Friedrichs des Großen gekontert: »Verflucht sei diese ganze imbezile Gesellschaft mit -ki am Ende.« Wobei er nicht vergessen hatte, das Wort »imbezil« zu übersetzen: mittelgradig schwachsinnig. Stets suchte L. F. Barsch zu verhindern, dass Manfred Matuschewski als Professor in hochangesiedelte Gremien gewählt und dass sein FORMAT-Institut mit Forschungsaufträgen bedacht wurde, und genauso intensiv hatte sich Manfred Matuschewski um Projekte bemüht, deren Ergebnisse L. F. Barsch schaden mussten – dies immer mit Fontane im Hinterkopf, der einmal geschrieben hatte: »Der Mensch ist eine Bestie und seiner Niedertracht muss mit Mitteln aus demselben Arsenal begegnet werden.«

Und auch jetzt zögerte L. F. Barsch keinen Augenblick, gegen Manfred Matuschewski vom Leder zu ziehen. So leise, dass es auch alle hörten, flüsterte er einem Parteifreund ins Ohr, dass er sich Manfred Matuschewski höchstens bei einem Spiel wie Halma vorstellen könne. »Aber nicht beim Fußball, dieses Weichei!«

Treffer! »Dieses Weichei« schmerzte Manfred Matuschewski, war er doch nicht nur ein Mensch, der mit Schmerzen durchaus fertig werden konnte, sondern auch einer, der an harten Sportarten wie Boxen, Eishockey und sogar dem American Football seine helle Freude hatte. Dass er nun mit einem Menschen wie L. F. Barsch in ein und derselben Mannschaft spielte, war ebenso amüsant wie bedenklich, hatte aber letzten Endes doch etwas Versöhnliches, und er hatte sofort einen der Standardsätze seine Schmöckwitzer Oma im Ohr: »Kinder, vertragt euch!« So passte er den ersten Ball, den er vor die Füße bekam, auch gleich zu Barsch, so dass der zu einem Dribbling ansetzen konnte und das 1:0 für die Promi-Elf erzielte. Als es Manfred Matuschewski dann auch noch gelang, Atze Becker auszuspielen, war er restlos glücklich und keineswegs, wie andere später behaupten sollten, voller Aggressionen. Nein, was da in der elften Minute im Neuköllner Stadion geschah, war purer Zufall, war das Zusammentreffen unglücklicher Umstände und niemals Absicht.

»Manne Matuschewski, hau noch mal rein!«, schrie der Trainer an der Seitenlinie, als die alten Tasmanen-Recken mit Macht auf den Ausgleich drängten. »Die Blutgrätsche will ich sehen!«

Manfred Matuschewski, gelernter Verteidiger, stand auf dem Elfmeterpunkt, als die Flanke von Atze Becker in den Strafraum flog. Peter Engler, zum Kopfball hochgestiegen, verfehlte den Ball um einige Zentimeter. Aber hinter ihm standen andere Tasmanen, um den Ball ins Netz zu dreschen. Manfred Matuschewski mobilisierte seine letzten Kraftreserven, sprang dorthin, wo der Ball aufkam, und wollte ihn mit einem mächtigen Dropkick aus dem Strafraum befördern. Dass ihm das nicht ganz gelang, hatte mehrere Gründe. Er hatte die Flugbahn des Balles falsch berechnet, er war zu hüftsteif für dieses Manöver, sein Standbein rutschte ihm ein wenig weg, und er geriet zu sehr in die Rücklage. Jedenfalls traf er zwar den Ball, und dies mit einer Urgewalt, die ihm keiner mehr zugetraut hätte, doch dieser Ball stieg nicht etwa hoch in die Luft und rauschte Richtung Mittelkreis davon, sondern verblieb auf einer Höhe von etwa 75 Zentimetern, also zwischen Knie und Bauchnabel, und schlug im Skrotum seines Nebenmannes ein. Und dieser Mitspieler war kein anderer als sein alter Freund L. F. Barsch. Mit einem Aufschrei ging der Herr Staatssekretär zu Boden und krümmte sich dort.

»Auf wen trifft das mit dem weichen Ei nun zu?«, fragte einer der Mitspieler.

Als Barsch das hörte, sprang er auf und stürzte sich auf Manfred Matuschewski.

»Pack die Badehose ein …« Was für die meisten Berliner wie eine Fanfare klang, war für Manfred Matuschewski so unerfreulich wie das Zahnziehen. Das fing schon damit an, dass er keine vernünftige Badehose besaß. Zwar lagen ganze fünf Stück in seinem Fach, aber die erste glich einem Stringtanga und war für einen Mann über sechzig außerhalb jeder Diskussion, die zweite schlabberte derart, dass Elke meinte, nicht einmal die Greise im Geriatriezentrum würden damit in die Rehawanne steigen, die dritte war so alt, dass sich das Gummiband in ihrem Bund schon aufgelöst hatte, die vierte zeigte sich vorn derart fadenscheinig, dass jeden Augenblick das durchstoßen konnte, was gerade zu verbergen war, und die fünfte hatte im Laufe der letzten dreißig Jahre die Farbe einer Wasserleiche angenommen.

Elke hatte für sein Problem eine vermeintlich ganz einfache Lösung. »Kauf dir eine neue.«

»Ja, wie denn?« Auf den ersten Blick war das eine Frage, die einem so dämlich vorkommen musste, dass man sie von einen deutschen Professor kaum erwartet hätte, doch bei Lichte besehen hatte er wohl recht damit. Er kannte weder seine Größe, ob nun XL, XXL, 46, 58 oder was auch immer, noch wusste er, da er einschlägige Magazine nicht las, was gerade modisch war. Außerdem konnte er sicher sein, dass Elke seine Wahl nicht gutheißen würde, was immer er an Badehosen nach Hause brachte. Und wie war das mit dem Anprobieren von Badehosen? Ging man damit auch in eine Umkleidekabine? Hygienisch war das sicher nicht. Wie viele vor ihm mochten eine Badehose schon anprobiert haben? »Man behält seine Unterhose drunter«, belehrte ihn Elke. Er konterte, dass er ja dann die Badehose eine Nummer zu groß kaufen würde. Das müsse er mit einrechnen. »Wie denn?« Er sah nur einen Ausweg aus seinem Dilemma: »Bring du mir doch bitte eine mit.«

»Du bist groß genug, dir selber eine zu kaufen.«

»Dann bestehe ich darauf, dass wir im Urlaub in einen FKK-Club fahren.«

»Wenn wir hier in Berlin mit Melina baden gehen, brauchst du auch eine Badehose!«

»Ich bleibe an Land – und du gehst mit ihr ins Wasser.« Das war ein so absurder Vorschlag, dass er keine Antwort darauf bekam, denn jedermann wusste, dass Elke in Berlin nie ins Wasser ging. Zum einen war es ihr zu kalt und zum anderen zu sehr mit todbringenden Bakterien angereichert.

Sein Dilemma führte dazu, dass Manfred Matuschewski beim Walking jedes Mal am Zaun des Wilmersdorfer Sommerbades stehenblieb und eruierte, ob ihm eine der dort zum Trocknen aufgehängten Badehosen passen würde. Doch hatte er eine entdeckt, lagerte sein Besitzer in unmittelbarer Nähe, hätte den Diebstahl sicher bemerkt und die Verfolgung aufgenommen. Und vor Gericht, da war sich Manfred Matuschewski sicher, hätte er keine gute Figur abgegeben. Seine Unfähigkeit, sich eine Badehose zu kaufen, hätte ihm kein Richter abgenommen, und man würde ihn stattdessen für einen Wäschefetischisten halten.

Auf Bikinis und erotische Badeanzüge bezogen, hätte er mit dieser Anklage noch leben können, aber nicht, wenn man ihm unterstellte, sexuell auf männliche Badehosen fixiert zu sein.

Da begab es sich, dass er – wie jedes Jahr einmal – mit seinem Freund Heiner Dietrich zum Baden in die Mark Brandenburg fuhr. Da sie sich ansonsten nur noch wenig sahen, hatten sie dieses Ritual entwickelt. Es ging stets zu einem einsamen See, in dem sie ungestört ohne Badehose ins Wasser steigen konnten, so daß er am frühen Vormittag unbelastet in Heiner Dietrichs Auto Platz nahm.

»Was hast du denn diesmal für einen See ausgesucht?«, fragte der Freund.

»Den Großen Mahlgastsee westlich von Templin, genauer gesagt bei Röddelin.«

»In dem Moment, in dem du den Namen ausgesprochen hast, habe ich ihn auch schon wieder vergessen.« Heiner Dietrich kokettierte gern mit seiner Vergesslichkeit, wusste aber am nächsten Tag wirklich nicht mehr, wo sie gewesen waren.

Auf der Fahrt redeten sie über dieses und jenes, insbesondere interessierte Manfred Matuschewski das Schicksal der HÖV, deren Rektor der Freund nun war.

»Es sieht nicht gut aus für uns.« Heiner Dietrich berichtete, dass es beim Senat Pläne gab, die HÖV aufzulösen. »Die Polizei soll in Oranienburg zusammen mit den Brandenburgern ausgebildet werden und der Rest zur FHW oder zur FHTW kommen.«

»Dann bist du also der berühmte Letzte, der das Licht ausmacht – das ist doch auch eine wunderbare Rolle.«

Nachdem sie sich im schönen Templin mehrfach verfahren hatten, fragten sie eine wohlgestaltete Einheimische, wie sie denn wohl nach Röddelin kämen.

»Durch Waldhof durch.«

»Also erst nach Mannheim?« Manfred Matuschewski sah sie ungläubig an.

»Was für'n Mannheim?«

»Nicht Karl Mannheim, deutscher Sozialwissenschaftler, und

schon gar nicht Carl Mannerheim, finnischer Feldmarschall, sondern Mannheim, deutsche Stadt an Rhein und Neckar mit zwei bekannten Fußballvereinen, dem VfR, der 1949 Deutscher Meister gewesen ist – 3:2 gegen Borussia Dortmund –, und Waldhof Mannheim, lange Zeit Zweite Bundesliga, mit Sepp Herberger als berühmtesten Spieler. Waldhof also …«

Die Schöne nahm Reißaus, weil sie die beiden im Wagen offensichtlich für die Männer hielt, die aus der Landesnervenklinik geflüchtet waren und nach denen man seit Tagen fahndete.

Immerhin war ihr Tipp mit dem Templiner Ortsteil Waldhof richtig gewesen, und sie gelangten auf die Straße nach Röddelin. Bald hatten sie den gleichnamigen See erreicht und bogen vor Röddelin rechts nach Beutel ab.

»Meine Mutter hatte einmal einen Kollegen namens Beutel«, sagte Manfred Matuschewski, »und der hat sehr darunter gelitten, dass einige immer Herr Sack zu ihm gesagt haben, der alte Sack. Andere haben Goethe zitiert: ›Arm am Beutel, krank am Herzen.‹ Oder umgekehrt: ›Krank am Beutel …‹ Dann wurde er auch noch gemobbt, obwohl es damals den Begriff Mobbing noch gar nicht gab, denn als er bei einem Konflikt die Partei seines Chefs ergriff, war er nur noch ›der Schleimbeutel‹.«

»Seine Tochter soll ja den Herrn Klammer geheiratet haben«, fügte Heiner Dietrich hinzu.

»Ja, den kenne ich: Franz Klammer, berühmter österreichischer Skifahrer.«

»Aber die Arme heißt nun Klammer-Beutel.«

»Dann sollten sie eine Puderfabrik aufmachen.«

Sie witzelten wie in alten Zeiten. Am Wallberg vorbei, kamen sie zum Großen Mahlgastsee. Wie ein nach Süden offenes Hufeisen zog er sich um eine mehr oder minder unbewaldete Hochebene, auf der es laut Karte auch einen Reitplatz geben sollte. Von einer Anhöhe aus führte eine kleine Schneise zum Wasser, und man hatte einen herrlichen Ausblick. Es war ein echtes uckermärkisches Paradies – kein Mensch weit und breit. Sie verschlossen den Wagen, nahmen ihre Rucksäcke und liefen hinunter zum See. An einer kleinen Badestelle entdeckten sie einen vergammelten Steg. Manfred Matuschewski lief ein paar Schritte vor dem Freund und schrie plötzlich auf: »Da liegt sie! Tag und Nacht hab ich von ihr geträumt!«

»Ich sehe keine Frau«, sagte Heiner Dietrich.

»Ich meine keine Frau, ich meine diese Badehose da, dunkelblau, fast nagelneu, und sie scheint auch zu passen.« Manfred Matuschewski brach in lauten Jubel aus.

»Die wird einer vergessen haben.«

»Wirklich? Da wäre ich nie drauf gekommen!«

»Ja, um zu solchen Erkenntnissen zu gelangen, muss man halt Psychologe sein.«

Manfred Matuschewski balancierte schon über den wackligen Steg und griff vorsichtig nach der Badehose. Sie konnte ja ein Köder sein – und irgendwo im Gebüsch lauerte ein Schütze mit einem Präzisionsgewehr, wie in *Targets* von Peter Bogdanovich. Doch keiner schoss, und verzückt hielt sich Manfred Matuschewski die dunkelblaue Badehose vor den Bauch. »Passt!«

»Die kannst du doch nicht so einfach an dich nehmen.«

»Ich würde sie auch zweifach an mich nehmen, wenn das ginge.« Aber sicherheitshalber rief er noch einmal laut in den Wald hinein: »Ist hier jemand, dem diese Badehose gehört?« Keine Antwort. Er wiederholte die Frage in Richtung See. »Kann ja sein, dass sich jemand zum Schwimmen die Badehose ausgezogen hat, um sie nicht nasszumachen, und dann ertrunken ist.«

Auch als sie sich zum Picknick niederließen, tauchte niemand auf, der Anspruch auf die gefundene Badehose anmeldete, und als sie nach zwei Stunden den Großen Mahlgastsee wieder verließen, erklärte sie Manfred Matuschewski in einem feierlichen Akt zu seinem Eigentum. Angezogen hatte er sie noch nicht, denn ohne einen Menschen in der Nähe waren sie wie immer nackt ins Wasser gegangen, obwohl Manfred Matuschewski immer ganz gewisse Ängste hatte.

»Wenn der Schniedewutz so dahängt wie ein Würmchen,

muss das doch für jeden Raubfisch eine wahnsinnige Versuchung sein …«

»Ich glaube, das fällt in die Kategorie Kastrationsängste«, sagte Heiner Dietrich.

Allerdings nicht deretwegen schwamm Manfred Matuschewski immer dicht am Ufer entlang, sondern weil er gern noch etwas Boden unter den Füßen hatte.

Der Tradition entsprechend, fuhren sie zum Abschluss ihrer Tour nach Zehdenick, um im Stadtgarten an der Schleuse gebratenen Zander zu essen. Der Wagen wurde am Markt vor jener Apotheke geparkt, die einmal den Vorfahren seines Cousins gehört hatte, und Manfred Matuschewski polkte ein Stück Putz von der Wand, um es Curt als Andenken nach Hemmoor zu schicken. Als sie dann am Wasser saßen, die Sportboote beobachteten, wie sie in die Schleuse einfuhren, und warteten, bis die Brücke über die Havel wieder einmal angehoben wurde, holte Manfred Matuschewski seine neue Badehose aus dem Rucksack und betrachtete sie mit einigem Wohlbehagen.

»Wer nur lange genug warten kann, zu dem kommt alles«, sagte er.

»Ich hätte Angst, dass irgendwann einmal ein Mann auf mich zustürzt und schreit, dass sei seine Badehose, und sie mir vom Körper reißen will«, gab Heiner Dietrich zu bedenken.

»Warum soll er auf dich zustürzen, wenn ich die Badehose trage?«, fragte Manfred Matuschewski. »Außerdem ist davon auszugehen, dass solche Badehosen keine Unikate sind.«

»Hast du sie mal auf charakteristische Flecken abgesucht?«

»Ja, weder Sportflecken noch braune.«

»Vielleicht ist es eine Nessoshose – parallel zum Nessoshemd –, getränkt mit einem geheimnisvollen Gift, das denjenigen in wenigen Minuten ableben lässt, der sie anzieht.«

»Deine Phantasie möchte ich haben …« Trotzdem war es Manfred Matuschewski gar nicht einmal so unrecht, als Elke die gefundene Badehose dreimal in der Waschmaschine auskochte, vermutete sie doch in ihr die gefährlichsten Bakterien und Viren dieser Welt bis hin zum Ebola-Fieber.

Auf alle Fälle verfügte er nun über eine Badehose, mit der er sich in der Öffentlichkeit sehen lassen konnte. Aber anderes sorgte dafür, dass er die Badesaison nicht so recht genießen konnte. Eigentlich mochte er überhaupt kein Schwimmbad betreten, gleichviel, ob es eine Halle oder ein Sommerbad war. Das war sein fundamentalistischer Protest dagegen, dass er sein Schmöckwitz nicht mehr hatte, die Badewiese an der Brücke, die Badestellen am Langen See, am Krossin- und am Seddinsee. Schön, nach der Wende hätte er jederzeit nach Schmöckwitz fahren können, aber das war nicht mehr das Schmöckwitz, das er liebte, mit seiner Oma, mit dem Flair und dem Lebensgefühl der Nachkriegsjahre. Er weigerte sich aber innerlich auch, die traditionellen Badeplätze der West-Berliner aufzusuchen: das Strandbad Wannsee, die Krumme Lanke und den Schlachtensee, die Lieper Bucht, den Tegeler und den Heiligen See, denn auch sie waren mit Schwermut belastet. Alles war unwiederbringlich vorbei ... Die Schulausflüge, die sonnigen Tage mit seiner ersten Familie. Erinnerungen konnten Glücksbringer sein, aber auch Gift.

Doch auch aus einem anderen Grund noch hoffte er stets auf kalte Sommer, die in keinem den Wunsch aufkommen ließen, irgendwo im Freien planschen und schwimmen zu wollen: Dieser war sein mangelndes Talent, sich längere Zeit über Wasser halten zu können und mit gezielten Bewegungen von A nach B zu gelangen. Er hatte weder den Fahrten- noch den Freischwimmer, hätte also aus metaphysischer wie staatsrechtlicher Sicht sogar ertrinken *müssen*, wenn er in Wassertiefen über 1,75 Meter geriet, denn dadurch, dass er dennoch schwamm, entwertete er alle Schwimmdiplome und war recht eigentlich ein Anarchist. Kurzum, er fühlte sich als Nichtschwimmer und litt unter den Schwimmermassen, die neben ihm kraulten, tauchten, durchs Wasser schnellten und von den höchsten Brettern in die Tiefe sprangen, ganz beträchtlich.

Nun aber drängelte Melina im durchwachsenen Sommer 2004 immer wieder, dass sie zum Baden ins Freibad Wilmersdorf gehen wollte. Alle anderen Eltern zögen mit ihren Kindern dorthin. Manfred Matuschewski spürte genau, dass seine Tochter um einen wesentlichen Teil ihrer Kindheit betrogen wurde, wenn sie mit ihr nicht baden gingen.

»Ja, ich weiß: Dir droht sensorische Deprivation.« Und schwimmen konnte sie auch noch nicht richtig, würde also ihr Leben lang unter der gleichen Behinderung zu leiden haben wie er. »Ich habe eine schwere Chlorwasserallergie, aber vielleicht geht deine liebe Mutter mit dir?«

»Wir gehen alle zusammen, wozu sind wir denn eine Familie?«

»Also schön, dann marschieren wir zum Lochowdamm.«

Elke sah ihn verwundert an. »Wohin? Ich kenne keinen Lochowdamm.«

»Das Stadion am Lochowdamm, wo früher der BSV 92 gespielt hat. Das ist der Trümmerberg am früheren Gaswerk Schmargendorf, wo jetzt auch das Eislaufstadion und das Freibad sind. Wetten?«

»Um 50 Euro: dass es auf keinem Stadtplan einen Lochowdamm gibt.«

»Ich war doch oft genug da!«

Er verlor die Wette, was ihn heftig schmerzte, gab er sich doch gern als großer Berlinkenner aus. Sollte es mit seinem Gedächtnis so schlecht bestellt sein, sollte er sich den Namen Lochowdamm wirklich nur ausgedacht haben? War das pathologische Assoziieren ein frühes Anzeichen von Parkinson? Die Sache ließ ihm keine Ruhe, und am Montag eilte er in eine kleine Buchhandlung in der Berliner Straße und kaufte sich das »kommentierte Verzeichnis« der Berliner Straßennamen, Band Charlottenburg-Wilmersdorf. Geradezu fiebernd, als ginge es um Sein oder Nichtsein, suchte er den Buchstaben L und fand auf Seite 187: »Lochowdamm, Ortsteil: Schmargendorf, Name ab: 31. 8. 1937, Name bis: 19. 12. 1968, heutiger Name: Fritz-Wildung-Straße.«

»Wenn Fritz Dung will, soll er doch Dung haben«, sagte er zu Elke, als er ihr später alles erklärte. »Sportfunktionär in der SPD war er, Vorkämpfer des Arbeitersports. Na schön, dann soll er seine Straße behalten. Der mit dem Loch, oh!, hieß Ewald von Lochow, entstammte dem havelländischen Uradel und war Generalleutnant bei Seiner Majestät Willem Zwo. Ich bin jedenfalls heilfroh, dass ich noch sauber ticke.«

So konnte er sich an einem kühlen, aber wenigstens sonnigen Sonntag im Juni mit Weib und Kind auf den Weg ins Schwimmbad machen, ohne eine vorzeitige Einweisung in die Psychiatrie befürchten zu müssen.

Elke stöhnte. »Gott, bin ich schwer bepackt.«

»Besser schwer bepackt als leicht bekackt«, entfuhr es Manfred Matuschewski.

»Nicht vor den Ohren des Kindes!«, rief Elke.

»Vor den Augen wäre es noch schlimmer.«

»Wie soll denn Melina in der Schule einen guten Eindruck machen, wenn sie zu Hause immer so etwas hört!«

»Ich weiß, elaborierter Code ist besser als restringierter Kot, und korrigiere mich: Besser schwer bepackt als leicht beknackt.«

Auch dieses Wort wollte Elke verbannt wissen, was Melina aber nicht daran hinderte, alles genauestens zu memorieren, um am nächsten Morgen ihre Lehrerin damit zu erfreuen, als die Bastelmaterial heranschleppte. Die wiederum war eine sogenannte Type und freute sich zu Elkes Entsetzen wirklich darüber.

»Ach ja«, war Manfred Matuschewskis Kommentar. »Wir können das Leben nur genießen, wenn wir darauf verzichten, das Leben verstehen zu wollen.«

Erst einmal aber ging es zum Baden. Sie erreichten den künstlichen Hügel mit dem Freibad Wilmersdorf von der Rudolstädter Straße her über den Hohen Bogen, eine blau gestrichene Hängebrücke, die Fußgängern und Radfahrern half, S-Bahngleise und Stadtautobahn zu überwinden. Die Eintrittspreise waren für Manfred Matuschewskis Gefühl so hoch, dass er nicht verstehen konnte, wie sich im ALG-II-Land überhaupt noch jemand diesen Badespaß leisten konnte, doch die Anlage war gerammelt voll. Der Lärmpegel überstieg die Grenzwerte der EU wahrscheinlich um ein Vielfaches. Manfred Matuschewski fühlte sich in diesem Ambiente so hochbeglückt wie ein Kleiderfetischist am FKK-Strand. Sie brauchten lange, um die vier Quadratmeter Rasen zu finden, die nötig waren, um ihre Decke und die drei mitgeschleppten Rucksäcke auszubreiten. Elke hatte seine Bemerkung, sie seien zum Glück nicht auf der Flucht, sondern nur auf dem Weg ins Schwimmbad, ignoriert. Sie selbst beschloss, nicht ins Wasser zu gehen, da dieses auch im Jahre 2004 seine typische Eigenschaft, nass zu sein, nicht aufgegeben hatte, und übertrug ihm die Aufsicht über das Kind. Also nahm er Melina, nachdem Elke ihr die roten Schwimmflügel umgebunden und aufgeblasen hatte, an die Hand und führte sie zum Nichtschwimmerbecken. Es mochten fünfzig Meter bis dorthin sein, aber sie wurden sehr lang, denn das Bad befand sich fest in der Hand jener Jugendlichen, für deren Integration in die bürgerliche Gesellschaft sich Manfred Matuschewski zeitlebens eingesetzt hatte, und die entfalteten sich hier nach der Devise »Ohne Rücksicht auf Verluste«. Wen sie nicht mit ihrem Lärm vertreiben konnten, bei dem versuchten sie es mit kleinen Rempeleien.

Endlich hatte er seine Tochter glücklich ins Becken gelotst, aber mit Schwimmübungen war da nicht viel, denn beide waren vollauf damit beschäftigt, harten Bällen und weichen Körpern zu entgehen. Manfred Matuschewski beschloss, ein großes Schild zu malen, das er bei Schwimmbadbesuchen wie beim Umsteigen auf bestimmten U-Bahnhöfen vor sich hertragen konnte: »Ich gehöre zur Gutmenschen-Mafia und bin auf eurer Seite – bitte verschont mich!« Dies natürlich in mehreren Sprachen.

Sie beschlossen, am nächsten Sonntag nicht mehr ins Freibad Wilmersdorf zu gehen, sondern mit Elkes Schwester Anja und deren Familie ins Lichterfelder Sommerbad am Hindenburgdamm.

»Darf Sarah mitkommen?«, fragte Melina.

Diese Bitte konnten ihr die Eltern nicht abschlagen, denn ihre Freundin war arm dran, hatten sich doch Hartmut und Simone

Wolkwitz gerade getrennt. Die Kinder, die sehr an ihrem Vater hingen, waren bei Simone geblieben, und Hartmut hatte sich nach Stuttgart abgesetzt.

Sie fuhren also zu viert mit der Taxe nach Lichterfelde, obwohl sich Manfred Matuschewski eigentlich geweigert hatte, eine Straße zu betreten, die man nach Hindenburg benannt hatte, »diesem senilen Steigbügelhalter Hitlers«. Aber der Theodor-Heuss-Platz trug ja auch den Namen eines Mannes, der Hitlers Ermächtigungsgesetzen zugestimmt hatte. Und er, Manfred Matuschewski, verehrte schließlich auch Friedrich den Großen, der mit seinen vom Zaun gebrochenen Kriegen einige Zehntausend Menschen auf dem Gewissen hatte.

Mit Anja und ihrer Familie waren sie sieben Personen, die nun Einlass ins Freibad begehrten, und Manfred Matuschewski fürchtete, dass man jeden Augenblick das Schild »Wegen Überfüllung geschlossen!« an die Kasse hängen würde. Aber sie wurden eingelassen und fanden auch noch einen Liegeplatz, wenn auch ganz hinten in einer leicht schmuddligen Ecke. Auch hier liefen die Menschen wild durcheinander, doch nicht, weil sie sich jagten und sich Kampfspiele lieferten, sondern weil sie stechwütigen Wespen entgehen wollten. Aus den Papierkörben quoll alles, was die gelb-schwarzen Insekten anlocken musste. Besonders auf die Verpackungen der Eistüten und die Pappteller mit Ketchup-Resten hatten sie es abgesehen. Es gab aber unter den Wespen auch Einzelgänger. Die mieden den Schwarm und stürzten sich auf alles, was Eis lutschte und Fruchtsäfte trank. Schmerzensschreie gestochener Kinder hallten über die Liegewiese, und die Männer im Erste-Hilfe-Raum hatten alles andere als einen geruhsamen Sonntag.

»Wie gerne hätten mein Freund Dirk Kollmansperger und ich in unserer Jugend eine Wespe im Bett gehabt«, sagte Manfred Matuschewski zu Leon, Elkes Schwager. »Denn einer unserer Klassenkameraden hat es heftig mit einer getrieben.«

Elke machte eine kreisende Bewegung vor der Stirn, Leon hingegen hoffte auf eine pikante Enthüllung, doch sonderlich pervers war die Sache nicht, denn es handelte sich lediglich um eine Dame aus der Hockeymannschaft der Zehlendorfer Wespen.

Alles schlug um sich, und die beiden Mädchen gerieten in Panik.

»Geht doch ins Wasser!«, rief Elke. »Da seid ihr sicher.«

Im Prinzip war das richtig, doch auf dem Weg dorthin gab es so manche Kleeblüte – und auf die waren alle Öko-Wespen scharf. Manfred Matuschewski, Melina links und Sarah rechts an der Hand, schaffte es wunderbarerweise, nicht gestochen zu werden. Aber … »Wo ist denn hier das Wasser?« Es war da, wo die Menschen nicht lagen, sondern standen. Etwa so wie in der Berliner S-Bahn zur Hauptverkehrszeit. Jetzt begriff Manfred Matuschewski auch, warum dieses Bad im Volksmund »Spucki« hieß: weil es die Ausmaße eines Spucknapfes hatte. Mit viel Mühe und dem guten Willen anderer schafften sie es, etwa einen Quadratmeter Wasseroberfläche zu erobern.

Manfred Matuschewski beschloss, Leon die Kinder zu überlassen, zumal er so schön mit ihnen tobte, und ins große und tiefe Becken zu wechseln. Dort war es nicht ganz so voll, und außerdem verreisten sie ja bald, und er wollte testen, ob er nach seiner Sarkom-Operation und mit dem geschwächten linken Bein überhaupt noch schwimmen konnte. Langsam stieg er die Treppe hinunter und kam sich dabei vor wie ein Greis im Therapiebecken eines Geriatriezentrums. Einige Schwimmer starrten auch auf seine riesige Narbe. Lange zögerte er, die Haltestangen loszulassen, doch schließlich ging es nicht anders, denn von oben drängte man gnadenlos nach. Jetzt! Er versank knapp zwei Zentimeter in den Fluten und hätte am liebsten »Hilfe, ich ertrinke!« geschrien. Furchtbar verkrampft schwamm er ein paar Meter, die Spuckrinne immer in Griffweite. Dabei fiel ihm der Witz ein, den sein Vater immer wieder erzählt hatte. Draußen im See schreit ein Ertrinkender: »Ich habe keinen Grund!« Daraufhin ruft ein Mann am Ufer: »Wenn Sie keinen Grund haben, dann schreien Sie doch nicht so.« Immerhin überlebte er und kletterte an der nächsten Treppe wieder aus dem Becken.

Als er zu seinen Lieben zurückkehrte, kam Elke auf ihn zugestürzt. »Melina ist von einer Wespe gestochen worden, und Sarah ist verschwunden!«

Melina hatte zum Glück keinen anaphylaktischen Schock erlitten und war mit einem Gel schnell wieder einigermaßen ruhig gestellt worden, doch Sarah blieb verschwunden. Leon war mit seiner Tochter im Wasser geblieben, und Elke wie Anja hatten Sarah aus den Augen verloren, als es nach dem Wespenstich ein mächtiges Durcheinander gegeben hatte.

»Guck doch mal nach, ob sie ertrunken ist!«, rief Elke.

»Sie wird nicht ertrunken sein«, sagte Manfred. »Das geht gar nicht bei der Menschendichte – und außerdem ist sie eine sehr gute Schwimmerin.«

»Nun geh schon los!«

Manfred Matuschewski und Leon suchten nun die beiden Becken ab, ohne Ergebnis, dann wandten sie sich an den Bademeister. Der griff sofort zum Mikrofon, um seine Lautsprecheranlage zu nutzen: »Die siebenjährige Sarah Wolkwitz möchte sich bitte beim Schwimmmeister melden!« Doch nichts passierte.

Elke war kreidebleich, und Manfred Matuschewski dachte automatisch an die Strafen, die ihnen wegen Vernachlässigung ihrer Aufsichtspflicht drohten, aber auch an belgische Kinderschänderringe und aus der Sicherungsverwahrung entflohene einheimische Triebtäter.

»Hol mal dein Handy aus dem Rucksack«, sagte Elke. »Wir müssen Simone anrufen.«

Manfred Matuschewski übernahm das. »Du, wie sind hier im ›Spucki‹ in Lichterfelde ... Hast du Sarah abgeholt, ohne uns Bescheid zu sagen?«

»Nein, wieso? Ist sie nicht mehr da?«

»Melina ist von einer Wespe gestochen worden – und in dem Tohuwabohu ...«

»Das wird Hartmut gewesen sein, der ist wieder in Berlin und wird euch hinterhergefahren sein. Ich ruf' sofort die Polizei an ...«

Noch zwei Stunden mussten sie zittern, dann hatte man

Sarah und ihren Vater in einer Autobahnraststätte kurz hinter dem Hermsdorfer Kreuz gefunden.

»Für mich ist die heimische Badesaison dieses Jahr beendet«, erklärte Manfred Matuschewski.

»Wo sollen wir dieses Jahr denn hinfahren?«, fragten Elke und Melina, als es Zeit wurde, für die Sommerferien zu buchen.

»Keine Ahnung«, antwortete Manfred Matuschewski. »Aber solange mich niemand auffordert, zur Hölle zu fahren, bin ich gern bereit, mit euch zusammen eine Destination zu suchen und zu finden, die uns alle den Urlaub so richtig genießen lässt. Hauptsache, es gibt einen so schönen Slogan wie ›Mit dem Gör nach Göhren!‹« Das war also sein entscheidendes Kriterium. Elke und auch Melina bemühten sich nun nach Kräften, etwas Passendes zu finden.

»Wo fahren alle hin? Nach Santorin«, war Elkes erster Versuch, und als er wenig begeistert reagierte, weil es dort so wenige Sandstrände geben sollte, versuchte sie es sofort mit einem zweiten Wurf: »Auf der Insel Kos ist immer etwas los.«

Manfred Matuschewski winkte ab. »Nein: Auf der Insel Kos, da wartet nur Pavlos.« Das war sein Vorgänger – und der hatte seinen Abgang nach Griechenland mit der Drohung begleitet, ihn vorher noch umzubringen. »Ich wäre ja mal für die USA. Bei Florida schreit jeder gleich hurra!«

»Ich nicht.« Elke betonte, nicht einmal ins Bush-Land fliegen zu wollen, wenn man ihr 10000 Dollar dafür zahlte.

Nun reimte Melina mit all ihrem Charme. »Kamele durch die Wüste zieh'n, wir alle fahren nach Berlin.«

»Prima.« Manfred Matuschewski klatschte Beifall. »Der erste Preis für dich. Wir sparen auch eine Menge Geld, wenn wir in Berlin bleiben.« Das löste nun allerdings Tränen bei ihr aus, und als ihn Elke wegen seiner seelischen Grausamkeit schalt, hatte er die Idee des Tages: »Früher oder später fliegt jeder mal nach Kreta.«

Sie eilten beschwingt ins Reisebüro in der Blissestraße, und der nette Fachmann dort empfahl ihnen Georgioupolis.

Manfred Matuschewski schüttelte nach mehreren vergeblichen Versuchen den Kopf. »Das kann man doch nur aussprechen, wenn man keine Zähne mehr hat und so nuschelt wie Hans Moser beziehungsweise wegen schwerer Sprachstörungen beim Logopäden in Behandlung ist.«

Da es aber nicht nur Elke, sondern auch Melina mühelos gelang, das Wort deutlich und richtig auszusprechen, wurde Georgioupolis gebucht. Was zählte seine Meinung schon, er bezahlte ja. In diesem Falle für drei Wochen. Florida ade. »Verzicht war schon immer meine Stärke«, sagte er beim Verlassen des Reisebüros.

Obwohl er wusste, dass man Prospekten genauso wenig Glauben schenken konnte wie Grabreden, studierte er zu Hause den Prospekt.

»Viereinhalb Sterne hat das Hotel *Pilot Beach Resort*. Wofür ist wohl der halbe? Rezeption im Hauptgebäude: Das heißt im Klartext, dass in den Nebengebäuden keine Empfängnis möglich ist. Aber wollen wir überhaupt noch ein Kind? Auch einen Juwelier haben sie im Haus. Wunderbar, dann kann ich mir endlich einen Brilli fürs Ohr kaufen. 450 Zimmer … Wenn man pro Zimmer nur zweieinhalb Insassen rechnet, haben wir die Chance, 1125 nette Menschen kennenzulernen. Das kann ich mir nicht entgehen lassen.«

Worauf er sich aber besonders freute, waren die Flüge. Vor ihnen hatte er genauso große Ängste wie vor einer Operation. »Der Unterschied ist nur, dass man vor der OP eine Vollnarkose bekommt.« Da Elkes Flugangst noch um einiges größer war als seine eigene, mussten sie der Tochter eine schöne Komödie vorspielen.

»Am liebsten wäre mir, Rebecca käme mit«, sagte Elke. »Wenn ich mit der geflogen bin, war das immer wunderbar.«

»Diesmal wäre es noch wunderbarer, denn du würdest zusehen können, wie ich sie in 11000 Meter Höhe aus der Maschine stoße – ohne Fallschirm.« Mit Schrecken dachte er an die Invasion im Vorjahr in Göhren. »Diesmal fahre ich nur mit, wenn du mir hoch und heilig schwörst, dass wir zu dritt hinfliegen, zu dritt unsere drei Wochen in Georgioupolis verbringen und zu dritt wieder zurückfliegen. Ohne die beste Freundin.«

»Ich schwöre es!« Sie besiegelte es sogar mit einem langen Kuss.

Obwohl es Manfred Matuschewskis 343. Flug war – er hatte sie seit 1956 penibel mitgezählt –, wollte sich noch immer keine Routine einstellen, zumal sie diesmal mit Hapag Lloyd flogen und er sofort im Ohr hatte, was in seiner Jugend gelästert worden war: »Wer den Tod nicht scheut, fährt Lloyd.« Damit war zwar kein High-Tech-Flugzeug gemeint gewesen, sondern ein Kleinwagen, der berühmte Leukoplastbomber, aber dennoch ... Offen blieb nur die Frage, ob sie beim Start abschmierten und in den Tegeler See stürzten, in der Luft mit einer anderen Maschine kollidierten oder beim Landeanflug auf Kreta gegen einen der Götterberge prallten und explodierten. Gleichzeitig musste Manfred Matuschewski seiner Tochter, die zum ersten Mal in einen Jet kletterte, glaubhaft versichern, dass Fliegen die schönste Sache der Welt sei und es oben viel weniger schaukelte als im 104er Bus auf dem Columbiadamm, wenn der keines der vielen Schlaglöcher ausließ.

Zu Manfred Matuschewskis großer Überraschung erhob sich ihr Airbus wirklich in die Lüfte. Es war für ihn noch immer unfassbar, wie dies geschehen konnte. Eigentlich war es doch unmöglich. Eine solche Maschine war zigmal schwerer als ein Stein, und der fiel doch auch wenige Sekunden, nachdem man ihn hochgeworfen hatte, zur Erde.

Der Statistik zu Folge hatten sie mit dem Ende des Steigflugs das Schlimmste überstanden, denn nur etwa fünf Prozent aller Flugzeugkatastrophen, so erinnerte er sich, ereigneten sich »oben in der Luft«. So etwas wie damals, als über dem Bodensee zwei Maschinen entgegen aller Wahrscheinlichkeit miteinander kollidiert waren, musste man einfach verdrängen. Die griechischen Fluglotsen waren sicher zuverlässiger als die der Schweiz. Es sei denn, sie schauten gerade nicht auf ihren Monitor mit den Flugbewegungen, sondern auf den Bildschirm, auf dem ihre Landsleute gerade den Rest Europas wegputzten. Gerade fand die Fußball-Europameisterschaft statt.

»Hoffentlich kommen die Griechen nicht ins Endspiel«, sagte der Mann hinter Manfred Matuschewski. »Dann funktioniert im ganzen Land überhaupt nichts mehr, und wir können uns im Hotel unser Essen selber kochen.«

»Völlig ausgeschlossen, dass Griechenland Europameister wird«, erwiderte Manfred Matuschewski, der von sich behauptete, mehr vom Fußball zu verstehen als von seiner Soziologie.

Da er pausenlos mit Melina spielen musste, konnte seine latente Flugangst gar nicht richtig hochkochen. Natürlich kam er nie so richtig von dem Gedanken los, dass die Motoren jede Sekunde aussetzen mussten, aber er geriet nie in die Nähe einer Panikattacke, auch nicht, als er ewig im Gang stehen musste, um auf die Toilette gehen zu können, und dann der Moment kam, in dem er in der engen Zelle eingeschlossen war. Doch nicht er wurde in die Tiefe gerissen, als die Spülung gurgelte, sondern nur sein Urin in den Auffangbehälter.

Wer letztlich wirklich litt, war seine Tochter beim Landeanflug auf Chania, denn der Druckausgleich in ihren Ohren funktionierte nicht so recht. Mit viel Schlucken ging es dann aber. Der Pilot ließ auch die letzte Gelegenheit verstreichen, die Maschine gegen einen der reichlich in der Gegend verstreuten Berge zu setzen, und sie landeten problemlos. Erst als sie in der Ankunftshalle standen und auf ihre Koffer warteten, kam der Schrecken: Ein fürchterlicher Donner, alles vibrierte. »Ein Erdbeben!«, rief Elke. Nein, es waren nur zwei NATO-Düsenjäger, die knapp vor ihnen in den Himmel stiegen. Chania war nämlich eigentlich ein Militärflughafen. Vielleicht aber war diese Begrüßung auch von ihrem Touristikunternehmen eingefädelt worden, um sie auf das einzustimmen, was ihnen nun bevorstand: die verwegene Fahrt ihres Shuttlebusses über verschlungene Serpentinen, an steilen Abhängen entlang. Tief unten lagen Meer und Hafen. Sie überlebten.

Dann erblickte Manfred Matuschewski endlich ein Schild, dem zu entnehmen war, dass es bis Georgioupolis nur noch zwei Kilometer waren. »Gleich sind wir in Georgstadt!«, rief er. Georgioupolis auszusprechen, hatte er noch immer nicht gelernt. Versuchte er es, klang es weiterhin wie eine anfahrende Dampflok. Die Leute, die vor ihm saßen, drehten sich um. Sie gehörten der Gruppe von Menschen an, über die in Berlin als »Gutmenschen-Mafia« gespottet wurde, und unterstellten ihm wegen der Eindeutschung des Städtenamens automatisch rechtsradikales Gedankengut, zumal er auch noch hinzufügte, dass er nicht verstünde, warum Griechenland als Wiege der abendländischen Kultur angesehen wurde. »Die haben ja nicht mal vernünftige deutsche Buchstaben.«

»Wissen Sie nicht, dass Kreta von der Wehrmacht eingenommen worden ist?«

»Ehrlich?« Manfred Matuschewski zeigte sich erstaunt über die Belehrung. »Und ich dachte immer, Max Schmeling ist hier im Krieg als Fallschirmspringer gelandet, um gegen Nikos Kazantzakis um die Weltmeisterschaft im Schwergewicht zu boxen. Das muss doch einem dummen Menschen gesagt werden.«

»Die Deutschen haben den Griechen sehr viel Leid angetan.«

»Schön, dass Sie jetzt kommen, um das wiedergutzumachen.«

Manfred Matuschewski wusste, dass er mal wieder keine neuen Freunde fürs Leben gewonnen hatte und die Leute einen weiten Bogen um ihn machen würden, wenn sie ihm in der Hotelanlage begegneten. Er fand das wunderbar, denn wenn er im Urlaub etwas hasste, dann den Small Talk unter gebildeten Menschen.

Die Hotelanlage erwies sich als geradezu lieblich, obwohl sie von einer Art Autobahn durchschnitten wurde und man, wollte man zum Strand, einen langen Tunnel durchschreiten musste. Doch gemessen an dem, was man als Berliner vom Alexanderplatz gewohnt war, konnte dieses Manko vernachlässigt werden. Vom ersten Augenblick an fühlten sie sich wohl.

Das heißt, am nächsten Morgen fühlte sich Manfred Matuschewski nicht mehr ganz so wohl, denn er wachte immer zwei

Stunden früher auf als seine Lieben. Was tun in dieser Zeit? Zwar hatte er sein kleines Radio mitgenommen, aber außer *kali mera* verstand er nicht mehr als zwanzig griechische Worte, und immer nur zu warten, bis diese einmal fielen, machte keinen sonderlichen Spaß. Seine Hörbuchkassetten hatte er zu Hause vergessen. Melina hatte ihm zwar großzügig einige von ihren Hörspielen geliehen, aber immer nur Bibi Blocksberg und Benjamin Blümchen zu hören war auch nicht das Wahre.

Also kam er auf die Idee, die Zeit vor dem Frühstück zum Walking zu nutzen. Es war herrlich: Auf einer kleinen Asphaltstraße ging es durch die Felder, immer die Weißen Berge in Sicht oder den Sitz des Zeus. Ab und an ließ sich auch ein Blick auf Strand und Meer erhaschen. Um diese Uhrzeit war die Luft noch würzig und frisch. Er musste nur aufpassen, dass er von keinem der Kleinwagen und Busse erwischt wurde, die aus dem Nichts zu kommen schienen und plötzlich haarscharf an ihm vorbeischossen. Das Dauerrauschen, das von der nahen Autobahn herüberkam, verhinderte, dass er sie rechtzeitig hörte. Was ihn auch ein wenig ängstigte, war ein finster aussehender hünenhafter griechischer Bauersmann, der aus einem nahen Gehöft herauskam und einen dicken Knüppel in der Hand hielt. War das einer der griechischen Partisanen aus dem Zweiten Weltkrieg, der sich nun an den Deutschen rächen wollte? Manfred Matuschewski bog schnell ab zu einer Bushaltestelle, an der ein paar Touristen standen. Wieder zurück auf seinem Parcours, fuhr er heftig zusammen, als ihm eine Schlange entgegenzüngelte. Er hatte keine Ahnung von Schlangen, sah aber sofort, dass es sich um eine Giftschlange handelte. Ein Biss in die nackte Wade … Das Tier, das sich in der Sonne gerekelt hatte, glitt ins Gebüsch zurück, Manfred machte einen Satz zur Straßenmitte hin – und konnte froh sein, dass die Bremsen des TUI-Busses, der ihn gerade überholen wollte, prächtig funktionierten.

»Auf Kreta gibt es keine Schlangen«, erklärte ihm die TUI-Reiseleiterin.

»Ah ja, danke.« Er konnte also ganz beruhigt sein.

Immerhin blieb es ihm am Vormittag erspart, einen anderen Tod fürchten zu müssen: den, im Meer zu ertrinken. Er stand pausenlos im brusthohen Wasser eines Swimmingpools, um seiner Tochter dabei behilflich zu sein, endlich das Schwimmen zu lernen. Da Melina ebenso eigensinnig wie unbegabt war, hätte dies die Ausbildung zum Sonderschulpädagogen erfordert, die er jedoch nicht hatte. Also schimpfte er, als sie sich partout nicht zeigen lassen wollte, wie die Schwimmbewegungen gingen.

»Ich geh' doch auch so nicht unter.«

»Ja, weil du deine Schwimmflügel umhast.«

»Mama, Papa meckert dauernd!«

Elke lag am Rande des Pools und setzte ihr Studium fort, das Studium ihrer Frauenzeitschriften. Wenn sie etwas wollte, dann nicht gestört werden. So brummte sie nur, er solle aufhören, das Kind anzufahren. »Ein bisschen mehr Einfühlungsvermögen, bitte!«

»Dann üb du doch mit ihr.«

»Du willst dich ja nur drücken.«

Genau das wollte er, aber sie ließ sich nicht erweichen. So verblieb er eine weitere halbe Stunde im Chlorwasser und hatte das Gefühl, von diesem langsam so zersetzt zu werden wie ein Stück Fleisch in einem Behälter mit Salzsäure. Endlich hatte Melina genug und kletterte aus dem Becken, um sich zu ihrer lieben Mutter zu legen. Manfred Matuschewski nutzte die Chance, um sich eine Stunde Einsamkeit zu gönnen und am Strand entlangzuwandern, die Füße immer halb im Wasser. Genügend eingecremt, konnte er sich die Sonne so richtig auf den Pelz brennen lassen.

Es war eine weite Bucht. Im Osten begrenzte das Ida-Gebirge den Horizont, im Westen lag Georgioupolis / Georgstadt. Nachdem er anderthalb Kilometer Richtung Osten gelaufen war, kam er an einen kleinen Fluss. Es war ein Riesenspaß, durch ihn hindurchzuwaten. Am liebsten hätte er sich niedergekniet und einen Hafen gebaut. Wie vor dreißig Jahren mit Joscha auf Lanzarote. Wo waren diese dreißig Jahre geblieben?

Er malte eine 66 in den Sand, um sich klarzumachen, wie alt er war. Weiter. Er kam zu mehreren Hotelkomplexen und hätte sich am liebsten in eine Bar gesetzt und mit Alkohol zugeschüttet. Nein: Standhalten, nicht flüchten.

Wieder im Hotel zurück, hörte er von Elkes und Melinas Beschluss, sich auf die Terrasse am Meer zu setzen und fürstlich zu speisen.

»Keine Kekse und so.«

»Gut. Dann laufe ich schnell noch nach Georgstadt und raube die Bank aus, sofern es überhaupt eine gibt.« Sie hatten Halbpension gebucht, so dass es nur abends etwas zu essen gab. Orderte man auch mittags etwas oberhalb des gerade eben noch genießbaren Fastfood, dann ging das ganz schön an den Geldbeutel. Aber dafür konnte man ein traumhaftes Ambiente genießen. Wieder bemühte Manfred Matuschewski den alten Fontane: »... wie viel hat das Leben, aber für wie wenige nur«. Schön, dass er diesmal zu den Wenigen gehörte.

Nachmittags mieteten sie sich zwei Liegen am Strand, um abwechselnd im Schatten zu dösen oder sich von den heranrollenden Wellen umherwirbeln zu lassen.

»Viel anders stelle ich mir das Paradies auch nicht vor«, meinte Elke.

Abends eilten sie dann ans Selbstbedienungsbüfett und luden sich eine Köstlichkeit nach der anderen auf ihre Teller. Zum ersten Mal seit dreizehn Jahren brauchte Manfred Matuschewski keine Gallenkolik zu befürchten, und so genoss er alles doppelt. Auch den Wein und später beim Folkloreabend den Cocktail. Als Melina eingeschlafen war, kam Elke zu ihm ins Bett, um den Tag zu krönen.

So ging es sieben Tage lang, bis am achten Nachmittag, als sie sich gerade fürs Abendessen feinmachten, das Telefon klingelte. Melina eilte hin, um abzunehmen. »Die Oma.« Und da sie Elke den Hörer hinhielt, schloss Manfred Matuschewski, dass es deren Mutter war.

»Ja, Mutti?« Elke lauschte, und wie bei einem Filmtrick wechselte ihr Gesichtsausdruck von einer Sekunde zur anderen von heiterer Gelassenheit zu subtilem Schmerz. Als sie auflegte, brach sie in Tränen aus.

Manfred Matuschewski ging zu ihr hin und nahm sie in den Arm. »Was ist denn? Ist dein Vater gestorben?«

»Nein, Rebecca ... Ein schwerer Fahrradunfall. Sie liegt im Sterben.« Elke sprang auf. »Ich muss nach Berlin, ich muss sie noch einmal sehen.«

Nun begann auch Melina zu weinen. »Ich will nicht weg von Georgioupolis!«

»Dann fliege ich alleine nach Berlin zurück, und ihr beide bleibt hier.«

»Nein.« Melina klammerte sich an sie.

Manfred Matuschewski schluckte und suchte die Contenance zu wahren. »Wir haben noch zwei Wochen gebucht ...«

»Dafür fliegen wir über Weihnachten nach Thailand«, sagte Elke. »Ich lade euch alle ein. Mit Rebecca, wenn sie überleben sollte.«

Was blieb Manfred Matuschewski anderes übrig, als dem zuzustimmen? »Na gut, wenn wir noch Flüge bekommen ...« Dass er hoffte, sie würden keine bekommen, verschwieg er lieber. Es hätte ihn in Elkes Sicht als fiesen Charakter entlarvt. So war er geradezu froh, dass es mit dem vorzeitigen Rückflug nach einigem Hin und Her doch noch klappte, wenn auch mit Umsteigen in Athen und Frankfurt / Main.

Elke stand jedenfalls rechtzeitig an Rebeccas Krankenbett – gerade rechtzeitig genug, um ihr beim Packen der Sachen zu helfen. So schlimm war die Sache dann doch nicht gewesen, und es ging schon ab in die Rehaklinik.

Volle Kraft voraus

Elke träumte gerade den schönsten ihrer Träume – sie lag in Griechenland am Strand und wurde von einem jungen Alkibiades angesprochen –, da ertönte aus dem Balkonzimmer ein fürchterlicher Schrei. Jemand wurde abgestochen. Ohne sich weiter zu besinnen, stürzte sie hin und riss die Tür auf. Was sie sah, war ein Mann, der auf seiner Bettkante saß und nicht auf die Beine kam.

»Ich hab' einen fürchterlichen Wadenkrampf!«, stöhnte Manfred Matuschewski. »Die zehn Kilometer gestern vom Bahnhof Jungfernheide nach Hause müssen zu viel gewesen sein. Magnesiummangel.«

Da man ihm im Dezember 2003 nicht nur sein Sarkom aus dem linken Oberschenkel herausgeschnitten hatte, sondern mit dem Krebsgeschwür auch ein gehöriges Stück des befallenen Muskels, lief er jeden Monat mindestens hundert Kilometer, um die danebenliegenden Muskelstränge, die nun einspringen mussten, gehörig zu stärken. Das heißt, er lief nicht, sondern er walkte. Was strenggenommen Quatsch war, denn *to walk* meinte ja laut *Langenscheidt* nichts anderes als »(zu Fuß) gehen, spazierengehen; wandern; Schritt gehen«. Ein Walker war logischerweise ein Spaziergänger, im Sport aber auch ein Geher. Damit kam man der Sache schon näher, denn Manfred ging so schnell, wie er eben konnte, auch wenn er es nicht wagte, wie ein olympischer Geher zu laufen, denn die Angst, dabei aufgegriffen und in die Psychiatrie gebracht zu werden, war einfach zu groß. Seine wiegenden Hüften hätten schließlich auch Männer anlocken können, deren Erwartungen er nicht würde erfüllen können. Also walkte er zwar in schnellstmöglichem Tempo, aber in vergleichsweise normaler Körperhaltung. »Gehe nie so schnell, dass du dabei eingehst!«, riet ihm sein Über-Ich, dennoch geriet er oft in seinen roten Bereich. Das geschah immer dann, wenn ihn der Ehrgeiz aus den alten Leichtathletikzeiten packte und er vergaß, dass er nicht mehr siebzehn war, sondern auf die siebzig zuging.

Mindestens jeden zweiten Tag zog er los. Bei den Laufschuhen gönnte er sich Rücken und Gelenken zuliebe das teuerste Modell, ansonsten aber trug er beim Walking Sachen, die keine Hilfsorganisation als Spende angenommen hätte. Die hellen Jeans waren vorn auf den Oberschenkeln, im Schritt und am Gesäß arg zerschlissen. Die größeren Risse über dem Knie hatte er zuzunähen versucht, und sie zeigten nun Auswölbungen, die an Schweißnähte erinnerten und, da das Garn nicht ganz die Farbe des Stoffes hatte, besonders ins Auge stachen. Größere und eher runde Löcher hatte er von innen mit Gewebeband zugeklebt. Seine T-Shirts waren unmodern hoch drei und total ausgeblichen, und unter den Achseln waren alle Nähte aufgegangen. Er meinte, das mache nichts und würde für die bessere Be- und Entlüftung sorgen. Da er links am Gürtel sein Pedometer, seinen Schrittzähler, und rechts ein vorsintflutliches Handy trug, dachten viele Menschen in den bürgerlichen Wohnquartieren, die er durchquerte, wohl, er sei eben gerade aus der Karl-Boenhoffer-Nervenklinik entwichen.

Er fragte sich, ob es die Sache noch schlimmer machte oder ihn im Gegenteil weniger psychopathisch erscheinen ließ, wenn er auch noch die Skistöcke schwang, wie man sie beim Nordic Walking benutzte. Darüber konnte er sich nicht so recht klar werden. »Gesund soll es ja sein«, argumentierte er Elke gegenüber, »aber irgendwie käme ich mir albern vor.«

Auch heute ging es nach einem Blick auf die Uhr und auf den Schrittzähler los. Er lief die Detmolder Straße hinunter. Die war zwar keine Hauptverkehrsstraße, doch die Abgase, die ihr noch fehlten, wurden von der nahen Stadtautobahn herübergeweht.

Kaum dass Manfred Matuschewski fünfzig Meter gelaufen war, bremste ihn die rote Ampel an der Kreuzung Detmolder Straße/Blissestraße. Während er auf Grün wartete, hatte er

Zeit und Muße, das gegenüberliegende Eckhaus zu betrachten. Balkone und Erker waren mit dicken Balken abgestützt, und es schien so, als würde die Fassade jeden Augenblick in sich zusammenstürzen. Mit eingezogenem Kopf lief er daran vorbei. Trotz der verlorenen Zeit an der Ampel schaffte er den einen Kilometer bis zum U-Bahnhof Heidelberger Platz in neuneinhalb Minuten. Er überquerte die Mecklenburgische Straße, um in die Barstraße einzubiegen, und freute sich, denn bis zum Volkspark hatte er keinen Menschen vor sich, der ihn irgendwie bremsen könnte. Doch kaum hatte er die ersten Schritte getan, ging neben ihm eine Haustür auf, und ein junger Mann, Marke Fitness- und Sonnenstudio, kam heraus und lief ihm quasi vor die Füße. Manfred Matuschewski fluchte, denn dieser Armleuchter hatte ungefähr dasselbe Tempo drauf wie er selbst. Überholen konnte er ihn nicht, denn dann würde er *überpacen*, und sein Blutdruck würde derart hochschnellen, dass er Kollaps und Infarkt befürchten musste. Blieb er aber dicht hinter dem anderen, fühlte der sich womöglich bedroht und riss sein Messer heraus. Also entschied er sich dafür, die Straßenseite zu wechseln.

Am Fehrbelliner Platz kam, als er an der Ampel stand und wartete, sein alter Freund und Ex-Kollege Heiner Dietrich auf ihn zu. Eigentlich fürchtete Manfred Matuschewski nichts mehr, als beim Walking Freunde und Verwandte zu treffen, denn das brachte zum einen seinen Zeitplan durcheinander, bei dem der Kilometer in etwa neun Minuten geschafft werden musste, und zum anderen hatte er schon mächtig geschwitzt, und wenn der frische Wind den Schweiß auf Brust und Rücken nun in einen eklig kalten Film verwandelte, fürchtete er, mit einer Lungenentzündung erst im Krankenhaus und dann im Sarg zu landen. Doch seit er Friedrich Schillers *Bürgschaft* in der Schule auswendig gelernt hatte, wusste er auch, dass es schön war, für einen Freund das junge Leben hinzugeben. Also blieb er stehen.

Heiner Dietrich war noch immer Rektor der HÖV und als solcher gerade im Rathaus Wilmersdorf gewesen, um sich darüber zu beklagen, dass die Verwaltung kaum noch junge Diplom-Verwaltungswirte einstellen oder gar zu Beamten machen wollte.

»Was machst du denn hier?«, fragte der Freund und musterte Manfred. »Wieder dein Betteldiplom?«

»Nein, ich walke. Aber eine kleine Pause zum Plaudern ist auch mal ganz schön. Sozusagen ein Talkie-Walkie.«

»Wie ...?«

»Ein Talk beim Walk.«

Heiner Dietrich fand das köstlich, denn er versuchte sich in seiner Freizeit gern als Sprachforscher und zögerte nie, sein Wissen kostenlos an andere weiterzugeben. »Laut Duden heißt walken verfilzen. Das ist ein Ausdruck aus der Textiltechnik. Siehe Hutwalker. Umgangssprachlich steht walken auch für kneten und prügeln.«

Manfred nickte. »Ich bin als Kind oft genug durchgewalkt worden. Später waren wir dann in der Nähe von Pritzwalk evakuiert. Aber eine -üre habe ich nie geliebt.«

Heiner Dietrich dachte, er habe das Wort Hure französisch aussprechen wollen. »Ein leichtes Mädchen?«

»Nein, im Gegenteil, ein schweres: eine Walküre.«

Der Freund bemühte sich nun, ihre Kommunikation auf ein Niveau zu heben, das zwei deutschen Professoren angemessener war. »Ich bin ja erstaunt bis empört darüber, dass du als Gegner der amerikanischen Irak-Politik nun ausgerechnet Walker geworden bist.«

»Was hat denn das eine mit dem anderen zu tun?«, fragte Manfred Matuschewski.

»Gott, weiß der Mann nicht, wofür das W-Punkt bei George W. Bush steht? Für Walker nämlich. George Walker Bush.«

»Peinlich, peinlich«, musste Manfred Matuschewski zugeben. »Aber ich muss halt gehen, um zu überleben.«

»Willst du zum Volkspark Wilmersdorf?«

»Nein, ich bin ein typischer *streetwalker*.«

»Ehrenamtlich – oder bekommst du Geld dafür?«, wollte Heiner Dietrich wissen.

Manfred Matuschewski staunte. »Wer soll mir Geld dafür geben?«

»Na, die Diakonie, das Rote Kreuz oder die Caritas.«

»Höchstens doch die AOK, weil ich mich fit halte und ihr Kosten spare.«

»Das habe ich noch nie gehört, dass die auch Ehrenamtliche beschäftigen. Das machen doch nur die Freien Träger.« Heiner Dietrich war im Schwarzwald aufgewachsen, in der französischen Besatzungszone, also mit Französisch statt Englisch in der Schule, was erklärte, dass er *streetworker* statt *streetwalker* verstanden hatte. So schafften sie es mühelos, noch ein Weilchen aneinander vorbeizureden, aber gerade das und die Tatsache, dass Dritten ihr Dialog total unverständlich erscheinen musste, verschaffte diesem einen Tiefsinn, der einen Abdruck in den führenden Feuilletons des Landes garantiert hätte.

Schließlich verabschiedeten sie sich mit brüderlicher Umarmung voneinander, und Manfred Matuschewski konnte endlich weiterwalken. Aber sollte er wirklich? So richtig wohl fühlte er sich heute nicht, in der Herzgegend kribbelte es irgendwie so komisch. Unsinn, er war kerngesund. Doch als er das Tempo wieder anzog, wurde ihm übel. Als wollte ihm das Essen hochkommen. Er ignorierte es. Es war alles eine Sache des Willens. Weiter!

Es ging den Hohenzollerndamm hinunter Richtung S-Bahn. Auf den Straßen fühlte er sich aus vielerlei Gründen wohler als in den Parks: Auf den Straßen war mehr los, war mehr zu sehen und zu entdecken. Kinder, Arbeiter, Geschäfte, Restaurants, Baustellen, vor allem aber schöne Frauen. In den Parks dagegen war es oft matschig und ihm immer ein wenig unheimlich, seit vor drei Jahren in der Nähe des alten RIAS-Gebäudes ein Jogger frühmorgens erstochen worden war. Dazu kam, dass auf den Parkwegen zu jeder Tageszeit haufenweise Jogger unterwegs waren, und auch der langsamste Jogger war immer noch schneller als der schnellste Walker. Und es wurmte Manfred Matuschewski als ehemaligen Leistungssportler gewaltig, wenn eine fürchterlich übergewichtige Mami stampfend, schnaufend und schwitzend an ihm vorüberzog. Verzweifelt suchte er Anschluss zu halten, doch auch mit angewinkelten Armen und den wiegenden Hüften eines Olympiagehers verlor er Meter um Meter.

Als er 6,8 Kilometer zurückgelegt hatte, bekam er Probleme. Nicht mit seiner Kondition, nicht mit seinen Knien oder seinem Rücken, sondern mit seiner Blase. Die kleinen Erschütterungen, wenn die Hacken trotz aller Federung auf den Boden krachten, reizten sie ein jedes Mal. Mit jedem Schritt potenzierte sich der Druck. Schließlich wurde er unerträglich, und es drohte Dranginkontinenz. Sich an einen Baum zu stellen verbot ihm sein Schamgefühl. Außerdem drohten dreißig Euro Strafe. Ein Königreich für eine Wall-Toilette, dachte er, und er hätte für ihre Benutzung auch gern fünf Euro statt der verlangten fünfzig Cent bezahlt. Das entsprach der alten Grenznutzentheorie, nach der ein Verdurstender in der Wüste bereit war, für ein Glas Bier ein Vermögen zu zahlen, nur in seinem Fall sozusagen umgekehrt. Aber nirgendwo war eine Toilette zu entdecken, und auch kein Restaurant, in das er hätte eilen können. Fast war er versucht, 112 anzurufen und den Notfall zu melden – oder aber alles so laufen zu lassen, wie es gerade kam, wissenschaftlich *Laisser-faire* genannt.

Seine letzte Hoffnung war das dichte Gebüsch auf der Anhöhe hinter dem Eisstadion Wilmersdorf, auf der auch das Sommerbad gelegen war. Er schaffte es mit Müh und Not und ohne von einem empörten Bürger angezeigt zu werden. Den Berg hinunter zur Forckenbeckstraße ging es nun, als ob er schwebte. Gegenüber lagen diverse Laubenkolonien, durch die er gerne walkte, weil sie ihn an seine Zeit in Heiligensee, aber auch an Schmöckwitz erinnerten. Die Menschen, die dort ansässig waren, sahen in ihm allerdings keinen Datschenromantiker, sondern einen potentiellen Einbrecher.

Manfred Matuschewski erhöhte das Tempo. Er wollte wieder aufholen, was er durch die Plauderei mit Heiner Dietrich verloren hatte, aber auch so schnell wie möglich wieder öffentliches Straßenland gewinnen.

Es gab Freunde, die behaupteten, Manfred Matuschewski sei bestimmt im Paddelboot gezeugt worden, so groß sei seine Affinität zu dieser Freizeitbeschäftigung, aber weder sein Vater noch seine Mutter hatten in dieser Hinsicht irgendeine Bemerkung gemacht. Von der Jahreszeit her – gezeugt worden war er aller Wahrscheinlichkeit nach Anfang Mai – hätte es durchaus sein können. Aber in einem Faltboot? Das war doch eine ziemlich wacklige Angelegenheit. Man konnte natürlich damit ins dichte Schilf fahren und es dort verkeilen ... Nun, gesichert war jedenfalls, dass man ihn schon als Kind, spätestens vom Sommer 1939 an, immer im Faltboot mitgenommen hatte. Vorn zwischen den Beinen seiner Mutter hatte er gesessen und vor allem nach »Menschendampfern« Ausschau gehalten, also Fahrgastschiffen. Seine Eltern waren als Wanderpaddler die meisten deutschen Flüsse hinuntergefahren. Das Paddeln lag ihm also im Blut, und als Junge und junger Mann hatte er sich von Schmöckwitz aus im Faltboot seiner Tante Gerda die umliegenden Gewässer erobert – bis er dann mit dem Mauerbau sein Paradies verloren hatte. Als es Passierscheine für West-Berliner gegeben hatte, war er mit seinem Sohn sogar einmal um die Müggelberge herum gepaddelt, stolze 33 Kilometer, und mit seinem Freund Rainer Dingeldey nach Erkner und Grünheide. Die letzte Tour hatte er im Sommer 1991 unternommen, die Spree hinauf nach Neu-Zittau, und sich dabei einen schweren Bandscheibenvorfall zugezogen. Nach der Operation hatte er es nie mehr gewagt, zum Paddel zu greifen.

Nun waren mehr als zwölf Jahre vergangen, und Joscha hatte ihm zum Geburtstag einen Gutschein für eine Paddeltour auf den Mecklenburgischen Seen geschenkt. Sein Sohn war inzwischen selber zu einem begeisterten Paddler geworden und hatte in seinem ultraleichten Einer aus Kanada all die Abenteuer erlebt, die Manfred selber versagt geblieben waren. Wegen bestehender politischer Verhältnisse – als West-Berliner hatte er die DDR seit 1953 nicht mehr betreten dürfen – wie aus fehlender Courage. Nie hätte es ein Manfred Matuschewski gewagt, nachts allein am Ufer eines abgelegenen Sees zu zelten. Joscha hatte dies in den Weiten Kanadas, im schottischen Hochland, in den polnischen Wäldern und auf tschechischen Bergen getan, die Mark Brandenburg und Mecklenburg-Vorpommern waren da nur ein Klacks für ihn.

Am ersten Mittwoch im September war es so weit. Joscha hatte gemeint, sie sollten bis zum Ende der Urlaubssaison warten, ansonsten sei es um die Müritz herum so voll wie früher zu Mauerzeiten auf dem Berliner Wannsee. Manfred Matuschewski dachte immer wieder mit den Worten seiner Schmöckwitzer Oma: »Dass ich das noch erleben durfte!« Wie oft hatte er über den Karten gesessen und war in Gedanken die Flüsse und Seen im verbotenen Land DDR entlanggefahren. Dass es nicht nötig war, mindestens vierzehn Tage vor ihrer Paddeltour Passierscheine zu beantragen, konnte er auch im fünfzehnten Jahr nach der Wende nicht so richtig fassen. Vielleicht war ja doch alles nur ein Traum.

Wie bei einer Wanderung packte er seine Sachen in einen Rucksack und fuhr mit der U-Bahn nach Tegel, wo Joscha mit dem Wagen auf ihn wartete. Über die Hamburg-Autobahn ging es Richtung Norden, und erst ab Röbel fuhren sie ostwärts nach Mirow.

»Mein armer Rücken«, jammerte er. »Vielleicht hätten wir doch in Schmöckwitz ins Boot steigen und einmal den Seddinsee rauf- und runterfahren sollen.«

Joscha war um glasklare Logik bemüht. »Vater! Dein Wille war es, dich einmal auf Gewässern zu bewegen, die dir bislang fremd geblieben sind, und die finden sich erst zwei Autostunden hinter Berlin.«

»Lieber wäre es mir schon gewesen, im Seddinsee zu ertrinken«, bekannte Manfred Matuschewski. »Auch wären die Kosten meiner Überführung nicht ganz so hoch.«

»Du kannst schwimmen, Vater!«

»Ja, aber wie … Und eigentlich auch nur, wenn ich Grund unter den Füßen habe. Nicht mal zum Freischwimmer habe ich es damals gebracht. Es hieß ja immer, als Hundertmeterläufer würde man jede Spannkraft verlieren, wenn man schwimmen geht.«

Sein Sohn beruhigte ihn. »Du kriegst ja eine Schwimmweste umgebunden.«

Endlich waren sie in Mirow angekommen, aber bis zur Fleether Mühle, wo Joscha ihren Zweier bestellt hatte, war es noch ein Stückchen durch Wald und Flur. Als sie auf den Parkplatz des Bootsverleihs rollten, sagte Manfred Matuschewski, dass er schon jetzt kaum noch sitzen könne.

»Paddeln im Stehen ist schlecht möglich, da hätten wir in den Spreewald fahren und uns einen Kahn zum Staken mieten müssen«, erklärte Joscha.

Der Bootsverleih lag an dem Flüsschen oder Fließ, das den Pätz- mit dem Vilzsee verband, und hätte Manfred Matuschewski an die USA oder Kanada erinnert, wenn er denn jemals dort gewesen wäre. Auf einer kleinen Anhöhe gab es diverse Schuppen, Blockhäuser und Zelte und einen vollbelegten Parkplatz. Gut ein Dutzend Kanus und Paddelboote warteten kieloben auf ihren Einsatz. Die Landstraße schlängelte sich durch den dichten Wald ringsum, und neben der Brücke ragten die verbrannten Dachbalken der Fleether Mühle in den Himmel.

Während sich Joscha um die Formalitäten kümmerte, machte Manfred Matuschewski ein wenig Gymnastik. Ob sein Rücken halten würde? Ging alles schief, lag er morgen mit einem zweiten Bandscheibenvorfall im Krankenhaus und wartete darauf, dass man ihn operierte. Natürlich hatte er mehrere Ärzte in ihren Praxen und auf Partys nach den Gefahren des Paddelns befragt und stets zu hören bekommen, dass das Risiko eher gering sei. Er müsse es eben probieren, hinterher sei man immer klüger. Um beim Paddeln keine Blasen zu bekommen, wickelte er sich an beiden Händen blaues Gewebeband um Zeigefinger und Daumen, vor allem bedeckte er die Verbindung zwischen ihnen, wo es am meisten scheuerte.

Joscha kam mit einem Paddel für Manfred, seines hatte er von zu Hause mitgebracht – ein echter Profi eben.

»Hier, Vater, du musst es nicht anfassen wie eine Hantel, so etwas ist heute aus Kunststoff und nicht mehr aus Holz und wiegt nicht mehr so viel wie zu deiner Zeit.«

Zu deiner Zeit ... Manfred Matuschewski zuckte zusammen. Das klang nicht gut. War das Jahr 2004 nicht mehr seine Zeit? Offenbar nicht. »Wie sagt der Philosoph? Alles hat seine Zeit. Und meine Zeit des Paddelns ist vorbei – sollten wir nicht doch lieber ein Motorboot mieten?«

»Du brauchst nicht zu paddeln, ich bin dein Motor«, erwiderte sein Sohn.

Das nun wollte er nicht zulassen. »Ich bin kein Greis, ich bin kein Invalide.«

»Dann mach dich ans Einsteigen«, sagte Joscha mit der ganze Coolness eines kraftstrotzenden jungen Mannes von 32 Jahren.

»Hier oben schon? Trägst du mich dann mitsamt dem Boot zum Wasser runter?« Es wäre für Manfred Matuschewski die beste Lösung gewesen, denn vor dem Einsteigen vom Steg aus hatte er den meisten Bammel. In der Schule hatte er im Fach Turnen stets eine Fünf gehabt und im Fußballverein wie bei den Leichtathleten immer als steifer Bock gegolten. Und mit seiner Beweglichkeit war es mit zunehmendem Alter nicht besser geworden. Einen kleinen Aufschub bekam er noch, denn Joscha und der überaus hilfsbereite Bootsverleiher mussten das Boot erst nach unten zur Einsetzstelle tragen. Dort angekommen, mühte er sich noch eine Weile mit seiner Schwimmweste ab. Da es ziemlich kühl war, hatte er Pullover, Jogginghosen und Turnschuhe anbehalten.

»Ich komme mir vor wie ein Ritter in seinem Panzer«, sagte er, als die letzten Bänder verknotet waren. »Jetzt fehlt mir nur noch der Kran, mit dem ich ins Boot gehoben werde.« Die beiden Luken erschienen ihm viel zu klein, und er sah sich schon mit seinen Hüften stecken bleiben wie ein Korken im Flaschenhals. Wenn sie kenterten, würde er kopfunter im Wasser hängen wie ein gründelnder Erpel und war im Nu ertrunken. Gegen das schwere Plastikboot kam auch seine Schwimmweste nicht an.

»Du paddelst doch nicht zum ersten Mal«, sagte Joscha.

»Eher zum letzten Mal …« Manfred Matuschewski gab sich einen Ruck und setzte den Fuß auf den hölzernen Steg. Der ragte nur knapp über den Süllrand des Bootes, was die Sache viel schwieriger machte, als wenn er für einen Dampfer gebaut worden wäre.

»Du gehst am besten nach vorn, Vater.«

»Ich habe früher immer hinten gesessen.«

»Hinten ist das Steuer«, argumentierte Joscha.

»Das zu führen, traust du mir nicht mehr zu?«

»Du warst noch nie hier, ich kenne die Gegend.«

»Nach Freud haben die jungen Männchen in der Urhorde die alten Affen gleich erschlagen«, sagte Manfred Matuschewski. »Da habe ich ja heute noch Glück.«

Damit kniete er nieder, drehte sich so um, dass er auf den Allerwertesten zu sitzen kam, und setzte dann beide Füße vorn ins Boot. Zwar wurde der dunkelgrüne Plastikrumpf hinten von Joscha gehalten, doch dadurch war die Sache kaum weniger kipplig. Es schien Manfred Matuschewski völlig unmöglich, nicht sofort auf der vom Steg abgewandten Seite des Bootes ins Wasser zu fallen. Immer wieder zögerte er, den entscheidenden Absprung zu wagen. Gott, warum hatte er sich bloß auf dieses blöde Paddeln eingelassen? Oben auf der Brücke blieben die Leute stehen, um sich zu amüsieren. Wahrscheinlich hatte Joscha sie engagiert. Es war seine Rache für all das, was er ihm in seiner Kindheit an Kränkungen zugefügt hatte.

Manfred Matuschewski hatte nicht nur im Turnen immer schlechte Zensuren gehabt, sondern auch in Physik und Mathematik, wusste aber immerhin, dass es in Situationen wie dieser einzig und allein darauf ankam, den Schwerpunkt möglichst weit unten zu haben. Am besten wäre es, er würde sich, gleich einem Igel, zu einer Kugel zusammenrollen und in die Luke gleiten lassen. Aus den verschiedensten Gründen ging das aber nicht. Einmal fehlte ihm die Grundausbildung zum Zirkusartisten, und zum anderen war die Luke zu schmal dazu.

Da kam ihm eine Idee. Er drehte sich zu Joscha um. »Kannst

du nicht allein ein Stück vorausfahren, und ich steige dann an einer Badestelle vom Wasser aus ein?« Das war wesentlich einfacher.

»Nein, hier ist keine Badestelle.«

»Nun gut, auf deine Verantwortung.« Er beugte sich nach vorn, um mit der linken Hand den äußeren und mit der rechten den inneren Süllrand des Bootes zu umklammern. Seine Knie ruhten dabei auf dem Steg, und er kam sich vor wie ein Erdmännchen, das auf der Flucht vor einem Räuber gerade in seinen Bau einfahren wollte. Nur sollte es in seinem Falle nicht der Kopf sein, der zuerst in der Öffnung verschwand, sondern, vornehm gesagt, das Gesäß. Das war nun wie beim Barrenturnen: Er musste eine Art Handstand machen und den Unterkörper mitsamt seinen Beinen in einer Art Hocke ins Boot schwingen. Aber diese Übung war weit jenseits seiner Möglichkeiten.

Joscha sah langsam ein, dass sein Vater ein wenig überfordert war, und kam auf dessen Idee zurück, vom Wasser aus einzusteigen. »Also gut, ich fahre vor bis zum Vilzsee. Das ist rund ein Kilometer. Da gucken wir, ob sich auf der Landzunge eine Stelle im Schilf finden lässt, wo du einsteigen kannst. Wenn nicht, gehst du Richtung Norden, Richtung Mirow. Da kommt dann am Mössensee ein großer Zeltplatz.«

»Sehr schön.« Sie nahmen Abschied voneinander. »Wenn wir uns heute nicht mehr sehen sollten: Ich laufe dann bis nach Mirow zum Bahnhof und setze mich dort in den Zug. Mit Schwimmweste.« Manfred Matuschewski machte sich auf den Weg. Auf einer kaum befahrenen Landstraße ging es hinunter zur Ortschaft Fleeth. Die Leute, die ihn dort mit seiner Schwimmweste und den mit blauem Band verzierten Händen laufen sahen, fassten sich zwar an den Kopf, doch um die psychiatrischen Kliniken ringsum anzurufen und nach einem entlaufenen Patienten zu fragen, waren sie wohl doch zu sehr mit sich selber beschäftigt.

Alles klappte dann auch bestens. Gegenüber dem Mirower Holm gab es eine Stelle, an der Joscha anlanden und seinen

Vater aufnehmen konnte. Manfred Matuschewski zog seine Turnschuhe aus, krempelte die Hosenbeine hoch und schwang sich, beide Hände am Süllrand, vom Wasser aus vergleichsweise leicht ins Boot, auch wenn er zum Schluss wie ein nasser Sack in die Sitzschale plumpste. Er jubelte. »Hurra, ich sitze! Und alles ist trocken geblieben.«

»Damit es auch weiterhin so bleibt, mache ich dir jetzt die Spritzdecke fest«, sagte Joscha und lief außen um das Boot herum, um die Sache zu besorgen.

»Meinetwegen.« Doch die Decke saß so stramm, dass Manfred Matuschewski seine Knie nicht mehr bewegen konnte und sich furchtbar eingeengt fühlte. »Leg sie mal nur locker rauf, hier gibt's ja keine Dampferwellen.«

Nun schwang sich auch Joscha ins Boot – und los ging es, der Diemitzer Schleuse entgegen. Manfred Matuschewski fühlte sich wie ein junger Gott, das Paddeln fiel ihm leichter als vor fünfzig Jahren, als er zum ersten Mal allein im Boot gesessen hatte. Und seine Wirbelsäule machte nicht die geringsten Schwierigkeiten, im Gegenteil, sie schien sich über die Drehbewegungen zu freuen. Automatisch dachte er, Udo Jürgens im Stillen dankend, dass mit 66 das Leben erst anfing. Jetzt konnte er all die Seen erobern, die ihm in seiner Jugend verschlossen waren. Ein Glücksgefühl erfüllte ihn, es war der Augenblick, der zum Verweilen schön war.

Doch schon Sekunden später war es aus mit jedem Hochgefühl, denn aus dem Mössensee kam ein Motorboot herangerast, dessen Welle so hoch war, dass sie, obwohl Joscha sie noch schneiden konnte, die Spritzdecke zur Seite fegte und über den Süllrand schwappte. Der kalte Schwall traf Manfred Matuschewski an der linken Hüfte und füllte seine Sitzschale. Fortan saß er im Nassen und war schlimmer dran als ein Baby, denn seine Hosen waren längst nicht so aufnahmefähig wie moderne Pampers. Außerdem reichte seine Körperwärme bei weitem nicht aus, die achtzehn Grad, die das Wasser des Vilzsees noch haben mochte, auf eine angenehme Badewannentemperatur anzuheben.

»Mehr als eine Blasen- und Nierenbeckenentzündung werde ich mir ja nicht holen«, sagte er.

»Und eine Lungenentzündung«, fügte Joscha hinzu.

»Du hast gut lachen.«

»Klar, ich habe ja meine Spritzdecke auch festgemacht.«

Damit kamen sie zur Schleuse, und Manfred Matuschewski musste an seine Mutter denken, die vor den engen Schleusenkammern immer mächtig gezittert hatte. Besonders wenn das Wasser ständig sank und die Mauern ringsum gleichsam in den Himmel wuchsen, litten viele Wassersportler unter klaustrophobischen Ängsten. Ihm ging es nicht so. Er war erstaunt darüber, fast ein wenig verwirrt.

Nach dem Schleusen waren sie mit ein paar Paddelschlägen auf dem Großen Peetschsee, der nur ein besserer Teich war. Dennoch gab es ein Stückchen weiter den Kleinen Peetschsee. Manfred Matuschewski erinnerte sich, dass er als Junge in langweiligen Schulstunden öfter Paddeln gespielt hatte. Dabei hatte er die blauen Tintenkleckse auf seinem weißen Löschblatt als Seen genommen, sie durch Flüsse und Kanäle verbunden und ihnen Namen gegeben.

»Was ich hier vermisse, sind Seenschilder«, sagte er klagend. »Jede Straße hat ihre Straßenschilder, aber hier … Immer muss man auf die Karte sehen und sich die Brille aufsetzen, und wer beides nicht hat, der ist verloren.«

»Ist ja gut, Vater.« Joscha liebte absurde Dialoge nicht übermäßig.

Sie kamen auf den Labussee, der die Form eines Magens hatte und an die drei Kilometer lang war. Sie hielten sich dicht am nördlichen Ufer, weil Manfred Matuschewski schon signalisiert hatte, die Blase bald entleeren zu müssen. Den Plan, einfach alles laufen zu lassen, da er eh schon durchnässt war, und sich auf die plötzliche Erwärmung der unteren Regionen zu freuen, verwarf er, weil Urin dafür bekannt war, nicht eben gut zu riechen.

Joscha fand eine lichte Stelle im Schilf und lenkte den Zweier in die kleine Bucht. Leider gab es hier keinen flachen Sandstrand, sondern nur eine Art Kaimauer aus Wurzeln und Gras, und für Manfred Matuschewski stellte sich abermals das Problem des Ein- und Aussteigens.

»Hätte ich das geahnt, hätte ich dir Schlauch und Pinkelflasche besorgt«, bemerkte Joscha. So etwas gab es wirklich.

Manfred Matuschewski schnellte hoch vom Sitz, warf sich nach links herum, bekam den Stamm einer jungen Erle zu fassen und zog sich mit beiden Händen aus dem Boot. Nachdem er die unschuldige Erde Mecklenburgs kontaminiert hatte, fühlte er sich besser und genoss den Blick über den See nach Canow hinüber. Der Name des kleinen Ortes ließ ihn an die Lateinstunden bei Frau Müller denken. »Matuschewski! *Canor, canoris*?« – »Der Hund.« – »Setzen, Fünf.« Der Hund war *canis; canor* der Klang, der Gesang. Ein Paar paddelte vorüber, und er musste an seine Eltern denken. Wann waren sie hier entlanggezogen? Vor siebzig Jahren vielleicht. Unfassbar.

Joscha drängte aufzubrechen, denn im Westen zogen dunkle Wolken auf. Wie nun zurück ins Boot? Manfred Matuschewski hatte eine Idee. »Da hängt doch der dicke Ast übers Wasser. Ich hangele mich daran entlang, und du fährst mit dem Boot genau darunter. Ich lasse mich dann in die Luke hinab.«

Es klappte wunderbar, und seine Laune besserte sich von Minute zu Minute. Gut, dass er es gewagt hatte, noch einmal in ein Paddelboot zu steigen. Und je weiter sie fuhren, desto intensiver wurde das Naturerlebnis. Vom Labussee ging es auf einem gewundenen Graben zum Gobenowsee. Er geriet regelrecht ins Schwärmen. »Das ist ja hier wie am Amazonas.«

Lange Minuten schwiegen sie und ließen die Natur auf sich einwirken, dann wieder plauderten sie locker über dieses und jenes. Joscha studierte mit heißem Bemühen weiterhin seine Indologie, und ihm wäre auch eine Assistentenstelle sicher gewesen, wenn sein Fach an der FU Berlin nicht abgewickelt worden wäre. Elend war die Lage dieser Generation, und Manfred Matuschewski war froh und glücklich, in einer Zeit großgeworden zu sein, in der man mit bestandenem Abitur schon ein gemachter Mann war. Jedes Studium war zu schaffen gewesen, und anschließend hatte man einen Arbeitsplatz mit Karrieregarantie bekommen. Wenn es einem vorher geglückt war, Krieg und Blockade zu überleben …

Manfred Matuschewski kam von dem Gedanken nicht los, dass seine Eltern in ihrem Boot einst die gleichen Wege gefahren waren.

Joscha zitierte die Worte des Erhabenen aus der Bhagavadgita. »Du redest gut, allein du klagst um die, die nicht beklagenswert …«

»Na, hör mal!«

»Die Seele unverletzbar ist, ewig, in eines jeden Leib«, fuhr Joscha fort. »Darum die Wesen allesamt darfst du betrauern nimmermehr. Es gibt kein Werden aus dem Nichts, noch wird zu Nichts das Seiende!«

Vom Gobenowsee ging es Richtung Osten an einer Ortschaft namens Seewalde vorbei zum Klenzesee, der für Joscha das absolute Kleinod war. An seinem westlichen Ufer hatte er schon oft gezeltet. Manfred Matuschewski begriff sehr bald, warum es hier so herrlich war. Die meisten Seen in dieser Gegend waren ja von dichten Wäldern umgeben, weniger poetische Menschen mochten auch sagen: Riesige Badewannen mit langweiligen grünen Wällen ringsum. Der Klenzesee dagegen war nur an seinem westlichen Ufer bewaldet, wo sich ein Höhenrücken von immerhin 85 Metern entlangzog, ansonsten aber war er von offener Landschaft, von Wiesen und Feldern umgeben.

Sie legten an einer flachen Stelle an, zogen das Boot den Strand hinauf und erklommen den Hügel, um zu picknicken. Hier oben hatte Joscha immer gern gezeltet und meditiert. »Der Erhabene sprach …« Joscha kannte verschiedene Verse des Ersten Gesanges der Bhagavadgita längst auswendig.

»… wer sich an dem Selbst erfreut und durch das Selbst gesättigt ist, im Selbst allein vergnügt – der Mensch, der ist von allem Tun erlöst. Er hat's nicht nötig, dass etwas gescheh'n ist oder nicht gescheh'n …«

Manfred Matuschewski lachte. »Also Schluss mit dem Fernsehen, die Kontemplation ist besser. Ich kenne das vom autogenen Training: Durch Selbsthypnose erreicht man ein abgesenktes Bewusstsein – und erzeugt in sich dann angenehme Bilder, wohlige Gefühle.« Er schaute zu seinem Sohn hinüber, der Vegetarier war und als solcher Kartoffelsalat mit Sojawürstchen aß. »Und dennoch bist du lieber selber gepaddelt, statt zu Hause zu sitzen und über das Paddeln zu sinnieren?«

»Nie kann man frei von allem Tun auch einen Augenblick nur sein, die in uns wohnende Natur zwingt jeden, irgendwas zu tun.«

Das hörte Manfred Matuschewski gerne. Er ging in den Wald hinein. Er musste schon wieder und wollte sich auch ein wenig die Beine vertreten. Wahrscheinlich entweihte er mit seinem Harn ein Heiligtum der germanischen Sueben und Semnonen oder auch der Slawen, die hier gesiedelt hatten. Vor zweitausend Jahren vielleicht. Was würde in weiteren zweitausend Jahren sein? Einfache Antwort: 4004. Aber wahrscheinlich gab es dann schon längst eine andere Zeitrechnung, wenn es die Menschheit überhaupt noch gab.

Sie stiegen wieder ins Boot, und nun schaffte sogar Manfred den Einstieg ziemlich problemlos, wenn auch weiterhin mit einer schlechten Haltungsnote. Bis nach Wustrow war es nicht weit, da aber musste umgetragen werden, denn zwischen dem Klenze- und dem Plätlinsee gab es keine Verbindung. Ein steiler Hang und eine Landstraße waren zu überwinden, aber Joscha hatte einen Bootswagen mitgenommen, und so ging das Ganze ohne größere Schwierigkeiten vonstatten. Leider schrammten sie das Kanu eines fröhlichen Wassersportlers mit dickem Bauch und Trainingshose ein ganz klein wenig – und der griff mit seiner Urgemütlichkeit, als Joscha meinte, er solle sich nicht so aufregen, zu einem Knüppel, um sie zu erschlagen. Zum Glück hatte Manfred Matuschewski sein Pfefferspray im Rucksack, eigentlich gedacht zur Abwehr frei umherlaufender Kampfhunde. Er musste es nicht benutzen, schon das bloße Vorzeigen der gelben Dose reichte aus, den Mann ruhigzustellen.

Der Plätlinsee erinnerte Manfred Matuschewski in Form und

Länge an den heimischen Seddinsee zwischen Schmöckwitz und Gosen. Sogar eine Insel gab es, ähnlich dem Seddinwall.

»Na, kannst du noch?«, fragte Joscha, denn inzwischen hatten sie schon an die zehn Kilometer zurückgelegt. »Soll ich dich nicht lieber paddeln?«

Manfred Matuschewski hatte das Gefühl, nicht 66, sondern erst 26 Jahre alt zu sein, und lehnte dankend ab. »Im Gegenteil, du kannst dich hinten mal eine Weile ausruhen ... Aber das hast du ja eh schon die ganze Zeit gemacht und nur das Paddel ein wenig ins Wasser gehalten.« Er gab richtig Gas.

Doch kaum hatten sie die erste Landzunge hinter sich gelassen und Kurs auf die Einfahrt zur Schwanenhavel genommen, begann sein linker Oberarm zu schmerzen, kurz darauf auch der rechte, obgleich nicht ganz so schlimm. Erst dachte er, es sei eine Art vorweggenommener Muskelkater, doch das war es nicht. Nie zuvor hatte er einen solchen Schmerz erlebt, weder in seiner Zeit als Leichtathlet noch als Paddler oder Fußballer. Es war nicht so schrecklich und unerbittlich wie beim Ischias, auch nicht so dumpf und niederwerfend wie eine Gallenkolik, so dass man sich sterbenskrank fühlte, sondern eher wie bei einem entzündeten Nerv im Zahn. Jede Bewegung kostete neue Überwindung. Aber selbst wenn er das Paddel sinken ließ, stach und brannte es in den Oberarmen und den Schulterkugeln darüber. Doch er riss sich immer wieder zusammen, musste es auch, denn die Wolkenwand war immer näher gekommen, und es drohte sich so mächtig einzuregnen, wie er die ganze Zeit über befürchtet hatte. Und das bei vielleicht siebzehn Grad.

Als sie das Ende des Plätlinsees erreicht hatten, begann es auch wirklich zu schütten. Manfred Matuschewski zog sich seine Regenjacke über, aber das brachte wenig, denn nun durchnässte ihn nicht der Regen von außen, sondern der eigene Schweiß von innen.

»Ich finde es gemütlich«, sagte Joscha. »Und wenn es ein Paradies in Deutschland gibt, dann die Schwanenhavel.«

Es war ein besserer Bach, ein Flüsschen, das sich in vielen Mäandern durch Wald und Wiesen nach Norden zog, und immer wieder mussten sie sich ducken oder wild manövrieren, weil niemand die Bäume beseitigt hatte, die beim letzten Sturm umgestürzt waren.

Manfred Matuschewski wünschte sich in dieser Idylle aber nur eins: eine schmerzstillende Spritze. Allzu sehr jammern wollte er nicht, um seinem Sohn gegenüber das Gesicht zu wahren. Er flehte Wesenberg herbei, denn dort wollte der Bootsverleiher sie abholen und in seinem Geländewagen zur Fleether Mühle zurückbringen. Doch als er den Wesenberger Kirchturm erblickte, war es immer noch eine Ewigkeit bis dorthin, und auf der eigentlichen Havel mussten sie erst noch eine Schleuse passieren.

Endlich waren sie am Ziel, und Joscha meinte, es seien ja nur zwanzig Kilometer gewesen. Per Handy rief er den Bootsverleiher an, und der war in einer Viertelstunde an der Wesenberger Badeanstalt, wo sie gut aussteigen und an Land gehen konnten. Die Rückführung zum Ausgangspunkt klappte bestens, doch als er dann mit Joscha in Mirow beim Griechen saß und geschmorte Lammhaxe aß, konnte er das Fleisch kaum schneiden und die Bissen zum Munde führen. Und es waren noch über zwei Stunden zurück nach Berlin. An liebsten wäre er hier zum Arzt gegangen und hätte sich anschließend in ein Hotelbett gelegt.

Doch sein Sohn zog ihn vom Stuhl hoch und sprach mit Versen des Erhabenen. »Die Schwäche, die erbärmlich ist, gib auf! Erhebe dich, du Held!«

Nach einer schlaflosen Nacht ging er gleich am nächsten Morgen zum Orthopäden. Der diagnostizierte nach kurzer Untersuchung eine Bursitis.

Manfred Matuschewski staunte und konnte trotz aller Not das Kalauern nicht lassen. »Ich war doch gar nicht in Bursa, sondern nur in Mecklenburg-Vorpommern.«

Eine Bursitis, wurde er belehrt, sei eine Schleimbeutelentzündung. Durch die Überbelastung beim Paddeln hätten sich Kalkablagerungen aus der Muskulatur gelöst und die Schleimbeutel gereizt. Als er sich weigerte, wegen der zu befürchtenden

Nebenwirkungen die gängigen Schmerzmittel zu schlucken, bekam er Kortison gespritzt. Zusätzlich sollte er die Oberarme und Schultern noch viermal am Tag tüchtig kühlen.

»Aber viel Hoffnung kann ich Ihnen nicht machen«, schloss der Orthopäde. »Das kann sich mächtig hinziehen. Bei dauernder Entzündung des Schleimbeutels muss auch an eine Operation gedacht werden.«

»Na, prima«, sagte Manfred zu Hause zu Elke. »Bei mir endet jede Paddeltour mit einer Operation. Wie sagt doch Theodor Fontane so treffend? ›Das ist immer das Schlimme, dass die Menschen gerade die Passion haben, die sie nicht haben sollen.‹«

Der etwas entlegene West-Berliner Ortsteil Kladow spielte im Leben der Familie Matuschewski eine wichtige Rolle, siedelten doch die eng mit ihnen befreundeten Bugsins seit etwa vierzig Jahren dort. Nachdem ihnen nach dem Mauerbau ihr geliebtes Karolinenhof verlorengegangen war, hatten Max und Irmgard hier an der Sakrower Landstraße für den Sommer ein Grundstück mit Laube gepachtet. Einige Jahre später hatten sie es dann gekauft und sich ein geräumiges Okal-Fertighaus hinsetzen lassen. Irma Bugsin war schon im Oktober 1986 gestorben, und als Max ihr im Januar 1999 nachgefolgt war, hatte Inge alles geerbt, aber darauf bestanden, dass ihre Tochter mit ihrer Familie ins Haus einzog. Sie selber hatte sich erst kurz vor ihrem Tod am 27. Dezember 2002 das Dachgeschoß ausbauen lassen.

Dies alles musste Manfred Matuschewski Elke erzählen, als sie am 23. September 2004 nach Kladow fuhren, um Inges siebzigsten Geburtstag zu feiern.

»Papa, die ist doch aber schon tot ...?« Melina verstand den Sinn ihres Ausflugs nicht ganz.

»Schon, aber vom Himmel aus guckt sie zu, wie wir feiern. Und wenn wir ganz intensiv an einen Menschen denken, dann ist es, als ob er noch lebt und in unserer Mitte ist. Als meine Schmöckwitzer Oma hundert Jahre alt geworden ist, haben wir uns in Baumschulenweg an ihrem Grab versammelt und gefeiert. Im nächsten April wird Max Bugsin hundert Jahre alt, und das feiern wir auch, ebenso wenn dein Opa Otto am 24. Januar 2006 hundert wird.«

»Oma Margot wird aber richtig 95 Jahre alt.«

»Davon gehen wir mal aus.«

Sie saßen auf dem Oberdeck des Busses X 34 und fuhren den Kladower Damm entlang. Dabei wurden sie so fürchterlich durchgerüttelt und -geschüttelt, dass Manfred Matuschewski den nächsten Bandscheibenvorfall befürchten musste. »Da sieht man doch wieder einmal, wie sehr sich die Lebensverhältnisse in Ost und West einander angenähert haben: Jetzt haben wir die Straßen wie in der DDR, über die wir immer gelästert haben. Der Trabi sei kein Auto, sondern ein Schlaglochsuchgerät.«

»Papa, sind wir noch in Berlin?«

»Ja, in Kladow. Der Name kommt daher, dass Friedrich der Große einmal hier gewesen ist, aber ihn niemand erkannt hat. Im Jahre 1751 ist das gewesen. Da fragt er einen Bauern, ob das hier der richtige Weg nach Potsdam sei. Antwortet der Bauer auf Plattdeutsch: ›Kla, do.‹ – Klar, du. Als hier später ein Dorf entsteht, ordnet der König, der sich sehr wohl an diese Begegnung erinnert, per ›Ordre di Mufti‹ an, dass das Dorf Klado heißen soll. Später hängen sie dann noch ein w hinten dran; das steht für Kaiser Wilhelm.«

»Erzähl doch dem Kind keinen solchen Unsinn«, sagte Elke streng. »Wenn Melina das später in der Schule vorträgt, bekommt sie eine Fünf.«

»Joscha und Larissa sind auch mit diesem ›Kla, do‹ aufgewachsen und haben in Schule und Uni bessere Noten bekommen als du und ich zusammen.«

An der Station Temmeweg, gegenüber der Neuapostolischen Kirche, stiegen sie aus, überquerten die Straße und klingelten bei Joe und Daniela. Es war für Manfred Matuschewski immer noch überraschend, die beiden und nicht Max und Irma Bugsin oben an der Tür stehen zu sehen. Das erinnerte ihn an sein ungläubiges Staunen, wenn auf dem Fallblattanzeiger im

S-Bahnhof Zoo die Ziele Strausberg, Ahrensfelde oder Flughafen Schönefeld abzulesen waren. Das war doch völlig unmöglich, die S-Bahn aus West-Berlin endete am Prellbock im Bahnhof Friedrichstraße – Punkt. Alles andere war Wunschvorstellung oder deutete auf eine schwerwiegende psychische Störung. Ebenso dachte er, sobald der Name Potsdamer Platz fiel, an die öde und von den Grenzbefestigungen geprägte Fläche, wie sie Wim Wenders in *Der Himmel über Berlin* festgehalten hatte, und die Hackeschen Höfe lösten bei ihm Assoziationen aus, die nach »Ruinen schaffen ohne Waffen« klangen. »Das Gefühl hinkt dem Verstand immer eine Generation hinterher«, war bei solchen Irritationen seine stehende Wendung.

Auf dem Kaffeetisch brannten zwei dicke Kerzen mit einer Sieben und einer Null, daneben stand eine Fotografie Inges aus dem Jahre 1970. Rita und Margot Matuschewski waren schon vor Ort, Christa, Inges beste Freundin, Gerhard mit seiner Frau und Joscha und Larissa kamen auch noch.

»Inge, wir denken an dich!«, sagte Manfred Matuschewski mit jenem Pathos, mit dem seine Schmöckwitzer Oma immer auf ihre Tochter in Polen angestoßen hatte.

»Papa, was ist denn mit den Geschenken für Inge?«, fragte Melina. »Die bekommt sie ja gar nicht.«

»Doch. Es sind nur gedachte Geschenke, und da Inge auch nur noch gedacht ist, bekommt sie die natürlich. Von mir den Karl-May-Band Nummer 80, *Auf der See gefangen*, der ist ganz neu, den hat sie bestimmt noch nicht.«

»Von uns hat sie eine Portion Bratkartoffeln mit Spiegelei bekommen«, sagte Joe. »Und dazu ein ganzes Fass mit Frischbier.«

»Wo ist denn Inge eigentlich?«, fragte Margot Matuschewski.

»Sie ist unter uns, Mutti.«

»Im Keller? Da habe ich doch immer geschlafen, wenn wir in Kladow Karten gespielt haben.«

Daniela nahm sich ihrer an, »Nein, Tante Margot, meine Mutti ist doch schon Weihnachten 2002 gestorben.«

»Was redet ihr denn? Inge war doch noch letzte Woche bei mir in Neukölln.«

Manfred Matuschewski schüttelte den Kopf. »Nein, Mutti, das war Elkes Mutter.«

»Dann muss ich mich geirrt haben. Aber werdet ihr erst einmal so alt wie ich.«

Daniela konnte wunderbar backen, und während sie sich ihre Torten und Kuchen schmecken ließen, erinnerte jeder mit einer kleinen Anekdote an Inge. Gerhard beklagte sich darüber, dass Inge ihn und Manfred Matuschewski in Karolinenhof beim Skat im Stich gelassen hatte. »Um vier Uhr morgens hat sie schon schlappgemacht.«

Joe berichtete davon, wie Inge in ihrer Firma mit ihrem scharfen Blick eine ganze Horde wilder Männer in Schach gehalten hatte. »Wie ein Dompteur im Zirkus mit seinen Raubtieren.«

Viel wurde auch von den Liebhabern erzählt, die Inge als junge Frau beglückt hatte. Wieder einmal war es an Manfred Matuschewski aufzustöhnen und zu leiden, auch nach so vielen Jahren noch, denn er hatte nicht zu den Auserwählten gehört. Und wie gern hätte er damals den Kurs »Einführung in das nichtplatonische Liebesleben« bei ihr belegt.

Nach dem Kaffeetrinken machten sich bis auf Rita und Margot Matuschewski alle auf den Weg zum Wasser. Auch das war ein altes Ritual. Der Gößweinsteiner Gang führte hinunter zur Imchenallee, die allerdings alles andere als eine Allee war, sondern nur ein matschiger Weg am Ufer der Havel – naturbelassen. Der Blick ging hinüber zum Strandbad Wannsee, das aus der Ferne nicht mehr als ein sandgelber Streifen war, zum Tiefenhorn und zur Pfaueninsel. Es musste 1975 gewesen sein, als sie dort drüben übers Eis gewandert waren, Renate und er, und den kleinen Joscha im Schlitten hinter sich her gezogen hatten.

»Hast du hier auch mal gepaddelt?«, fragte Joe.

»Nein.« Manfred Matuschewski bedauerte es nicht einmal, denn wer von den östlichen Gewässern kam, vom Müggelsee, vom Langen und vom Seddinsee, der fand diese viel schöner und verspürte keinerlei Sehnsucht nach Wannsee und Havel.

»Hier war unsere alte Badestelle!«, rief Gerhard Bugsin.

Manfred Matuschewski musste daran denken, wie Gerhard mit seinem Vater weit hinausgeschwommen war, bis über die Fahrrinne hinweg, und die ganze Zeit über hatten sie über Geschäftliches geredet. Es hatte weit übers Wasser geschallt. »Vati, wir sollten die Schreibtische wirklich bei Dyes kaufen, da kriegen wir sie sieben Prozent billiger.«

»Ich bleibe bei Wamey. Was man hat, das hat man.«

Noch heute war sich Manfred Matuschewski nicht ganz klar darüber, wie er es bewerten sollte, wenn jemand auch in der Freizeit nur ans Berufliche dachte. War das die Besessenheit, die nötig war, wenn man Erfolg haben wollte, oder war es eine besondere Form geistiger Beschränktheit, eine Einengung des Horizontes? An der HÖV hatten sie immer darüber diskutiert, wie ernst man es zu nehmen hatte, dass in den Gesetzen stand, der Beamte habe sich »mit voller Hingabe« seinem Beruf zu widmen. Bei den Bugsins hatte die volle Hingabe nicht verhindern können, dass ihre Firma in Konkurs gegangen war. Irgendwo bei Kafka hatte Manfred einmal gelesen, dass der Mensch nur glücklich sein konnte, wenn er es aufgab, das Leben zu verstehen. Also gab er es auf.

Sie kamen zu den Anlagestegen und dem Kiosk, an dem Max Bugsin jeden Morgen, seinen Dackel an der Leine, mit seinen Freunden gestanden und sein Bier getrunken hatte. Mit einem Klaren dazu. Oder einem Cognac. Darüber konnten sie sich nicht ganz einig werden.

»Inge ist mindestens zweimal die Woche nach Kladow rausgekommen und hat für ihn gekocht und eingekauft«, erinnerte sich Joe, »und hat ihn oft genug hier eingesammelt.«

Daniela lachte. »Wenn sie mal überraschend oder zu früh gekommen ist, hat sie ihn mit seiner Reinemachefrau im Bett erwischt.«

»Klar, schließlich war sein Standardspruch: Ein Mann nimmt seine Potenz mit ins Grab.«

»Und was hat Inge mitgenommen?«, fragte Annegret, Gerhards Frau.

»Ihre Libido«, klärte Manfred Matuschewski sie auf.

»Die hatte sie reichlich«, sagte Daniela. »Ihr müsstet mal ihre Tagebücher lesen ... Und nach der Scheidung von Papa ...«

»Datenschutz!«, rief Christa.

Manfred Matuschewski war sehr für ebenjenen. »Da ich bei ihr keine Rolle spiele, wäre mir das alles mehr als peinlich.«

Weiter kam er nicht, denn in diesem Augenblick lief er den Kalkbrenners in die Arme. Frauke und Jochen wohnten in der Nähe des Ritterfelddammes und sorgten dafür, dass der Name Kladow bei ihm nicht nur mit den Bugsins verbunden war.

»Wo kommt ihr denn her?«, fragte Jochen Kalkbrenner.

»Von Inges Geburtstagsfeier. Die wird heute siebzig.«

»Die ist doch schon vor zwei Jahren gestorben ...« Frauke Kalkbrenner kannte sich mit den Bugsins gut aus, da ihr Sohn mit Leander Bugsin in dieselbe Klasse gegangen war.

»Die Geburtstage von Toten zu feiern wäre doch auch was für dich«, meinte Manfred Matuschewski und duckte sich instinktiv. »Bei Toten spart man die Geschenke.«

»Wenn Jochen 65 wird, spart ihr nichts. Wir aber auch nicht, denn Jochen will in Potsdam in einem Nobelhotel feiern.«

Manfred Matuschewski verbeugte sich. »Wenn ich dies als Einladung für mich und meine Kernfamilie betrachten darf, fühle ich mich hochgeehrt.« Er sah Jochen an. »Was wünschst du dir denn?«

»Eine schöne Rede von dir.«

»Okay. Da ihr ein christlicher Haushalt seid, wird die allerdings nur aus vier Worten bestehen, so wie es die Bibel vorschreibt: Deine Rede sei ja, ja, nein, nein ...«

Damit traten sie den Rückweg an. Gerhard ging neben Manfred und beklagte sich, dass sie sich so selten sahen. Sie müssten mal wieder zum Sport gehen.

»Das nächste Stadionfest haben wir erst wieder in elf Monaten«, erwiderte Manfred, »aber wie steht es denn mit Alba und dem Basketball?«

»Gerne, wenn du die Karten besorgst.«

»Okay, ich als Hausmann habe ja von allen die meiste Zeit.«

Larissa hatte die Ohren gespitzt. »Wenn ihr zu Alba geht, will ich auch mit.«

»Ich frage mal, ob Carmen und Jesco auch mitkommen wollen«, fiel Joscha ein.

»Wunderbar!« Manfred Matuschewski strahlte. »Ich rufe morgen bei Alba an und lasse den ganzen Block E für uns reservieren.«

Die gigantische MoMa-Ausstellung in der Neuen Nationalgalerie hatte er nicht besucht, die Staatsoper Unter den Linden und das gesamte Berliner Musikleben war ihm bis ins hohe Alter fremd geblieben, die Theater – abgesehen von denen, die auf Kinder ausgerichtet waren – sahen ihn selten bis nie, und hörte er im Radio das Wort Kultur, schaltete er schnell auf einen anderen Sender um, aber wenn es um Sport ging, dann zeigte er sich als Süchtiger. Jeden Tag las er die Sportteile mindestens zweier Tageszeitungen, sah abends zwischen halb neun und dem Schlafengehen um elf alles, was Eurosport und DSF und gelegentlich auch andere Sender ausstrahlten, und jede Stunde um Viertel nach hörte er auf Inforadio fünf Minuten *Sport kompakt*. Nicht entgehen ließ er sich natürlich die Bundesliga-Konferenzschaltung am Sonnabendnachmittag. Hatten sie zu dieser Zeit gerade Gäste, schaltete er sein Taschenradio ein und saß mit Ohrhörern am Kaffeetisch oder aber ließ bei abgeschaltetem Ton den Fernseher laufen und schaute immer wieder einmal auf den Videotext mit den aktuellen Spielständen. Immer wenn es dort aufblitzte, war ein Tor gefallen. Gewann Hertha BSC, war der Tag für ihn gerettet. Sein Lebensgefühl hing davon ab, wie die Berliner Vereine spielten. Siegten an einem Sonnabend alle auf einmal – Hertha im Fußball, Alba beim Basketball und die Eisbären im Wellblechpalast –, dann ließ sich das nur noch mit Schiller beziehungsweise Beethoven auf den Punkt bringen: »Freude, schöner Götterfunke ...«

Nun sollte es also zu Alba in die Max-Schmeling-Halle gehen. Dass der Westverein, gesponsert vom Spezialisten für Abfallentsorgung, in Ost-Berlin spielte, fand Manfred Matuschewski noch immer verwunderlich. Die Eisbären, ehemals

Dynamo, waren dagegen Ostverein geblieben, und in ihre legendäre Eishockeyhalle hatte er sich als West-Berliner auch nur einmal im Leben gewagt. In die Basketballhalle dagegen schon öfter. Am besten man fuhr mit U- oder S-Bahn bis Schönhauser Allee und lief dann zu Fuß. Hier sah es schon anders aus als in Neukölln, Kreuzberg oder auch in Wilmersdorf, denn es gab längst nicht so viele Geschäfte mit arabisch-türkischem Gepräge. Auch weniger Leerstände und keine Rudelbildungen von Jugendlichen, die einen älteren Menschen auf die andere Straßenseite ausweichen oder nach einer rettenden Taxe Ausschau halten ließen. Nach Polizisten brauchte man eh nicht zu suchen, die waren in Berlin damit ausgelastet, wichtige Menschen zu schützen. Manfred Matuschewski war froh, nicht zu jenen Menschen zu gehören, für die man die Kanaldeckel zuschweißte, wenn sie die Straßen entlangkamen, denn da wäre viel zu schweißen gewesen, und die Stadt war ja so arm.

In den nächsten Tagen hatte er alle Hände voll zu tun, den Besuch bei Alba zu organisieren. Schließlich hatte er fünfzehn Namen von Verwandten und Freunden, die mit ihm zu Alba pilgern wollten, auf seinem Zettel stehen: Gerhard und Annegret, Joe und Daniela, Joscha, Carmen, Jesco und Jescos Cousin, Larissa, Horst Hastenteufel, Heiner Dietrich, Ariane und Dieter Riese mit Jürgen und Maik. Alle gingen davon aus, dass sie von ihm eingeladen wurden. Irgendjemand, wahrscheinlich Horst Hastenteufel, hatte das Gerücht in die Welt gesetzt, die Firma FORMAT würde alles bezahlen und Manfred Matuschewski sei froh, dass er der Steuer gegenüber so hohe Kosten geltend machen konnte. Da halfen auch alle seine Dementis nicht. Jeder dachte: Na, wenn er den einlädt, kann er mich doch auch einladen. Mit ihm waren sie sechzehn, und um auszurechnen, wie viel dies mal etwa 22,50 Euro war, brauchte er einen Taschenrechner. An 350 Euro würde nicht viel fehlen.

Elke war ebenso fassungslos wie er, stimmte ihm aber zu, dass er keinen Rückzieher machen konnte. »Und mecker nicht über die Kosten, sonst machst du alles kaputt. Nimm es als große Feier zum 25. Jubiläum von FORMAT.«

Er nickte. »Ja ja, der Kavalier schweigt und zahlt.« Und so lief er in die nächstbeste Vorverkaufsstelle und ließ den Computer sechzehn Karten ausspucken.

»Okay«, sagte er zu Elke, als er ihr die Karten wie einen aufgeklappten Fächer hinhielt. »Das Geld dafür bekomme ich wieder rein: Ich soll vor VW-Managern einen Vortrag über die Analogien zwischen Fußball und Firma halten.«

Mit Feuereifer machte er sich an die Arbeit. Er recherchierte bei Tasmania und rief seinen Krankenhausnachbarn, den Schiedsrichter Gregor Sargorski, mehrmals an. Immer mehr Stichpunkte sammelten sich auf seinem Blatt, und er übte täglich, um daraus eine schöne Rede werden zu lassen. Er las nicht gerne vom Blatt ab, sondern liebte es, anhand weniger Kernsätze und Zitate zu improvisieren, dabei an den Reaktionen seiner Zuhörer orientiert. Mochten sie es *very sophisticated* oder lieber etwas deftiger und direkter? Wenn er nicht auf den Text festgelegt war, konnte er viel besser auf die Stimmungen reagieren. Was aber im Saal so leicht aussah, verlangte eine umfangreiche Vorbereitung. So stand er an seinem Stehpult, blickte in den Innenhof hinaus und übte.

»Alles ist eine Sache der Motivation. Beim Fußball sagt man so schön beziehungsweise unschön: Gelingt es den Spielern, ihre Leistung abzurufen? Handeln sie aber nicht höchst irrational, zu Deutsch: Sind sie nicht furchtbar blöd, wenn sie das in jedem, der in einer Saison anliegenden Spiele tun? Das wären, rechnet man zu den Punkt- und Pokalspielen noch die Vorbereitungs- und die Freundschafts-, eventuell auch noch Länderspiele, zwischen fünfzig- und sechzigmal? Nein, das würde ihr Körper nicht aushalten, und sie müssen zwangsläufig an den Tag legen, was in der Organisationssoziologie ›kalkulierte Leistungsbereitschaft‹ genannt wird. Kurzum: Ein gesamtes Berufsleben ist ein Marathonlauf und kein Sprint, und dennoch erwarten alle Vorgesetzten, ob es nun Trainer oder Amts- und Werksleiter sind, dass ihre Spieler, ihre Mitarbeiter Tag für Tag, Match für Match wie die Irren rennen und sich total verausgaben …«

Weiter kam er nicht, denn plötzlich begann sich vor ihm alles zu drehen. Er hielt sich an den Rändern seines Pultes fest und ging dann zum Bett, um sich hinzulegen. Wenig später zeigte das Fieberthermometer schon 38,7 Grad. Die echte Grippe konnte es nicht sein, dagegen war er geimpft, aber es wurde ein heftiger grippaler Infekt, und am nächsten Tag fühlte er sich furchtbar schlaff. Schon beim Gang auf die Toilette hatte er das Gefühl, vor Schwäche zusammenzubrechen. Schlimmer aber war noch, dass ihm die Stimme wegblieb. Erst konnte er nur noch krächzen, dann war er außerstande, auch nur »piep« zu sagen.

Also musste er Elke auf ein Blatt Papier schreiben, sie möge doch bitte bei VW anrufen und den Leuten mitteilen, dass er den vorgesehenen Vortrag nicht halten könne. »Ruf doch bitte auch Joscha an und sag ihm Bescheid, dass ich nicht zum Basketballspiel mitgehen kann. Er soll vorbeikommen und die Karten abholen, die ich für alle spendiert und gekauft habe.«

Es wurde ein schönes Spiel, gekrönt von einem Alba-Sieg. Man schickte Manfred Matuschewski eine Ansichtskarte mit Worten des Trostes und dankte ihm, dass er nicht auch noch gestorben sei, denn in diesem Falle hätte man wohl aus Gründen der Pietät auf einen Besuch in der Max-Schmeling-Halle verzichten müssen.

Von Manfred Matuschewskis Freunden steckten viele in der Krise, aber Horst Hastenteufel machte ihm am meisten Sorgen. Zwar hatte er sich wieder etwas gefangen, nachdem sich Franziska, die Bedienung aus *Joe's Bratkartoffel-Kathedrale,* seiner angenommen hatte, doch Franziska war Ende September 2004 nach Indien entflogen. »Um mal in aller Ruhe über mich und alles nachzudenken.« Das hatte Horst Hastenteufel tief getroffen, und alle seine Hoffnungen waren nun auf seinen neuen historischen Roman gerichtet, auf seinen *Hagen.*

Freudig kam er in Manfred Matuschewskis FORMAT-Büro gestürmt. »Du, am 1. Oktober ist die erste Lesung bei Gimpel in der Friedrich-Wilhelm-Städtischen Buchhandlung. Das ist eine gute Adresse. Gimpel ist für die Berliner Autoren, was die Mutter Gräbert früher für die Schauspieler war, und zu essen gibt es auch immer etwas.«

»Hoffentlich Schmalzstullen.« Seit Manfred Matuschewski keine Gallenkoliken mehr zu befürchten hatte, schlug er voll zu bei allem, was ein Jahrzehnt lang tabu für ihn gewesen war. »Aber du weißt ja, dass ich nicht gern zu Lesungen gehe. Ich finde es absurd, dass man mir als Erwachsenem etwas vorliest. Ich bin doch glücklicherweise nicht blind und kein Legastheniker oder Analphabet: Ich kann mir doch Bücher kaufen und selber lesen.«

Horst Hastenteufel verteidigte die Institution der Lesung als eine der heiligen Kühe der abendländischen Hochkultur. »Man kommt zusammen und freut sich, zur *community* zu gehören. Autor und Anhänger sitzen sich von Angesicht zu Angesicht gegenüber.«

»Schlimm nur, dass die Autoren keine Sprechausbildung haben, keine Schauspieler oder Moderatoren sind. Manche Leute im Auditorium schließen Wetten darauf ab, wie oft sich einer verspricht. Wenn man sieben bis acht Männ- und Weiblein schon als Auditorium bezeichnen kann.«

»Viele Kolleginnen und Kollegen leben aber mehr vom Lesen als vom Schreiben.«

»Okay, ich sehe es ein, ich komme.«

Manfred Matuschewski fuhr wirklich zur Lesung, auch deswegen, weil er den Freund hindern wollte, eine riesengroße Dummheit zu begehen, möglicherweise sogar einen Mord oder Totschlagsversuch, denn sein Hass gegen Laban Levee hatte sich in diesem Herbst ins Pathologische gesteigert. Laban Levee war noch immer Literaturkritiker und hatte sich seit einiger Zeit auf Horst Hastenteufel eingeschossen. Jede Gelegenheit nutzte er, um seine Romane zu verreißen.

»Wenn er den *Hagen* auch noch niedermacht, dann bringe ich ihn um«, sagte Horst Hastenteufel. »Das steigert den Verkauf des Buches um das Zehn- bis Hundertfache.«

»Und bringt dich für zehn Jahre in den Knast.«

»Na und? Dann habe ich wenigstens Zeit und Muße, all das zu schreiben, was ich noch schreiben will, und bin regelmäßig in den Medien. Hinterher reißen sich dann alle um mich, um meine Resozialisierung in Gang zu bringen.«

Manfred Matuschewski hatte das sichere Gefühl, dass es Horst Hastenteufel ernst war mit dieser Idee. Er würde seine Rache haben, und die ganze Republik würde ihn plötzlich kennen und seine Bücher kaufen. Sicherlich musste ein Mensch in erheblichem Maße psychisch krank sein, um so zu handeln, aber Horst Hastenteufel war krank.

Als Manfred Matuschewski die Buchhandlung betrat, war deshalb seine erste Frage an Gimpel, der am Eingang stand und alle begrüßte, ob denn Laban Levee auch käme.

»Er würde schon gern gewollt haben, nur können hat er nicht mehr gekonnt.«

Das war derart kryptisch gesprochen, dass Manfred Matuschewski nachfragen musste: »Ist er plötzlich verstorben?«

»In gewisser Weise ja …«

Manfred Matuschewski überlegte. War Laban Levee ermordet worden? War er nach einem Unfall in eine Klinik eingeliefert worden und lag nun im Wachkoma? Um dem Buchhändler mehr zu entlocken, wiederholte er den letzten Satz als Frage: »… in gewisser Weise?«

»Ja, verstorben für das Berliner Kulturleben. Er ist weggezogen nach Hagen. Hat dort eine Dozentenstelle an der Fernuniversität. Dort sitzt schon sein Freund Lothar Landwasser. Sie kennen doch den *Landwasser / Levee*?«

»Natürlich.« Später sollte Manfred Matuschewski sagen, dass Horst Hastenteufels Schicksal ein ganz anderes gewesen wäre, hätte ihm Laban Levee weiterhin als greifbares Hassobjekt zur Verfügung gestanden. Nun aber musste eintreten, was viel schlimmer war als ein Verriss: nämlich überhaupt nicht mehr wahrgenommen zu werden.

Ohne Levees Abgang von der Berliner Bühne, aber auch ohne Internet und E-Mail wäre Horst Hastenteufel nie auf seine Idee gekommen, dazu wäre die Sache viel zu mühsam gewesen, aber wenn man mit nur ein paar Klicks einer theoretisch unbegrenzten Zahl von Multiplikatoren dieselbe Botschaft übermitteln konnte, dann hatte das einen Aufforderungscharakter, gegen den Menschen wie er machtlos waren. Mit Hilfe der wunderbaren Google-Suchmaschine und etlicher Nachschlagewerke, die zum Schreibehandwerk gehörten, hatte Horst Hastenteufel die Adressen fast aller deutschen Verlage, Buchhandelsketten, Funkhäuser und Feuilleton-Redaktionen herausgefunden. Der Text, den er ihnen zugedacht hatte, war vergleichsweise kurz und unmissverständlich:

Sehr verehrte Damen und Herren, Sie haben sich bislang alle Mühe gegeben, mich und meinen Roman »Hagen« zu ignorieren. Nach 31 Ablehnungen ist er im letzten September in einem kleinem Berliner Verlag erschienen, doch verkauft haben wir bisher nicht einmal hundert Exemplare. Wie denn auch – in den Medien wird er nicht erwähnt, und steht oder liegt er tatsächlich in einer Buchhandlung, dann so verborgen, dass ihn niemand entdecken kann und mitnehmen wird. Besprochen worden ist er nicht ein einziges Mal. Dabei bestätigen mir Freunde und mein Verleger immer wieder, dass »Hagen« ein Meisterwerk ist und fast alles in den Schatten stellt, was in letzter Zeit so gelobt und hochgejubelt worden ist. Woran liegt es also, dass »Hagen« und ich in der Öffentlichkeit nicht wahrgenommen werden? Sicherlich daran, dass ich weder ein bekannter Politiker, Sportler, Schauspieler oder Popstar bin noch irgendeine andere Begabung aufweise oder mit Skandalen dienen kann. Dazu kommt, dass mein Beruf nur negative Assoziationen hervorruft: Ich war, bevor ich arbeitslos wurde, Verwaltungsangestellter, also Sesselfurzer beziehungsweise Kissenpuper. Aber was hat das alles mit der Qualität meines Romans zu tun? Nichts. Wäre er von Martin Walser, Peter Härtling oder Ulrich Wickert geschrieben worden, würden sich alle überschlagen – und nach einer Woche stünde er auf den Bestsellerlisten, denn das Nibelungen-Thema ist nach wie vor ein grandioses Thema, und meine Hagen-Interpretation ist modern und genial, so die Kenner. Es bleibt mir also nichts anderes übrig, als etwas zu tun, das mich auf einen Schlag in Deutschland bekannt macht. Ich werde also in den nächsten Tagen nach Hagen fahren und wie mein Hagen handeln, das heißt, einen Menschen von hinten ermorden, wenn auch nicht mit dem Speer, sondern mit einem Revolver. Jeden und jede kann es treffen. Alle werden von der Stadt Hagen reden und dabei meinen Roman im Sinn haben, und morgen wird ganz Deutschland »Hagen« kennen, auch Sie, meine sehr verehrten Damen und Herren, und der Mord, der in Hagen geschehen wird, geht auf Ihre Kappe. Nicht ich bin der Täter, Sie sind es.

Nichtsahnend saß Manfred Matuschewski zu dieser Zeit bei seiner Tante Elfriede in Krefeld am Mittagstisch. Nur selten traf sich die Familie noch, und so freute er sich, dass auch Bernd, ihr Sohn, ihre Schwiegertochter und ihre drei Enkelkinder von Düsseldorf herübergekommen waren. Es gab viel Familienhistorisches zu bereden und wieder aufzuwärmen, denn Manfred Matuschewskis Vater hatte seine ersten Lebensjahre auf dem Oderkahn von Tante Elfriedes Eltern verbracht.

»Einmal haben wir in Rüdersdorf Kalk geladen«, erzählte Tante Elfriede. »Dein Vater hat nicht richtig auf mich aufgepasst, und eine der Loren hätte mir fast ein Bein abgefahren.«

»Und das hätte sich dann auf die Gene ausgewirkt, und ich wäre auch nur mit einem Bein auf die Welt gekommen«, ergänzte Bernd.

Er war Lehrer wie auch seine Frau und Rektor dazu. Manfred Matuschewski mochte die ganze Familie und fand es jammerschade, dass man sich so selten sah. »Aber im nächsten Jahr, wenn meine Mutter 95 wird, kommt ihr alle nach Berlin.«

»Wie geht es ihr denn so?«

»Gut, obwohl es immer mal wieder kleine Zwischenfälle gibt, die uns in Angst und Schrecken versetzen. Wenn sie sich zum Beispiel trotz aller Verbote ihre Leiter aus der Kammer holt und eine kaputte Glühbirne auswechseln will ...«

In dieser Sekunde klingelte das Telefon, und Bernd sagte in seiner trockenen Art: »Jetzt wird sie heruntergefallen sein.«

»… und mich anrufen, dass ich gleich mal kommen und die neue Birne reinschrauben soll.«

Dann verging Manfred Matuschewski aber das Lachen, denn als Tante Elfriede abgenommen hatte, war ihren Worten sehr schnell zu entnehmen, dass es ein Anruf aus Berlin war. »Elke, du … Ja, dein Manfred sitzt gerade hier und isst seinen Nachtisch … Das ist ja schrecklich! Wie konnte denn das passieren?«

Manfred Matuschewski hatte das sichere Gefühl, dass seiner Mutter etwas zugestoßen war, und sprang auf, um sich von Tante Elfriede den Hörer geben zu lassen.

»Du musst unbedingt was unternehmen!«, rief Elke.

»Ist Oma von der Leiter gefallen?«

»Deine Mutter? Wie kommst du denn auf die? Nein, dein Freund Horst Hastenteufel ist völlig durchgeknallt.« Sie erzählte ihm von dessen Drohung, nach Hagen zu fahren und dort jemanden umzubringen. Die Medien seien voll davon. »Du bist doch da ganz in der Nähe, du musst unbedingt hinfahren und sehen, dass du ihn abfangen kannst, bevor er wirklich jemanden ermordet.«

»Gott, ja … Aber da wird doch schon die Polizei …«

»Du kennst ihn doch viel besser als die.«

»Ja, schon …« Manfred Matuschewski zögerte noch immer, denn nicht ganz auszuschließen war, dass Horst Hastenteufel ihn erschoss, weil das womöglich das größte Echo brachte … Unsinn! »Ich fahre gleich nach dem Essen nach Hagen.« Als er aufgelegt und seinen Verwandten alles erzählt hatte, gab es eine längere Diskussion.

»Wenn ich ihn wirklich erkenne, was mache ich dann?«, fragte Manfred Matuschewski. »Lasse ich ihn entkommen, oder sorge ich dafür, dass er festgenommen wird?«

»Das ist ein schönes Thema für einen Besinnungsaufsatz«, fand Bernd.

»Er wird es doch ohnehin nicht ernst meinen mit seiner Morddrohung«, vermutete Diethild, Bernds Frau.

»Er hat drei Dutzend Kriminalromane geschrieben und

wirklich eine funktionstüchtige Pistole zu Hause«, gab Manfred Matuschewski zu bedenken. »Und seine Psyche ... Ich glaube, er ist wirklich am Ende und zu allem fähig. Vor zwanzig Jahren gefeiert – und heute will keiner mehr etwas von ihm drucken und lesen. Nicht einmal tausend Euro hat er im Monat zum Leben. Das ist zwar das Schicksal von neunzig Prozent der deutschsprachigen Schriftstellerinnen und Schriftsteller, zumindest was Lyrik und Belletristik betrifft, aber er wird besonders schlecht damit fertig, zumal er jetzt auch noch seine Lebensgefährtin verloren hat. Ich bin mir ganz sicher, dass er wirklich ein Zeichen setzen will, das berühmte Fanal.«

»Wenn das Schule macht und alle Autoren nur noch auf diese Art und Weise Erfolg haben ...« Diethild fürchtete Schlimmes.

»Ich bin in den Medien, also bin ich«, sagte Manfred Matuschewski. »Werde ich nicht wahrgenommen, droht mir die Diffusion meines Ichs, also der innere geistige Zerfall. Leider haben Kulturschaffende auch einen Hang zur narzisstischen Bedürftigkeit. Und der Trend geht gleichzeitig dahin, dass immer weniger immer mehr wahrgenommen werden, die meisten verkümmern im Regionalen. Kein Wunder, dass unter solchen Umständen einer völlig durchdreht ... Wie mein alter Freund Horst Hastenteufel. Was er wohl in dieser Sekunde macht?«

Nun, Horst Hastenteufel hatte sich entschlossen, mit dem ICE nach Hagen zu fahren. Der fuhr in Berlin um 9.55 Uhr am Zoo ab und sollte in Hagen um 13.21 Uhr ankommen. Es war nur darauf zu achten, dass er nicht in den falschen Wagen kletterte, denn in Hamm wurde der Zug geteilt, und während die eine Hälfte nach Düsseldorf fuhr, endete die andere in Köln. Jetzt war es 13.15 Uhr, und Horst Hastenteufel wurde langsam nervös. Wahrscheinlich waren in Hagen am Bahnhof die ersten Abfangjäger postiert, Polizei und Bundesgrenzschutz aufgefahren. Besser wäre es gewesen, er hätte sich ins Auto gesetzt – aber ohne Führerschein war ihm das nicht möglich. Den hatte er abgeben müssen, als sie ihn neulich auf der Allee der Kosmonauten mit etwas zu viel Promille im Blut erwischt hatten.

Tatsächlich wurden die Ausweise der ankommenden Reisenden kontrolliert. Horst Hastenteufel geriet in eine nicht eben geringe Erregung, die er ebenso genoss wie erlitt. Seine Pulsfrequenz schnellte gefährlich nach oben, und in seinem linken Ohr wuchs der Druck so stark, dass er einen Hörsturz befürchten musste. Ob die Beamten bemerkten, dass er ein Mann war und nicht die Ethnologie-Studentin und Serviererin Franziska Kraneis, als die er reiste, während sie in Indien weilte? Ihren Ausweis, eine Perücke und ihren taubengrauen Hosenanzug hatte sie bei ihm im Schrank zurückgelassen, und da er einen recht femininen Körperbau hatte, standen seine Chancen nicht schlecht, als Frau zu gelten. Nur mit dem Schminken hatte er sich schwergetan. Sehr kompakt war die Deckschicht geraten, aber das schuldete er seinem Bartwuchs. Die anderen Damen im Abteil hatten nichts gemerkt, nicht einmal komisch geguckt. Diese Nummer als »Charlys Tante« war zwar erheblich unter seinem Niveau, aber es war die einzige Möglichkeit für ihn, so lange im Spiel zu bleiben, bis sich die Sache lohnte. Dass er kontrolliert wurde, war an sich erfreulich, denn es zeigte ihm, wie ernst man ihn und seine Botschaft nahm.

»Ihren Ausweis, bitte!«

Wortlos hielt Horst Hastenteufel die ausgeborgte graugrüne Plastikkarte hoch. Der Mann vom Bundesgrenzschutz war zu bodenständig und ganz der Typ vom Fußballplatz, um die Transvestitenszene zu kennen und ihn zu durchschauen. Horst Hastenteufel durfte nur nicht den Fehler machen, seine Stimme zu verstellen und so zu kicksen, wie sich Laien und Spießer das bei einem Schwulen vorstellten.

»Danke.« Gegen eine Franziska Kraneis konnte die Stadt Hagen nichts haben. Horst Hastenteufel fand nur schade, dass keine Kameras aufgebaut waren. Wenn er später in Talkshows auftrat, würde das einen guten Einspieler geben.

Er war noch nie in Hagen gewesen und kannte die Stadt nur wegen der Kekse, hatte höchstens noch vom aufgelösten Basketballteam Brandt Hagen gehört. So kaufte er sich in der Bahnhofsbuchhandlung erst einmal einen Stadtplan und trat mit dem in der Hand ins Freie. Auf dem Berliner Platz stand er also. Schön, als Berliner so geehrt zu werden. Sogar ein Mauerdenkmal gab es. Reizend waren auch die kleinen Fontänen, die aus dem Pflaster stiegen. Er setzte sich neben eine der Quellen, um sich anhand des Planes weiterzuorientieren. Am besten gefiel ihm die Straße mit dem Namen Wasserloses Tal. Aber das war wohl schon zu weit draußen. Einen Märkischen Ring gab es auch, aber der hatte, so schien ihm, nichts mit der Mark Brandenburg zu tun. Ging er die Bahnhofstraße hinauf, kam er ins Zentrum. Dort gab es sicherlich ein passendes Hotel für ihn.

Er machte sich auf den Weg und zog seinen Koffer hinter sich her. Die Rollen quietschten so arg, dass sich die beiden Polizisten, die ihm entgegenkamen, interessiert nach ihm umdrehten. Er riskierte ein Lächeln à la Lilo Wanders und wurde sozusagen durchgewunken. Verwunderlich war es schon, dass es ihm so leichtgemacht wurde. Offensichtlich stellten sich alle vor, dieser Horst Hastenteufel würde wie Zorro herumlaufen, die Waffe schon im Anschlag. Hinter den Haltestegen des Busbahnhofs hemmte eine breite Straße seinen Lauf, der Graf-von-Galen-Ring. Es gab Massen hier, wie er sie nie erwartet hatte, an Autos wie an Menschen. Ewig stand er an der Ampel. Als er sich umsah, fiel ihm auf, dass Hagen von grünen Hügeln umgeben war. Mit dem Passantenstrom wurde er ans andere Ufer geschwemmt. Nach links abdriftend, geriet er in die Martin-Luther-Straße und sah an einem Kirchturm ein riesiges Plakat: »Siehe, ICH habe vor Dir eine Tür geöffnet …« (Offenbarung 3,8) Er nahm es als gutes Omen.

Am erstbesten Kiosk fragte er nach einer einheimischen Zeitung. Man hielt ihm die *Westfalen-Post* und die *Westfälische Rundschau* zur Auswahl hin. »Beide, bitte.« Ganz oben, wo sonst die Namen Bush und Schröder standen, fand er nun seinen. »Gewarnt wird vor …«

Ein Filmteam des WDR lief vor ihm auf und ab. Nur mit Mühe konnte er der Versuchung widerstehen, vor die Kamera zu treten und ein Statement anzugeben. »Hallo, Horst Hastenteufel ist in der Stadt, und langsam wird es ernst. Meinen Revolver habe ich hier im Koffer, in Berlin von einem Rumänen gekauft.« Was nicht stimmte, aber unbedingt gesagt werden musste.

In der Bahnhofstraße entdeckte er ein Schild: *City Hotel – Deutsches Haus*. Ein bisschen Angst hatte er vor dem Einchecken, denn das ging kaum, ohne dass er den Mund aufmachte, und sosehr er auch das damenhafte Sprechen geübt hatte, er fand sich nicht sonderlich überzeugend.

»Ein Einzelzimmer, Raucher, für eine Woche«, brachte er schließlich hervor, als er in der Rezeption stand und weiche Knie hatte.

»Gerne.« Die junge Dame, die ihm das Formular hinlegte, schien noch im ersten Lehrjahr zu sein und hätte nie gewagt, irgendwelche Bemerkungen zu machen.

»Kommt denn überhaupt noch jemand – jetzt, wo man damit rechnen muss, in Hagen umgebracht zu werden?«

»Ein bisschen leerer als sonst ist es schon. Wer kann, der bleibt zu Hause. Aber wer zur Arbeit muss …«

Horst Hastenteufel tat es schon leid, was er da machte. Was konnte die Kleine hier dafür, dass ihn keiner von denen wahrnahm, die für den literarischen Erfolg ausschlaggebend waren? Diese ganze elende Kulturkaste! Ein Buch von ihm hatte sie bestimmt noch nicht gelesen, auch den *Hagen* nicht. Ihn ritt der Teufel, und er sprach sie darauf an.

»Ich habe gehört, dass einem nichts passiert, wenn man den Roman von diesem Horst Soundso in der Hand hält. Stimmt denn das?«

»Ach, das sind alles so Gerüchte.« Damit legte sie ihm den Zimmerschlüssel hin. 312. Er nahm ihn und fuhr nach oben.

Kaum hatte er sich eingeschlossen, machte er sich ans Werk. Die erste Seite einer der Zeitungen musste er präparieren. Quer über die Schlagzeile klebte er einen Papierstreifen, den er aus Berlin mitgebracht hatte. Auf dem stand in schönster Computerschrift: »Horst Hastenteufel ist hier! Und morgen schlägt er zu!« Zum Beweis legte er seinen Personalausweis bei und schaffte es mit Hilfe seines Füllfederhalters, einen sauberen Abdruck seines rechten Zeigefingers zu hinterlassen.

Nach getaner Arbeit ruhte er sich ein wenig aus, dann schlenderte er durch die Stadt, um die Wellen aufzufangen, die davon kündeten, dass die Menschen Angst hatten, Angst vor ihm, der es endlich einmal schaffte, Wirkung zu erzielen. »Treten Sie ein in die Welt des Hagener Impulses«, las er auf einem Plakat. Im Augenblick war *er* der Impuls, der hier das Leben bestimmte, das heißt lähmte. Ein bisschen war die Stimmung wie in Jerusalem oder Tel Aviv. Er kannte dieses Gefühl von zwei Besuchen her. Die Menschen liefen herum wie die Hasen auf dem freien Acker, wenn sie den Raubvogel hoch über sich wähnten: Andauernd blieben sie stehen und sicherten. Hier in Hagen wurde jeder nervös, der einen anderen dicht hinter sich spürte. Es erinnerte ihn an das alte Kinderspiel »Dreh dich nicht um, der Plumpsack geht um!«. Hier aber drehten sich alle immerzu um. Schließlich auch er selber.

Am meisten amüsierten ihn die drei Buchhandlungen, die er entdeckte. »Thalia« in der Elberfelder Straße, »Kersting« in der Hohenzollernstraße und die kleinste am Alten Rathaus. Alle hatten sie bis zu fünf Exemplare seines *Hagen* ins Schaufenster gestellt. Es fehlte nur noch, dass eine Jungbuchhändlerin daneben stand und ihre beiden Zeigefinger kreuzte, um den Teufel abzuwehren, oder einen Kessel mit Weihwasser schwenkte. Er dachte auch jetzt primär daran, wie er seine Aktion später am besten vermarkten konnte, und kam zu dem Schluss, dass er unbedingt hineingehen und sein eigenes Buch kaufen musste.

Als er in die erste Buchhandlung eingetreten war, glaubte er, sein Herz müsse ihn verraten, so laut schlug es in diesen Sekunden. Doch niemand nahm Notiz von ihm. Ein Zustand, der ihm nur allzu vertraut war. Also ging er zu dem Tisch gleich am Eingang, auf dem sein Roman aufgebaut war. Gleich drei Türme waren es. Etwa so viele Bücher, wie sein Verleger zuvor im ganzen ersten Halbjahr verkauft hatte. Aber wer sagte denn, dass nun einer kam und den *Hagen*-Roman wirklich mit nach Hause nahm? Die Leute gingen eher scheu und ängstlich an den

Exemplaren vorbei, als ekelten sie sich vor ihnen, als seien sie eine Bombe, die explodierte, sobald man sie berührte. Diesen Effekt hatte Horst Hastenteufel nicht vorausgesehen, sagte sich aber, dass er einzig und allein auf Hagen begrenzt war, anderswo war es sicherlich ganz anders. Um andere Kunden anzuregen, auch zuzugreifen, nahm er sich ein Exemplar vom Stapel. Erst studierte er den Text auf der Rückseite, dann begann er, im *Hagen* zu blättern.

»… gelingt dem Autor eine moderne Sicht auf jenen Hagen von Tronje, den gewaltigsten Kämpfer der Burgunder und das Urbild des treuen Gefolgsmannes, den wir als Mörder Siegfrieds kennen …« Sofort hatte Horst Hastenteufel die entsprechenden Strophen des Nibelungenliedes im Ohr: *Dâ der herre Sîfrit ob dem brunnen tranc, / er schôz in durch daz kriuze daz von der wunden spranc / daz bluot im von dem herzen vaste an die Hagenen wât. So grôze missewende ein helt nu nimmrt mêr begat. – Den gêr im gein dem herzen stecken er dô lie. / alsô grimmeclîchen ze flühten Hagen nie / gelief noch in der werlde vor deheinem man.*

In neuerem Deutsch hieß das: *Da der Herr Siegfried an der Quelle trank, traf Hagen ihn durch das Zeichen hindurch mit dem Speer, dass sein Herzblut im hohen Bogen aus der Wunde an Hagens Wams spritzte. Eine so schwere Untat kann heute kein Held mehr begehen. – Hagen ließ ihm den Speer im Herzen stecken. Er selbst wendete sich in solch rasender Hast zu Flucht, wie er niemals vorher vor einem Menschen geflohen war.*

Das alles konnte Horst Hastenteufel auswendig hersagen, auch den ebenso coolen wie zynischen Kommentar Hagens, als die anderen Siegfried beweinten: *Dô sprach der grimme Hagene: »jane wéiz ich waz er kleit … wol mí daz ich sîner hêrschaft hân ze râté getân.« – Da sagte der grimme Hagen: »Ich weiß überhaupt nicht, worüber Ihr weint … Ich jedenfalls rechne es mir als Glück an, dass ich seiner Herrschaft ein Ende gesetzt habe.«*

Das war dann auch die entscheidende Stelle für seinen Hagen-von-Tronje-Roman.

»Na, gefällt Ihnen das Buch?«

Horst Hastenteufel schreckte zusammen, denn er hatte gar nicht gemerkt, dass sich ihm eine der Buchhändlerinnen von hinten genähert hatte. »Mir ...?« Fast wäre er damit herausgeplatzt, dass ein Autor immer ein sehr ambivalentes Verhältnis zu seinen Romanen habe. Nie entspräche das fertige Werk dem, was er sich vorher vorgestellt habe. Sein Ideal, sein Maßstab sei immer das noch nicht geschriebene Buch. Sie war genau sein Typ, aber er musste der Versuchung widerstehen, vor ihr glänzen zu wollen, beließ es bei einem diffusen »Ich weiß nicht so recht« und legte den *Hagen* zurück, um dann die Buchhandlung mit einem gemurmelten »Danke schön« schnell wieder zu verlassen. Zu schnell? Hoffentlich nicht.

In den nächsten Stunden spazierte er weiter durch Hagen und sah sich an, was die Stadt zu bieten hatte. Sie bestand aus Neubauten, es gab kaum etwas Altes. »Nach dem Krieg war die Innenstadt ein einziges Trümmerfeld«, erzählte ihm eine Rentnerin, die sich im kleinen Park hinter der Karl-Marx-Straße neben ihn auf eine Bank gesetzt hatte. »Die Engländer haben Flugblätter abgeworfen, auf denen stand: Hagen im Loch, wir kriegen dich doch!« Aber die Jugendstilhäuser müsse er sich ansehen. Er nickte. Den Prospekt aus der Hotelrezeption hatte er in der Tasche stecken. Da gab es zuerst das Karl-Ernst-Osthaus-Museum in der Hochstraße mit dem Henry-van-de-Velde-Archiv. Hinter dem Theater musste es liegen. Nachdem er sich zweimal verlaufen hatte, fand er es.

Der Hohenhof, die Häuser von J.L.M. Lauweriks und das Thorn-Prikker-Haus lagen zu weit draußen, als dass er Lust gehabt hätte, dorthin zu laufen, also nahm er sich eine Taxe. Stirnband hieß die Straße, an der diese Häuser lagen. Komisch.

Der Taxifahrer erzählte, dass er kurz vor Kriegsende in Breslau geboren worden war, mit seinen Eltern in Polen hängengeblieben und erst als Sechsjähriger nach Hagen gekommen war. Man hörte es deutlich. Auch die Reklame, die der Mann an den Seiten seines Wagens angebracht hatte, erschien Horst Hastenteufel wenig damit zu tun haben, dass sich Hagen als

Tor zum Sauerland verstand: »*Kota Radja* – Fernöstliche Spezialitäten«.

»Haben Sie denn keine Angst, von hinten erschossen zu werden?«, fragte Horst Hastenteufel »Von diesem irren Schriftsteller da aus Berlin …«

»Doch, aber ich habe eine kugelsichere Weste an. Ich kenne viele, die sich eine gekauft haben. Damit ist man auf der sicheren Seite, denn der Mann will ja wie der echte Hagen vorgehen: von hinten ins Herz schießen.«

Horst Hastenteufel bedauerte, dass er von den Herstellern kugelsicherer Westen keine Provision einfordern konnte. Angst füllte die Kassen. Nur seine vorerst nicht. Aber das kam ja noch.

Es ging die Eppenhauser Straße hinauf, dann rechts in die Haßleyer Straße hinein. An der Ecke Stirnband stieg Horst Hastenteufel aus und war sich sicher, dass der Taxifahrer ihn nicht durchschaut hatte.

Er mochte den Jugendstil sehr, und als er sich am Anblick der Häuser ausreichend erfreut hatte, bekam er Lust auf einen kleinen Spaziergang. Ein Blick auf den Stadtplan sagte ihm, dass es bis zur Fernuniversität keine drei Kilometer waren, also ein Klacks für einen Jogger wie ihn, nur immer die Feithstraße entlang. Mal sehen, ob sich in der Universitätsbibliothek irgendeine Spur von ihm entdecken ließ.

Es ging munter auf und ab. Abwechselnd fiel Horst Hastenteufels Blick auf Villen und Hochhäuser. Der Klotz einer Fachhochschule beherrschte die Anhöhe, die er erklomm. Dann ging es über eine Autobahn hinweg, und Zufahrten wie Ampeln hemmten seinen Lauf und ärgerten ihn. Aber schon lange hatte er den Block der Fernuniversität im Blickfeld. Wie eine graue Wolkenwand begrenzte er den Horizont. Schließlich hatte er das Unigebäude erreicht und verirrte sich zunächst ein wenig, stand dann aber doch in der Bibliothek und durchforstete die Regale wie die Kataloge. Ob sich der Name Horst Hastenteufel dort finden ließ? Nein. Absolute Fehlanzeige. Weder standen seine Romane dort, der *Hagen* schon gar nicht, noch war er in einem Literaturlexikon auch nur ein ganz klein wenig erwähnt.

Erst jetzt fiel ihm ein, dass Lothar Landwasser hier in Hagen einen Lehrstuhl hatte. Er fragte im Institut nach Landwasser und erhielt die Auskunft, dass der Literaturwissenschaftler zu einem Vortrag nach Tutzing gefahren sei.

»Und Dr. Levee?«

»Der muss hier irgendwie herumschwirren. Und wer sind Sie?«

»Norman Nobody.«

Deprimiert, aber auch darin bestärkt, dass sein Vorhaben absolut richtig war, ging Horst Hastenteufel durch das Eugen-Schmalenbach-Gebäude, vormals AVZ II, wie er auf den Schildern las, durchquerte den Fachbereich Erziehungs-, Sozial- und Geisteswissenschaften und machte sich auf die Suche nach einer Bushaltestelle, um in die Stadt zurückzufahren. Als er nicht sogleich eine fand, bemerkte er mit einigem Ärger, dass seine Blase plötzlich drückte. Ziemlich heftig sogar. Er hatte keine Lust umzukehren, die lange Auffahrt wieder hinaufzugehen und nach einer Toilette zu suchen, und hoffte, dass sich im Waldstreifen hinter dem Parkplatz eine Gelegenheit bieten würde. Und richtig: Es ging einen Abhang hinunter. Eine hölzerne Treppe erleichterte den Abstieg. Er hielt sich am Geländer fest, um nicht abzurutschen. Weit und breit war niemand, und er stellte sich schnell an eine junge Buche. Hinten sah er zwar ein Haus mit einem kleinen Kinderspielplatz, aber dort rührte sich nichts. Also: Wasser marsch. Leider bespritzte er seine hellen Schuhe ein wenig, und als er sich bückte, um sie mit einem Tempotaschentuch zu reinigen, bekam er auch noch Nasenbluten.

Als er alles im Griff hatte, stieg er wieder zur Uni hinauf und fuhr mit dem Bus in die Innenstadt zurück. So leer, wie alles war, bekam er sofort einen Sitzplatz. In der Nähe des Friedrich-Ebert-Platzes stieß er auf einen Gedenkstein des Sauerländischen Gebirgsvereins und staunte. Schräg gegenüber entdeckte er ein Restaurant. Etwas Bayerisches mit blau-weißen

Rauten und einem Bauernbub. *Seppl* hieß die gastliche Stätte und man konnte hier »Seppl'n bis zum Abwinken«, was immer das bedeutete. Trotzdem ging Horst Hastenteufel hinein und bestellte sich eine echte Hagener Spezialität: Curryhuhn indisch. Bei Indien dachte er automatisch an Joscha Matuschewski, und ihm fiel ein, dass Manfred Matuschewski an diesem Wochenende in Krefeld war. Wie hätte der gesagt? »In Hagen kann man's wagen.«

Manfred Matuschewski kam in Hagen an und hatte keinen Plan. Bis jetzt hatte er nichts weiter gehabt als die naive Vorstellung, ziellos durch die Stadt zu schlendern und dabei automatisch auf Horst Hastenteufel zu stoßen. »Die Wege des Herrn …« War es ihm vorausbestimmt, den Freund zu finden und ihn an seiner Mordtat zu hindern, dann traf er ihn auch – sollte es nicht sein, half ihm auch der genialste Plan nicht weiter. Aber ein wenig logisches Denken konnte dennoch nichts schaden … Seines Wissens war Horst Hastenteufel niemals zuvor in Hagen gewesen. Das einzige, was er mit dieser Stadt assoziierte, mochte die Fernuni sein, denn dort lehrte Lothar Landwasser – und den hasste Horst Hastenteufel ebenso wie Laban Levee. Dass sein Name im *Landwasser / Levee* nicht auftauchte, war für Horst Hastenteufel sicherlich der seelische Super-GAU. Kam er also in Hagen an, würde er sich zur Fernuni aufmachen, um Levee zu beobachten. Manfred Matuschewski war sich sicher, dass es Hastenteufel in Wahrheit auf den Literaturwissenschaftler abgesehen hatte, mochte er in seiner Ankündigung auch geschrieben haben, dass es jeden treffen könne. Das war nichts weiter als ein Ablenkungsmanöver. Also setzte er sich in eine Taxe und ließ sich zur Fernuni fahren. Aber sosehr er sich auch umsah, es gab keine Spur von Horst Hastenteufel. In der Bibliothek vergaß er den Freund für einige Minuten, denn nun war es wichtiger für ihn, in den Karteikästen und auf den Bildschirmen nach seinem eigenen Namen zu suchen. Wunderbar, sie hatten alles von ihm in den Regalen stehen, und griff er zu den Werken der Kollegen von der Organisationssoziologie, stand hinten im Register fast immer der Name »Matuschewski, Manfred«. *Du bist nicht hier, dich zu suchen, sondern ihn!* Sein Über-Ich rief ihn zur Pflicht zurück, und so streifte er weiterhin durch die Flure. Irgendwann fiel ihm ein, daß es sinnvoll war, sich nach Lothar Landwasser und Laban Levee zu erkundigen. Wahrscheinlich waren sie schon längst gewarnt worden und irgendwo in Deckung gegangen, aber man wusste ja nie. Manfred Matuschewski fragte nach und bekam den Weg zu Landwassers Institut gewiesen. Aber zu dieser späten Stunde würde dort wohl niemand mehr sein. Doch, eine Hilfskraft war noch dageblieben, um ein dringendes Literaturverzeichnis anzulegen. Nur ungern wandte die Frau sich vom Computer ab. Er stellte sich vor und sagte, dass er ein Journalist sei, der etwas über Landwasser und Levee schreiben wolle.

»Da hat vorhin schon mal jemand nach Professor Landwasser und Dr. Levee gefragt ...«

»So ein korpulenter Herr?«

»Nein, eine korpulente Dame.«

In diesem Augenblick machte es »klick« bei Manfred Matuschewski, und er wusste, wie Horst Hastenteufel seinen Plan verwirklichen wollte. Er trat auf den Flur hinaus, um mit seinem Handy 110 anzurufen und eine Großfahndung nach Franziska Kraneis auszulösen.

Nachdem Horst Hastenteufel im *Seppl* gezahlt hatte, ging er zum Bahnhof zurück, um an der dortigen Polizeiwache die Beweise, dass er in Hagen war, in den Briefkasten zu werfen. Ein Transvestit kam ihm entgegen, schwarzer Rock, blaue Jacke, Halbglatze. Offenbar stadtbekannt, denn keiner schenkte ihm besondere Aufmerksamkeit. Horst Hastenteufel wagte ein scheues Lächeln.

Gegen 21 Uhr kehrte Hastenteufel ins Hotel zurück, warf sich aufs Bett, sah fern und überlegte, was am nächsten Tag zu tun war. Am besten, er rief von einer Telefonzelle aus die *Bild-Zeitung* und den WDR an und sagte, dass er sich genau um zwölf Uhr mittags vor dem Stadttheater stellen wollte. Aber wie? In seiner Verkleidung oder mit Jeans und schwarzem

Rollkragenpullover? Sollte er noch Widerstand leisten, damit die Festnahme etwas spektakulärer geriet?

Das wollte er erst beim Frühstück entscheiden. Noch richtig genießen musste er das, denn es war ja sein letztes in Freiheit. Mit maximal zwei Jahren Gefängnis rechnete er. Kein zu hoher Preis, wenn man bedachte, dass ihn dafür ganz Deutschland kannte. Wo immer er danach erschien, immer – bis an sein Lebensende – würden sie sich nach ihm umdrehen und wispern: Das ist doch der, der damals in Hagen jemanden umbringen wollte ... *Wollte*, aber nicht hatte! Und alle würden sie die Romane zur Kenntnis nehmen, die er von nun an schrieb. Euphorie erfasste ihn: Es war geschafft! Er dachte mit Hölderlin: »Zu den Sternen hätt ich flieh'n mögen mit meiner Seligkeit.« So schlief er ein ...

... und wurde zwei Stunden später brutal aus seinen Träumen gerissen, als ein SEK-Trupp sein Zimmer stürmte und ihn verhaftete. Dieser Aufwand schien nötig, nachdem man im Fleyer Wald, gleich hinter dem Parkplatz der Universität, den 42-jährigen Literaturwissenschaftler Dr. Laban Levee erschossen aufgefunden hatte. Die Kugel war ihm von hinten ins Herz gedrungen.

Bundesweit bekannt geworden sei Levee, so meldeten die Agenturen, als Mitautor des Standardwerkes *Die deutsche Literatur seit Lessing*, kurz: den *Landwasser / Levee*.

Hunderte von Autorinnen und Autoren hatten die beiden im Register aufgeführt, aber wer fehlte, war Horst Hastenteufel. Diese Tatsache war es, die diesem das Genick brechen sollte. Er wurde des Mordes an Laban Levee für schuldig befunden und zu zwölf Jahren Haft verurteilt. Und dies, obwohl er die Tat vehement bestritt und sich auch keine Tatwaffe finden ließ. Aber er hatte kein sicheres Alibi, denn über die Feuertreppe des Hotels konnte man jederzeit ungesehen ins Freie gelangen, und es hatten ihn zwei absolut glaubwürdige Zeugen in der Nähe des Opfers gesehen. Was ihn am meisten belastete, waren allerdings die Spuren, die er am Tatort zurückgelassen hatte. Vor allem sein blutiges Taschentuch.

Erst hatte er fürchterlich getobt. Ob denn keiner durchschaute, was da wirklich gelaufen war, dass da einer die Chance genutzt habe, die er, Horst Hastenteufel, ihm eröffnet hatte. Man hatte nur gelacht und dieses Argument als geschickten Schachzug seiner Verteidiger abgetan. Schließlich hatte er vor Gericht gedroht, sich umzubringen, wenn sich der wahre Täter nicht meldete, dann aber war er still geworden und hatte die Strafe fast demütig angenommen, denn er fühlte sich schuldig am Tod des Literaturwissenschaftlers. »Ohne meine Idee lebte er noch. Und ich glaube, dass die narzisstische Bedürftigkeit die achte und neue Todsünde der Menschheit ist.«

Manfred Matuschewski war von allem so erschüttert, dass er kaum mehr zum Arbeiten kam. Horst Hastenteufel genoss nun bundesweite Prominenz, war aber dennoch weit davon entfernt, die Bestsellerlisten zu stürmen, ja, es waren genau genommen von *Hagen* nur knapp dreihundert Exemplare mehr über den Ladentisch gegangen. Wer kaufte schon gern das Buch eines Mörders?

»Vielleicht der Mann oder die Frau, kurz: der Mensch, der Horst Hastenteufel benutzt hat, in Hagen einen Mord, seinen – Schrägstrich – ihren Mord zu wagen«, mutmaßte Manfred Matuschewski und verfiel ins Philosophieren. »Sollen wir diesen Menschen mit Siegfried verurteilen und ausrufen: ›*jâ ir bœsen zagen*!‹ – ›Ach, Ihr gemeinen Feiglinge!‹ –, oder ihm anerkennend sagen, dass ihm in Hagen der perfekte Mord gelungen ist? Horst Hastenteufel hat sich geschworen, ihn zu suchen und vor Gericht zu bringen, wenn er wieder ein freier Mann ist. Bis dahin findet er seine Leitwerte bei Hölderlin und in dessen *Hyperion*: ›Ich halte die Hand ins Feuer, bis ich es ertrage, wie Wasser.‹ Das Schicksal eines Kriminalschriftstellers kann nur darin seine Krönung finden, dass er entweder selber mordet oder aber ermordet wird.«

»Ja«, fügte Heiner Dietrich hinzu. »Vorher aber wird er die Chance nutzen und im Knast endlich den großen Roman schreiben, den er sonst nie geschrieben hätte.« Und er schloss seine Ausführungen mit einem Nietzsche-Zitat: »Ich sage euch:

Man muss noch Chaos in sich haben, um einen tanzenden Stern gebären zu können. Ich sage euch: Ihr habt noch Chaos in euch.«

Manfred Matuschewski kaufte sich sehr ungern neue Kleidungsstücke und Schuhe. Vorbild war ihm da sein Urgroßvater August Quade, Jahrgang 1862. »Der hat zeitlebens auch nur einen dunklen Anzug besessen.« Auch Friedrich der Große musste für seine Kaufunlust herhalten, weil von dem kolportiert wurde, er sei in Sanssouci stets in einem alten, fleckigen und fadenscheinigen Militärmantel herumgelaufen. Im Urlaub trug Manfred Matuschewski am Strand noch Hemden aus der Zeit, in der das Musical *Hair* die Welt erobert hatte, und Elke hatte durchaus recht, wenn sie sagte, jeder Stadtstreicher würde sich weigern, so vergammelte Turnschuhe wie die seinen zu tragen. Er tat dies allerdings aus Prinzip (»Mehr sein als scheinen«), nicht etwa aus Geiz, denn eigentlich neigte er dazu, gern Geld auszugeben, ja es nahezu aus dem Fenster zu werfen. Zu deutlich hatte er noch die Zeiten vor Augen, in denen er stundenlang mit sich gerungen hatte, ob er sich nach der Schule ein Eis für 10 Pfennige leisten konnte, und später hatten er und Renate sich oft eine Currywurst teilen müssen, weil ihr Geld nicht gereicht hatte, um für jeden eine zu kaufen.

Ging er einmal einkaufen, dann maulte er vorher und sagte, lieber wäre ihm jetzt ein Termin beim Zahnarzt.

»Manfred, du brauchst wirklich ein Paar neue Schuhe, wenn der Herbst kommt, deine alten haben vorn schon Löcher.«

»Macht nichts, das dient nur der besseren Be- und Entlüftung – du sagst ja immer, ich hätte einen fürchterlichen Schweißfuß.«

Elke verfügte über eine unglaublich feine Nase, so dass es ein Wunder war, dass die Parfümeure von Grasse sie noch nicht für viele Millionen eingekauft hatten.

Am Ende der großen Ferien war es so weit: Sie hatten bei einem Thai in der Ahornstraße gegessen und waren dann in ein Schuhgeschäft in der Schloßstraße gegangen, um ihm ein Paar derbe Schuhe für den Herbst zu kaufen. Es ging ans Anprobieren.

»Papa, du hast ja zwei linke Schuhe an!«, rief Melina. »Und die passen gar nicht zueinander.«

»Die kann man aber am besten klauen, die stehen da im Ständer auf der Straße, und es merkt keiner, wenn ich sie nehme und mit ihnen weglaufe.«

»Bring doch dem Kind nicht solchen Unsinn bei!«, mahnte Elke.

»Einer muss es doch tun«, erwiderte Manfred Matuschewski. »Man kann doch der Schule nicht alles überlassen, auch wenn die Lehrer schon ihr Bestes tun.«

Langsam wurden die Verkäuferinnen auf ihn aufmerksam. Eine langbeinige Blondine kam auf ihn zu. »Werden Sie noch nicht bedient?«

Manfred Matuschewski sah Elke mit großen Augen an und warf einen ungläubigen Blick in Richtung der Vorhänge, die den Verkaufsraum von Lager und Büro abtrennten. »Ist das denn hier so ein …?« Worauf er anspielte, war die verborgene Bedeutung des Verbs bedienen, das ja, insbesondere in Übersetzungen aus dem Amerikanischen, auch dafür stand, jemandem zu helfen, seinen sexuellen Erregungszustand lustvoll abzubauen. »Ja, ich möchte gerne bedient werden«, bekannte er schließlich. »Aber meine Frau ist doch dabei …«

»Das erleichtert eher alles.«

Das war ihm neu, aber bitte, die Verkäuferin musste es wissen. Viel passierte nicht. Dass sie ihm, als sie in ihrem kurzen Rock vor ihm niederkniete, um ihm die Schuhe anzuziehen, tiefe Einblicke in ihr Innenleben gestattete, war wirklich alles. Als er das Elke gegenüber flüsternd beklagte, schimpfte sie ihn einen blöden Macho. Er bereute seine Worte wie seine sündigen Gedanken und nahm der Verkäuferin die Arbeit ab, indem er sagte, er wolle sich nun selbst bedienen und sie könne ruhig eine kleine Pause einlegen oder sich anderen Kunden zuwenden.

Schließlich entschied er sich für ein Paar Halbschuhe, die zwar keine Bleisohlen hatten, aber dennoch so schwer waren wie Taucherstiefel. Dafür waren sie aber absolut wasserdicht und kosteten so viel, dass sein eingestecktes Bargeld nicht ausreichte.

»Sie können natürlich auch mit Ihrer Karte bezahlen«, sagte die Verkäuferin und schob ihm das Eingabegerät über den Tisch. Zu seiner großen Überraschung bekam er seine Geheimnummer beim ersten Anlauf zusammen. Neulich hatte er sie mit der Codenummer seines Handys verwechselt. Alles klappte bestens, bis ihm die Verkäuferin den Kassenbon zum Unterschreiben hinhielt.

Nun begann Manfred Matuschewski regelrecht zu zittern. Es ging einfach nicht. Er fühlte sich wie ein Lover, der bei einem One-Night-Stand nichts zustande brachte. Unter dieser Unterschriftsimpotenz, wie er es nannte, litt er, seit er vor rund zehn Jahren als Mitglied des Prüfungsausschusses der HÖV die Aufgabe gehabt hatte, hintereinander sage und schreibe 650 Urkunden zu unterschreiben. Immer wieder: Manfred Matuschewski, Manfred Matuschewski, Manfred Matuschewski, Manfred Matuschewski, Manfred Matuschewski ... Nach der neunzigsten Unterschrift hatte er einen Krampf bekommen, und nach der 250. war es zur totalen Blockade gekommen. Er war einfach nicht mehr in der Lage gewesen, seinen Namen zu schreiben, und hatte für diesen Tag aufgeben müssen. Von da an saß er manchmal vor seinen Banküberweisungen und schaffte es nicht, zum M für Manfred anzusetzen. Es kostete ihn eine riesige Überwindung, den Kugelschreiber über das Papier fliegen zu lassen. Aber deswegen zur Therapie zu gehen? Sein Freund Heiner Dietrich konnte auch nur irgendwelche mysteriösen Fehlschaltungen im Gehirn vermuten.

»Stimmt was nicht?«, fragte die Verkäuferin, als er wie erstarrt dastand und mit der Spitze des Kugelschreibers nur Löcher ins Papier piekte.

»Doch. Ich hab' nur vergessen, wie ich heiße. Aber ich kann ja mal meine Frau fragen.« Das konnte er allerdings nicht, denn Elke hatte inzwischen dem Drängen Melinas nachgegeben und war schon mit ihr in die nahe Eisdiele gegangen.

Die Verkäuferin gab ihm einen entscheidenden Hinweis. »Der Name steht doch auf Ihrer Karte.«

»Danke, ja ...« Nun wagte es Manfred Matuschewski und konnte der Verkäuferin wenig später den unterschriebenen Bon zurückreichen.

Deren Stirn umwölkte sich, als sie sich die Unterschrift genauer ansah. Sie hatte wenig Ähnlichkeit mit der, die sie eben auf seiner Plastikkarte gesehen hatte.

»Darf ich vielleicht einmal Ihren Ausweis ...? Wir machen das nur zum Schutze unserer Kunden.«

Manfred Matuschewski fand den Ausweis tatsächlich in den Tiefen seiner Weste und legte ihn vor ihr auf den Tisch. Er zeigte die dritte Version seiner Unterschrift, und er war sich sicher, dass sie jetzt mit der Fußspitze auf einen geheimen Knopf drückte, um die Polizei zu alarmieren. Offen war nur, mit welchem Trick sie versuchen würde, ihn aufzuhalten. Ganz einfach, sie prüfte seine Schuhe endlos lange und packte sie dann ebenso sorgfältig wie umständlich ein.

Da hielt der Streifenwagen auch schon vor der Tür, und zwei Beamte eilten in den Schuhladen. »Dürfen wir bitte einmal Ihren Ausweis sehen?«

»Natürlich. Mein Name ist Al Bundy.« Das war der Schuhverkäufer aus Manfred Matuschewskis früherer Lieblingsserie *Eine schrecklich nette Familie*.

Der Polizist lachte. »Immer noch derselbe: der Professor Matuschewski. Ich hatte doch 1992 bei Ihnen die Fortbildungsveranstaltung. Worum geht's denn hier?«

Manfred Matuschewski verwies auf sein großes Problem. »Überschrift: Unterschrift. Man will mir nicht glauben, dass ich ich bin.«

Nach zwei Minuten war die Sache erledigt, und Manfred Matuschewski, nun als VIP eingestuft, bekam als Schmerzensgeld acht Prozent Rabatt. Die nahm er gern, denn seine Konten waren leer, und die Banken wollten ihm keine Kredite mehr geben. Er brauchte das Geld nicht für sich, sondern für sein Forschungsinstitut. Die Firma FORMAT war sein großes Sorgenkind geworden. Schon seit Jahren war die Auftragslage miserabel, und Mitte 2004 quälten ihn ernsthafte Liquiditätsprobleme. Zudem wollten sie ja als Ersatz für die abgebrochene Kretareise in den Weihnachtsferien nach Thailand fliegen. Elke hatte zwar versprochen, alles zu bezahlen, musste aber bald bekennen, klamm zu sein.

»Eigentlich müsste das ja Rebecca bezahlen, denn ohne die wären wir ja nicht frühzeitig zurückgeflogen«

»Hör auf damit!«

Das tat er, denn sonst kam sie noch auf die Idee, Rebecca mitnehmen zu wollen.

Alle drei freuten sie sich schon mächtig auf Thailand, genauer: Khao Lak. Elke wollte nur am Strand liegen und faulenzen, Melina ihre Schwimmkünste ausprobieren, und er selber genoss schon vorab gedanklich das exotische Essen. Als Ariane und Dieter Riese von der Reise hörten, beschlossen sie spontan, sich anzuschließen. Manfred und Elke hatten nichts dagegen, versprach das doch doppelten Spaß. Außerdem kam man sich immer stärker vor, insbesondere im Ausland und im Umgang mit Reiseunternehmen, wenn man im Rudel auftrat.

Hoffentlich bekam er rechtzeitig das Geld zusammen, das sie für Thailand brauchten. Die Anzahlung hatte Manfred Matuschewski noch aufbringen können, doch woher die fast 3000 Euro nehmen, die noch überwiesen werden mussten? Auf allen Konten war sein Dispositionskredit schon ausgeschöpft.

»Was tun?«, fragte er Elke.

»Mindere deinen Unterhalt für Renate.«

Das war etwas, was er unbedingt vermeiden wollte. Nur keinen neuen Krieg! »Lieber versuche ich, mir bei meinen Freunden was zu borgen.«

Elke lachte und zitierte die schöne Volksweisheit, dass beim Geld die Freundschaft bekanntlich aufhöre.

»Aber nicht bei meinen Freunden.« Da war er sich ganz sicher. Also stellte er sich eine Liste all derer zusammen, von denen er annehmen konnte, dass sie aufgrund ihres Lebensstils und ihrer Einkünfte durchaus in der Lage waren, ihm für ein halbes Jahr einige Tausend Euro zu leihen – und dies ohne Zinsen.

Fast kam er sich vor wie damals, als er im Rahmen eines HÖV-Projektes als Bettler im S-Bahnhof Alexanderplatz und vor der Hochbahn am Schlesischen Tor gesessen hatte, um eine gute Note für sein Betteldiplom zu bekommen. Nach diesen Erfahrungen fiel es ihm gar nicht so schwer, sein Verslein herunterzubeten, doch hatte er damals wenigstens 24 Pfennige im hingehaltenen Plastikbecher gehabt, so sah es diesmal nach einer absoluten Nullnummer aus.

Jeder hatte eine andere Begründung dafür, dass er Manfred nichts leihen wollte. Manche verwiesen darauf, dass es doch Banken gebe, alle aber schienen das alte »Borgen macht Sorgen« tief verinnerlicht zu haben.

Nur Dieter Riese erklärte sich sofort bereit, ihm unter die Arme zu greifen. »10000 Euro kannst du haben.«

»Lass dich umarmen!«, rief Manfred Matuschewski.

»Ich muss sie aber unbedingt am 30. November wieder auf meinem Konto haben, sonst verlieren wir die Option auf das Stück Land hinter unserem Haus. Ariane will da ihre Küchenkräuter züchten und ich mir meine Garteneisenbahn bauen.«

»Ich schwöre dir, dass du bis zum 30. November alles wieder zurückhast, denn bis dahin werden die FORMAT-Kunden alle ihre Rechnungen bezahlt haben.«

Drei Tage später waren die 10000 Euro auf seinem Konto, und Manfred Matuschewski konnte den verbliebenen drei wissenschaftlichen Mitarbeitern weiter ihre Gehälter zahlen und auch sonst den Familien- wie den FORMAT-Betrieb am Laufen halten.

Die Elogen auf die Rieses nahmen kein Ende. Alle, denen er von den geliehenen 10000 Euro erzählte, zeigten sich tief beeindruckt.

»Die sind immer so gefällig«, sagte Manfreds Mutter. »Ariane Riese ist ja so eine nette und intelligente Frau. Und ihn mag ich auch.«

»Dass es so etwas in diesen Zeiten noch gibt!«, rief Heiner Dietrich. »Gut zu wissen, wenn man selber mal in Not sein sollte.« Das war er eigentlich immer, weshalb Manfred ihn auch gar nicht angerufen hatte. »Dieter und du«, fuhr Heiner Dietrich fort, »da kann ich nicht anders, als Schillers *Bürgschaft* zu bemühen und auszurufen: ›Und die Treue, sie ist doch kein leerer Wahn! / So nehmet auch mich zum Genossen an! / Ich sei, gewährt mir die Bitte, / In eurem Bunde der dritte.‹«

Wenn es um Hilfsbereitschaft ging, waren die Rieses eine Institution. Gab es irgendwo in Frohnau, Hermsdorf oder Glienicke einen mit ihnen befreundeten Menschen, der in Not geraten war, dann fuhren sie zu Ärzten und ins Krankenhaus, kauften ein, bewachten das Haus, pflegten den Garten und die Tiere und erledigten den Behördenkram. Abgesehen davon, dass sie sich Zeit nahmen, mit einem zu reden und aus Sackgassen herauszuhelfen. Waren zwei miteinander verfeindet, schafften sie es, dass es zur Versöhnung kam. Ihre Versicherungsagentur ließ ihnen genügend Zeit für all das, und sie verdienten genug, um vieles zu sponsern. Das rief natürlich auch Neider auf den Plan, die sie schon einmal als Gutmenschen verspotteten, doch das kümmerte sie wenig.

Manfred Matuschewski und Elke hatten schon viele schöne Stunden mit den Rieses verbracht und freuten sich auf die gemeinsame Reise an die Strände von Khao Lak. Dahin wollte Manfred, denn der Name erinnerte ihn immer an ein Schloss an der Oder, von dem sein Vater zeitlebens geschwärmt hatte, an Carolath.

Doch es sollte alles anders kommen, denn am 1. Dezember rief Ariane Riese an und zeigte sich so aufgeregt, wie Manfred Matuschewski sie noch nie erlebt hatte. »Du hast das Geld nicht überwiesen, und deshalb bekommen wir unseren Garten nicht. Der Verkäufer ist vom Vertrag zurückgetreten, weil er den Kaufpreis nicht pünktlich bekommen hat, und den hat er nicht bekommen, weil unsere Bank nichts überwiesen hat – und warum hat sie nichts überweisen? Weil du dein Wort nicht gehalten hast, weil du deine Schulden nicht zurückgezahlt hast.«

»Das kann doch gar nicht sein, ich hab' doch schon vor fünf Tagen alles überwiesen!«

»Hast du eben nicht!«

»Ich schwöre es!«, rief Manfred Matuschewski.

»Dass du es vergessen hast, ja.«

»Dass ich es überwiesen habe.« Nun wurde es langsam eine Sache der Ehre. »Ich habe so etwas noch nie vergessen. Schließlich bin ich Beamter.«

»Klar, deswegen dauert es bei dir auch immer ein paar Monate.«

Nun fühlte sich Elke beleidigt. Sie hatte mitgehört, und wenn auf Beamte geschimpft wurde, hing sie stets vor Wut an der Decke. Insbesondere jetzt, wo sie wegen der Vorbereitungen für Hartz IV im Sozialamt fast Tag und Nacht arbeitete, wurmte sie das. Sie nahm Manfred den Hörer aus der Hand, um mit Ariane zu sprechen.

»Du, ich habe selber gesehen, wie er das Überweisungsformular ausgefüllt hat.«

»Dann hat er's nicht abgeschickt!«

»Doch, ich hab's Weimarische Straße, Ecke Detmolder Straße in den Kasten geworfen.«

»Ach, rede dich doch nicht damit heraus, dass bei der Post immer was verlorengeht.«

»Nun hör mal!«

Ein Wort ergab das andere, und am Ende des Gesprächs waren sie sich einig, nicht mit den Rieses verreisen zu wollen. »Auf keinen Fall mit denen!« Manfred Matuschewski erinnerte sich an die alte Weisheit seines Soziologie-Kollegen Lewis A. Coser: »Je enger die Beziehung, desto heftiger der Konflikt.« Vieles, was an Aggressionen unter der Oberfläche geschlummert hatte, war wohl plötzlich hochgeschossen. Nun ja, man würde sehen. Es war zwar zum Heulen, ließ sich aber nicht ändern.

Etwa fünf Minuten später ging er zum Hausbriefkasten hinunter und fand dort neben der vielen FORMAT-Post auch einen Brief seiner Bank. Gespannt darauf, ob auf seinem Kontoauszug, nachdem er den Rieses das geliehene Geld zurücküberwiesen hatte, wieder ein Minus stand, riss er ihn noch im Treppenhaus auf. Es war aber gar kein Kontoauszug, sondern ein längeres Schreiben:

Sehr geehrter Herr Professor Matuschewski, Ihren Überweisungsauftrag zur Lasten Ihres Kontos Nr. … – Empfänger Riese, Dieter, Kontonummer … – konnten wir leider nicht ausführen, da die Unterschrift auf dem Überweisungsauftrag (siehe Abbild) von der bei uns hinterlegten Unterschriftsprobe abweicht. Bitte nehmen Sie bzw. der bevollmächtigte Unterzeichner des Überweisungsauftrages in den nächsten Tagen Kontakt zu Ihrem Kundenbetreuer auf, damit die Unterschriftsprobe aktualisiert werden kann.

Zur reibungslosen Bearbeitung bitten wir um Vorlage des Personalausweises oder Passes. Welche weiteren Unterlagen (z. B. Registerauszüge o. ä.) von Ihnen benötigt werden, wird Ihr Kundenbetreuer mit Ihnen abstimmen. Den Überweisungsauftrag nehmen wir dann ebenfalls gern entgegen.

Er rief sofort bei der Bank an, und den Rieses wurden die 10000 Euro auch auf der Stelle gutgeschrieben, aber das zerschlagene Porzellan ließ sich so schnell nicht wieder kitten. Die Lust auf Thailand war ihnen gehörig vergangen, und wäre dem nicht so gewesen, hätte es auch nichts geändert, denn sie bekamen das Geld beim besten Willen nicht mehr zusammen. Also blieb ihnen nichts anderes übrig, als die Reise zu stornieren und ihre Psyche dazu zu bringen, das Ganze auch noch als glückliche Wendung zu nehmen. Ewig lange in einem engen Ferienflieger zu hocken war ja wirklich eine Qual. Und ein Fest ohne schön geschmückten Baum, ohne den Besuch in der Kirche und ohne den Weihnachtsmann mit seinen Geschenken wäre auch kein richtiges Weihnachten gewesen. Außerdem hatte Manfred Matuschewski ein furchtbar schlechtes Gefühl gehabt, seine Mutter über Weihnachten und Neujahr allein zu lassen. Sie hätte zwar ihre Enkelkinder und ihre Schwester gehabt, aber dennoch …

»Nein, so wie es gekommen ist, ist es schon besser.« Da waren sie sich einig. »Und das mit Dieter und Ariane bringen wir im nächsten Jahr schon wieder in Ordnung.«

Jochen Kalkbrenners 65. Geburtstag rückte immer näher, und Manfred Matuschewski war noch immer nicht eingefallen, was man ihm Originelles schenken könnte. Es war generell der Fluch jeder Einladung, dass man sich stundenlang den Kopf über ein Geschenk zerbrechen musste. Hinzu kam die Zeit, die nötig war, es zu beschaffen. Kaufhäuser und Läden mussten abgeklappert, bestellte Waren in einer Woche abgeholt werden – ein entsetzlicher Aufwand. Rechnete man für jede Stunde nur den Lohn eines Klempners, kamen Unsummen zusammen. War das Geschenk zu groß oder zu zerbrechlich, um es mit Bahn und Bus zu transportieren, fielen, da sie kein Auto hatten, auch noch Kosten für die Taxe an.

»Ich gehe nur noch zu Geburtstagen, wenn mir Schenkfreiheit zugesichert wird«, sagte Manfred Matuschewski. »Oder aber man gestattet mir, den Betrag, den das Geschenk gekostet hätte, auf das Konto des Empfängers zu überweisen.«

Elke sah es idealistisch. »Man schenkt doch, um dem anderen Freude zu machen und ihn sozusagen zu ehren.«

»Ach, was: Ich reiße mir den ... auf, und dann landet mein teures Geschenk irgendwo in der Ecke, und ich werde auch noch als Trottel verspottet, weil mir nichts Besseres eingefallen ist.«

Wie auch immer, er plädierte im Falle seines alten Freundes und Fachkollegen Jochen Kalkbrenner für eine simple Lösung. »Bei seiner Nähe zur FDP gehe ich einfach in die nächstbeste Buchhandlung und kaufe ihm das Buch von Jürgen Dittberner: *Neuer Staat mit alten Parteien?*«

»Das wird er schon haben«, gab Elke zu bedenken.

»Na und? Ein gutes Buch kann man getrost zweimal lesen, und wenn es ein anderes und vor allem neues Exemplar ist, macht es umso mehr Spaß, weil man nicht andauernd auf Fettflecke stößt. Ebenso wenig wie auf Randbemerkungen, die man vor Jahren einmal verfasst hat und die einem nur noch peinlich sind.«

So einfach und praktikabel die Sache auch schien, sie brachte genau den Stress, den Manfred Matuschewski vermeiden wollte, denn die Buchhandlung um die Ecke, die er im Sinn gehabt hatte, war gerade für immer geschlossen worden, und in der noch existierenden hinter dem U-Bahnhof Blissestraße sagte man ihm, dass er doch lieber auf das neue Buch von Jürgen Dittberner warten solle.

»Es heißt schlicht und einfach *Die FDP* und erscheint im April nächsten Jahres.«

»Gut, danke, dann frage ich mal meinen Freund Jochen Kalkbrenner, ob er seinen Geburtstag um ein halbes Jahr verlegen kann. So handhabt das die englische Königin ja auch.«

Als sie zu Hause noch einmal intensiv über ein passendes Geschenk nachdachten, rief Heiner Dietrich an.

»Unsere alte Wandergruppe existiert zwar nicht mehr, seit ihr euch mit den Rieses verkracht habt, aber zur Erinnerung an die guten alten Zeiten könnten wir doch alle zusammenlegen und einen Fotografen losschicken, der die Orte fotografiert, an denen wir mal gewesen sind. Und ich schreibe einen kurzen Text dazu. Ich habe ja über alles Protokoll geführt, daran kann ich mich orientieren. Ich kenne eine preiswerte Druckerei, die daraus ein kleines Buch macht: *Jochen Kalkbrenners Wanderungen durch die Mark Brandenburg*. Die Kosten teilen wir uns, durch fünfzehn müsste das jeder bezahlen können.«

Manfred Matuschewski stimmte auf der Stelle zu, kam das doch seinem Ideal sehr nahe, mit einer Überweisung alles erledigt zu haben.

Natürlich hatte Elke Bedenken. »Als Geschenk der Gruppe ist das ja schön und gut, aber etwas sollte auch von dir ganz persönlich kommen.«

»Ich werde eine kleine Rede halten und ihn als Wissenschaftler würdigen.«

»Eine Rede gibt es immer. Lass dir mal etwas einfallen, was wirklich originell ist.«

Und so suchte Manfred Matuschewski in den nächsten Wochen verzweifelt nach einem Geschenk, das Elkes Anforderungen gerecht würde. Vor allem beim Walking dachte er darüber nach. Eines Tages kam er durch die Markobrunner Straße, die nördlich des Breitenbachplatzes parallel zum Südwestkorso verlief und kaum länger als zweihundert Meter war. Hier hatte Otto Stammer gewohnt, ihr gemeinsamer Doktorvater, und hierher waren dessen Studenten im Oktober 1965 gezogen, um ihn anlässlich seiner Emeritierung mit einem Fackelzug zu ehren, einem der letzten an der FU Berlin, denn kurz danach war angesagt gewesen, mit den alten Bräuchen radikal zu brechen.

»Das ist die Idee«, sagte er abends zu Elke. »Ich kaufe zehn Fackeln, die wir anstecken, und dann feiern wir Jürgen mit einem kleinen Fackelzug im Saale. Ich bin sicher, dass er sich darüber mächtig freuen wird.«

Elke war damit voll einverstanden, was selten genug vorkam. Bis zum 1. Dezember sollte aber noch einige Zeit vergehen und Alltägliches wie Bemerkenswertes geschehen.

Zuerst war die Nachsorge von Manfred Matuschewskis Sarkom-OP dran. Im August waren das operierte Bein mittels einer MRT und die Lunge mit einer CT untersucht worden, und das große Zittern hatte eingesetzt. Gab es Absiedelungen? Wenn ja, bedeutete dies weitere Operationen. Manchmal seien, so las er, die Patienten schon tot gewesen, bevor der OP-Termin gekommen war. Doch es war alles in Ordnung. Er atmete auf und sprach ein Dankgebet. Mit jedem Monat, in dem sich keine Tochterzellen bildeten, stieg die Wahrscheinlichkeit, dass er seinen Krebs endgültig besiegt hatte.

Nun war wieder eine Sonographie in der Schlosspark-Klinik fällig, und er wartete auf Elke, denn er wollte Melina ersparen, bei der Untersuchung dabei zu sein. Sie an diesem Tage irgendwo bei Freunden oder Verwandten »zu hinterlegen«, wie er das ausdrückte, hatte sich als unmöglich erwiesen. Immer, wenn es darauf ankam, konnte niemand.

Um sechzehn Uhr hatte er den Termin, und selbst wenn er

nicht mit der S-Bahn fuhr, sondern sich eine Taxe nahm, musste er um 15.30 Uhr losfahren, da die Stadtautobahn Richtung Norden um diese Zeit fast immer verstopft war. Doch wer nicht kam, war Elke.

»Wo bleibt Mama?«, fragte er seine Tochter. Das war Melinas Standardfrage, seit sie sprechen konnte, und ihr Rekord stand bei 66 Wiederholungen. Nun war Elke einerseits immer ein wenig vergesslich und zählte Unpünktlichkeit zu den höchsten Tugenden eines Menschen, konnte aber andererseits auch im Rathaus nicht alles stehen und liegen lassen, wenn ein Bürger sich in höchster Not an sie wandte. Vater und Tochter standen nun am Fenster und warteten. Leider war die Detmolder Straße nicht so aufregend wie der Broadway, aber es kamen genügend Leute vorbei, die ihren Platz im Lexikon hatten.

»Guck mal, Melina, dort drüben kommt Julius Caesar. Ah, und wem sagt er guten Tag? Dem Bundespräsidenten Horst Köhler. Und da tritt ja auch Willy Brandt aus der Haustür. Die werden wohl wieder zu dritt Skat spielen.«

Seine Tochter hatte ihm lange geglaubt, dass er wirklich alle Menschen, die unten vorbeigingen, mit Vor- und Nachnamen kannte, doch allmählich kamen ihr Zweifel. Elke hatte ihn in dieser Sache schon mächtig getadelt. »Stell dir bloß mal vor, sie reden in der Schule über Julius Caesar, und Melina meldet sich und sagt: ›Den kenne ich, der ist gestern erst durch die Detmolder Straße gegangen.‹«

Elke kam also wieder einmal pünktlich zu spät, aber da der Oberarzt, der sich seinen Oberschenkel ansehen sollte, durch eine Operation aufgehalten worden war, versäumte Manfred Matuschewski nichts außer einer halben Stunde Wartezeit. Dann war es endlich so weit.

Er streckte sich auf der harten Liege aus und wartete gottergeben. Eklig und kalt war das Gel, das der Arzt erst auf dem Oberschenkel, dann auf dem Bauch verteilte. Der Mann war neu in der Klinik, Manfred Matuschewski hatte also noch keine Erfahrung darin, in seinem Gesicht zu lesen. Er kam offenbar aus einem der ehemaligen Ostblockländer, sprach nur wenig und war, so schien es, ein ernsthafter Mensch. Manfred Matuschewski wäre ein Mediziner lieber gewesen, der amerikanisch locker mit ihm gescherzt hätte – statt einer aufbrandenden Schicksalsmelodie lieber ein paar simple Scherze. Das Schweigen war eine derartige Last, dass es seinen Brustkorb zusammenpresste und er nur schwer Luft bekam. Während er den Kopf des Sonographiegerätes auf Manfred Matuschewskis Oberschenkel hin und her gleiten ließ, starrte der Arzt mit höchster Konzentration auf seinen kleinen Bildschirm. Was für seinen Patienten wie eine Bildstörung aussah, musste für ihn von höchster Aussagekraft sein. Mit derselben Intensität, mit der der Arzt seinen Bildschirm betrachtete, beobachtete Manfred Matuschewski dessen Gesicht. Seine Blicke waren wie Laserstrahlen. Gab es da ein Zucken, gab es ein Lächeln, Alarm oder Entwarnung? Doch nichts ließ sich ablesen. Eine Statue schien mehr Leben in sich zu haben. Mit jeder Sekunde wuchs Manfred Matuschewskis Angst. Wahrscheinlich suchte der Mann nach einfühlsamen Worten, um ihm mitzuteilen, dass die Krebszellen sich neu angesiedelt hatten und eine weitere Operation unumgänglich sei.

Dann erhob sich der Arzt abrupt und ging nach hinten, um sich die Hände zu waschen.

»Ist es was Negatives?«, fragte Manfred Matuschewski.

»Nein, alles in Ordnung.«

Als Manfred Matuschewski wenig später dem Chefarzt über den Weg lief, wusste der schon Bescheid und freute sich mit ihm. »Mit jedem Monat, der seit der Operation vergangen ist, kommen Sie dem rettenden Ufer ein Stückchen näher.«

Am Abend fuhr er noch zu seiner Mutter nach Neukölln. Sie war in heller Aufregung. Ihr Hausarzt sei da gewesen, und da habe sie festgestellt, dass sie keine Unterwäsche mehr habe, und ein neues Kleid brauchte sie auch.

Manfred Matuschewski schrieb sich alles auf. »Ja, Mutti, du kriegst alles zu Weihnachten.«

Als er zu Hause Elke den Zettel reichte und sie bat, alles einzukaufen, verwies sie auf die Überstunden, die sie wegen der

Einführung von Hartz IV machen müsse. »Nein, da geh du mal selber ins Kaufhaus.«

Das machte er am nächsten Vormittag, als Melina in der Schule war, und konnte am Abend nur stöhnen. »Du, das war wie ein Spießrutenlaufen. Als ich gesagt habe: ›Für meine Mutter …‹, haben sie nur gegrinst. Die haben mich alle für einen Transvestiten gehalten.«

»Papa, was ist ein Transvestit?«, fragte Melina.

»Kind, das weiß ich nicht, frag Tante Willi.«

Elke ging dazwischen. »Wenn dich das Kind ernsthaft etwas fragt, musst du nicht mit einem Kalauer antworten.«

»Gut, also: *Trans* kommt aus dem Lateinischen und heißt jenseits, über, hinüber. *Transportare* bedeutete anderswohin befördern. Und *vestis* ist das Kleid, das Gewand. Ein Transvestit ist also ein Mann, der sich durch das Tragen von Frauenkleidern in das andere Geschlecht hinüberbefördert.«

»Wir sind hier nicht im Hörsaal«, merkte Elke an und fasste seine Ausführungen ein wenig zusammen. »Es gibt eben Männer, die viel lieber Frauen sein würden.«

»Und umgekehrt«, sagte Manfred Matuschewski und ging schon sicherheitshalber in Deckung, entschloss sich dann aber, Elke so lang anhaltend zu küssen, dass Melina dazwischenging, wohl instinktiv um ihren Status als Einzelkind fürchtend.

Am nächsten Tag fuhr er allein nach Frohnau hinaus. Er fühlte sich, als ginge es zu einer Beerdigung, und es wurden ja auch seine Träume zu Grabe getragen. Die Träume, die er gehabt hatte, als er vor über zwanzig Jahren nach Frohnau gezogen war.

Er lief zu Fuß durch die Straßen, die ihm zwar von den unzähligen Spaziergängen mit seinem Hund so unendlich vertraut waren, in denen er sich aber dennoch wie ein Fremder fühlte. Die anderen warteten schon vor der Kanzlei der Rechtsanwältin: Joscha mit Carmen, Larissa und Renate. Als deren Mutter vor einem Jahr gestorben war, hatte er an der Urnenbeisetzung teilgenommen. Seitdem sprachen sie öfter am Telefon miteinander und trafen sich bei größeren Familienereignissen, auch waren er, Elke und Melina schon zu Renates sechzigstem Geburtstag eingeladen worden.

Heute ging es darum, einen Vertrag zu formulieren, der Joscha und seiner Familie für zehn Jahre das Wohnrecht im Haus Am Grünen Hof sichern sollte. Joscha fürchtete, dass seine Eltern, gerieten sie in Geldnöte, das Grundstück verkaufen würden und er dann umsonst investiert hatte. Darüber hatten sie beide zuvor nicht nachgedacht, bis liebe Freunde sie daran erinnert hatten, was an den Jüterboger Stadttoren stand: ›Wer seinen Kindern giebt das Brodt und leidet nachmal selber Noth, den schlage man mit dieser Keule todt.‹ »Und denkt mal daran, was es kostet, wenn ihr später ins Heim müßt …« Gegen dieses Argument stand der Wert, dass man mit warmer Hand geben solle.

Nun, der Vertrag brachte die Interessen auf einen Nenner, und Manfred Matuschewski war fortan nur noch Gast draußen in Frohnau.

»Das ist eben mein Schicksal«, sagte er. »Schmöckwitz ist mir mit dem Mauerbau verlorengegangen – und jetzt verliere ich Frohnau. Abschied schmerzt immer, auch wenn man sich schon lange auf ihn gefreut hat.«

Da die Reise nach Thailand gestrichen war, blieb Manfred und den Seinen nur, sich auf Weihnachten zu freuen. Vorher aber stand der 65. Geburtstag von Jochen Kalkbrenner auf dem Programm. Mit ihren zehn Fackeln im Gepäck fuhren sie mit der Taxe nach Potsdam hinaus. Nobel war nicht nur das Hotel, in dem gefeiert wurde, nobel waren auch die Gäste aus Berlin und Brandenburg: ein Minister, zwei Staatssekretäre, mehrere Ex-Senatoren und hohe Verwaltungsbeamte, etliche hohe Würdenträger der FDP und zahlreiche Topmanager sowie Professoren.

Bei so viel Elite auf einem Haufen wurde Manfred Matuschewski angst und bange. Wie sollte er, das Kind vom Neuköllner Hinterhof, hier die Festrede halten? Der Einfall mit den Fackeln kam ihm angesichts von so viel Würde mehr als albern vor.

Dennoch trat er ans Rednerpult, nachdem Prof. Dr. Jochen Kalkbrenner seine Gäste mit launigen Worten begrüßt hatte. Frauke Kalkbrenner hatte jeden seiner Fluchtversuche unterbunden und ihn nach vorn gestoßen.

»Du stehst auf dem Programm, du musst!«

»Moment, die Fackeln …« Er zog sie aus Elkes Plastiktüte und verteilte sie an Melina und die Umstehenden. Während Elke herumging und die Fackeln der Reihe nach anzündete, begann er mit seiner Rede.

»Liebes Geburtstagskind, verehrte Honoratioren, liebe Gästinnen und Gäste. Es war einmal alter Brauch, beliebte Professoren bei ihrem Abschied von der Universität mit einem Fackelzug zu ehren. Jochen und ich haben das selber noch erlebt, haben selber eine Fackel in der Hand gehalten, als unser beider Doktorvater, Otto Stammer, 1965 emeritiert wurde. Und mit einem kleinen Fackelzug hier im Saale wollen wir nun auch unseren Politologen und Soziologen Jochen Kalkbrenner ehren, von dem sich – mit Goethe – sagen lässt: ›Ich bin erst kurze Zeit allhier, / Einen Mann zu hören und zu kennen, / Den alle mir mit Ehrfurcht nennen.‹ Jochen Kalkbrenner ist nicht nur ein höchst liebenswerter Mensch, sondern auch die Nummer eins der Parteienforschung. Und bis auf einen haben sich alle seine Träume erfüllt – offen ist nur der Traum von der goldenen Promotion im Jahre 2019. Fünfzehn Jahre sind es noch, aber das ist durchaus zu schaffen. Schaffen, das ist das Stichwort. Blicken wir auf das zurück, lieber Jochen, was du bis jetzt geschafft und geschaffen hast …«

Das nun schaffte Manfred Matuschewski nicht mehr, denn die zehn Fackeln hatten inzwischen so viel Rauch und Hitze entwickelt, dass die Brandmelder im verhältnismäßig flachen Festsaal des Nobelhotels in Panik gerieten und loszulärmen begannen. Und nicht nur das: Auch die Sprinkleranlage tat ihre Pflicht – und alle standen im Nu unter einer kräftigen Dusche. Nur eben nicht nackt, sondern teuer und festlich gewandet.

Ein gesegnetes Alter

Manfred Matuschewski schlief furchtbar schlecht. Das hatte viele Ursachen. Zum einen wurde er regelmäßig von seinen Träumen durchgeschüttelt. Meist war es einfach nur ein Schreck, der ihn am Ende hochfahren ließ. Er paddelte etwa auf einem Fluss, der viel Ähnlichkeit mit der Spree zwischen Oberbaumbrücke und Treptow hatte, und musste mit seinem Faltboot Dampfern, Schleppkähnen, heranrasenden Wellenflitzern und meterhohen Wellen ausweichen. Oft wurde er mit einer Sache nicht fertig und geriet zunehmend in Panik. Dann wieder war er mit einer Reisegruppe unterwegs, unten stand schon hupend der Bus, und die anderen schimpften auf ihn, während er fieberhaft und vergeblich nach seinem Koffer suchte, um endlich mit dem Packen anzufangen. Was auch immer wiederkehrte, waren Szenen, in denen er eins seiner Kinder im Gedränge eines Kaufhauses oder eines U-Bahnhofs verlor. Joscha sprang in einen U-Bahnzug, und er kam nicht schnell genug hinterher. Die Türen knallten zusammen, der Zug verschwand im Tunnel, und er blieb auf dem Bahnsteig zurück.

Die Krönung war sein Standardtraum Nummer eins: Er ging durch die Stadt und sah über sich ein riesiges Passagierflugzeug. Das blieb plötzlich mitten in der Luft stehen, kippte nach hinten weg und stürzte auf ihn zu. Er glaubte, getroffen zu werden, und schrie voller Todesangst. Doch dann schlug es in der Nebenstraße auf, und er sah nur den Rauch aufsteigen.

»Ist was?«, rief Elke aus ihrem Zimmer.

»Nein, mir geht es gut, ich hab's wieder mal überlebt.« Er war sich sicher, dass dieser Traum posttraumatische Ursachen im Erleben des Bombenkriegs hatte.

Was er mit zunehmendem Alter immer mehr vermisste, waren lustvolle Träume. Hatte er als pubertierender Knabe wie auch später als Mann nächtliche Pollutionen aus Angst vor bösen oder spöttischen Kommentaren seiner Mutter wie seiner Partnerinnen verflucht, so wünschte er sich jetzt, sie möglich oft zu haben.

»Immer trocken zu sein ist für einen Alkoholiker eine schöne Sache, aber nicht für mich«, klagte er seinem Freund Dirk Kollmannsperger sein Leid.

»Manche lieben's feucht«, erwiderte der. »Verstehe.«

Brachten ihn nicht seine Träume um den Schlaf, dann war es seine Blase. Etwa alle zweieinhalb Stunden begann sie zu drücken, und jeder Versuch, sie zu ignorieren, ließ den Druck noch steigen. Er musste aus dem Bett, sich im Dunkeln seine Sandalen suchen und auf die Toilette schleichen. Die Mühe und die hohe Konzentration darauf, jeden Lärm zu vermeiden, um die anderen nicht zu wecken, ließen ihn hellwach werden. Wie beneidete er die Menschen, die sechs, sieben, acht Stunden im Stück durchschlafen konnten! Er war schon glücklich, wenn er zwischen 23 Uhr abends und 5.30 Uhr morgens nur einmal rausmusste. Immer öfter wurden aber zwei Toilettenbesuche nötig. Elke riet ihm, sich doch einen Nachttopf neben das Bett zu stellen oder ersatzweise eine gläserne Ente, wie man sie im Krankenhaus hatte, doch das lehnte er entschieden ab. Zum einen erschien ihm das als etwas unästhetisch, zum anderen wollte er sich auf dem Weg zum Greise noch ein wenig Zeit lassen.

Seit er sich dem Power Walking hingab, störte noch etwas seine nächtliche Ruhe: der Wadenkrampf. Mal war es das rechte Bein, mal das linke, und ab und an waren es sogar beide gleichzeitig. Es schmerzte so, als würde ihm ein Messer in die Wade gestoßen werden. Er versuchte dagegen anzukämpfen, indem er die Füße aufstellte und die Zehen anzog, aber das half anfangs nur wenig. Man musste versuchen, aus dem Bett zu kommen und ein paar Schritte zu laufen. Aber die Beine auf den Boden zu setzen scheiterte immer wieder am Sperrfeuer seiner überreizten Nervenstränge. Manchmal dauerte es geschlagene fünf Minuten, bis er sich in die Senkrechte gehievt hatte und, sich an den Regalen festhaltend, durch den Raum humpeln konnte. Trank er literweise eklig schmeckende Magnesiumbrause, ging es wieder ein paar Tage lang. Das Schöne an den Wadenkrämpfen war, dass sie ihn später beim Laufen nicht behinderten. Ihre einzige Nachwirkung war der hochgepuschte Kreislauf. Wieder einschlafen konnte er bestenfalls nach einer Stunde.

Besonders misslich war es, wenn er – aus welchem Grund auch immer – kurz nach drei Uhr morgens erwachte, denn dann war er zu wach, um nach dem Gang zur Toilette noch einmal einzuschlafen, gleichzeitig aber zu müde, um aufzustehen und sich an den Schreibtisch zu setzen. Meistens blieb er, auch um die anderen nicht zu stören, doch noch im Bett liegen und hörte Radio. Dabei hatte er seinen Apparat so eingestellt, dass er nach einer Viertelstunde automatisch verstummte.

An diesem Freitag musste er die Prozedur dreimal starten, ehe er endlich eingeschlafen war.

Doch nach ganzen zehn Minuten wohligen Tiefschlafs ließ ihn das Schrillen seines Telefons hochfahren. Der Adrenalinstoß war so heftig, dass sein Herz ziemlich aus dem Rhythmus kam und er schon fürchtete, dies sei der Anfang eines Infarkts. Er taumelte zum Telefon und murmelte: »Ja, bitte?«

Es war seine Mutter. »Ich gehe jetzt schlafen und wollte dir nur noch schnell gute Nacht sagen.«

»Das ist lieb von dir. Danke, gleichfalls.«

»Kommst du mich morgen besuchen?«

»Nein, heute.«

»Was ist denn heute für ein Wochentag?«, fragte seine Mutter.

»Freitag, Mutti.«

»Freitag kommt doch Gretchen Pieper.« Das war ihre Reinemachefrau.

»Nein, Mutti, Gretchen Pieper kommt am Montag, freitags kommt immer die Gudrun, die dir die Haare macht.«

»Werde du erst einmal so alt wie ich!«

»Gerne, aber nicht schon heute, sondern erst in dreißig Jahren.« Nun sagte er ihr gute Nacht, legte auf und ging ins Bad, um sich für den Tag frischzumachen. Inzwischen war es auch schon 4.15 Uhr, und er konnte wieder *Sport kompakt* hören. Dabei erfuhr er dasselbe wie vor acht bis zehn Stunden.

Nun machte er sich daran, die aktuellen FORMAT-Projekte durchzugehen und zu sehen, wo sich noch etwas besser machen ließ. Kaum hatte er den ersten Fragebogen durchgesehen, klingelte das Telefon schon wieder. Er nahm ab.

»Na, Mutti, kannst du nicht einschlafen?«

»Mir ist das Rollo auf den Kopf gefallen.« Joscha hatte es angebracht, aber sie riss immer mit solchem Ungestüm daran, dass die Klettbänder nicht hielten.

Manfred war in Sorge um sie. »Bist du verletzt, soll ich die Feuerwehr oder den Notarzt anrufen? Oder klingele doch bei Frau Bernhard.«

»Nein, ich bin nicht verletzt. Aber ohne Rollo gucken sie mir doch von gegenüber ins Schlafzimmer.«

»Ja, Mutti, der Opa Lindemann.«

»Der ist doch schon Ostern gestorben.«

»Dann mach doch das Licht aus, wenn du dich ausziehst und ins Bett gehst«, riet ihr Manfred.

»Kannst du nicht gleich kommen, mir das Rollo wieder anmachen?«

»Nein, Mutti, leider nicht, ich muss mich hier um Melina kümmern.«

»Dann schlafe ich eben auf der Couch im Wohnzimmer, da ist der Vorhang vor, und keiner kann mir reingucken.«

»Gute Idee!«

Von nun an verlief der Tag erst einmal wie immer. Manfred Matuschewski spielte parallel den Hausmann und den Leiter eines Forschungsinstituts. Als Elke am späten Nachmittag nach Hause kam, um Melina zu übernehmen, machte er sich auf den Weg zu seiner Mutter. Zwei Fragen waren vorab zu klären.

»Soll ich mit der Taxe hinfahren oder mit der S-Bahn? Und soll ich ihr zwei Stück Kuchen mitnehmen oder zwei Schrippen?«, fragte er die Gefährtin seines Lebens.

»Du bist doch alt genug, das selber zu entscheiden«, erwiderte Elke. »Ich bin nicht deine Vorgesetzte.«

»Es gibt Leute, die drehen völlig durch, weil sie sich nicht zwischen A und B entscheiden können, das ist das BE-Syndrom.«

»Was hat denn das mit BSE zu tun?«

»BE, bitte, und zwar nicht Berliner Ensemble, wie der Laie vielleicht glauben mag, sondern Buridans Esel, das Tier, das verhungert ist, weil es sich nicht zwischen zwei Heuhaufen entscheiden konnte.« Obwohl er schon seit vier Jahren nicht mehr im Hörsaal stand, liebte Manfred Matuschewski das Dozieren noch immer.

»Kauf ihr Schrippen und fahr mit der S-Bahn.«

»Ich danke dir, dass du mich wieder einmal vor der Psychiatrie gerettet hast.«

Er machte sich auf den Weg nach Neukölln. Bis zum S-Bahnhof Bundesplatz waren es knapp sechshundert Meter. Für Manfred Matuschewski war es gleichzeitig ein Sprung zurück ins Jahr 1954. Damals hatten die Bugsins ihre Wohnung in der Koblenzer Straße bezogen, und seine Eltern und er waren den Weg von und zur S-Bahn oft gegangen. Damals war es noch die Station Berlin-Wilmersdorf, an die U-Bahnlinie 9 war noch nicht zu denken gewesen, und der Bahnsteig hatte sich weiter hinten, in Richtung Innsbrucker Platz, befunden. Unvorstellbar für ihn, dass er damals derselbe Mensch wie heute gewesen war. Sie hörten zwar beide auf den Namen Manfred Matuschewski, aber der Manfred von heute schämte sich für den Manfred von damals und stritt energisch ab, ihn zu kennen. »Wir haben nie etwas miteinander zu tun gehabt.« In seinem Bewusstsein hatte es keine kontinuierliche Entwicklung gegeben, sondern einen Quantensprung: vom schüchternen, sich ständig kleinmachenden Schuljungen, Siemens-Lehrling und Soziologie-Studenten zum »nützlichen Mitglied der menschlichen Gesellschaft«, wie es seine Schmöckwitzer Oma immer formuliert hatte.

»Wann machst du endlich deinen Frieden mit dir selber?«, fragte Elke bei jeder sich bietenden Gelegenheit.

»Hoffentlich auf dem Totenbett.«

Der Bahnhof Bundesplatz war kein sehr idyllischer Ort, denn direkt an seiner nördlichen Seite lag die Stadtautobahn mit ihrem riesigen Verkehrsaufkommen, und es gab ein aggressives Dauerrauschen. Schaute er die Bundesallee Richtung Süden entlang, ärgerte er sich über die vom Mund des Autotunnels verschandelte Straße. Die Backsteinkirche auf dem Friedrich-Wilhelm-Platz war das einzige, was das Auge halbwegs erfreute.

Der Zug kam. Er war aus acht rot-schwarzen Waggons gebildet, made in Hennigsdorf, DDR, die Manfred Matuschewski immer an die legendären Donnerbüchsen der Bundesbahn erinnerten – so niedrig war der Fahrkomfort. Nicht umsonst hießen sie bei S-Bahnfreaks auch Coladosen. Manfred bekam nach einiger Drängelei einen Sitzplatz auf der rechten Seite – und stand nun wiederum vor einer schwierigen Entscheidung: Aus dem Fenster sehen, lesen oder mit geschlossenen Augen dösen? Alles hatte seine Vor- und Nachteile. Lesen war eine kulturell hochwertige Beschäftigung, führte aber zur weiteren Belastung der Augen. Außerdem konnte er sich dabei pausenlos über etwas ärgern. Dösen war erholsam, konnte aber dahin führen, dass er zu reflektieren anfing und auf weniger angenehme Seiten seiner Persönlichkeit stieß. Sah er aus dem Fenster, konnte er verfolgen, was es in seiner Stadt Neues gab, litt aber auch gehörig, weil er der Frau gegenüber auch immer ins Gesicht starren musste. Das irritierte ihn wie auch sie, und das verspürte Kribbeln war ihm peinlich. Also entschloss er sich, alles auf einmal zu tun: sein Buch herauszuholen und beim Lesen hin und wieder aus dem Fenster zu schauen oder der Frau gegenüber auf Knie, Schenkel und Schoß und zuweilen die Augen zu schließen.

Spannend war es am Bahnhof Papestraße. Dort entstand gerade der neue Fernbahnhof mit einer alle Bahnsteige überspannenden S-Bahnhalle sowie einem riesigen Parkhaus. Vom Auto direkt in den Zug – so hieß die Devise. »Walter Bau« stand auf der Tafel, und er musste daran denken, dass es unter seinen Ahnen auch Maurer und Bauunternehmer gegeben hatte und dass seine Kohlenoma eine geborene Walter war. Als Junge hätte er es viel schöner gefunden, Walter zu heißen und nicht Matuschewski. Manfred Walter – wie Fritz oder Ottmar Walter. Auch er hatte ja in einem 1. FC Fußball gespielt, wenn auch nicht dem 1. FC Kaiserslautern, sondern dem 1. FC Neukölln.

Der alte Ringbahnhof war stillgelegt und teilweise auch schon abgetragen worden, und die Züge hielten an zwei provisorischen Seitenbahnsteigen. Gelb-blaue Schilder dominierten die Plattform. Eine Weiterfahrt sei nicht nötig, verkündeten sie, denn kluge Menschen stiegen hier aus und liefen zur nahen IKEA-Filiale. Scherzbolde hatten das W bei »Weiterfahrt« entfernt, und Manfred Matuschewski überlegte lange, was wohl eine eiterfahrt sei.

In Fahrtrichtung rechts tauchte jetzt, mit rotbraunen Klinkern verblendet und ein wenig futuristisch anmutend, der langgestreckte Gebäudekomplex des ehemaligen Reichspostzentralamtes auf. Hier im RPZ hatte sein Vater vor 1945 seinen Arbeitsplatz gehabt, und er sah ihn am Labortisch stehen und Feldposttelefone testen. In Tempelhof bekam Manfred Matuschewski nun einen Fensterplatz auf der linken Seite und hatte, als sie weiterfuhren, freie Sicht auf den Flugplatz und die Hochhäuser und Kirchtürme dahinter. Den Horizont aber beherrschte der Fernsehturm am Alexanderplatz. Über den St.-Thomas-Friedhof hinweg schwebte eine kleine Maschine der Landebahn entgegen. Wie oft war er selber hier gelandet, zumeist in einer Boeing 727 der PanAm oder einer Super-One-Eleven der BEA, immer mit erheblicher Angst!

»Die Fahrausweise bitte!« Zwei Kontrolleure, zur Tarnung gekleidet wie Stadtstreicher, enterten den Waggon. Manfred Matuschewski hasste sie. Nicht, dass er Schwarzfahrer liebte, aber wenn es schon keinen Nulltarif gab, dann sollte es wenigstens Kontrollen so wie früher geben, als in den Vorhallen der Bahnhöfe Beamte in ihren Wannen gesessen und die Zugänge zu den Bahnsteigen bewacht hatten. »Das war der Würde des Menschen angemessen«, argumentierte er. »Was die neuzeitlichen Kontrolleure anstellen, wie sie die Fahrgäste auf- und erschrecken, wie sie sie vorführen, das erinnert an Gestapo und Stasi.« Ihm persönlich konnte es egal sein, er hatte ja seit Jahrzehnten seine Monatskarte AB …

… nicht im November 2004. Er hatte keine Monatskarte gekauft, um damit gegen die nächste, mit über sechs Prozent unverschämt hohe Preiserhöhung zu demonstrieren. Jetzt musste er also wieder Einzelfahrscheine kaufen, entweder umständlich am Automaten oder bei seinem Schreibwarenhändler in der Detmolder Straße, und das vergaß er schon mal. Wie heute. Bis jetzt war es ihm aber immer rechtzeitig eingefallen, und er war noch aus dem Zug gesprungen, um sozusagen nachzulösen.

Dazu war es aber nun zu spät. Er kam sich vor wie ein ertappter Schwerverbrecher. Hoffentlich saß niemand im Zug, der ihn kannte. Peinlich, peinlich, Herr Professor! Noch mehr Angst hatte er davor, dass seine Impulskontrolle versagte und er den Kontrolleuren Worte an den Kopf warf, die ihm eine satte Beleidigungsklage einbrachten. Herr, lass meine Impulskontrolle funktionieren! Jedenfalls blieb er in den nächsten Sekunden so cool und clever, dass er dem Zivilfahnder, der ihm seinen Berechtigungsausweis hinhielt, die abgelaufene Monatskarte vom Oktober zeigte. Ein bisschen schräg, ein bisschen mit dem Daumen drauf. Doch dieses Musterexemplar von Kontrolleur merkte es und bat ihn auf den Bahnsteig hinaus. Herr Prof. Dr. Manfred Matuschewski wurde abgeführt und nach seinen Personalien befragt. Wortlos hielt er den beiden netten Menschen seinen Ausweis hin. Den hatte er gewohnheitsmäßig bei sich, hatte es doch im alten West-Berlin das Gerücht gegeben, die Alliierten würden jeden erschießen, den man in der Öffentlichkeit ohne gültigen behelfsmäßigen Personalausweis antraf.

An sich war die Sache albern, das »erhöhte Beförderungsentgelt«, das er zu zahlen hatte, schmerzte ihn nicht, und er konnte sich immer damit herausreden, als Professor das Recht zu haben, zerstreut zu sein, aber dennoch schlich er nun durch die Sonnenallee, gedemütigt, vor allem aber wütend über seine Ohnmacht. Die Welt war stärker als er, und die Strukturen waren so, dass ihn jeder Hansel, trug er nur eine Uniform oder hielt einen Ausweis in der Hand, wie einen dressierten Affen vorführen konnte.

Er bog in die Treptower Straße ein. Hier in der Nähe der Sonnenallee war es noch ganz angenehm, es gab sogar noch Geschäfte, die geöffnet hatten, aber zur Brücke hin bekam die Gegend doch mehr und mehr den Anflug eines gehobenen Slums. Dabei milderte die goldene Septembersonne alles noch ein wenig. Was waren seine Eltern vor fünfzig Jahren froh gewesen, in diese noble bürgerliche Gegend zu ziehen!

Er betrat eine Bäckerei, um seiner Mutter zwei Schrippen zu kaufen. Die kosteten hier 14 Cent (am Morgen gebacken) oder 16 Cent (frisch), wohingegen er in Wilmersdorf 25 Cent zu zahlen hatte. In alter DM gerechnet, also mal zwei genommen, war also eine Schrippe schon ein Wertgegenstand. Da kaufte er seiner Mutter doch lieber zwei Stück Kuchen, denn der war weich und barg nicht die Gefahr, dass sie beim Essen an einem Bissen erstickte – wie etwa vor Jahren der legendäre Boxer Bubi Scholz.

Manfred Matuschewski überquerte die Treptower Straße nach längerem Warten. War sie bis zum Fall der Mauer eine wenig befahrene Sackgasse gewesen, glich sie nun eher einer Autobahn. Doch er überlebte die Überquerung und erreichte den grauen Kasten, in dem er von 1954 bis 1968 aufgewachsen war. Er klingelte unten an der Haustür Sturm, doch seine Mutter öffnete nicht. Wahrscheinlich hatte sie ihren Fernseher wieder so laut gestellt, dass alles andere übertönt wurde. Er zog sein Handy heraus und versuchte es per Telefon, doch auch das brachte nicht den erwünschten Erfolg. Da fiel ihm ein, dass er ja den Ersatzschlüssel bei sich hatte. Das Kuchenpaket war beim Suchen in seinen zig Taschen zwar sehr hinderlich, und die Erdbeerschnitte wurde dabei auch etwas zermanscht, doch schließlich hatte er den Schlüssel aus einem versteckt angebrachten Innentäschchen seiner Lederweste gefischt, das eigentlich für die Aufbewahrung von Kondomen gedacht war. Er schloss auf und ging nach oben, um an der Wohnungstür noch einmal anhaltend auf den Klingelknopf zu drücken. Zwar hätte er auch hier selber aufschließen können, doch er wollte seine Mutter nicht überraschen. Sah sie ihn unvermittelt in der Tür stehen, hielt sie ihn womöglich für einen Einbrecher, bekam einen Herzschlag und fiel tot um.

»Mutti …?«

»Ja, was ist denn, holt mich Herr Schulze ab?« Das war der vertraute Taxifahrer, der sie bei Bedarf von Neukölln nach Frohnau, Wilmersdorf oder Kladow brachte.

»Nein, ich bin es selber, dein Sohn.«

»Warum hast du denn nicht geklingelt?«

»Hab' ich doch, Mutti, und wie.«

»Dann muss die Klingel kaputt sein.«

Sein Testversuch hatte zur Folge, dass Frau Bernhard ihre Wohnungstür öffnete. Er war froh und glücklich darüber, dass die regelmäßig nach seiner Mutter sah. Sie konnte das umso leichter, als ihr der Mann vor kurzem weggestorben war. Einige von Manfreds Freunden spotteten, er habe Herrn Bernhard aus diesem Grunde umgebracht.

»Hast du mir ein neues Rollo mitgebracht?«, fragte seine Mutter.

»Nein, ich repariere dir das alte.« Das tat er, nicht ohne kräftig zu fluchen. Danach machte er sich daran, die Fruchtfliegen in der Küche zu jagen. »Mutti, du hast dir hier wirklich eine wunderschöne Zucht angelegt.« In Schwärmen saßen sie auf ihrem vergammelten Obst. Mit einer zusammengefalteten Zeitung zerklatschte er sie an Wänden, Fensterscheiben, Schränken, Türen und Lampen. Und fragte sich dabei, wie die Rache der Fruchtfliegen aussehen würde. Wahrscheinlich ließen sie ihn von der Leiter stürzen und sich das Genick brechen, wenn er ihnen zu Hause in der Detmolder Straße ans Leben wollte.

»Waren wir eigentlich schon essen?«, fragte seine Mutter.

»Nein, Mutti.«

»Was hast du mir denn mitgebracht?«

»Kuchen.«

»Dann können wir doch den Kuchen essen.«

»Nein, wir gehen rüber zum Italiener, du musst was Vernünftiges im Magen haben.«

»Hab' ich dir schon Geld gegeben?«, fragte seine Mutter.

»Nein, Mutti, das musst du auch nicht. Seit dem letzten Bankraub habe ich wieder genügend auf dem Konto.«

Mit seiner Mutter am Arm die Treptower Straße zu überqueren gehörte zu den letzten großen Abenteuern der Menschheit. Die Autofahrer sahen zwar die alte Dame – man konnte auch sagen: Greisin –, doch anzuhalten oder die Geschwindigkeit auch nur ein wenig herabzusetzen war in ihrem Wertsystem nicht vorgesehen. Ihre gute Tat bestand bereits darin, sie nicht totzufahren. Manfred Matuschewski, der ein guter Schütze war, wünschte sich, ein Gewehr in der Hand zu haben – und dann immer rein in die Reifen! Natürlich durfte man das nicht einmal denken.

Nachdem sie an die fünf Minuten gewartet hatten, bekamen sie endlich eine Chance, aber auch nur deswegen, weil es einem riesigen Lastzug nicht gelungen war, die enge Kurve vor der Brücke im ersten Anlauf zu nehmen, und der Fahrer zurücksetzen musste. Sie schafften es mit Müh und Not, aber sie schafften es. Zurück würde es schlimmer werden, denn seine Mutter neigte nach gutem Essen zu Durchfall, zu drastischem Stuhl, wie die Ärzte dazu sagten.

Sie bestellten, was sie immer bestellten: für seine Mutter Nummer 387, das war Seezungenfilet mit Sahnesauce und grünem Pfeffer, und Nummer 388 für ihn, das war die Forelle vom Grill. Dazu eine Cola und ein alkoholfreies Bier.

»Hab' ich dir schon Geld gegeben?«, wiederholte seine Mutter ihre Frage.

Er schwankte. Eigentlich war es ja ein wenig peinlich, wenn es so aussah, als würde er mit seinen 66 Jahren noch immer von seiner Mutter alimentiert werden. Es war auch nicht ganz auszuschließen, dass sie ihm mit dieser Geste zeigen wollte, dass er es im Leben ja eigentlich zu nichts gebracht hatte. Andererseits aber wusste er, dass es ihre Art war, dem anderen ihre Liebe zu zeigen, indem sie ihm Geldscheine zusteckte. Also entschloss er sich zu einem Kompromiss. »Gib mir bitte nicht so viel, sonst hast du nächste Woche nichts mehr für Gretchen Pieper.« So bekam er keinen 100-, sondern nur einen 50-Euro-Schein.

Bis das Essen gebracht wurde, hatten sie Zeit zum Plaudern. Manfred berichtete von dem, was es in Firma und Familie Erwähnenswertes gegeben hatte, doch seine Mutter tat, was sie, solange er sich erinnern konnte, schon immer getan hatte: Sie hörte kaum hin und unterbrach ihn mitten in seinen Ausführungen, um ihre Fragen zu stellen. Es waren immer dieselben. Er hatte das Gefühl, sie würde von einem Zufallsgenerator gesteuert werden.

»Geht denn Melina gern zur Schule?«

»Ja, Mutti.«

»Und Elke ist immer im Kino?«

»Immer nicht, Mutti, aber einmal im Monat.«

»Gerda hat ja jetzt nur noch Schmerzen.«

»Ja, es ist schon ein Trauerspiel ...« Er ertappte sich dabei, leicht genervt zu wirken. Anstatt dankbar zu sein, dass er seine Mutter noch hatte.

»Hab' ich dir schon gesagt, dass Opa Lindemann tot ist?«, fragte sie.

»Ja, Mutti.«

»Hab' ich dir schon Geld gegeben?«

»Ja, Mutti.«

»Heute war ich gar nicht unten.«

»Ja, Mutti, aber du hast ja deinen Balkon.«

»Sind denn Strom, Gas und Telefon bezahlt?«

»Ja, Mutti, das wird alles abgebucht.«

»Joscha muss mir mal wieder Geld von der Postbank holen.«

»Mutti, du hast noch genug – und solltest nicht allen zeigen, wie viele Scheine du in der Handtasche hast.« Sie hatte gerade ein Bündel von Scheinen herausgezogen und hielt sie wie einen bunten Fächer vor sich hin.

»Meinen Geburtstag braucht ihr nicht groß zu feiern.«

»Doch, Mutti, das machen wir. Keiner in unserer Familie ist 95 geworden.«

»Meinetwegen braucht niemand zu kommen.«

»Doch, Mutti, ich komme. Obwohl du ja zu meinem 95. auch nicht kommst.«

»Ich hab' gar keinen Hunger heute.«

Dafür aß sie ihren Teller aber so leer, dass er wie abgeleckt aussah. Sie bezahlte und ließ sich nur schwer davon abbringen, 75 Prozent Trinkgeld zu geben. Den Rückweg über die Treptower Straße erzwang sich Manfred Matuschewski dadurch, dass er die weiße Mütze seiner Mutter auf den Knauf ihres Stockes setzte und beides waagerecht vor sich hinhielt. Es wirkte. Beide totzufahren hätte für einen Autofahrer schon eine sanfte Ermahnung des Richters und eine Bewährungsstrafe von hundert Euro mit sich gebracht, und das war in den Zeiten leerer Portemonnaies verdammt abschreckend.

Auf der anderen Straßenseite angekommen, mussten sie anhaltend husten, denn aus einem der Gullis stank es bestialisch. Das war schon vor fünfzig Jahren so gewesen, als sie hierher gezogen waren. Damals hatten sie den Gestank auf die nahe Gasanstalt zurückgeführt, doch die war ja nun schon lange abgerissen.

Als sie am Nebenhaus vorbeikamen, ging die Haustür und auf die Straße trat ein älterer Herr – Opa Lindemann. Manfred Matuschewski fuhr zurück. Auferstanden von den Toten war ja bislang nur einer, und dafür, dass ausgerechnet Arnulf Lindemann der zweite sein sollte, sprach wenig.

»Ich denke, Sie waren tot!«, rief Margot Matuschewski.

»Ich war nur in der Reha.« Opa Lindemann sah sie unternehmungslustig an. »Jetzt geht es mir aber wieder bestens. Na, ich komme mal zum Kaffeetrinken bei Ihnen vorbei, Frau Matuschewski, oder nehme Sie mal wieder im Auto mit zum Arzt.«

Als sie weitergingen, gratulierte Manfred seiner Mutter zu ihrer neuen Eroberung. »Nett, mein Stiefvater.«

Seine Mutter zeigte sich empört. »Ich fange doch mit dem nichts an. Nachher kann ich ihn dann pflegen.«

Die Treppen kam sie noch wunderbar hoch, die jahrzehntelange Gymnastik beim TuS Neukölln hatte sich bezahlt gemacht. Oben in der Wohnung erledigte Manfred den Rest der Fruchtfliegen, schraubte ihr zwei neue Glühbirnen ein und holte dann Kniffelblock und Würfelbecher aus dem Schrank. Mit ihm zu spielen war ihre größte Freude. Ihn selber strengte es erheblich an, denn er war schon immer im Kopfrechnen schwach gewesen und musste nun auch ihre Würfe aufschreiben und addieren. Nach einer Stunde fühlte er sich ziemlich ausgelaugt.

»So, ich muss dann wohl ... Ich laufe ja zurück nach Wilmersdorf.«

»Willst du das Fahrgeld sparen?«

»Nein, meines operierten Beines wegen, damit die Muskeln trainiert werden.«

»Ich bin früher auch immer zu euch gelaufen. Bis nach Frohnau.« Das stimmte natürlich nicht, aber sie war felsenfest davon überzeugt und ließ es sich nicht ausreden. »Hab' ich dir schon Geld gegeben?«

»Ja, Mutti.«

»Hier hast du noch mal was, damit du dir eine Taxe nehmen kannst.« Damit steckte sie ihm einen 20-Euro-Schein zu.

Küsschen auf die Wange, eins links, eins rechts, dann trat er ins Treppenhaus. »Und mach schön hinter mir die Schotten dicht.« Er wartete, bis sie die Wohnungstür fest ins Schloss gedrückt und ihre Kette vorlegt hatte. Sie winkte ihm aus ihrem Schlafzimmerfenster lange hinterher – seinem früheren Zimmer, in dem er für Abitur und Diplom gebüffelt hatte, in dem er an sich und dem Leben gelitten hatte, in dem er seine Freundinnen umarmt hatte.

Er nahm Kurs in Richtung Wilmersdorf. Über die Sonnenallee und die Anzengruberstraße kam er zur Flughafenstraße, dann ging es auf dem Columbiadamm zwischen Hasenheide und Flughafengelände hindurch zum Platz der Luftbrücke. Endlos lang war die Dudenstraße. Über die beiden Bahnstrecken hinweg kam er nach Schöneberg. Von der Hauptstraße gelangte er in die Dominicusstraße und war damit schon fast am

Volkspark Wilmersdorf. Noch am alten RIAS vorbei und über die Bundesallee hinweg, und er war wieder zu Hause. Knapp zehn Kilometer auf hartem Straßenpflaster hatte er zurückgelegt, und das spürte man schon in den Beinen. »Ab unter die Dusche!«, rief Elke, so durchgeschwitzt war er.

Neukölln hatte nun wieder für eine Woche Ruhe, und es reichte, wenn er jeden Abend mit seiner Mutter telefonierte. Zwischendurch bekam sie Besuch von Joscha und Larissa, und montags kam ja immer Gretchen Pieper zum Saubermachen.

In der Nacht von Freitag auf Sonnabend kam aber der Notruf seiner Mutter: »Du, ich hab' kein Adumbran mehr!« Das war eigentlich ein Beruhigungsmittel, das sie aber seit Jahrzehnten als Schlafmittel nutzte. Ohne ihr Adumbran konnte sie nicht mehr einschlafen.

»Ich bringe es dir mit, wenn ich Sonntag komme.«

Das war nun leichter gesagt als getan, denn er konnte ja erst wieder am Montag beim Arzt anrufen und sich das Rezept schicken oder wenigstens faxen lassen. Aber wozu ging er seit Jahren in dieselbe Apotheke und holte sich das Adumbran für seine Mutter?

»Könnten Sie mir das Adumbran schon heute mitgeben? Das Rezept reiche ich dann nächste Woche nach.«

»Das dürfen wir nicht«, erklärte ihm die Apothekenhelferin. »Ich kenne Sie doch gar nicht.«

Manfred Matuschewski hing eigentlich der Devise seiner Schmöckwitzer Oma »Ich glaube an das Gute im Menschen« an, doch im Augenblick konnte er nicht fassen, wie dämlich manche Zeitgenossen sein konnten. Er versuchte, sachlich zu bleiben und zu argumentieren. »Ich bin doch der, der immer mit seiner Tochter kommt ... Und wir können Ihnen doch gar nicht weglaufen, wir wohnen ja gleich hier und kommen jeden Tag an der Apotheke vorbei.«

»Nein, ohne Rezept geht es nicht.«

»Aber Adumbran ist doch kein Morphium, mit dem ich Handel treiben könnte!«

»Tut mir leid.«

»Um Sie und Ihren Geisteszustand tut es mir leid«, murmelte Manfred Matuschewski und verließ die Apotheke, nun selber reif für eine Beruhigungstablette. Wenn die Gute ihn anzeigte, würde er vermutlich noch zu einer Strafe von 5000 Euro, zahlbar ans Rote Kreuz, verurteilt werden.

Dann kam er auf die Idee, in den nächstgelegenen Supermarkt zu gehen und nach Süßigkeiten zu suchen, die eine gewisse Ähnlichkeit mit den kleinen weißen Tabletten hatten, ohne die seine Mutter nicht mehr leben konnte. Bald hatte er welche gefunden. Wenn alle Theorien über Placebo stimmten, dann war das Problem Adumbran erst einmal gelöst.

Am Sonntagvormittag wollte Manfred Matuschewski seine Mutter anrufen, um ihr zu sagen, dass er zum Mittagessen bei ihr sein würde, doch sie nahm nicht ab. »Oma sitzt wieder auf den Ohren«, sagte er zu Melina. Wahrscheinlich war seine Mutter auf der Toilette oder hatte den Fernseher wieder viel zu laut gestellt. Als er es fünf Minuten später noch einmal versuchte, hörte er das Besetztzeichen. »Telefoniert sie wieder mit ihrer Schwester!« Das fand er immer erfreulich, obwohl sie sich meistens mächtig in der Wolle hatten. Die eine hatte das, was der anderen fehlte – und umkehrt. Margot war körperlich vollkommen fit, konnte sich aber an vieles nicht mehr recht erinnern, das heißt, ihr Kurzzeit- wie ihr Langzeitgedächtnis ließen sehr zu wünschen übrig. Gerda dagegen war in dieser Hinsicht noch hundertprozentig auf der Höhe, nach ihren Stürzen und Operationen körperlich aber ein menschliches Wrack. Sie wagte sich, nachdem sie mehrmals unterwegs kollabiert war, nicht mehr vom Grundstück. Wenn die beiden nun miteinander sprachen, hielten sie sich gegenseitig ihre Defizite vor und schwärmten davon, was sie noch konnten.

Das konnte dauern, aber als nach anderthalb Stunden noch immer besetzt war, wurde Manfred Matuschewski doch langsam unruhig. »Es wird schon nichts weiter sein«, sagte er zu Elke. »Sie wird nur gestürzt sein und nicht mehr aufstehen können.« Wenn er so redete, war das nicht herzlos, sondern ein Versuch, mit diesem Horrorbild fertigzuwerden. Immer wieder stand ihm vor Augen, wie Tante Lolo, die Cousine seiner Mutter, tagelang bewegungsunfähig, aber hellwach im Frohnauer Haus gelegen hatte. Niemand von den Nachbarn hatte ihre Hilferufe gehört.

»Ruf doch bei Frau Bernhard an und bitte sie, mal nachzusehen«, riet Elke.

»Frau Bernhard ist bei ihren Verwandten in Andernach, und wenn ich sie da anrufe und sie sich in den Zug setzt, ist sie auch erst heute Abend in Neukölln.«

»Kannst du nicht mal ernst sein?«

»Nein, dann verkrafte ich das Seiende nicht.« Also rief er vom Halteplatz Durlacher Straße eine Taxe und fuhr zur Treptower Brücke.

Als er unten an der Haustür klingelte – einmal, zweimal –, passierte nichts. Schließlich ließ er den Finger auf dem Knopf. Dies gut dreißig Sekunden lang. Dann trat er etwas von der Tür zurück und rief ein lange hallendes »Mutti …!« nach oben. Etwa so wie vor sechzig Jahren, als er sie gebeten hatte: »Wirf doch mal 'ne Stulle runter.« Heinrich Zille fiel ihm ein, wie der einen Bengel schreien ließ: »Mutta, kiek ma aus'm Fenster, Orje will nich jlooben, dette schielst.« Seine Mutter guckte nicht.

Er zog ihren Zweitschlüssel aus der Westentasche, schloss auf und stieg die zwei Stockwerke nach oben. An der Wohnungstür angekommen, klingelte er abermals. Wieder nichts. Sie liegt tot im Bett, schoss es ihm durch den Kopf.

Was nun? War erst die Polizei anzurufen oder erst die Feuerwehr? Oder Joscha, damit der mit seinem Wagen schnell nach Neukölln kam. In einer solchen Situation allein zu sein war furchtbar. Es war dreißig Jahre her, dass Manfred den Leichnam seines Vaters gesehen hatte – und es ging ihm immer noch nach, war ein Trauma. Nun die Mutter …

Da hörte er ein leises Wimmern aus ihrer Wohnung und rief sofort, was denn sei.

»Ich liege hier im Korridor und kann nicht mehr hoch …«

Er kniete sich auf den Betonboden, nahm den Kugelschreiber, der vorn in seiner Weste steckte, fuhr mit ihm in den Briefschlitz und drückte die Plastikabdeckung, die innen angebracht war, ein Stück nach oben. Seine Mutter lag quer zwischen Toilette und Esszimmer. Bekleidet mit einem alten blauen Bademantel. Wie am Geruch, der ihm in die Nase fuhr, unschwer zu erkennen war, hatte sie schnell auf die Toilette eilen wollen und war auf dem Weg dorthin gestürzt, ohne den Durchfall noch aufhalten zu können.

»Warte, ich komme.« Er steckte den Schlüssel ins Schloss und drehte ihn herum, doch die Tür ließ sich nicht aufdrücken, denn sie hatte die Kette vorgelegt. So, wie man ihr das hundertmal eingeschärft hatte. Also doch die Feuerwehr …? Nein, dann nahmen sie seine Mutter mit und brachten sie ins Krankenhaus. Er hatte Angst, dass man sie dortbehielt beziehungsweise sie in ein Heim gebracht wurde. Und sie hatte ihn doch immer wieder unter Tränen gebeten, ihr das nicht anzutun.

Also nahm er Anlauf und warf sich, so wie er es in vielen Filmen gesehen hatte, mit der linken Schulter gegen die Tür. Ein heißer Schmerz – seine entzündeten Schleimbeutel –, ein Splittern. Die Kette war aus ihrer Verankerung gerissen. Er stürzte zu seiner Mutter und kniete sich neben ihr auf den Teppich. »Tut dir was weh, hast du dir was gebrochen?« Seine Kohlenoma hatte nach einem Sturz auf der Hochbahn einen Bruch des Oberschenkelhalses davongetragen und war nach drei Jahren in Krankenhaus und Pflegeheim gestorben.

»Ich glaube nicht.«

Er griff ihr unter die Arme, um ihr aufzuhelfen. Sie mochte kaum sechzig Kilo wiegen, er hatte aber das Gefühl, zwei Zentner anheben zu müssen. Dazu kam, dass er immer wieder abrutschte. Überall war diese pastöse braune Masse. Nach drei Kleinkindern und einem Hund war er nicht übermäßig empfindlich, was die Beseitigung von Erbrochenem und weichem Kot anging, aber das hier übertraf alles Bisherige um ein Vielfaches. Sogar auf dem Rücken war sie braun eingefärbt. Doch dann lachte er los. »Das ist ja bloß von deinem Bügeleisen.« Offensichtlich hatte sie beim Plätten ferngesehen und das Gerät immer erst dann ein Stückchen weitergeschoben, wenn ihr der Brandgeruch in die Nase gestiegen war.

»Kannst du laufen, tut dir etwas weh?«

»Nein, mir tut nichts weh.«

»Dann sagen wir dem lieben Gott einmal schönen Dank«, murmelte er.

»Das liegt daran, dass ich beim TuS immer geturnt habe.«

Er wusste nicht, inwieweit es die Würde einer Mutter, einer Greisin zuließ, sich ihrem Sohn nackt zu zeigen – bei Töchtern war das etwas anderes –, und so bugsierte er sie mit viel Mühe in Bademantel und Nachthemd unter die Dusche und zog den Vorhang vor. »So, dusch dich ab, ich hänge dir neue Sachen an die Tür.«

Er selber ging in die Küche und versuchte, sich mit heißem Wasser und einem alten Geschirrhandtuch wenigstens so zu reinigen, dass man ihn später nicht aus der S-Bahn warf. Elke würde sofort alles, was er trug, in den Müll werfen, da reichte ihr keine Waschmaschine oder Reinigung. Er machte sich ans Säubern des Korridors. Anfangs ging es, doch dann verließen ihn die Kräfte. Er setzte sich im Wohnzimmer in den Sessel, schloss die Augen und kämpfte mit den Tränen. Es war alles so unsagbar traurig. Ein Satz von Friedrich Nietzsche kam ihm in den Sinn: »Der Mond ging schon ins Meer, / Müd sind alle Sterne, / Grau kommt der Tag daher, – / Ich stürbe gerne.«

Sein Sinn für drastischen Humor rettete ihn. Als Elke ihn auf dem Handy anrief und fragte, wie es seiner Mutter ginge, lachte er: »Wir sitzen ganz schön in der Scheiße.«

Sie rügte seinen proletarischen Jargon, gab ihm aber, als er ihr in knappen Worten vom Geschehenen berichtet hatte, den Rat, doch Gretchen Pieper kommen zu lassen. »Eine Sonderschicht mit Sonntagszuschlag plus Fahrgeld und sonstigen Spesen.«

Während seine Mutter noch immer duschte, rief Manfred die Reinemachefrau an. Die wohnte zwar im fernen Märkischen Viertel, erklärte sich aber sofort zur Reise nach Neukölln bereit. Geld konnte sie immer brauchen, doch das war es nicht allein. Sie gehörte inzwischen fast zur Familie, duzte sich mit seiner

Mutter und war ansonsten ein herzensguter Mensch. Sie kam aus keiner schlechten Familie, hatte vier Kinder großgezogen, sehr unter einem alkoholkranken Mann zu leiden gehabt und einige Zeit in der Psychiatrie zubringen müssen. Für Manfred war sie immer die Zwillingsschwester von Tante Trudchen aus Siemensstadt. Wie diese hatte sie mit der amtlichen deutschen Rechtschreibung erhebliche Schwierigkeiten, ohne allerdings, wie sie immer betonte eine Legasthenikerin zu sein.

Bis Gretchen Pieper kam, um die Endreinigung des Korridors zu übernehmen und Margot Matuschewskis Sachen zu waschen, spielte Manfred mit seiner Mutter Kniffel.

Als die Freundin und Reinemachefrau dann vor der Tür stand, war Manfreds Mutter mehr als erstaunt. »Gretchen, du bist doch erst morgen dran.«

»Margot, weißt du denn nicht mehr, was passiert ist?«

»Was soll denn passiert sein?«

Gretchen Pieper zeigte auf den Teppich. »Das da.«

»Das ist doch nur der Kaffee, der mir heute morgen ausgekippt ist.«

Manfred machte sich auf den Weg zurück nach Wilmersdorf. Vorher aber füllte er noch seine Placebos in ihre Pillenschachtel. »So, Mutti, dein Adumbran ist wieder drin.«

»Danke. Was hat das denn gekostet? Hab' ich dir schon Geld gegeben?«

War er ein bekennender, war er ein gläubiger Christ geworden? Diese Frage stellte sich Manfred Matuschewski immer wieder, seit er im Krankenhaus gelegen und gebetet hatte, der Krebstod möge ihn verschonen. Die Antwort lautete: Ja und nein. Er bezahlte brav seine Kirchensteuer, er war nach Neukölln in die Martin-Luther-Kirche gefahren, um dort seine goldene Konfirmation zu feiern, und er ging zwei- bis dreimal im Jahr in die Kirche. Außer zu Weihnachten besuchte er ab und zu den Kindergottesdienst, wenn Melina einmal drängelte. Von einer Zeitung befragt, warum er es gut fände, wenn Menschen glaubten, hatte er Folgendes zu Protokoll gegeben:

Arthur Schopenhauer soll nicht recht haben, wenn er schreibt: »Man kann … unser Leben auffassen als eine unnützerweise störende Episode in der säligen Ruhe des Nichts.« Wer so denkt, kann in der Tat nur feststellen: »Das Leben ist eine missliche Sache …«, wird zeitlebens unglücklich sein und andere damit anstecken. Besser ist der dran, der glaubt, dass wir keinen Irrtum des Kosmos darstellen, und dass es den ewigen Gott gibt, die Macht, die alles mit einem bestimmten Sinn und einem Ziel geschaffen hat. Wie steht es bei Johannes in Kapitel 8? »Ich bin das Licht der Welt. Wer mir nachfolgt, der wird nicht wandeln in der Finsternis, sondern wird das Licht des Lebens haben.« Damit ist alles gesagt: Wer glaubt, hat mehr vom Leben – wohlgemerkt: vom diesseitigen – und ist auch für mich der bessere Partner.

Andererseits klagte er immer wieder über die so nüchternen Gottesdienste bei den evangelischen Christen und fühlte sich entmündigt, wenn er in der Frohnauer Kirche las: »Dein Wille geschehe!« Zudem war er ein Spötter und rief manchmal aus: »Gott: ja – Pfarrer: nein!« Auch hatte er viel gegen die biedere, spießbürgerliche und frömmelnde Art mancher Kirchgänger, und insbesondere die christlichen Fundamentalisten wie George W. Bush waren ihm zuwider: »Wenn ich Gott wäre und diese Typen sähe, würde ich das Experiment Menschheit als gescheitert ansehen und es im Kosmos bei den Tieren belassen.« Dass er auf diese Weise kein guter Christ sein konnte, war ihm klar, wenn er nur ein wenig in der Bibel blätterte: »Treibe den Spötter aus« und »Tue von dir den verkehrten Mund und lass das Lästermaul ferne von dir sein«, hieß es in den Sprüchen Salomos 22,10 und 4,24. Diese Triebkraft des Spotts, die er möglicherweise von seinem Großvater Oskar Schattan geerbt hatte, war es dann auch, die alles in Gang setzte …

In der Detmolder Straße wurde Mensch-ärgere-dich-nicht gespielt, und seine Mutter warf ihn regelmäßig raus. Beim sechsten oder siebenten Mal schüttelte er den Kopf und sagte, dass das doch ungeheuerlich sei. »Hier ist ein aufrechter Christenmensch ehrlich bemüht, und dann kommt so ein Heide und wirft ihn raus.«

»Eine Heidin«, sagte Elke mit feministischem Reflex.

»Oma heißt doch Margot und nicht Heide«, fiel Melina ein.

Margot Matuschewski fühlte sich angegriffen und reagierte ein wenig säuerlich. »Was kann ich denn dafür, dass meine Mutter Freidenkerin war und nicht wollte, dass ich getauft werde?«

»Wir würden dich ja gern taufen lassen, aber mein Rücken ist leider so lädiert, dass ich dich nicht übers Taufbecken halten kann«, erwiderte Manfred Matuschewski.

»Das kann doch Joscha machen«, schlug Melina vor. »Mein Bruder ist doch stark.«

Jetzt wurde Margot Matuschewski ein bisschen weinerlich. »Spottet ihr nur, mit einer alten Frau könnt ihr's ja machen.«

»Ich mach's mit keiner alten Frau«, erwiderte Manfred Matuschewski. »Elke ist doch noch ... Au!« Der Tritt gegen sein Schienbein war schmerzhafter als das, was er früher als Fußballer beim 1. FC Neukölln eingesteckt hatte.

»Du musst nicht aus allem einen Gag machen!«, mahnte die Gefährtin seines Lebens mit Blick auf Tochter wie nichteheliche Schwiegermutter.

»Halten wir uns an die Tatsachen, meine Damen und Herren!«, rief Manfred Matuschewski daraufhin in der Manier eines künstlich erregten Bundestagsabgeordneten. »Und wenn Sie einmal in den Protokollen nachlesen wollen, dann werden Sie dort finden, dass Margot Matuschewski schon vor mehr als zehn Jahren den Wunsch geäußert hat, getauft zu werden. Dies aus Anlass der Konfirmation ihrer Enkeltochter Larissa.« Damals war er zum Frohnauer Pfarrer gegangen und hatte den gebeten, alles zu arrangieren. »Wenn alle aus der Kirche austreten, ist es doch wunderbar, wenn eine Frau, die Mitte achtzig ist, eintreten will.« Er hatte erwartet, dass der Pfarrer freudig aufspringen würde. Doch was war geschehen? Der Mann hatte auf einem, wenn auch verkürzten Konfirmandenunterricht und einer Prüfung bestanden. Wenn Manfred Matuschewski in diesem Moment das gesagt hätte, was ihm auf der Zunge lag, wäre er nicht unter einem Bußgeld von 5000 Mark davongekommen.

»Ihr könnt ja lachen, aber als ich damals mit meiner schweren Operation im Krankenhaus gelegen habe …« Margot Matuschewski brach ab. Das Geständnis, in dieser Situation gebetet zu haben, wollte ihr nicht über die Lippen kommen.

»Mutti, du musst dich doch deswegen nicht rechtfertigen!«, rief Manfred Matuschewski.

Das Ganze wäre im Sande verlaufen, wenn er nicht Mitte Oktober von seiner FORMAT-Mitarbeiterin Peggy Samith angesprochen worden wäre. »Ich möchte dich wieder einmal zu einer Lesung einladen. In der Ananias-Gemeinde.«

Manfred Matuschewski hatte Ananas-Gemeinde verstanden und war erstaunt. »Ist das die Kirche auf dem Fruchthof in der Beusselstraße.«

»Nein, in der Wilhelm-Busch-Straße.«

Wieder konnte Manfred Matuschewski nicht ganz folgen. »Ich kenne keine Wilhelm-Busch-Straße.«

»Mensch, in deiner alten Heimat! Am Ende der Treptower Straße«, wurde er aufgeklärt. »Da, wo der große Platz ist, wenn man zum U-Bahnhof Karl-Marx-Straße will.«

Peggy Samith war, wie Leo Ackenboe ausdrückte, mit ihrem ersten großen historischen Roman niedergekommen. *Ein Scheiterhaufen für den Propst* hieß die Geschichte. Manfred Matuschewski kannte sie in etwa. Es ging um den Probst Nikolaus Cyriakus von Bernau, den die Berliner 1325 vor der Marienkirche erschlagen und verbrannt hatten.

Vor der Lesung besuchte Manfred Matuschewski seine Mutter an der Treptower Brücke.

»Wie geht es dir?«

»Ich war gar nicht unten heute. Aber ich habe ja meinen Balkon, da gehe ich immer sechs Schritte hin und sechs Schritte zurück. Meine Schwester liegt wieder fest und hat immer solche Schmerzen.«

»Schlimm …« Manfred hatte immer Mühe, bei diesen Dialogen den richtigen Ton zu treffen. Einerseits wollte er Mitgefühl zeigen, andererseits musste er verhindern, dass seine Mutter vom Schicksal ihrer Schwester »runtergezogen« wurde. Allerdings wurde er den Verdacht nicht los, dass sie es klammheimlich als Triumph genoss, es nun um so viel besser zu haben als ihre Schwester in Schmöckwitz. Im lebenslangen Kampf darum, wer besser war – auch im Ertragen von Schicksalsschlägen – und insgesamt das bessere Los gezogen hatte, schien sie am Ende die große Siegerin zu sein. Das gab ihr neue Kraft, und Manfred konnte es nur recht sein, denn er hatte den Wunsch, sie als Hundertjährige zu erleben. Am meisten blühte sie auf, wenn er mit ihr Kniffel spielte. Also spielte er so oft wie möglich mit ihr. Es waren immer harte Kämpfe, und wenn sie gewann, strahlte sie und sah richtig jung aus.

Im Anschluss machte er sich auf den Weg zur Ananias-Gemeinde. Übermäßig gern ging er nicht zu Lesungen. Tucholsky hatte so schön gesagt, dass man über alles reden könne, nur nicht über vierzig Minuten, und die meisten Autorinnen und Autoren neigten dazu, ihr ganzes Buch vorzulesen. Je älter er wurde, desto mehr neigte Manfred Matuschewski dazu, gegen 21 Uhr eben mal für zehn Minuten ein kleines Nickerchen zu machen. Zumeist schlief er vor dem Fernseher ein, der als sein bestes Schlafmittel diente. Sogar bei Fußballspielen fielen ihm die Augen zu. Etwa am Montagabend, wenn im DSF ein Punktspiel der Zweiten Bundesliga live übertragen wurde. Darauf freute er sich schon die ganze Woche, aber kaum war die 35. Minute angebrochen, war er auch schon wohlig weggedöst. Der Halbzeitpfiff hatte dann die Wirkung eines Weckers. Er schreckte hoch und hoffte, dass es beim 0:0 geblieben war. Denkste! 2:0 für Wacker Burghausen. Dann musste er die Werbung über sich ergehen lassen und hoffen, dass an deren Ende die beiden Tore in der Wiederholung gezeigt wurden.

Schlief er zu Hause auf dem Sofa ein, nahm niemand Anstoß daran, geschah dies aber während einer Lesung und der Autor beziehungsweise die Autorin bemerkte dies, dann konnte er sicher sein, einen weiteren Todfeind fürs Leben zu haben.

So trat er also mit durchaus gemischten Gefühlen in den Vorraum der Kirche. Peggy Samith stand gerade mit dem Pfarrer zusammen, um die letzten Details ihrer Lesung zu klären. Manfred Matuschewski trat zu den beiden und wurde dem Pfarrer vorgestellt.

Der musterte ihn kurz. »Herr Matuschewski, ah ja … Ich habe neulich Ihre Mutter kennengelernt.«

»Wie? Die geht doch gar nicht in die Kirche.«

»Bei der Beerdigung ihres Nachbarn, Herrn Bernhard. Ihre Mutter ist ja eine so reizende Dame!«

»Na, wenn das so ist, dann kann sie doch bei Ihnen getauft werden. Das will sie schon seit langem, es hat aber nie klappen wollen.« Ohne es vorher bedacht zu haben, hatte Manfred Matuschewski das gesagt, vielleicht auch nur des Gags wegen. Wer so viele Jahre wie er im Hörsaal gestanden hatte, war ganz einfach auf spontane Reaktionen programmiert.

Der Pfarrer, ein überaus liebenswürdiger und fröhlicher Mensch, sah ihn prüfend an. »Meinen Sie das ernst?«

Nun gab es für Manfred Matuschewski kein Zurück mehr. »Selbstverständlich. Am liebsten noch in diesem Jahr.«

»Dann würde ich den dritten Advent vorschlagen«, sagte der Pfarrer.

Manfred Matuschewski holte seinen Taschenkalender aus der Westentasche. »Am 12. Dezember, ja, da geht es bei mir.«

Die Sensation, dass seine Mutter mit 94 Jahren getauft werden sollte, sorgte dafür, dass er bei Peggy Samiths Lesung nicht einschlief. Elke nahm die Nachricht gelassen auf, Joscha freute sich, aber Larissa sowie einige seiner Freunde und deren Frauen zeigten sich sehr skeptisch und unterzogen ihn geradezu einem Kreuzverhör.

»Will Oma das denn wirklich?«

»Ja. Und wenn sie es nicht offen sagt, dann nur, weil sie sich nicht traut.«

»Irgendwie denke ich, du willst deine Mutter nur vorführen. Manfred, das Leben ist keine Sitcom.«

Manfred Matuschewski zuckte mit den Schultern. »Vielleicht

ja doch? Außerdem: Die Wege des Herrn sind wunderbar. Es ist alles von selbst so gekommen.«

Als seine Mutter von ihrer Taufe erfuhr, schmunzelte sie. »Mit mir erlebt ihr schon was. Wo soll denn die Taufe stattfinden?«

»Wir hatten eigentlich an eine Kirche gedacht …«

»Ich meine: den Leichenschmaus hinterher.«

»Mutti, wir hatten an deine Taufe gedacht, nicht an deine Beerdigung.«

»Da könnt ihr ja schon mal üben.«

Am Tag der Taufe war es schon winterlich kalt, und als sich die Familie vor der Kirche traf, fror man tüchtig. Nicht nur Joscha mit seiner Lebensgefährtin und Larissa waren gekommen, sondern auch Renate war da. »Schließlich ist sie noch immer meine Schwiegermutter«, erklärte sie. Manfred Matuschewski war ein wenig bange, aber Elke nahm alles wunderbar gelassen und begrüßte Renate mit einem herzlichen Händedruck. Zum Schluss kamen Elkes Eltern. Ihr Vater wurde im Rollstuhl geschoben.

Als sie eintreten wollten, kam ihnen Frau Bernhard entgegen und erfreute sie mit einem Spruch, den Manfred Matuschewski wahrhaft köstlich fand: »Komm' Se rin, Herr Jesus is schon drin.«

Sie wurden auch vom Pfarrer freudig begrüßt, und der verstand es dann ganz wunderbar, die Zeremonie nicht zur Farce werden zu lassen. Als es so weit war, rief er die Familie zu sich nach vorn ans Taufbecken, und alle stellten sich im Kreis neben ihm auf. Nur das Gesicht seiner Mutter kam mit dem Wasser aus dem Taufbecken in Berührung, bei den anderen mussten es also die Tränen sein, die auf den Wangen glitzerten.

Für Manfred Matuschewski brach nicht gerade eine Welt zusammen, als im Familienrat beschlossen wurde, Weihnachten nicht draußen in Frohnau, sondern in der Detmolder Straße zu feiern, aber schlucken musste er dennoch. Mit der Wendung »Man muss auch im hohen Alter noch flexibel sein« konnte er zwar seine Contenance wahren, maulte aber in der Adventszeit mehr, als dass er fröhlich war. Seit 1981 hatte es zum Ritual gehört, Heiligabend in die wunderschöne Frohnauer Johanneskirche zu gehen und auf das riesige Kreuz mit der Inschrift »Dein Wille geschehe« zu starren. Nach Hause ging es dann durch die stillen, oft auch verschneiten Straßen mit den elektrischen Kerzen an den haushohen Tannenbäumen. Das sollte nun alles vorüber sein … Es machte ihn traurig. Aber es war ja recht eigentlich gar nicht mehr sein Haus, und da Joscha mit seiner Familie noch nicht eingezogen war und nur selten draußen übernachtete, war alles kalt und klamm. Man hätte zwar die Heizung höher stellen können, aber Elke störten auch furchtbar die Silberfischchen, Motten und vor allem Spinnen, die sich in letzter Zeit rasant vermehrt hatten. Sie litt nicht direkt unter einer Spinnenphobie, doch viel fehlte nicht daran. »Frohnau ist versifft«, erklärte sie kategorisch. Vielleicht hätte sie sich doch noch anders entschieden, aber Joscha beschloss, mit den Seinen zu den Schwiegereltern nach Cottbus zu fahren. Manfred und Melina wären dennoch von Heiligabend bis Neujahr gern in Frohnau gewesen, doch sie hatten nur anderthalb Stimmen, Elke und seine Mutter aber zwei.

»Ich fühle mich zu Hause am wohlsten«, erklärte Margot Matuschewski. »Lasst mich mal dableiben.«

»Aber in die Detmolder Straße kommst du doch?«

»Nur wenn Manfred mich abends nach Hause bringt.«

»Natürlich, Mutti, hinten auf dem Fahrrad. Wenn du dich schön festhältst, geht das schon.«

Die Vorbereitungen auf das größte und schönste Fest der Christenheit konnten nun beginnen. Überall wurde gestöhnt, dass die ausgedehnteste Leidenszeit des Jahres wieder einmal gekommen sei. In der Schule gab es eine Weihnachtsfeier mit langwierigen Gesangs- und Theaterdarbietungen der lieben Kleinen, und wer wie Manfred Matuschewski mit seiner Bandscheibe zu kämpfen hatte, freute sich schon Wochen vorher darauf, stundenlang auf den viel zu kleinen und verdammt harten Stühlen zu hocken.

Er ließ es sich auch nicht nehmen, mit seiner Tochter auf den Weihnachtsmarkt auf dem Schlossplatz zu gehen, aber das war mehr ein besserer Rummel, und Melina fuhr nur eine Runde Karussell und gewann an der Losbude einen fleischfarbenen Plastikeimer.

»Wirf das hässliche Ding gleich hier in den Abfallkorb«, sagte er. »Den brauchen wir zu Hause nicht.«

»Doch, wenn einer mal brechen muss.«

Manfred Matuschewski freute sich zwar, dass sie nicht »kotzen« sagte, obwohl das norddeutsche »spucken« noch etwas vornehmer geklungen hätte, war aber dennoch nicht bereit, ihren Antrag zu genehmigen. »Dafür haben wir schon einen Eimer.«

Melina ließ sich nicht beirren. »Dann nehm' ich den hier zum Löschen.«

»Was willst du denn damit löschen? Deinen Durst? Apfelschorle trinkt man doch besser aus dem Glas als aus dem Eimer.«

»Den Weihnachtsbaum will ich damit löschen.« Es stellte sich heraus, dass am Vormittag ein Feuerwehrmann in der Schule gewesen war und den Kindern angeraten hatte, zu Hause immer einen gefüllten Wassereimer neben dem Weihnachtsbaum stehen zu haben.

»Kind, wir haben doch nur elektrische Kerzen am Weihnachtsbaum!«, rief er.

»Trotzdem – bitte!« Seine Tochter konnte ebenso hartnäckig wie unwiderstehlich süß sein.

»Na schön, nimm ihn mit und stell ihn neben den Weihnachtsbaum.« Das Ganze erinnerte ihn an die Diskussion, die man vor hundert Jahren um den Heizer auf der Elektrolok geführt haben mochte.

Die Frage »Was schenken wir denn ...?« beherrschte die abendliche Kommunikation. Etwas zu kaufen und zu verschenken war eine staatsbürgerliche Pflicht, denn die Binnennachfrage war weiterhin schwach und musste auf alle Fälle angekurbelt werden.

»Was wünschst du dir denn?«, fragte Elke.

»Nur deine Liebe«, antwortete er.

»Dazu bedarf es aber einiger Voraussetzungen.« Sie zählte etliche seiner Schwächen auf, so dass er sich dann doch lieber ein Buch über die Berliner S-Bahn wünschte.

Die nächste längere Diskussion galt der Frage, ob man sich eine neue Weihnachtspyramide kaufen sollte. Die alte war in Frohnau geblieben.

»Die war ein Geschenk von Tante Grete!«, schrie Manfred Matuschewski.

Elke verzog das Gesicht. »Brüll doch nicht so!«

»Das bin ich so gewohnt, wenn ich von Tante Grete rede«, begründete Manfred Matuschewski die erhöhten Dezibelwerte. »Die war schwerhörig.«

»Wir brauchen keine Pyramide, wir stellen Kerzen auf den Tisch.«

»Ich will aber eine Pyramide«, beharrte Melina. »Mit Engeln und Hirten und den Heiligen Zwei Königen.«

»Drei!«, verbesserte ihre Mutter sie.

»Einer ist vielleicht gerade von ...« Er hörte Elkes Hüsteln und ließ weg, dass der Mann möglicherweise von einer Autobombe zerfetzt worden war, weil er sich zu eng an die Amerikaner angelehnt hatte. »... vielleicht gerade von einer schönen Prinzessin mit auf ihr Schloss genommen worden, damit sie beide mit deren Barbie-Puppen spielen können.«

So zog Manfred Matuschewski mit seiner Tochter zur Schloßstraße und kaufte bei Karstadt eine große weiß gestrichene Weihnachtspyramide mit allem Schnickschnack. Sie kostete zwar ein kleines Vermögen, aber er tröstete sich damit, dass noch Generationen etwas von ihr haben würden.

»Ein schönes Erbstück«, sagte dann auch Elkes Vater, als sie am dritten Advent in der Detmolder Straße am Kaffeetisch saßen. »Aber was macht ihr 2050 damit, wenn hier alle Deutschen Muslime sind?«

Elke befürchtete nun längere politische Diskussionen, doch die konnte Manfred Matuschewski im Keim ersticken, indem er sagte, dass es doch ganz einfach sei, die Krippe durch einen schwarzen Würfel zu ersetzen. »Mir macht das nichts, ich hab' schon als Kind Kaba getrunken.«

»Die Kaaba in Mekka schreibt man aber mit zwei a«, korrigierte ihn Elke.

»Danke, damit hast du unserer Tochter das Abitur gesichert.«

In den nächsten Tagen lag der Kauf eines Weihnachtsbaumes an, und auch das war eine problematische Sache.

»Ich bin für einen künstlichen«, erklärte Manfred Matuschewski. »Der nadelt nicht, und ich muss Mitte Januar nicht auf den Knien liegen und die Nadeln aus dem Teppich pulen.«

»Natur ist Natur«, kam es von Elke.

Manfred Matuschewski gab sich empört. »Sonst kämpfst du als edle Grüne für die Erhaltung eines jeden Baumes – und Weihnachten billigst du den Mord an vielen hunderttausend Bäumen. Da kann ich nur voller Abscheu ausrufen: Pfui!«

»Die Weihnachtsbäume werden doch extra dafür gepflanzt, Papa«, belehrte ihn Melina.

Also zogen sie los und kauften nicht nur einen wunderschönen Weihnachtsbaum, eine Nordmanntanne, sondern auch einen patentierten Ständer mit einer Art Seilzug.

»Wenn wir jetzt Besuch bekommen, möchte ich aber auch allen meinen patentierten Ständer zeigen«, sagte Manfred Matuschewski, und Melina verstand nicht, warum ihre Mutter so böse guckte.

Seit einigen Jahren steckten die Händler die gekauften Bäume in eine Art Röhre und zogen sie am anderen Ende in einem Netz wieder heraus, so dass der Transport auf den häuslichen Balkon vergleichsweise mühelos vonstattenging.

Nun gab es nur noch zwei offene Fragen zu lösen: die nach dem Gänsebraten und die nach dem Weihnachtsmann.

»Ich möchte gerne Gänsebraten essen«, sagte Manfred Matuschewski und wiederholte, was schon sein Vater und seine Großväter gesagt hatten: »Eine jut jebratene Jans is eine jute Jabe Jottes.«

»Hör auf zu berlinern!«, rief Elke, auch hier wieder um den Schulerfolg ihrer Tochter besorgt.

»Ich will kein totes Tier essen!«, rief Melina und brach in Tränen aus, weil sie vor Augen hatte, wie man die Gans Agathe schlachtete.

»Gut«, entschied Elke schließlich. »Wir gehen am ersten Feiertag zu Anja, die macht Truthahn für uns alle.«

»Wird der auch geschlachtet?«, fragte Melina.

»Nein, den essen wir lebendig«, brummte Manfred Matuschewski, um dann schnell hinzuzufügen: »Nein, Schatz, der ist aus Soja.«

Elke suchte die Tochter abzulenken und kam auf den Weihnachtsmann zu sprechen. »Soll der denn wieder zu dir kommen?«

»Ja.«

Einerseits fanden sie das schön, weil der kindlich milde Zauber auch diesmal noch erhalten blieb, andererseits musste ein Kind, das auf die acht zuging und noch an den Weihnachtsmann glaubte, eigentlich als etwas geistig zurückgeblieben gelten.

Melina hatte inzwischen nachgedacht und sich noch einmal anders entschieden. »Ich möchte doch lieber einen Weihnachtsengel.«

Elke stöhnte auf, denn das verkomplizierte die Sache ganz erheblich. Die studentischen Agenturen weigerten sich, Engel allein antreten zu lassen, und ließen diese Heiligabend zum Überbringen der Geschenke nur an der Seite eines Weihnachtsmannes vorfahren. Engel allein wollte kaum einer buchen, so dass die Einkünfte der Studentinnen Weihnachten gegen null gingen, während ihre Kommilitonen kräftig verdienten.

»Aus feministischer Sicht müsstest du das doch begrüßen«, sagte Manfred Matuschewski zu Elke.

»Doppelt zu bezahlen habe ich aber auch keine Lust. Hundert Euro für fünf Minuten.«

»Das sind in der Tat ganz schöne Preise«, antwortete Manfred Matuschewski und grinste schmutzig.

Sie debattierten so lange, bis es keine Weihnachtsmänner

mehr gab. Was sollten sie nun tun, da Melina sich immer mehr darauf versteifte, dass wieder einer kam? Sie lernte schon pausenlos Gedichte auswendig. Als sie ins Bett gegangen war, fanden sich Elke und Manfred Matuschewski zu einer Krisensitzung zusammen.

»Wer käme denn als privater Weihnachtsmann in Frage?« Elke legte sich ein Blatt Papier zurecht.

Manfred Matuschewski dachte nach. »Dein Vater fällt a priori aus – ein Weihnachtsmann im Rollstuhl, das geht nicht. Horst Hastenteufel sitzt im Knast. Jürgen, Detlev Fasold und Jochen Kalkbrenner müssen sich um ihre Enkelkinder kümmern, Dieter Riese wird in Thailand sein, außerdem sind wir ja verkracht, für Joe ist es von Kladow zu weit, Heiner Dietrich würde vergessen, dass er kommen soll, und Joscha erkennt sie sofort. Da bliebe nur ich selber. Aber wie willst du ihr meine Abwesenheit erklären?«

»Wir müssen bald jemanden finden.«

»Ja, möglichst noch vor dem 25. Dezember.«

Elke hatte eine Idee. »Was ist denn mit deinem alten Freund Gerhard Bugsin?«

»Nicht schlecht, der hat eh schon einen Bart, aber aus alter Gewohnheit wird er Melina nur Büromöbel bringen.«

Elke sprang auf. »Jetzt weiß ich auch wieder, was sie sich gewünscht hat: einen Kleiderschrank für ihre Puppensachen, eine Barbie und Baby Born.«

»Na, wunderbar, da fügt sich ja alles bestens. Jetzt müsste nur noch jemand bei Gerhard anrufen ...«

»Du natürlich!«

Also rief Manfred Matuschewski bei Gerhard Bugsin an, wollte aber nicht gleich mit der Tür ins Haus fallen, sondern den Schmetterschlag erst sorgsam vorbereiten. Schließlich hatte er in seinem ersten Leben viel Tennis gespielt. »Du wirst nicht gleich erraten, warum ich dich anrufe ...«

»Doch. Schließlich habe ich seit 65 Jahren immer am 20. Dezember Geburtstag ...«

O Gott, das hatte Manfred Matuschewski zum ersten Mal in

seinem Leben vergessen. Das Alter … Er gratulierte erst einmal herzlich und schloss mit seinem Standardspruch: »Wachse, blühe und gedeihe.« Dann kam er zur Sache. »Und weißt du, was ich dir schenke?«

»Eine Karte fürs nächste ISTAF. Danke!«

Das hatte Manfred Matuschewski nicht vorgehabt, denn 35 Euro waren ihm – es sei denn, er und Elke gingen zum Geburtstag und holten die Ausgabe dadurch, dass sie viel aßen und tranken, wenigstens zum Teil wieder herein – einfach zu viel. Doch wenn er jetzt nein sagte, war Gerhard ganz sicher nicht geneigt, bei Melina den Weihnachtsmann zu spielen. »Aber sicher kriegst du eine ISTAF-Karte … Den Gutschein dafür kannst du dir gleich Heiligabend bei uns abholen.«

»Wieso das?«

»Na, ich möchte dich schon vorher mal sehen – das ISTAF ist doch erst Ende August oder Anfang September nächsten Jahres. Nein, im Ernst … Elke ist auf die Idee gekommen, dass du bei uns als Weihnachtsmann auftreten könntest …«

»Soll ich das als Beleidigung auffassen?«

»Nein, als herzliche Bitte, uns aus der Patsche zu helfen.« Manfred Matuschewski erklärte dem Freund, warum sie den richtigen Zeitpunkt verpasst hatten, einen professionellen Weihnachtsmann zu engagieren.

»Na gut, dir zuliebe.«

»Danke. Aber bitte nicht nicht verwechseln: Das Kind heißt Melina und nicht Manfred.«

Sie konnten aufatmen, einem frohen Fest stand nichts mehr im Wege. Bis auf das Schmücken des Weihnachtsbaumes … Zwar machte es wegen des patentierten Ständers keine große Mühe, ihn im Zimmer aufzustellen, doch es ließ sich nicht leugnen, dass er erheblich schief gewachsen war.

»Das hätte dir doch beim Kaufen auffallen müssen!«, rief Elke.

»Meiner Ansicht nach warst du doch auch dabei«, antwortete Manfred Matuschewski. »Wahrscheinlich hat ihn der Händler so geschickt gehalten, dass wir nichts merken konnten.«

»Willst du ihn nicht umtauschen?«

»Nein, will ich nicht.«

Melina begann zu weinen. »Ich hab doch mein kleines grünes Bäumchen so lieb.«

»Recht so, mein Kind«, sagte Manfred Matuschewski und zitierte einen Spruch seiner Kohlenoma: »Wenn eena eene jerne hat und kann se jut vaknusen, dann hält er ihren Buckel dreist für'n wunderschönen Busen.«

So blieb es dann bei dem einmal gekauften Baum, und Melina kämpfte darum, ihn selber schmücken zu dürfen. Manfred Matuschewski war dagegen, denn der Geschmack der Siebenjährigen entsprach nicht so ganz dem, was sich Erwachsene in aller Regel vorstellen, aber Elke erlaubte es ihr, denn jede Einschränkung kindlicher Kreativität kam bei ihr einer Misshandlung gleich.

Manfred Matuschewski lag inzwischen am Boden und versuchte, die beiden Lichterketten, die sie schon seit Ewigkeiten besaßen, auch diesmal wieder zu entwirren. Das schien so aussichtslos, dass er vorschlug, sie im Knäuel zu belassen und irgendwo hinten am Baum zu plazieren. »Das sieht dann aus wie eine Galaxie. Aus Sternenstaub sind wir ja alle entstanden – das passt doch wunderbar zu Weihnachten.«

»Würdest du die Kerzen bitte einzeln an die Zweige stecken?« Elke sah ihn so streng an wie früher seine Lateinlehrerin, also machte er sich erneut ans Werk.

»Zu Befehl!« Seine Urahnen waren Kammerherren gewesen, das Dienen lag ihm also sozusagen im Blut. Aber die 32 Kerzen hatten sich so ineinander verhakt, dass er seine ganze Impulskontrolle benötigte, um sie nicht auf den Teppich zu werfen und zu zertreten. Er musste immer und in jeder Situation dem Kind ein leuchtendes Vorbild sein. Dennoch entfuhr ihm ein »Verdammte Scheiße!«, und sofort stand Elke in der Tür, um ihn zu fragen, ob er das gut finde.

»Nein.« Es sei aber die letzte Todsünde, die er heute begehen würde. Nach zwanzig Minuten war es dann so weit: Er hatte die beiden Ketten und ihre Kerzen voneinander getrennt, wenn auch um den Preis, dass zwei der Birnchen nicht mehr brannten, als er die Beleuchtungsprobe machte. Außerdem funktionierten fünf der Klemmer nicht mehr, und er musste die Kerzen mit Draht und Gewebeband an den Zweigen befestigen. Als er fertig war, um sein Werk wohlgefällig in Augenschein zu nehmen, kam Elke herein und merkte an, dass er die Kerzen sehr ungleichmäßig verteilt habe.

»An einigen Stellen ballen sie sich, an anderen dagegen brennt überhaupt nichts.«

»Das ist im Weltraum bei den Sternen auch so«, erwiderte Manfred Matuschewski und trat in den Streik. Als altes Gewerkschaftsmitglied – erst ÖTV, dann ver.di – glaubte er, ein Recht dazu zu haben.

Nun machte sich Melina ans Schmücken des Weihnachtsbaums, und sie und Elke hielten das Ergebnis nachher für ein wahres Kunstwerk, während neutrale Beobachter meinten, sie könnten unter dem vielen Lametta gar kein Grün mehr entdecken.

Elke als professionelle Gruppenleiterin hatte das Prozedere des Heiligen Abends beim Frühstück festgelegt: »Ich gehe einkaufen. Dann kommt Oma, und wir trinken zusammen Kaffee. Anschließend gehen wir in die Kirche, und danach kommt der Weihnachtsmann.«

Als Margot Matuschewski in der Detmolder Straße eintraf, war sie erst einmal am Klagen. »Warum schleppt ihr mich alte Frau denn von zu Hause fort?«

»Mutti, heute ist Heiligabend.«

»Ich kann euch nur Geld schenken, ich kann ja nicht mehr einkaufen gehen.«

»Mutti, das ist doch kein Problem.«

Kaum hatte sie am Tisch Platz genommen, öffnete sie ihre Handtasche und zog drei blaue 20-Euro-Scheine hervor. »Mehr habe ich nicht. Joscha hat mir kein Geld von der Bank geholt.«

»Mutti, wir freuen uns, dass du da bist. Alles andere spielt doch keine Rolle.«

»Gerda geht es gar nicht gut, die hat jetzt immer Schmerzen.«

»Komm, Margot, iss erst mal ein Stück Torte.« Elke hatte seine Mutter am besten im Griff.

»Oma, soll ich dir mal aufsagen, was ich eingeübt habe?« Melina begann gleich und spielte anschließend noch einiges auf ihrer Flöte.

»So stelle ich mir immer einen Tinnitus vor«, sagte Manfred Matuschewski und bekam von Elke einen derartigen Tritt vors Schienbein, dass er lebhaft an seine Zeit als aktiver Fußballer erinnert wurde.

Nachdem er sich von dieser Liebkosung erholt hatte, gingen sie in die Kirche. Er führte seine Mutter und meinte nach ein paar Metern, dass er nun ganz genau wisse, wie sehr sie an ihm hängen würde. Zum Glück gab es kein Glatteis. Die Vaterunser-Kirche war ein runder Beton- und Klinkerbau von einer solchen Schlichtheit, dass Manfred Matuschewski dagegen manche Sporthalle wie ein üppiges Barockgebäude erschien. Zwar dankte er Gott für seine Rettung vor dem Krebs, verfiel dann aber in eine Lethargie, die ihn an seine Zeiten in der Albert-Schweitzer-Schule erinnerte, als *Minna von Barnhelm* durchgenommen worden war. Wie hieß es bei Theodor Fontane? »Das Schlimmste bleibt schließlich doch immer die Langeweile ...« Dessen Roman *Cécile* allerdings war in dieser Hinsicht genauso schlimm. Wie hieß noch einmal der Ehemann dieser Cécile? Seine Gedanken schweiften immer weiter ab, und er schaltete völlig ab, als die lieben Kindlein der Gemeinde eine moderne Version des alten Krippenspiels darboten. Er suchte so lange nach dem Namen, bis er sanft entschlafen war. Beim Vaterunser, als aufgestanden werden musste, erwachte er wieder und wusste nun den Namen: Pierre von St. Arnaud.

»Melina fiebert«, sagte Elke.

»Wenn es über vierzig Grad steigt, müssen wir noch ins Krankenhaus mit ihr.«

»Sie fiebert dem Weihnachtsmann entgegen!«

»Ich habe früher auch immer gefiebert, ob Gerhard im Zug

ist, wenn er aus Wilmersdorf kommen wollte und ich auf dem Bahnhof Neukölln auf ihn gewartet habe.« Sich an die Zeit mit Gerhard in Karolinenhof und Schmöckwitz zu erinnern, gehörte zu Manfred Matuschewskis Lieblingsbeschäftigungen.

Wieder zu Hause, durfte Melina die Verlängerungsschnur in die Dose stecken und die elektrischen Weihnachtsbaumkerzen zum Leuchten bringen. »Kann ich auch die richtigen Kerzen an der Pyramide anmachen?« Elke war dafür, Manfred Matuschewski und seine Mutter waren dagegen.

»Ich hole auch meinen Eimer, den ich auf dem Weihnachtsmarkt gewonnen habe, und stelle ihn daneben.«

»Doch nicht auf den Tisch.«

»Nein, auf die Erde.«

»Da kippt er doch bloß um und setzt alles unter Wasser.«

»Die Leute unter uns sind doch verreist.«

Elke war glücklich, dass ihre Tochter so gut argumentieren konnte, und so durfte Melina den gefüllten Eimer neben die Heizung stellen und die acht richtigen Kerzen anzünden. Nach ein paar Anlaufschwierigkeiten drehte sich die neue Pyramide zum Entzücken aller.

»Wo der Weihnachtsmann nur bleibt?«, fragte Elke.

»Der wird mit seinem großen Schlitten gekommen sein und keinen Parkplatz finden.«

»Papa, es liegt doch gar kein Schnee.«

Gerhard Bugsin war aber pünktlich zur Stelle und spielte den Weihnachtsmann besser als mancher Profi. Max Bugsin, sein Vater, war ja der geborene Schauspieler gewesen, hatte sein Talent aber nie auf einer richtigen Bühne ausleben dürfen, und irgendwie musste er Gerhard diese Begabung vererbt haben. Melina erhielt ihre Geschenke aus dem großen Sack, den Manfred Matuschewski vorher heimlich in den Hausflur getragen hatte, und sagte drei Gedichte auf. Margot Matuschewski weinte vor Rührung, und Elke strahlte, war sie sich doch sicher, dass im ganzen westlichen Kulturkreis kein Kind eine solche Leistung zustande gebracht hätte.

Gerhard zog wieder ab, und Manfred dachte an die guten alten Zeiten zurück, in denen es zum Weihnachtsritual der Familien Bugsin und Matuschewski gehört hatte, sich am dritten Weihnachtsfeiertag zu treffen.

Melina jubelte über jedes ihrer Geschenke, am meisten aber über den Schrank für ihre Puppensachen, obwohl der erst noch zusammengebaut werden musste. Manfred Matuschewski freute sich schon darauf und fragte Elke, ob er schnell den Notarzt anrufen könne. »Wegen eines Beruhigungsmittels.«

»Ja, und er soll gleich eine Blutkonserve mitbringen, falls du dir wieder in den Finger sägst.«

Doch nicht Manfred Matuschewskis Versuche, das Ding, das beim Probieren immer wieder wie ein Kartenhaus in sich zusammenfiel, mittels der mitgelieferten Schrauben und einer Flasche Holzleim aufzubauen, bildeten den Höhepunkt des Abends …

Der begann damit, dass Elke ihn mahnte, endlich auch seine Geschenke auszupacken. Damit standen sie alle drei vom Tisch auf: Er, um sich den für ihn bestimmten Gaben zuzuwenden, die hinten auf dem Sofa lagen, Elke, um die Videokamera zu holen, und Melina, um ihm beim Auspacken zu helfen. Nur Margot Matuschewski blieb am Tisch zurück.

»Oh, was kann denn das nur sein?« Natürlich wusste er, dass es ein neuer Schachcomputer war. Sein alter lag in Frohnau und funktionierte nicht mehr, seit er ihn nach einer endlosen Serie von Niederlagen mit der Faust traktiert hatte. Er hörte die Figuren im Kasten klappern, gab sich aber noch immer ahnungslos. Er wusste, dass er mit einer solchen Show beim Auspacken Melina eine Riesenfreude machen konnte. Elke filmte völlig hingegeben ihn und die Tochter. Manfred schnupperte am Einwickelpapier. »Das muss ein Chemiebaukasten sein, das riecht so chemisch …«

In der Tat roch es in ihrem Wohnzimmer ein wenig chemisch, das lag aber nicht am Schachcomputer, sondern an der neuen Weihnachtspyramide. Bei der war nämlich eine der schmalen roten Kerzen niedergebrannt, der Docht war über den Halter aus Messing gefallen und hatte den Arm, der ihn trug, in Brand gesetzt. Dieser Arm war aus dünnem weiß lackiertem Balsaholz und fungierte sozusagen als Brandbeschleuniger. Im Nu stand die ganze hintere Seite der Pyramide in Flammen, wobei insbesondere der Lack wie Zunder brannte. Schon hatten die Weihnachtsdecke und zwei Servietten Feuer gefangen.

»Mir ist so warm, könnt ihr nicht bitte das Fenster aufmachen?«, bat Margot Matuschewski. Sie saß zwar keinen Meter von der brennenden Pyramide entfernt, die aber stand schräg hinter ihr, und sie hatte nur auf die Ahs und Ohs ihren Lieben geachtet.

Manfred Matuschewski sah zu ihr hinüber, und im selben Moment schrien alle: »Es brennt! Der Tisch!«

Nun wohnten sie nicht so weit oben, dass sie es nicht mehr aus dem Zimmer hinaus und auf die Straße geschafft hätten – aber seine Mutter! Während er zu ihr stürzte, um sie zu bergen, schrie Melina: »Mein Eimer mit Wasser!« Während Elke noch den freudigen Schock verdaute, dass ihr Kind einen viel höheren IQ hatte, als sie je zu träumen gewagt hatte, sprang Manfred Matuschewski hin, nahm den Eimer und kippte die volle Ladung auf die brennende Pyramide. Im Nu war alles gelöscht.

Manfred Matuschewski zitterten die Knie, und er schickte ein kurzes Stoßgebet zum Himmel. »Da haben wir aber noch mal Glück gehabt.«

»Ohne meinen Wassereimer wär die ganze Wohnung ausgebrannt!« Melina jubelte. Zu Recht, denn sie war die eigentliche Heldin des Abends.

Elke und Margot Matuschewski schimpften. Elke, weil ihr schöner Tisch nun mehrere Brandflecken aufwies, und Manfreds Mutter, weil ihr nahezu das ganze Löschwasser in den Schoß gelaufen war. »Als wenn ich mir in die Hosen gemacht hätte.« Sie bekam einen Fön, um ihre Sachen mit heißer Luft zu trocknen.

Elke begab sich nun in die Küche, um ihren weihnachtlichen Auflauf in den Ofen zu schieben.

»Lieber Auflauf als Einlauf«, sagte Manfred Matuschewski

und machte sich daran, Melinas Puppenkleiderschrank zusammenzubauen. Wieder war es an der Zeit, aus *Jettchen Gebert* zu zitieren: »Und es kam, wie es kommen musste. Alles, wie es kommen musste.« Trotz seiner jahrzehntelangen Erfahrung im Zusammenbau von Ikea-Möbeln schien er mit dem Puppenmöbel, das nicht viel größer war als ein Umzugskarton, an seine Grenzen zu stoßen. Erst verwechselte er ein Ablagebrett mit dem Boden der Schublade, dann baute er eine Tür so ein, dass der runde Bogen, der sie oben krönen sollte, unten hing, und als er dann alles fertig hatte, stürzte der Schrank in sich zusammen, weil er ein paar Schrauben vergessen hatte und der Holzleim so schnell nicht hielt.

»So ein Mist!«, schrie er. »Muss ich mir denn meinen schönen Weihnachtsabend damit verderben?! Am besten, wir schmeißen das Ding zusammen mit der angekokelten Pyramide in den Ofen.«

Obwohl das allein daran scheitern musste, dass sie gar keinen Ofen, sondern Zentralheizung hatten, brach Melina in Tränen aus, und Elke kam herbeigeeilt, um ihn heftig zu tadeln.

»Friede auf Erden und den Menschen ein Wohlgefallen!«, rief Margot Matuschewski.

Manfred Matuschewski umarmte Elke, tröstete Melina und nahm einen erneuten Anlauf, den Puppenkleiderschrank gebrauchsfertig zu übergeben. Das gelang schließlich auch, und er konnte sich seinem eigenen Spielzeug zuwenden.

»Ich habe mit deinem Vati und Gerda Neutig auch immer Schach gespielt«, sagte seine Mutter.

»Nein, Mutti, das war Halma.«

»Ach ja, Halma! Sag mal, Gerda Neutig hat ja lange nichts mehr von sich hören lassen.«

»Nein, Mutti. Das hätten sie auch im Fernsehen gebracht, und du hättest es gesehen.«

»Wieso denn das?«

»Weil sie schon seit zwanzig Jahren tot ist.«

»Ach so … Dann muss ich sie verwechselt haben.«

»Vielleicht mit deiner Schwester in Schmöckwitz.«

»Ach, die Gerda hat ja nur noch Schmerzen. Aber ich fahr' nicht mehr raus zu ihr, soll sie doch kommen, sie ist ja vier Jahre jünger als ich.«

Elke kam nun mit der dampfenden Auflaufform herein, und sie ließen sich ihre Kreation – Rote Beete und Schweinefleischstücke mit viel Käse überbacken – schmecken.

»Schade, dass es nicht geklappt hat«, murmelte Manfred Matuschewski.

»Was hat nicht geklappt?«, fragte Elke.

»Dass ich hier die Wohnung in Brand setze, damit wir alle für eine Weile nach Frohnau ziehen müssen. Zur Mitternachtsmette in der Frohnauer Kirche hätte es allemal gereicht. Aber Melina musste ja mit ihrem Wassereimer kommen ...«

Gegen 22 Uhr brachte er seine Mutter mit der Taxe nach Hause. Wieder in der Detmolder Straße, bekam er noch das geschenkt, was er sich am meisten gewünscht hatte.

Am ersten Feiertag fuhren sie nachmittags zu Elkes Schwester Anja nach Lichterfelde, wo es in der gemieteten Villenetage viel zu bestaunen gab.

»Euer Weihnachtsbaum ist ja höher als der auf dem Breitscheidplatz!«, rief Elke.

»Und auf den Zweigen sitzen über fünfzig Kerzen – aber richtige, keine elektrischen«, erklärte Leon, Elkes Schwager. Er war Fotograf und wusste alles kunstvoll zu arrangieren. »Die stecke ich jetzt alle an.«

»Dann bist du also ansteckend«, sagte Manfred Matuschewski und wich ein Stück zur Seite.

»Mama, haben wir meinen Eimer mit?«, fragte Melina.

»Was für'n Eimer?«

»Na, den Löscheimer – wenn der Baum gleich brennt.«

»Kind, Leon zündet die Kerzen an und nicht den Baum.«

»Trotzdem!« Melina gab nicht eher nach, bis Anja einen bis zum Rand gefüllten Aufwischeimer herbeigeholt hatte.

»Viel wichtiger ist doch die Frage, wer meine arme alte Mutter rettet, wenn's hier wirklich brennt. Ich mit meinem kaputten Rücken kann sie nicht tragen.«

Margot Matuschewski war ebenfalls zu Tisch gebeten worden und saß schon wartend vor ihrem Teller. »Mich könnt ihr ruhig verbrennen lassen«, sagte sie. »Ich bin alt genug und werde sowieso bald verbrannt.«

»Mutti, nun bist du schon über dreißig Jahre Witwe ... Da hätten wir dich schon längst verbrennen lassen können. Aber Witwenverbrennung hat es zum Glück nur im alten Indien gegeben. Und was hier so riecht, ist keine verbrannte Witwe, sondern ein verbrannter Truthahn. Soll Melina löschen kommen?«

Leon stürzte in die Küche, um sein Kunstwerk zu retten. Vor Jahren hatte er einmal für eine Restaurantkette die angebotenen Speisen fotografiert und dabei Spaß am Kochen gewonnen. Aber nicht nur das: Er zog in seiner Freizeit auch gern als Testesser durch die Lokale und hatte in einer Berliner Tageszeitung eine feste Kolumne.

Es dauerte ein Weilchen, bis Leon es wagen konnte, seinen Truthahn auf den Tisch zu bringen, und diese Zeit nutzten Melina und ihre Cousine Rabea zum Toben. Dabei passierte natürlich, was passieren musste: Sie rissen den Eimer mit dem Löschwasser um. Der Schwall traf Margot Matuschewski. Sie schrie auf, als ob sie am Ertrinken sei.

Ihr Sohn suchte sie zu trösten. »Freu dich doch, Mutti, gestern hat es für ein Fußbad nicht gereicht, heute bekommst du eins.«

»Wäre ich bloß zu Hause geblieben!«

Anja brachte ihr trockene Sachen, und bald war aller Schrecken vergessen.

Vor dem Kaffeetrinken musste sich Manfred Matuschewski ein wenig die Beine vertreten und unternahm einen kleinen Spaziergang durch die angrenzenden Straßen. Er kannte die Gegend nicht einmal vom Stadtplan her und hatte sich bald ein wenig verlaufen. Als es dunkel zu werden begann, stand er an der Kreuzung Weddigenweg und Paulinenstraße. Er wollte schon zu seinem Handy greifen und Leon bitten, ihn mit dem Auto abzuholen, da zuckte er zusammen, denn die Villa gegenüber – ein halbes Schloss – kannte er von alten Familienfotos her: Sein unbekannter Großvater hatte sie einst für sich erbauen lassen. Bevor er mit seiner Firma pleitegegangen war. Nachdem er die Kohlenoma geschwängert und sich aus dem Staub gemacht hatte. An die hundert Jahre musste das her sein. Was wäre gewesen, wenn …?

Am zweiten Weihnachtsfeiertag hatten Elke und Manfred Matuschewski die Kernfamilie zu einem Weihnachtsmenü in ein Restaurant eingeladen, das einem Freund von Jochen Kalkbrenner gehörte. Manfred Matuschewski kannte den Mann von einigen Geburtstagsfeiern her und rief ihn morgens an.

»Ich möchte meinem nichtehelichen Schwager Leon ein kleines Geschenk machen. Er ist der größte Feinschmecker zwischen Paris und Moskau. Ob Sie ihm heute Nachmittag wohl Strauß statt Gans servieren könnten? Mal sehen, ob er das merkt.«

»Ja, das lässt sich machen. Wir wollten gerade ein Straußensteak in die Mülltonne werfen, weil es schon einen gewissen *hautgout* hat.«

Mit Spannung wartete Manfred Matuschewski darauf, dass serviert wurde. Sie saßen an einer langen Tafel. Elke, Melina, er und seine Mutter, dann Anja, Leon und Rabea, Elkes Eltern und Joscha mit Carmen und Jesco. Schon mit der Suppe war Leon nicht zufrieden. »Die ist meiner Meinung nach drei Grad zu kalt.« Um das zu prüfen, zog er seine neueste technische Errungenschaft aus der Tasche: ein Infrarot-Thermometer, das mit Hilfe eines Laserstrahls auf einige Entfernung die Temperatur ermittelte. Die Suppe war wirklich zu kühl, dafür ergab aber eine Messung auf Manfred Matuschewskis Stirn, dass seine Körpertemperatur in Ordnung war.

Manfred Matuschewski begrüßte die Gäste mit einer kleinen Rede: »Dass wir heute hier so fröhlich beisammen sind, verdanken wir alle den Rieses. Hätten sie sich nicht mit uns gestritten, würden wir jetzt in Thailand sein, und hier müsstet ihr darben. So aber können wir uns und das Menü aus vollem Herzen genießen. Ich wünsche allen ein paar schöne Stunden – hier und anschließend bei uns zu Hause.«

Das Hauptgericht kam: Gänsebraten nach Altberliner Art. Joscha protestierte, wurde aber beruhigt, dass er als Vegetarier natürlich Tofu auf dem Teller hatte. Der Wirt kam hinzu, um die Sache zu überwachen. Manfred Matuschewski warf ihm einen kurzen Blick zu. Der Mann nickte. Die Spannung stieg, als Leon den ersten Bissen zum Munde führte. Jetzt! Manfred Matuschewski stieß Elke an. Die war eingeweiht und wartete wie er auf Leons Reaktion. Die kam auch prompt.

»Schmeckt ja phantastisch! So muss eine Gans zubereitet sein. Das hätte ich selber nur ein ganz klein wenig besser gekonnt. Zuviel Beifuß ist dran, aber ansonsten ...« Er gab sich verzückt.

»So ein Scharlatan«, murmelte Manfred Matuschewski, als er zur Gabel griff. Gleich darauf aber rief er »Pfui!« und spuckte aus, was er im Munde hatte. Die Pointe war klar: Der Ober hatte, offenbar durch Joschas Protest irritiert, seine und Leons Portion vertauscht. Die Sache wurde allen erklärt. Leon freute sich diebisch, und Manfred Matuschewski bekam einwandfreies Essen. Als er sich die Gans schmecken ließ, ahnte er noch nicht, dass er anderthalb Stunden später Bekanntschaft mit der Polizei machen sollte ...

Nach dem Essen sollte es zum Kaffeetrinken in die Detmolder Straße gehen. Man marschierte also los, die Kinder vorneweg, die Erwachsenen hinterher. Dann kamen Elkes Eltern mit dem Rollstuhl, und den Schluss bildete Manfred Matuschewski mit seiner Mutter. Es war dunkel geworden, leichter Nieselregen hatte eingesetzt. Die Straßen waren alles andere als weihnachtlich, zumal in diesem Jahr viel weniger Lichterketten aufgehängt worden waren als sonst. Es gab auch kaum illuminierte Schnee- und Weihnachtsmänner, und nur selten entdeckte Melina einen, der sich an einem Seil nach oben zog. Das Land trug seine kollektive Depression in diesen Tagen besonders deutlich zur Schau.

Das Feld zog sich immer weiter auseinander, und bald hatte Manfred Matuschewski die Seinen aus den Augen verloren. Dass sich ihr Tempo von Minute zu Minute noch stärker verringerte, lag nicht etwa an der fehlenden Kondition seiner Mutter, sondern an deren Schlüpfer und Strumpfhosen, die ständig rutschten. Die Gummibänder waren total mürbe oder gerissen, und immer wieder musste sie stehen bleiben, um ihre Kledasche in Ordnung zu bringen. Manfred Matuschewski trat dann aus Anstand immer ein wenig zur Seite, was aber zur Folge hatte, dass seine Mutter nahe dran war, das Gleichgewicht zu verlieren. Dann ruderte sie mit den Händen wie ein Zirkusartist auf einem rollenden Ball, und er musste schnell hinzuspringen, um sie zu halten.

»Mutti, gib doch mal deine Handtasche her, dann geht es besser.«

»Nein, meine Handtasche gebe ich nicht her.«

Manfred Matuschewski war der Verzweiflung nahe. »Ich klaue doch sonst auch immer alten Damen die Handtasche, das ist nun mal mein liebstes Hobby – nur deine fehlt mir noch.«

»Nein, ich schreie sonst!« Weit davon entfernt war sie nicht mehr.

»Du kannst doch deine Sachen nicht hochziehen, wenn du die Handtasche in der einen Hand hast und deinen Stock in der anderen. Ich weiß, du bist Beamtin und kannst nichts annehmen, auch keine Vernunft, aber trotzdem …« Und nun riss er an ihrer Handtasche. Da sie den Griff nicht loslassen wollte, entstand ein kleines Gerangel. »Gib die jetzt bitte her!«

»Nein!«

Ihr Stock fiel zu Boden, und im angrenzenden Mietshaus wurde ein Fenster aufgerissen.

Jetzt hatte Manfred Matuschewski die Handtasche endlich erobert und entfernte sich ein Stück in die andere Richtung, um ihr Gelegenheit zu geben, mit der freien Hand nun endlich ihren Mantel zu öffnen und sorgfältig nach oben zu ziehen, was nach oben gehörte.

Als der von einer aufmerksamen Mieterin alarmierte Funkwagen nun am Tatort eintraf, dachten die Beamten nicht nur an einen Handtaschenraub, sondern auch noch an ein Sittlichkeitsverbrechen und stürzten sich auf Manfred Matuschewski.

»Können Sie uns erklären, was hier vorgeht?«

Angesichts von so viel Staatsmacht bekam Manfred Matuschewski weiche Knie, und sein Hals war derart zu, dass er sich nur schwer artikulieren konnte. »Wir sind aus dem Restaurant gekommen, und da ...«

Die Kollegin des Streifenführers wandte sich seiner Mutter zu. »Hat man Ihnen die Handtasche entrissen?«

»Ja. Sie sehen ja, ich bin völlig mit den Nerven fertig.«

»Kennen Sie den Mann?«

»Ja, schon lange.« Dann murmelte sie etwas, das wie Mutter klang.

»Wie eine Mutter ...« Die Beamten witterten ein Beziehungsdelikt.

»Worum ging denn der Streit?«

»Wir waren auf dem Weg zu ihm nach Hause«, sagte Margot Matuschewski, ohne verstehen zu wollen, was hier geschah.

»Zum ersten Mal?«

»Nein. Aber abends will ich immer wieder zu mir nach Hause, in mein eigenes Bett.«

»Dann werden wir mal alles aufnehmen, Frau ...?«

»... Matuschewski. Margot Matuschewski.«

Der Beamte wandte sich an Manfred Matuschewski. »Und Sie?«

»Genau wie die Dame: Matuschewski. Nur Manfred statt Margot.«

»Sind Sie also miteinander verwandt?«

»Das ist bei Mutter und Sohn eigentlich immer der Fall.«

»Wollen Sie uns auf den Arm nehmen?!«

»Habe ich Sie gerufen?« Er holte seine Visitenkarte heraus und streckte sie dem Beamten hin. »Der Ausweis liegt bei mir zu Hause im Schreibtisch.«

Als man seine Titel las, gab man sich friedlich und wertete das Ganze als einen lustigen Zwischenfall. »Entschuldigen Sie die Verwechslung.«

»Bitte sehr. Ich liebe Verwechslungskomödien.«

Sie wünschten sich ein restliches frohes Fest und einen guten

Rutsch ins neue Jahr, dann fuhr der Funkwagen wieder davon, und oben wurde das Fenster zugeschlagen. Manfred Matuschewski dankte dem aufmerksamen Bürger.

Als sie in der Detmolder Straße ankamen, waren alle ganz ernst. Es war wie vor einer Beerdigung. Manfred Matuschewski blieb das Herz stehen. »Ist was passiert?«

Man führte ihn zum Fernseher, und er sah die ersten Bilder von der Flutkatastrophe in Südostasien.

»In Khao Lak soll der Tsunami ganz besonders schlimm gewütet haben. Und da wären wir gewesen, wenn wir geflogen wären.«

In den nächsten Tagen sollte sich herausstellen, dass Dieter und Ariane Riese zu den vermissten Deutschen gehörten, und es gab nicht die geringste Hoffnung, dass sie überlebt hatten.

»Das schönste Geschenk, das wir Weihnachten 2004 bekommen haben, ist das Leben«, sollte Manfred Matuschewski später sagen und dann mit einigem Pathos hinzufügen: »Wie sage ich immer? Die Wege des Herrn …«

Manfred Matuschewski mochte viele Begabungen haben, nicht darunter war aber das Talent, fremde Sprachen leicht zu lernen. Als Junge vom Neuköllner Hinterhof hatte er schon seine liebe Mühe und Not mit Deutsch als erster Fremdsprache gehabt. Seine Muttersprache war Berlinisch, obwohl seine Mutter gar nicht einmal so arg und schon gar nicht proletarisch berlinerte. Was hatten sich seine Lehrerinnen und Lehrer abgemüht, um ihn dahin zu bringen, dass er Milch und Film sagte statt Mülch und Fülm, Eimer und Vater statt Eima und Vata. »Oojen, Fleesch und Beene – nein, mein Kind, so heißt es nicht: Augen, Fleisch und Beine.« Wie oft hatte er das von seiner Schmöckwitzer Oma gehört. Wollte er, dass man ihm ein Glas hinüberreichte, dann sagte er automatisch. »Jibste ma ma ditte da rüba.« Kam prompt die Korrektur: »Gibst du mir das bitte einmal herüber.« Jahraus, jahrein hatten sie sich bemüht, ihm Hochdeutsch beizubringen. Der Erfolg war, dass man heute immer wieder daran zweifelte, einen waschechten

Berliner vor sich zu haben: »Was denn, das hört man doch gar nicht.«

Bei dieser Ausgangslage hatte er es schwer gehabt, auch noch zwei weitere Fremdsprachen zu erlernen: Englisch und Latein.

In Bezug auf Latein war er hin und her gerissen. Es hatte den großen Vorteil, dass die Aussprache keine Mühe machte, aber den ganz erheblichen Nachteil, dass die Grammatik so furchtbar schwierig war. Und die war eine seiner großen Schwächen. Auch im hohen Alter hatte er nicht so recht begriffen, was ein Adverb war, was es mit Futur I und Futur II auf sich hatte und warum man lieber »ich aß« statt »ich habe gegessen« sagen sollte. Immerhin schaffte er das kleine Latinum mit der Note ausreichend und konnte gehobene Unterhaltungen mit Sentenzen wie *Navigare neccesse est* und *Per aspera ad astra* würzen.

Englisch wurde ihm von seiner Neuköllner Volksschullehrerin von Anfang an vermiest, weil sie ihn immer wieder anschrie: »Matuschewski, es heißt nicht *tze pencil*, sondern *sße pencil*! Dein Tiäitsch ist ja grausam!« Später verspielte er sich das Wohlwollen seiner Englischlehrer, indem er darauf hinwies, dass ihre Kunst nun wahrlich nicht bewundernswert oder gar einmalig sei, denn: »In England sprechen Millionen Menschen besser Englisch als Sie.« Das war ebenso schwer zu widerlegen wie seine These, dass es ja eigentlich unnütz sei, Englisch zu lernen, denn schließlich gebe es genügend Dolmetscher und Übersetzer, und im Kino sei ohnehin alles synchronisiert.

»Aber wenn Sie mal nach England reisen …«

»Ich will ja nicht nach England reisen.«

Nun, im Verlaufe seines Soziologiestudiums blieb ihm gar nichts weiter übrig, als bergeweise Monographien und Artikel in Englisch zu lesen, und schließlich übersetzte er sogar einige Arbeiten aus Großbritannien und den USA ins Deutsche, doch mit seiner Aussprache haperte es noch immer. Auch brauchte er manchmal Sekunden bis Minuten, um eine halbwegs passende englische Vokabel gefunden zu haben. Das spielte beim Übersetzen keine Rolle, denn man konnte ewig in den Wörterbüchern blättern und suchen, brachte aber bei Dialogen mit Menschen, die nur Englisch sprachen, ganz erhebliche Nachteile mit sich. Die Ausländer waren jedoch viel zu höflich, um sich über seine mangelnden Sprachkenntnisse lustig zu machen. Im Gegensatz zu seinen beiden großen Kindern. Die bogen sich vor Lachen, wenn sie ihn Englisch sprechen hörten, und riefen im Chor: »Papa, lass das doch, du lernst es nie.« Ein bisschen traf ihn das schon, aber er verstand es im Allgemeinen ganz gut, die Contenance zu wahren. Entweder er parodierte sich selbst oder er stöhnte nur: »Ach ja, jede gute Tat rächt sich einmal.« Mit der guten Tat meinte er, dass er sowohl Joscha wie auch Larissa in ihrer Schulzeit für ein Jahr in die USA geschickt hatte, damit sie perfekt Englisch lernten. Mitunter verwies er auch auf seinen Freund Heiner Dietrich, der im Schwarzwald zur Schule gegangen war, also in der französischen Besatzungszone, und kein Englisch gelernt hatte. Während des Studiums hatte der dann Volkshochschulkurse besucht. Als nun einmal eine australische Delegation die HÖV besucht hatte, deren Rektor er inzwischen geworden war, war er freudig auf die Gäste zugegangen, um ihnen zu sagen, wie hocherfreut er doch sei, sie begrüßen zu dürfen. Und dies auf Englisch. Zu seiner großen Verwunderung hatten sie aber bei seinen Worten eher bestürzt denn freudig geschaut. Kein Wunder, denn er hatte gesagt: *»I am afraid to see you.«*

Auch verstand Manfred Matuschewski mitunter nicht so ganz genau, was die Leute auf Englisch sagten, vor allem aber sangen. Gingen ihm die Songs nicht mehr aus dem Kopf und wiederholte er sie, wenn Elke zuhörte, bekam die Gefährtin Krämpfe.

»*My name is Gabandi* … Kennst du einen Mister Gabandi?«

»Nein.«

»Aber das singt immer einer auf Radio Paradiso.«

Sie überlegte, bis sie sich mit der flachen Hand gegen die Stirn schlug. »Gott, du meinst Cat Stevens: *My lady D'Arbanville*.«

Ein anderes Mal fragte er sie, ob sie einen kleinen Ringelweiß kennen würde. Das sei wirklich ein schöner Song.

»Was für ein Ringelweiß ...? Und wer soll das denn singen?«

»Na, Jennifer Rush.« Das immerhin wusste er.

»Ich kann's nicht fassen! Das heißt: *Ring of ice.*«

Als er dann wissen wollte, wer der gewisse Jenossa sei, von dem Phil Collins immer singen würde – richtig hieß es: *You are no son of mine* –, da rastete Elke völlig aus. Als Folge schenkte sie ihm Weihnachten 2004 ein kleines Buch von Axel Hacke und Michael Sowa: *Der weiße Neger Wumbaba.* Es war ein kleines Handbuch des Verhörens, und Manfred Matuschewski konnte sich damit trösten, dass es anderen auch nicht besser erging als ihm. Da hatte jemand bei dem Lied *Der Mond ist aufgegangen* statt »... und aus den Wiesen steiget/Der weiße Nebel wunderbar« als Kind »... der weiße Neger Wumbaba« verstanden. Ein Mädchen hatte beim Gutenachtlied der Mutter immer zu weinen begonnen, weil sie statt »Morgen früh, wenn Gott will, wirst du wieder geweckt« Schreckliches gehört hatte, nämlich: »Morgen früh, wenn Gott will, wirst du wieder gewürgt.« Ein anderes Kind kommt nach Hause und ruft: »Mama, wir müssen uns morgen schön anziehen, weil der Erdbeerschorsch kommt, und der will uns alle filmen!« Die Lehrerin, von der Mutter angerufen, klärt die Sache auf: »Der Erzbischof kommt und firmt alle!«

Manfred Matuschewski betonte bei jeder sich bietenden Gelegenheit, dass und wie viel Handwerkerblut in ihm steckte. August Quade, sein Urgroßvater mütterlicherseits, war ein begnadeter Kunsttischler gewesen, und Oskar Schattan, sein Großvater, ein Elektroinstallateur mit Meisterbrief. Sein Vater war von Hause aus Maschinenbauer, und dessen Erzeuger hatte als Maurer begonnen. Schon als Junge hatte Manfred in Schmöckwitz bei seiner Oma alles Mögliche repariert, so vor allem die unterirdische Klingelleitung zwischen Häuschen und Zaun, den ewig defekten Gartenschlauch und das Dach der Veranda. In seiner Laube in Heiligensee und dem eigenen Haus in Frohnau hatte er sich dann richtig entfalten können und Zäune gezogen, Dächer gedeckt, Fliesen gelegt, Türen gestrichen,

Tapeten geklebt, Lampen angebracht, elektrische Leitungen gezogen und Fensterscheiben eingesetzt. Mit zunehmendem Alter aber ließ er bei größeren Arbeiten doch lieber Fachleute kommen und beschränkte sich auf kleinere Reparaturen. Was ihn beträchtlich behinderte, war seine Angst, auf Leitern zu klettern. War er gerade einmal auf Kniehöhe angelangt, kam er sich vor wie ein Artist der Truppe von Tony Traber, der gerade vom Turm der Gedächtniskirche hinüber zum Europacenter balancierte.

Dass er unbestritten als Meister der kleinen Reparaturen galt, lag an seiner Liebe zum »Gewebeband extra Power«, insbesondere der breiten Version mit 38 Millimetern. Er liebte alle verfügbaren Farben und hatte für alle eine Verwendungsmöglichkeit. Zudem lösten sie bei ihm die unterschiedlichsten Assoziationen aus. Riss er schwarzes Band von der Rolle, hatte er immer das Gefühl, einen Trauerflor in der Hand zu halten. Damit klebte er das Innenfutter seiner schwarzen Lederweste zusammen, wenn es wieder einmal gerissen war. Das ging auch jedes Mal lange Zeit gut. Wenn sich das Band dann vom Stoff löste, aber immer noch gehörig klebte, kam es schon vor, dass er Geldscheine, seine diversen Chipkarten oder die Monatskarte der öffentlichen Verkehrsmittel, ja selbst seine Schlüssel, nicht so ohne weiteres aus den Taschen ziehen konnte. »Moment mal, bitte …« Elke und seine Mutter fanden das sehr peinlich, seine Kinder nannten ihn kauzig. Reparierte er Lampen und Elektrogeräte, diente ihm das Klebeband als Isolierband. Sogar den Deckel seiner Bibel hielt es zusammen. Die hatte er dreißig Jahre lang bei seinen Lehrveranstaltungen in den Hörsaal getragen, denn ohne sie ließ sich seiner Meinung nach das Thema »Werte und Sozialisation« nicht angemessen behandeln. War seine schwarze Lederweste für Herbst und Winter bestimmt, so trug er im Frühjahr und Sommer eine braune. Dies trotz aller grundsätzlichen Bedenken gegen die Farbe Braun. »Braun, braun, braun sind alle meine Kleider, weil mein Schatz ein Neonazi ist«, sang er manchmal, wenn es um die Bräute jener Herren ging. Als »Mann mit der braunen Weste« bezeichnet zu werden, passte ihm gar nicht. Aber nicht nur Kacke und die Hemden der SS waren braun, sondern auch Dinge, die er liebte: Schokolade und Kaffee. Dazu kamen die U-Bahnlinie 5, der FC St. Pauli und die Braunbären. Mit braunem Klebeband wurde an seiner sommerlichen Lederweste vieles zusammengehalten. Rot war für vieles gut: für Buchdeckel etwa, für die Strandmuschel, für die Abdeckung des Batteriefaches an der Fernbedienung, für Hula-Hoop-Reifen und als Warnung vor Gefahrenstellen.

Auch Blau stand bei ihm hoch in der Gunst. Früher hatte er sein altersschwaches Faltboot in Schmöckwitz mit blauem Klebeband zusammengehalten und sich, um bei langem Paddeln keine Blasen zu bekommen, die Hände damit umwickelt. Auch Jeans ließen sich wesentlich länger tragen, wenn man sie an besonders strapazierten Stellen mit Klebeband verstärkte. Klebte er es innen in die Hosenbeine, war die Farbe an sich egal, aber rotes Band schickte sich einfach nicht, wie er in der Kindheit gelernt hatte: »Rot und blau putzt die Sau.« Gelbes Band hatte sich insbesondere bei den sogenannten Ostfriesennerzen bewährt, den Regenjacken, machte sich aber auch gut bei Fahrradreparaturen, da das Gelb als Warnfarbe gelten konnte. Am meisten aber hatte er in seinem Leben weißes Klebeband verklebt. Rollenweise sozusagen. Nicht nur als Aufkleber für Schnellhefter und Aktendeckel, sondern auch als Belag, Beschichtung oder Bespannung von Türschwellen, ganz wie man wollte. In ihrer Wohnung in der Detmolder Straße waren alle Türschwellen alt, unansehnlich, ausgetreten und vor allem weiß gestrichen. Und egal, welche Farbe er nahm, immer platzten Stücke ab, wenn man mit dem Staubsauger über sie hinwegrollte, etwas auf sie fallen ließ oder jemand Schuhe mit harten Absätzen trug. Das sah dann mehr als liederlich aus. So war er auf die Idee gekommen, die Schwellen mit weißem Klebeband zu bekleben. Das war elastisch, praktisch unzerstörbar und ließ sich, war es nach zwei Jahren wirklich schmutzig, schnell wieder erneuern.

»Sein Leben wird gleichsam von Klebeband zusammengehalten«, sagte denn auch sein Freund Heiner Dietrich.

»Alles klebt er ab«, ergänzte Jürgen Kalkbrenner.

Ohne Klebeband hätte es aber auch keinen Streit in seinem privaten Institut gegeben – und ohne Klebeband wäre er um eine ganz bestimmte Erfahrung ärmer gewesen …

Nur Vater und Hausmann zu sein, reichte Manfred Matuschewski nicht, und da er zu unmusikalisch war, um ernsthaft an ein Jodel-Diplom denken zu können, stürzte er sich auf seine kleine Firma. Im Grunde war es ein ehrenamtlicher Job, denn FORMAT brachte unter dem Strich kaum einen Euro ein, und er konnte froh sein, wenn sich die Verluste noch mit Hilfe des Ersparten ausgleichen ließen. Es war eine Zeit angebrochen, in der sich kaum noch jemand den Luxus leisten konnte, sein Unternehmen wissenschaftlich erforschen zu lassen, und wenn doch, dann gab es die wenigen Großen, die alles an sich rissen. Also hatte sich FORMAT ein zweites Standbein zugelegt, die Weiterbildung und Beratung, doch auch in diesem Bereich war die Konjunktur sehr mau, denn es gab ja ein Patentrezept zur Lösung aller Probleme: den Stellenabbau. Für weggefallene Stellen musste niemand fit gemacht werden, und jeder aufstrebende Manager wusste von selber, wie er am besten Karriere machen konnte: durch das skrupellose Wegrationalisieren von Stellen und Menschen. Zu allem Elend kam noch, dass die öffentliche Hand mangels leerer Kassen immer weniger Aufträge zu vergeben hatte. Und was als Verwaltungsreform bezeichnet wurde, scheute die wissenschaftliche Durchleuchtung, denn die hätte unter Umständen ergeben, dass die Reform weithin Schwachsinn war, inszeniert von Betriebswirten, die nicht das Systemganze im Auge hatten, sondern nur die egoistischen Interessen der Teilsysteme. Manfred Matuschewski sagte es mitunter ganz drastisch mit den Worten seines Vaters: »Die denken doch alle nur so weit, wie ein Bulle scheißt.«

FORMAT dümpelte also vor sich hin. Die Adresse des Instituts war auch nicht mehr in Frohnau, Am Grünen Hof, sondern in Wilmersdorf, Koblenzer Straße. Bei Manfred Matuschewski schräg über den Hof saß man in einer Souterrain- beziehungsweise Kellerwohnung. »Für einen echten Soziologen ist das Unten das Höchste, bedeutet es doch, den Wurzeln nahe sein, basale Sozialwissenschaft betreiben.« Seinem Freund Heiner Dietrich wäre das zu poplig gewesen, aber der hatte sich auch, seit er zum HÖV-Rektor gewählt worden war, aus der Firma zurückgezogen.

Gab es wirklich einmal Arbeit, dann wurden schnell Studenten angeheuert, ansonsten aber hatte Manfred Matuschewski drei feste Mitarbeiter. Neben Peggy Samith als Psychologin gab es noch einen waschechten Soziologen und eine sogenannte »Allzweckwaffe«.

Dr. Leo Ackenboe war 42 Jahre alt und Soziologe. Er kam aus einem kleinen Ort zwischen Bremen und Oldenburg, war fast zwei Meter groß, und Manfred Matuschewski brachte sein Schicksal mitunter auf den Punkt, wenn er sagte: »Vor Ihnen steht der Mann, der Dirk Nowitzki sein wollte.« Trotz seines großen, manche sagten auch: pathologischen Ehrgeizes hatte es Leo Ackenboe nicht zum Helden der Dallas Mavericks gebracht, sondern nur zum Einwechselspieler beim TuS Bramme. Nun vergab er seine Freiwürfe nicht mehr in der Regionalliga Nord, sondern in einer Wilmersdorfer Freizeitmannschaft, aber der Basketball war seine große Leidenschaft geblieben. Wie ein Süchtiger seinen Stoff, so brauchte er jede Woche seine Alba-Spiele. Er fuhr nicht nur zu den Heimspielen in die Max-Schmeling-Halle, sondern war auch auswärts immer dabei. Oft ließ sich das mit einer Anhörung verbinden, denn es gab seit Jahren keine Ausschreibung für eine C3- oder C4-Stelle in Soziologie, für die er sich nicht beworben hatte. Oft war er schon auf der Dreierliste gelandet, aber berufen hatte man ihn noch nicht. Er war geschieden, und die zehnjährige Tochter, die bei seiner Ex-Frau verblieben war, hatte zwar die erforderliche Körpergröße, um erfolgreich Volley- oder Basketball zu spielen, hasste aber allen Sport.

Claudia Galgenberg war 24 Jahre alt und hatte an Manfred Matuschewskis HÖV studiert, war aber von ihrem Bezirk nicht als Diplom-Verwaltungswirtin übernommen worden. Nun arbeitete sie als Sachbearbeiterin und Sekretärin bei FORMAT und war »die Seele vons Butterjeschäft«, wie er es ausdrückte.

Zu seiner großen Freude war sie lesbisch. Nichts war im Berlin dieser Jahre für das Image abträglicher, als ein ganz normaler Bürger zu sein.

Mit Claudia Galgenberg kam Manfred Matuschewski ganz phantastisch aus, mit den beiden anderen aber hatte er immer wieder Schwierigkeiten. Beziehungsweise sie mit ihm. Immer wenn er ihre Arbeiten kritisierte, und mochte das noch so einfühlsam geschehen, stand die nächste Krise ins Haus.

»Peggy, die Sätze, die ich hier gelb markiert habe, sollten wir noch einmal durchsprechen ... Es geht um den Bericht für die ›Euromag‹, das Kapitel ›Zur Selbstrekrutierung der Kader‹. Hier: ›Damit wird das perpetuiert, was a priori als dysfunktional definiert werden muss: Der Ausschluss von Widerspruch aus dem Kollektiv und damit der Verzicht auf die dialektischen Kräfte.‹«

»Was passt dir daran nicht?«

»Schon die Begriffe Kader und Kollektiv. Für Menschen aus dem Westen sind das noch immer Reizworte, zumal Kader auch noch nach Kadavergehorsam klingt. Man sagt eben Team oder, kommt man von Luhmann her, soziales System.«

»Da mache ich nicht mit.«

Manfred Matuschewski rang die Hände. »Wenn wir uns nicht unseren Kunden anpassen, sind wir bald völlig aus dem Geschäft. Auch die Sprache hat der Zielgruppe gerecht zu werden.«

»Ich lasse mich nicht verbiegen.«

Manfred Matuschewski zitierte wieder einmal Theodor Fontane: »Jeder, der der großen Masse genügen will, muss ein Loch zurückstecken. Und wenn er das getan hat, dann immer noch eins.«

Da konnte sich auch Leo Ackenboe nicht mehr zurückhalten. »Wir verlieren unseren Ruf als Wissenschaftler, wenn wir unsere Gutachten im *Bild*-Stil verfassen.«

»Was nützt dir das schönste Gutachten im Luhmann-, Adorno- oder Habermas-Stil, wenn es keiner verstehen kann und alle schreien: Nie wieder FORMAT!«

»Ich kann noch immer in den Spiegel sehen!«, rief Peggy Samith.

Manfred Matuschewski konnte es nur noch drastisch formulieren: »Und anschließend zu deinem Fallmanager gehen und mit dem um dein Arbeitslosengeld II feilschen.«

Leo Ackenboe lief rot an. »Mit Leuten wie dir fällt unsere ganze Kultur in Scherben!«

Manfred Matuschewski zog seine Schreibtischschublade auf. »Ich habe genügend Gewebeband, um sie wieder zusammenzukleben ...« Er stutzte. »Nanu? Ich hatte doch gestern noch drei Rollen ...«

Da meldete sich Claudia Galgenberg vom Kopierer. »Die habe ich alle aufgebraucht, um zusammenzukleben, was du zerlegt hast.«

Manfred Matuschewski hatte nämlich die Angewohnheit, Seiten, die er zu Hause zum Arbeiten brauchte, aus seinen Büchern, standen sie im FORMAT-Büro, einfach herauszureißen. Sie zu kopieren hatte er weder Zeit noch Lust, und außerdem kostete die Farbe ein Schweinegeld.

»Das ist doch barbarisch«, fand Leo Ackenboe.

»Entschuldige bitte, aber es sind meine Bücher, und mit denen kann ich machen, was ich will – außer sie öffentlich verbrennen, versteht sich.«

»Bücher sind wie Kinder«, hielt ihm Peggy Samith entgegen. »Und deinen Kindern reißt du ja auch keine Arme aus.«

»Vergleiche sind immer Glückssache.« Langsam wurde Manfred Matuschewski doch ein wenig sauer. »Es ist nie ganz leicht, zugleich Freund und Arbeitgeber, also Chef zu sein, und ich würde euch herzlich bitten, mir die Sache nicht allzu schwer zu machen.«

»Sieh da, jetzt holt er den großen Hammer hervor. Die Herrschaftsverhältnisse ... Wenn funktionale und charismatische Autorität versagen, muss halt die Amtsautorität zur Schau gestellt werden.« Leo Ackenboes größtes Problem war Leo Ackenboe. In allem stufte er sich weit über Manfred Matuschewski ein, doch der hatte den Professorentitel, um den er sich seit Jahren ebenso intensiv wie vergeblich bemühte, und dem gehörte die Firma FORMAT.

Manfred Matuschewski verstand das wohl, konnte aber Leo Ackenboe auch nicht groß helfen. Und da ihm der Gag manchmal so wichtig war, dass er dafür sogar eine Freundschaft opferte, hatte er einmal gesagt: »Ungerecht bleibt immer ungerächt.«

Manfred Matuschewski ging zur Tür. »Okay, wenn ihr wollt, dann stelle ich jetzt die berühmte Machtfrage: Heute ist Freitag, und Montag früh will die Euromag unser Gutachten haben. Ich bitte euch jetzt, und dies ist arbeitsrechtlich eine Weisung, den Bericht so umzuarbeiten, dass die Leute ihn nicht gleich in den Papierkorb werfen und uns nie wieder einen Auftrag geben – was dann unsere Insolvenz bedeuten würde. Hier habt ihr meine achtzehn Änderungsvorschläge. Sonntag nach dem Frühstück, sagen wir, um elf, bin ich wieder im Büro. Dann sollte alles hier auf dem Tisch liegen, und wir können es noch einmal durchgehen. Also: Tschüß, ihr Lieben.«

Wohl war ihm nicht bei dieser Aktion, und sie war auch sehr gegen seine Natur, aber eine andere Möglichkeit sah er nicht mehr, seine Firma im Rennen zu halten. Wie auch immer, der Ärger mit seinem Mitarbeiterstab führte dazu, dass er in den beiden folgenden Nächten noch schlechter schlief als ohnehin schon.

In der Nacht zum Sonntag erwachte er zum zweiten Mal genau um 4.44 Uhr und war nach dem Gang zur Toilette nicht mehr in der Lage, wieder einzuschlafen. Je intensiver er es versuchte, umso wacher wurde er. Gleichzeitig begann sein Ischiasnerv immer unangenehmer zu ziehen. Also stand er auf, um sich zu duschen, zu rasieren und anzuziehen. Präsenile Bettflucht war schließlich keine Schande und kein Tatbestand, der unter Strafe stand. Möglichst lautlos kochte er sich in der Küche eine Tasse Kaffee und aß ein altes Stück Kuchen, um wenigstens etwas im Magen zu haben, und ging dann, um Elke und Melina nicht weiter zu stören, zum Arbeiten ins FORMAT-Büro hinüber. Das waren auf der Straße keine 150 Meter, und nahm er die Abkürzung über den Innenhof, dann war es nur ein Katzensprung. Er wählte den Weg über den Hof, weil er bei dieser Gelegenheit gleich einen Müllbeutel in den Container werfen konnte.

Der frühe Sonntagmorgen war erfüllt von einer gleichsam heiligen Stille. Wo sonst die Kinder tobten, hüpfte jetzt lediglich ein früher Vogel über den Rasen. Manfred Matuschewski stutzte. War das sein FORMAT-Büro, in dem Licht brannte? In der Tat, so schwungvoll gebogene Gitter hatte keines der anderen Fenster im Souterrain, gleichviel ob Wohnung, Werkstatt oder Büro. Sollte er vergessen haben, gestern das Licht auszuschalten? Nein, das war nicht seine Art. Und da sah er auch einen Schatten durch den Raum huschen. Leo Ackenboe. Der war bekannt als Nachtarbeiter. Hatte er also doch nachgegeben und sich an die Überarbeitung des Euromag-Papiers gemacht! Wunderbar. Manfred Matuschewski war bereit, ihm alles zu verzeihen.

Als er aufgeschlossen hatte und ins Büro getreten war, breitete er schon die Arme aus, um Leo Ackenboe gebührend zu danken. Er hörte Stimmen. Also war Peggy Samith auch gekommen, um ihre Pflicht zu tun. Nicht zu fassen! Er beschloss, sie zum Frühstück einzuladen.

Doch nicht seine beiden Mitarbeiter standen plötzlich vor ihm, sondern zwei junge Männer. Beide hatten sich schwarze Mützen über Kopf und Gesicht gezogen, und die Schlitze für die Augen waren krumm und schief. Der eine hielt eine Waffe in der Hand, die eine Schreckschusspistole seine konnte, aber auch mehr. Die beiden flüsterten sich etwas zu, und es war unschwer zu erkennen, dass der eine deutscher und der andere nichtdeutscher Herkunft war.

Eigentlich hätte Manfred Matuschewski nun jubeln müssen, denn von solcher Gemeinsamkeit des Denkens und Handels zweier unterschiedlich sozialisierter Heranwachsender hatte er ja immer wieder öffentlich geschwärmt, doch in diesem konkreten Fall verfluchte er viele und vieles. Verwundert registrierte er, dass er nicht in Panik geriet, nicht von Todesangst gepackt wurde, sondern die Lage kühl analysierte. Einbrecher ... Die Gegend kam immer mehr herunter. Sie waren auf Computer und Laptops aus. Sie würden nicht schießen, denn sie konnten davon ausgehen, dass er sie nicht erkannt hatte.

»Auf den Boden!«, herrschte ihn einer der beiden an. Der Deutsche.

»Gesicht auf Erde!« Das war der aus der anderen Ethnie.

Manfred Matuschewski tat, wie ihm befohlen. Empathie war das A und O eines erfolgreichen Sozialwissenschaftlers, und so konnte er endlich am eigenen Leibe erfahren, wie es war, Opfer zu sein. Jetzt würden sie ihn fesseln – fragte sich nur womit, denn Stricke und Riemen gab es hier keine.

Doch es gab zehn Rollen »Gewebeband extra Power«. Die hatte er am Sonnabend beim »Schreiberling« in der Detmolder Straße gekauft. Mit Weiß banden sie ihm die Beine zusammen und mit Schwarz die Hände hinter den Rücken. Auf den Mund kam Rot. Dann zogen sie ab und schleppten alles mit sich, was es im FORMAT-Büro zu erbeuten gab: zwei Computer mitsamt der Flachbildschirme, einen Laptop, ein Multifunktionsgerät, das Anrufbeantworter, Fax, Scanner und Kopierer vereinte, ein Diktiergerät, ein Telefon und eine Kaffeemaschine.

In fünf Minuten war der Spuk vorbei, die Tür fiel hinter den Männern ins Schloss. Manfred Matuschewski atmete auf, sofern sich mit seiner verstopften Nase richtig atmen ließ. Er war noch am Leben.

Er begann zu rechnen. Halb sechs mochte es sein. Wann würden Elke und Melina ihn vermissen? Nicht vor halb neun, denn gestern waren sie alle spät ins Bett gekommen. Das hieß, dass er drei Stunden hier auf dem harten Boden aushalten musste. Und wenn sie nicht gleich auf die Idee kamen, dass er ins Büro gegangen war, dann entsprechend länger. Sie würden hier anrufen und, wenn er nicht abnahm, messerscharf schließen, dass er nicht hier war. »Vielleicht ist er schon allein Schrippen holen gegangen«, hörte er Melina sagen. »Nein, er wird schon walken«, würde Elke entgegnen. Und dann warteten sie auf ihn. Eine Stunde, zwei Stunden. »Kann sein, dass er zu Oma gefahren ist.« Es konnte Mittag werden, ehe sie ihn hier im Büro suchen würden. Sein Rücken! Seine Blase! Die war das eigentliche Problem, denn schon jetzt begann sie zu drücken. Das erste Anzeichen des posttraumatischen Belastungssyndroms. Ließ er alles laufen, hieß es ein Leben lang über ihn: »Als die beiden Einbrecher auf ihn zugekommen sind, hat er sich vor Angst in die Hosen gemacht.«

Verzweifelt bäumte er sich auf und riss mit aller Kraft an seinen Fesseln. Doch vergeblich, das Gewebeband ließ sich nicht zerreißen.

Eine Stunde verging, eine zweite, und er musste immer dringender. Es konnte nur noch Sekunden dauern, bis das erste Tröpfeln fällig war …

… da wurde die Tür aufgeschlossen – und Leo Ackenboe und Peggy Samith standen im Flur, um zu erledigen, was er ihnen aufgetragen hatte. Schon kniete Peggy neben ihm.

»Vorsicht beim Abziehen des Klebebandes, und schön wieder aufwickeln«, sagte Leo Ackenboe. »Er wird es bestimmt noch verwenden wollen. So etwas von Verschwendung!«

Der Familie stand etwas ins Haus, das es in ihrer fast dreihundert Jahre währenden Geschichte noch nicht gegeben hatte: ein 95. Geburtstag. Margot Matuschewski wollte ihn am 11. Juni 2005 freudig begehen.

»Wo sollen wir denn feiern, Mutti?«, wurde sie ständig gefragt. »Wie hättest du's denn gerne?«

»Macht euch mal keine Gedanken darüber, da liege ich ja schon längst im Grab.«

Manfred Matuschewski nickte. »Also, dann feiern wir auf dem Frohnauer Friedhof, gut. Ihr habt dort ja ein Doppelgrab, da wird der Platz schon reichen, um darauf beziehungsweise darüber einen großen Tisch und drum herum fünfzig Stühle aufzustellen.«

»Das ist makaber«, sagte Elke. »Können wir nicht einmal ernsthaft darüber reden?«

»Meinetwegen nicht nur ein-, sondern auch zweimal. Wo

waren denn die Marken ihrer Tage, um mal mit der Grabinschrift von Marlene Dietrich zu fragen? In Kreuzberg in der Muskauer Straße, in Schmöckwitz auf dem Grundstück und in Neukölln in der Weichsel- und der Ossastraße und an der Treptower Brücke, am Weigandufer.«

»In Schmöckwitz will ich nicht feiern«, sagte seine Mutter. »Gerda hat ja nur noch Schmerzen.«

»Also in Neukölln. Du bist ja nicht nur dort respektive in Rixdorf auf die Welt gekommen, sondern hast ja auch über siebzig Jahre deines Lebens dort verbracht. Ein Gag wäre, die Wohnung in der Ossastraße 39 für deinen Geburtstag anzumieten ... Aber ich soll ja ernst sein. Der Italiener gegenüber scheidet aus, ein bisschen feudaler wird's ja schon sein dürfen.«

»Nehmen wird doch das *Estrel*«, schlug Elke vor. »Das ist eine noble Adresse und liegt gleich bei ihr um die Ecke.«

So kam es, dass sie seine Mutter am ersten Sonntag im März in eine Taxe luden und mit ihr zum Hotel fuhren. Elkes Eltern und ihre Schwester Anja plus Tochter Rabea wurden als Testpersonen dazugebeten.

Die Taxe hielt, und Manfred Matuschewski schaffte es unter Aufbietung aller Kräfte, seine Mutter aus dem Wagen zu hieven. Wenn sie sich auf das Aussteigen konzentriert hätte, wäre es ohne große Mühe gegangen, aber ihre volle Aufmerksamkeit galt ihrer Handtasche.

»Mutti, die klaut dir doch keiner. Komm, ich nehme sie.«

Das wollte sie wie immer nicht zulassen, und so konnte sie sich nirgendwo richtig festhalten. Schließlich aber stand sie doch auf der Auffahrt zum Hotel und stützte sich auf dem Weg zum Eingang auf ihn.

»Mutti, nicht die Drehtür! Wir gucken mal, ob es daneben noch eine andere Tür gibt.«

Doch Margot Matuschewski war nicht davon abzubringen, durch die Drehtür gehen zu wollen.

»Kinder und alte Leute«, murmelte Manfred Matuschewski und wartete auf einen günstigen Augenblick, um in die Drehtür zu schlüpfen. »Los, Mutti, Tempo, denk daran, dass du mal Vorturnerin beim TuS Neukölln gewesen bist!«

Sie hätten es auch geschafft, wenn nicht dicht hinter der Drehtür ein riesiger roter Teppich gelegen hätte, an dem seine Mutter mit ihrem rechten Winterstiefel hängenblieb. Manfred Matuschewski reagierte blitzschnell, trotz seiner nun auch schon 67 Jahre noch ganz Torwart des 1. FC Neukölln, und fing sie auf. Dabei versuchte er auch noch, seine schöne schwarze Wollmütze festzuhalten, was zur Folge hatte, dass er seine Mutter ein Stückchen nach hinten schob und sie dadurch vom nachfolgenden Flügel der Drehtür erfasst und herumgeschleudert wurde. In diesem Augenblick war er wortwörtlich ihr letzter Halt. Es musste aussehen, als würden sie engumschlungen Foxtrott tanzen. Stürzten sie, hätte er seiner Mutter mit seinen knapp achtzig Kilo alle Knochen brechen können. Doch es ging noch einmal gut, sie kamen zum Stehen. Beide zitterten sie. Schaden genommen hatte nur die schöne schwarze Wollmütze. Die war unter die Drehtür geraten und so lange mitgeschleift worden, bis sie nur noch als Putzlappen taugte.

»Hier feiern wir nicht«, sagte Elke, obwohl sie das Hotel an sich sehr schön fand. »Das ist ein böses Omen.«

Der erste Anlauf, einen geeigneten Ort zum Feiern zu finden, war also fehlgeschlagen, sie konnten sich aber auch noch ein wenig Zeit lassen. Zwei Tage später, es war Dienstag, der 8. März und internationaler Frauentag, klingelte bei Manfred Matuschewski kurz vor 18 Uhr das Telefon. Es war sein Sohn.

»Ich bin hier bei Oma«, sagte Joscha. »Die Feuerwehr muss jeden Augenblick kommen.«

»Hat es gebrannt?« Ihm war schon immer angst und bange gewesen, wenn sie am Gasherd hantierte hatte.

»Nein, sie ist gestürzt und muss schon den ganzen Tag über gelegen haben.«

»Ist sie denn ansprechbar?«

»Ja. Der Rettungsdienst … Ich melde mich gleich wieder.«

Manfred Matuschewski stand da und starrte in den Innenhof, wo ein dreijähriges Mädchen im Laternenschein auf einer Schaukel saß. So hatte seine Mutter auch einmal auf einer Schaukel gesessen. 1913. Nun war sie eine Greisin und wohl verloren, wenn sie sich wirklich, was anzunehmen war, etwas gebrochen hatte. Er hatte gewusst, dass sie einmal hilflos in ihrer Wohnung liegen würde. Ihre Cousine Lolo hatte drei Tage lang im Frohnauer Haus gelegen, bis man sie gefunden und ins Krankenhaus gebracht hatte. Und ihre Tante Friedel war erst nach einer Woche entdeckt worden. Tot. Nun also auch Margot Matuschewski. Aber was hätte man tun können? In ein Heim hatte sie nicht gewollt, einen Notruf immer abgelehnt mit der Begründung, der hätte bei Max Bugsin auch nicht geholfen.

Joscha rief aus dem Rettungswagen an. Die Schulter sei gebrochen, sie würden ins Neuköllner Krankenhaus fahren. Manfred Matuschewski zuckte zusammen. Dort war sein Vater gestorben. »Ich komme so schnell wie möglich mit der Taxe.« Der Taxifahrer erzählte ihm, dass Brigitte Mira gestorben wäre. Noch eine Schreckensmeldung, denn die Mira war Jahrgang 1910 wie seine Mutter.

Da das Klinikum Neukölln, wie es jetzt hieß, einen Neubau bekommen hatte, blieb es Manfred Matuschewski erspart, die Räumlichkeiten wiederzusehen, in denen er von seinem Vater Abschied genommen hatte. In der Ambulanz fand er Joscha und seine Mutter auf einer Galerie, die sich um den überdachten Innenhof zog. Man rollte sie gerade im Bett zum Röntgen. Ihr Gesicht hätte ein Werk von Ernst Barlach sein können: *Der Schmerz*. Ihre rechte Schulter war ein einziger riesiger Bluterguss. Bläulich und lila, bildete er einen fürchterlichen Kontrast zu ihrem bleichen Gesicht. Klein war sie und mager, wie eine Mumie. In ihren schicken Kleidern war das nie so aufgefallen. Sie erkannte ihn, aber das gab ihr keine Kraft, sondern führte nur dazu, dass sie sich weiter fallen ließ: »Schön, dass du noch einmal kommst. Ich sterbe ja gleich.«

»Mutti, an einer gebrochenen Schulter stirbt man nicht.«

Was auch immer diese Schaltung in seinem Gehirn ausgelöst hatte – wahrscheinlich ihre Verzagtheit und Wehleidigkeit –, plötzlich sah er ein Bild vor sich, sein größtes Trauma wohl:

wie sie im Mai 1945 nach all dem erlebten Schrecken angesetzt hatte, mit ihm zusammen aus dem Leben zu scheiden. »Wir schneiden uns jetzt die Pulsadern auf.« Die Rasierklinge hatte sie schon aus der Packung gezogen. »Nein«, hatte er da gerufen und sich ihrem Zugriff entzogen. »Was soll denn Vati machen, wenn er aus Russland zurückkommt?« Da hatte sie von ihrem Vorhaben abgelassen, und strenggenommen verdankte sie ihm ihr Leben, so wie er ihr seines verdankte.

Sie wimmerte, sie jammerte, aber ein Schmerzmittel bekam sie nicht. Warum, erfuhren sie nicht. Sie vermuteten, dass es vor der möglichen Operation nicht ging. Vater und Sohn streichelten ihre Arme und sprachen ihr Mut zu, dann wurde sie endlich in den Röntgenraum geschoben.

Joscha hatte seit Stunden nichts gegessen, und sie nutzten die Pause, um nach unten zum Automaten zu gehen, damit er sich ein Baguette ziehen konnte. Dann kehrten sie auf die Galerie zurück und warteten. Wer die Kunst des Wartens lernen wollte, brauchte sich nur in die Ambulanz eines Krankenhauses zu setzen. Wer dort eingeliefert wurde, hoffte, dass sich in Sekundenschnelle ein ganzes Team hochqualifizierter Mediziner um ihn kümmern würde – und lag stattdessen nur hilflos da und wartete. Kam ein weißer Kittel an ihm vorbei, dann langsam und völlig entspannt. Das war wohl ein Indiz höchster Professionalität. Und immer gab es einen Fall, der dringender war als der eigene. Es durfte vermutet werden, dass in den hinteren Räumen um das Leben ganzer Scharen von Unfallopfern gerungen wurde, während man selber nur eine Bagatelle war und sich nicht so wichtig nehmen durfte.

Als Margot Matuschewski wieder auf die Galerie gerollt wurde, wusste niemand Näheres über ihren Zustand. Sprachen sie eine Schwester an, wurden sie stets auf etwas verwiesen, auf das es zu warten galt: das Röntgenbild, die Blutwerte, die Beratung der Chirurgen. Manfred Matuschewski wünschte sich, eine Maschinenpistole in der Hand zu haben. »Los, Tempo, was ist jetzt mit meiner Mutter?! Ihr habt zehn Sekunden Zeit, sonst …!«

Sie hatte fürchterlichen Durst, durfte aber nichts trinken, für den Fall, dass sie operiert wurde. Nur die Lippen wurden ihr mit speziellen Stäbchen angefeuchtet.

Es wurde 22 Uhr, bis eine Ärztin ihnen erklärte, dass die rechte Schulter tatsächlich gebrochen sei, die Chirurgen sie aber bei ihrem fortgeschrittenen Alter nicht mehr operieren würden, weil die Knochen wie Glas seien. Im Allgemeinen würde so ein Bruch aber auch so ausheilen und Arm und Hand mit kleinen Einschränkungen wieder voll zu gebrauchen sein. »Wir behalten Frau Matuschewski für ein paar Tage hier im Krankenhaus, dann kommt sie hinüber zur Reha ins Ida-Wolf-Heim.«

Nun bekam seine Mutter endlich Medikamente, und sie küssten sie noch einmal auf die Stirn, bevor sie auf die Station gebracht wurde.

»Bis morgen, Mutti, halte dich wacker.«

»Morgen lebe ich nicht mehr.«

»Bevor du nicht mindestens hundert geworden bist, lassen wir dich auf keinen Fall gehen.«

Als Manfred Matuschewski nach Hause kam, erstattete er Elke nur kurz Bericht, dann leerte er eine halbe Flasche Rotwein und war auch erst einmal so betäubt, dass er sofort einschlief. Um zwei Uhr aber war er wieder wach und konnte kein Auge mehr zutun. Also stand er auf und ging in seinem nicht eben großen Zimmer auf und ab. Was ihm durch den Kopf ging, war kaum originell und auch nicht hochphilosophisch: Einmal hat es kommen müssen … Nichts ist aufzuhalten … Ist sie gegangen, bin ich der Nächste.

Als er am nächsten Tag ins Krankenhaus kam, schien ihm seine Mutter noch immer nicht über den Berg zu sein. Sie klagte über Schmerzen, die sie den Schwestern zufolge gar nicht haben konnte, wollte nichts essen und trinken und war desorientiert. »Warum bin ich denn hier?«

»Mutti, du bist gestern zu Hause gestürzt, und Joscha hat dich gefunden.«

»Ich will in kein Heim.«

»Nein, Mutti, wenn deine Schulter wieder ausgeheilt ist, kommst du sofort nach Hause.«

»Wo ist denn meine Handtasche?«

»Die liegt hier bei dir am Fußende.«

»Ich will sterben.«

»Nicht bevor du hundert wirst.« Er streichelte ihre Hände, sie starrte gegen die Decke. Ihre Augen wirkten so, wie er es in Romanen immer wieder las: gebrochen.

Die beiden nächsten Tage nahm er sich eine Auszeit, dafür fuhren Joscha und Larissa zu ihrer Oma ins Krankenhaus. Erst am Sonnabend war er wieder an der Reihe. Da wurde er von ihr mit einem Schreckensruf empfangen: »Meine Tasche ist weg!« Er begann zu suchen. In ihrem Tisch, in ihrem Schrank, überall im Zimmer. »Hier ist leider nichts.« Die Bettnachbarin konnte sie nicht gestohlen haben, denn die lag regungslos auf dem Rücken und gab ohne Unterlass unartikulierte Laute von sich. Nur hin und wieder war eines ihrer Worte zu verstehen. Offenbar wollte sie ihr ganzes Leben erzählen. Er eilte hinaus, um sich bei den Schwestern zu erkundigen. Vielleicht hatten sie die Handtasche seiner Mutter in Sicherheit gebracht. Als er unverrichteter Dinge in das Krankenzimmer zurückkam, griff er zu einer Notlüge. »Mutti, ich hab' bei Joscha angerufen: Er hat deine Handtasche gestern mit nach Hause genommen, es ist alles in Ordnung.«

Am Abend wurde er dann aus dem Krankenhaus zu Hause angerufen und erhielt die Nachricht, dass sich die Handtasche wieder angefunden hatte. »Auf der Damentoilette. Aber nur noch mit drei Tempotaschentüchern drin.« Er fluchte unter Einsatz eines Vokabulars, das Melinas kognitive und charakterliche Entwicklung in hohem Maße gefährdete. Was das an Zeit und Nerven kostete, alles wiederzubeschaffen: den Ausweis, die Schlüssel, die AOK-Karte! Er rief Joscha an, um ihm Bericht zu erstatten.

»Nicht aufregen, Vater«, sagte der, so cool, wie man es nur konnte, wenn man der indischen Kultur nahestand. »Liegt alles bei mir zu Hause. Ich habe Ausweis, Schlüssel, AOK-Karte und ihr Geld herausgenommen und nur die Tempotaschentücher dringelassen. Hast du schon Anzeige bei der Kripo erstattet?«

Am Sonntag fuhr er mit Melina ins Krankenhaus, und der Enkeltochter gelang es, Margot Matuschewski etwas aus ihrer depressiven Grundstimmung herauszuholen.

»Morgen kommen Joe und Daniela zu Besuch, Mutti«, sagte Manfred Matuschewski, als sie wieder gehen wollten.

»Wer sind Joe und Daniela?«

»Daniela ist Inge Bugsins Tochter und Joe ihr Mann. Der ist jetzt erfolgreicher Gastwirt. Seine *Bratkartoffel-Kathedrale* läuft bestens.«

Am nächsten Vormittag, als Manfred Matuschewski im FORMAT-Büro saß und Fragebögen auswertete, rief Joe ihn an. »Du, deine Mutter liegt nicht mehr im Krankenhaus. Ihr Bett ist leer.«

Manfred Matuschewski sank in sich zusammen, denn was das hieß, war klar: Sie war in der Nacht gestorben, und man hatte sie schon in die Pathologie gebracht. Er legte auf, er wollte keinen Menschen mehr hören und sprechen, wollte nur noch mit sich allein sein. Wie in Trance verließ er sein Büro und ging über den Hof in die Wohnung. Auf seinem Anrufbeantworter blinkte die gelbe Lampe. Sie hatten also aus dem Krankenhaus hier angerufen und ihm die schlimme Nachricht aufs Band gesprochen. Er drückte auf den Wiedergabeknopf. Es war aber nur Joe.

»Du, ich hab' das Geheimnis jetzt gelüftet: Sie haben deine Mutter heute früh nach nebenan ins Ida-Wolf-Haus gebracht. Zur Reha. Ich geb dir auch mal die Zimmernummer.«

Am Nachmittag fuhr Manfred Matuschewski ins Geriatriezentrum am Juchaczweg, einer kleinen Nebenstraße der ewig langen Fritz-Erler-Allee. Von der S- in die U-Bahn musste er am Bahnhof Neukölln umsteigen, und der erinnerte ihn langsam an die Problembezirke von Chicago, New York und Los Angeles. Jugendliche, die sehr nach »Plötze« aussahen, beherrschten die Szene. Täuschte er sich in ihnen, war er das Opfer einer ganz bestimmten Propaganda geworden, oder trugen sie wirklich alle ein Messer oder eine Schusswaffe bei sich? Als

Soziologen schmerzte es ihn, dies nicht genau zu wissen. Unten lag die Karl-Marx-Allee, und hier hatten viele, ohne zu wissen, wer Karl Marx eigentlich war, seine Worte ernst genommen: »Proletarier aller Länder, vereinigt euch.« Nur dass heute Proleten oder Prols besser passte. Ach Gott, er war nur zu alt geworden, um das alles schön zu finden, und dankte Fontane für die Mahnung: »Wir sollen das Alte würdigen, aber für das Neue recht eigentlich leben.«

Um die Alten zu würdigen, war ein Geriatriezentrum kein schlechter Ort. Die Menschen, die hier lagen, hatten Berlin nach dem Krieg wiederaufgebaut und ihren Enkeln und Erben eine vergleichsweise lebenswerte Welt geschaffen. Sie brauchten in Heimen wie diesem nicht zu hungern und zu frieren, sie wurden rundum versorgt, aber dennoch war es ein einziges Elend. Im Grunde gab es nur eine Möglichkeit, in Würde und auf menschliche Art und Weise alt zu werden: so wie früher in der bäuerlichen Großfamilie auf dem Altenteil. »Immer für das Neue recht eigentlich zu leben, ist ziemlicher Quatsch, Herr Fontane. Aber okay, Sie kannten ja unser neuestes Neues nicht«, dachte sich Manfred Matuschewski.

Seine Mutter machte ihm Sorgen. Sie wollte nicht aufstehen, sie wollte nichts essen, sie stöhnte und klagte und jammerte nur.

»Sie will nicht mehr leben«, sagte Joscha, als sie am Abend telefonierten. »Und wenn ein Mensch fast 95 Jahre alt ist, dann sollte man ihn auch gehen lassen.«

Manfred Matuschewski widersprach ihm heftig. »Es ist noch genügend Kraft in ihr, wir müssen ihr nur sagen, dass sie sich nicht fallenlassen darf, dann kommt sie auch über den Berg und lebt noch ein paar Jahre froh und glücklich in ihrer Wohnung. Sie ist doch ein extrem außengeleiteter Mensch und tut immer das, was andere ihr sagen.«

»Du kannst ihr nicht deinen Willen aufzwingen, es ist ihr Leben.«

»Eine Komapatientin stirbt, wenn man ihr die Magensonde entfernt, durch die sie künstlich ernährt wird, und Oma stirbt, wenn ich mich als ihre Psychomaschine plötzlich abschalte.

Und das mache ich nicht. Von mir bekommt sie weiterhin Pfeffer in der Arsch gepustet: Mutti, reiß dich zusammen!«

Sie stritten noch lange und konnten sich nicht einigen. Am Sonntag fuhr Manfred Matuschewski mit Elke und Melina zusammen ins Krankenhaus. Sie setzten seine Mutter in einen Rollstuhl, schoben sie in den Aufenthaltsraum und spielten ein paar Runden Mensch-ärgere-dich-nicht mit ihr. Das ließ sie förmlich aufblühen.

»Nun bist du wieder ganz die Alte«, sagte Manfred Matuschewski.

»Ja, die komische Alte.«

Am nächsten Tag aber fand er sie in furchtbar schlechter Verfassung vor. Ihr Gesicht war blass und eingefallen. Sie atmete schwer und röchelnd und musste immer wieder kurz und hart husten. Zumeist hielt sie ihre Augen geschlossen, und wenn sie die Lider einmal nach oben zog, kamen Augäpfel zum Vorschein, die grau, trübe und erschreckend gläsern aussahen.

Er küsste sie. »Mutti, was ist?«

»Ich sterbe. Komm, setz dich zu mir.«

Er zögerte. Sollte er die Ärztin alarmieren, oder sollte er das tun, was Joscha für wahrhaft menschlich hielt: sie in Frieden sterben lassen? In seiner Gegenwart, fürsorglich und mit Liebe in den Tod begleitet, nicht einsam und verlassen in einer gekachelten Abstellkammer. Er entschied sich für den letzteren Weg, zog ihren gesunden Arm unter der Bettdecke hervor, nahm ihre Hand und streichelte sie. Sie dankte ihm für alles, und er dankte ihr. Dann sprach keiner mehr ein Wort. So saß er eine Ewigkeit an ihrem Bett, und beide ließen sich davontragen von ihren Erinnerungen. Alles war jetzt ganz leicht und schwebend. Jeden Augenblick erwartete er ihr letztes Aufbäumen, bevor das gesagt werden konnte, was in den alten Büchern stand: »Es ist vollbracht«.

Anderthalb Stunden mochten so vergangen sein, dann drückte seine Blase so gewaltig, dass er kurz aufstehen musste, um auf die Besuchertoilette zu gehen. »Mutti, ich bin sofort wieder zurück.« Er küßte sie auf die Stirn und eilte auf den Flur hinaus.

Beim Zurückkommen traf er einen alten FORMAT-Kunden aus der Industrie, der seine eigene Mutter im Rollstuhl vor sich her schob. Er hatte kaum ein paar Worte mit dem Mann gewechselt, da hörte er seine Mutter aus dem Zimmer schreien.

»Ich will nicht ohne meinen Manfred sterben. Manni, komm her, schnell!«

Nun rief er, einem Instinkt folgend, einer der vorbeieilenden Schwestern zu, es sei ein Notfall, und die Ärztin möge schnell zu seiner Mutter kommen.

Als Margot Matuschewski untersucht worden war, hieß es, alle ihre Werte seien in Ordnung, und es bestünde keinerlei Grund zur Panik.

»Sie muss sich das mit dem Sterben nur eingebildet haben«, sagte eine der Schwestern.

»Nein«, korrigierte Manfred Matuschewski sie. »Wie soll ein Mensch wissen, wie es ist, wenn man stirbt? Die Sterbeerfahrung lässt sich nur einmal machen.«

Nach einer weiteren Stunde ging er, und seine Mutter hatte schon wieder vergessen, was eben gewesen war. Manfred Matuschewski rief auf dem Handy Larissa an, um ihr zu berichten, was er eben erlebt hatte.

»Ach, Papa«, sagte seine große Tochter. »Ich habe dasselbe schon am Donnerstag mit Oma erlebt, wollte dich damit aber nicht auch noch belasten.«

Manfred Matuschewski wusste nicht genau, wie er reagieren sollte. War er auf eine Farce hereingefallen? Nein, seine Mutter hatte es schon ernst gemeint. Dennoch fühlte er einige Aggressionen in sich aufsteigen, die in einer schon recht drastischen Formulierung zum Ausdruck kamen. »Dann geht das also als Omas Probesterben in die Annalen der Familie ein.«

»Papa!«

Den nächsten Vormittag nutzte er, um mit der sehr rührigen Sozialarbeiterin des Ida-Wolf-Hauses die Entlassung seiner Mutter durchzusprechen und zu planen. Am Donnerstag, dem 7. April, sollte es so weit sein: Sie sollte wieder in ihre Wohnung zurückkehren können. Bei der Pflegeversicherung musste der

Antrag auf häusliche Pflege gestellt werden, ein Pflegedienst war zu suchen, ein Vertrag mit der Notrufzentrale des DRK abzuschließen, falls sie zu Hause wieder stürzte, und der fahrbare Mittagstisch musste bestellt werden, drei zusätzliche Schlüssel waren zu besorgen, damit alle in die Wohnung konnten, wenn sie im Bett lag und nicht so schnell in die Gänge kam oder abermals gestürzt war.

Es waren Wochen, in denen die Menschen so oft und so intensiv wie nie zuvor über das Sterben sprachen – abgesehen von Kriegszeiten oder großen Naturkatastrophen. Am Freitag, dem 1. April, holte der Tod den Berliner Helden Harald Juhnke, und das lange Sterben sowohl des Papstes als auch des monegassischen Fürsten wurde von den Medien ausführlich kommentiert – »breitgetreten«, wie Manfred Matuschewski es formulierte. Johannes Paul II. starb am Sonnabend, dem 2. April, um 21.37 Uhr, wie Melina ihrem Vater berichtete, und Rainier III. folgte ihm am 6. April.

»Wir feiern alle«, sagte Manfred Matuschewski. »Auch Trauerfeiern sind Feiern.« Wenn seine Mutter nun auch noch gestorben wäre, so hätte das, fürchtete er, niemand mehr zur Kenntnis genommen. »Wenn das kein Grund ist, damit noch zu warten«, meinte er. Doch schon am nächsten Tag war ihm gar nicht mehr zum Spotten zumute, denn die Ärztin eröffnete ihm, dass man sich gewundert habe, warum seine Mutter noch immer so schlecht und nur unter Schmerzen laufen konnte. »... und da haben wir sie noch einmal röntgen lassen. Ja, es ist nicht sehr schön, was ich Ihnen da mitteilen muss: Ihre Mutter hat sich auch die Hüfte gebrochen.«

Manfred Matuschewski erstarrte. Das war 1960 für seine Kohlenoma das Todesurteil gewesen. Der Oberschenkelhalsbruch. »Und nun?«

»Wir hoffen, dass sich auch das ohne Operation wieder so einigermaßen einpendeln wird.«

Zum Glück realisierte seine Mutter nicht so recht, was sich an neuem Schrecken ergeben hatte, ging doch alles weiter seinen gewohnten Gang. Die beiden Damen, die mit ihr das Dreibettzimmer teilten, nahmen schließlich auch alles stoisch hin. Manfred Matuschewski hätte es nie für möglich gehalten, dass organisch eigentlich gesunde Menschen in all ihren Regungen so reduziert sein konnten, obwohl sie nur die Hände gebrochen hatten. Ihre Seelen schienen erfroren zu sein. Stundenlang saßen sie in ihren Lehnstühlen, starrten aus dem Fenster und sprachen kein Wort.

»Da habe ich nun immer solche Angst davor, mit dem Flugzeug abzustürzen«, sagte er am Abend zu Elke. »Aber was sind schon zwei Minuten Todesangst gegen dieses jahrelange Dahindämmern?«

Mit seiner Mutter ging es nun trotz der gebrochenen Hüfte langsam, aber sicher bergauf, und alles war für ihre Entlassung bestens vorbereitet. Doch als er frohgemut ins Ida-Wolf-Haus geeilt war, kam die Ärztin auf ihn zu. Ihrem Gesicht sah er schon an, dass etwas wenig Schönes passiert sein musste. Und er sollte mit seiner Vermutung recht behalten.

»Herr Matuschewski ... Leider hat sich die Hüfte über Nacht so verschoben, dass wir nun doch etwas tun müssen. Lassen wir es so, wird ihre Mutter nie wieder laufen können. Und bleibt sie bettlägerig, wird es auch nicht besser werden. Es können Infektionen kommen, möglicherweise eine Lungenentzündung ... Sie werden sie nicht mehr lange haben. Nach einer Operation dagegen wird sie wieder laufen können, aber bei einer Patientin ihres Alters geht das natürlich nicht ohne Risiko. Die Werte sind zwar alle in Ordnung, aber ... Die Chirurgen drüben im Krankenhaus wollen sich alles noch einmal ansehen – und wenn die eine OP für möglich halten, dann müssen Sie entscheiden, was werden soll.«

Manfred Matuschewski sprach mit Elke, Joscha und Larissa, der Familienrat sollte entscheiden. Alle waren dafür, die Operation zu wagen, er selber mit 50,1 zu 49,9 Prozent, wie er sagte, noch am wenigsten. Seine Mutter nahm alles gottergeben hin. Die Ärztin sagte Manfred am Dienstag, am nächsten Morgen werde es so weit sein, er möge sich bereithalten, wenn er seine Mutter begleiten wolle.

Punkt acht Uhr klingelte das Telefon. Um halb neun werde seine Mutter hinüber ins Krankenhaus gefahren, und irgendwann erfolge dann die Operation. Die Taxe war in drei Minuten da. Er lief auf die Straße hinunter. Elke und Melina winkten aus dem Fenster und gaben ihm die besten Wünsche mit auf den Weg. Er stieg ein und meldete sich per Handy bei Larissa. »Wenn du auch kommen willst, dann gleich ins Klinikum Neukölln, Ambulanz.«

Der Fahrer dachte, es ginge um Leben und Tod, und verstieß auf der Fahrt vom Bundesplatz bis zum Juchaczweg gegen mindestens zehn Verkehrsregeln. Auf die Sekunde genau war Manfred Matuschewski um 8.30 Uhr im Geriatriezentrum, doch wer sich Zeit ließ, waren die Männer vom Krankentransport.

Seine Mutter hatte vergessen, was mit ihr geschehen sollte. Eine Gnade, wie Manfred Matuschewski fand. Sie fürchtete keineswegs, die Operation nicht zu überleben, sondern um den Inhalt ihrer Handtasche. »Die möchte ich gerne haben.«

»Mutti, die hat Joscha mit nach Hause genommen und in den Banktresor gelegt.«

»Gib doch dem jungen Mann, der mich so schön gewaschen hat, dreißig Mark.«

Der Pfleger winkte ab. »Nein, Frau Matuschewski, das ist doch selbstverständlich.«

Seine Mutter geriet immer mehr ins Schwärmen. »Er hat mich richtig abgeseift. Es ist schon komisch, wenn dir ein junger Mann so zwischen die Beine fasst.«

»Mutti!«, rief Manfred Matuschewski. »Aber beruhige dich, ich würde das auch als komisch empfinden.«

»Was wird denn nun mit mir gemacht?«

»Deine Hüfte wird operiert, damit du wieder richtig laufen kannst.«

»Gerda hat ja nur noch Schmerzen.«

»Sie kommt jetzt in ein Heim, dann fahre ich mal mit Melina hin.«

»Geht denn Melina gern zur Schule?«

Er zögerte mit einer Antwort. »Manchmal schon ...«

Endlich kamen die Männer vom Krankentransport, harte Kerle, denen es nichts ausmachte, dass es in ihrem Fahrzeug mächtig kalt war und die Federung offenbar vorher ausgebaut worden war. Seine Mutter mit ihrer gebrochenen Hüfte stöhnte zum Erbarmen. Von einer Vorstufe der Folter zu sprechen, hätte Manfred Matuschewski sicherlich eine Beleidigungsklage eingebracht. Immerhin ließ man ihn mitfahren und nicht hinterherhecheln. Was brauchte ein Land auch weich gefederte Wagen für seine Schwerkranken, Hauptsache Herr Ackermann von der Deutschen Bank verdiente zehn Millionen Euro im Jahr.

Hatte er gedacht, seine Mutter würde nun sofort in den OP gebracht, so sah er sich getäuscht. Es sollte noch bis ein Uhr dauern. Zuerst warteten sie – und zwar auf derselben Galerie wie schon vor vier Wochen. Dann wurde geröntgt. Anschließend hieß es wieder warten. Zum Glück kam nun Larissa, und es wurde für ihn ein wenig leichter. Zu zweit versuchten sie, seine Mutter etwas aufzuheitern und vor allem davon abzuhalten, in einem fort zu stöhnen und wieder in Panik zu geraten. Er folgte der Regel des Neurolinguistischen Programmierens, sich immer einen positiven Anker zu suchen. »Mutti, stell dir etwas Schönes vor.«

»Ja, dass ich sterbe.«

»Nein, wie du mit deinem Otto im Faltboot gesessen hast und durch die Mark Brandenburg gepaddelt bist. Und die Mosel runter, den Main, die Werra.«

»Habt ihr meine Tasche mit?«

»Mutti, die hat Joscha mit nach Hause genommen.«

»Ich will doch dem jungen Mann, der mich so schön gewaschen hat, dreißig Mark geben.«

»Ja, aber erst wenn du wieder nach Hause kannst.«

Larissa wollte ihm helfen. »Omi, wer hat denn bei euch im Boot vorne gesessen: Otto oder du?«

»Na, Otto.«

»Und was hat er gesagt, als ihr im Gosener Graben frühstücken wolltet, im Boot, und ihr dann umgekippt seid, weil du plötzlich aufgestanden bist?«

»Da ist er ins Wasser gefallen und hat mächtig geschimpft, weil ich auch noch gelacht habe.«

»Und warum hast du gelacht?«

»Weil er Schlingpflanzen auf dem Kopf hatte und aussah wie Neptun.« Da musste sie auch jetzt wieder lachen, trotz allem.

Dann kam der Arzt, um sie über die Gefahren der Operation aufzuklären. »Sie bekommen ein künstliches Hüftgelenk, Frau Matuschewski, und dabei können einige Komplikationen auftreten.« Ohne ihre Unterschrift, dass sie dies zur Kenntnis genommen habe, könne man nicht anfangen. Aber Margot Matuschewski war ganz offensichtlich nicht mehr in der Lage, alles zu verstehen. Man hätte ihr den Text mit demselben Erfolg auch auf Chinesisch vorlesen können. Die Sache verkomplizierte sich noch dadurch, dass Manfred Matuschewski im Vorgespräch, als der Arzt gefragt hatte, ob Larissa auch Medizinerin sei, leichtfertig geantwortet hatte: »Nein, nein, Juristin.« Sollte etwas schiefgehen, fürchtete der Arzt nun endlose Prozesse – Manfred Matuschewski aber auch. So gingen beide davon aus, dass Margot Matuschewski alles verstand. Als man ihr den Kugelschreiber hinhielt, unterschrieb sie auch. Ihre Unterschrift sah etwa so aus wie die Kurve eines EGK, und auch der weltbeste Graphologe hätte darin niemals die Worte Margot Matuschewski erkennen können. Darum sollte nun auch Manfred unterschreiben. Er stammelte, dass es ja keine entsprechende Verfügung seiner Mutter gebe und er vom Rechtlichen nichts verstünde, setzte aber dennoch seinen Namen neben die Wellenlinie seiner Mutter.

Nun wurde Margot Matuschewski in einen Warteraum gerollt, vorbei an einem Quarantäne-Raum mit der Aufschrift SARS. Larissa musste anhaltend husten.

»Sars ein Knab' ein Röslein stehen«, sagte Manfred Matuschewski. »Aber wir haben doch gar nicht das Goethe-, sondern das Schiller-Jahr.« Es war ein Rückfall in die Zeit, als er in den Pausen mit seinem Freund Dirk Kollmannsperger über den Schulhof geschlendert war und sich beide beim Blödeln vom Unterrichtsstress erholt hatten. Es war der naive Widerstand gegen die Allmacht des Todes: Wenn ich über dich lache, dann bin ich stärker als du. Aber noch traf es ihn ja nicht selber, sondern seine Mutter. Nur. Als er dieses kleine Wörtchen dachte, stiegen ihm Tränen in den Augen.

Endlich bekam Margot Matuschewski ein Schmerzmittel und wurde nun ruhiger. Zudem sagte man ihr, dass sie bald in den Operationssaal käme. Das löste im Nachbarzimmer, wo ein Mann von türkischer oder arabischer Herkunft auf seine OP wartete, einen Proteststurm aus. Einer der Söhne drohte einer Schwester an, in die Zentrale einzudringen und mit Gewalt die sofortige Behandlung seines Vaters zu erzwingen. Die Schwester blieb cool und sagte nur, die Polizei würde gleich da sein. Manfred Matuschewski wusste, dass er sein Leben gefährdete, wenn er ihr zur Hilfe eilte, aber er konnte sie doch auch nicht im Stich lassen. Die Tür stand offen, und er konnte alles ganz genau verfolgen. Zum Glück passierte zunächst nichts weiter, und er hoffte, dass es ihm und Larissa erspart bleiben würde, später im Gerichtssaal aussagen zu müssen.

Larissa saß auf der linken Seite des Bettes, er auf der rechten, und beide versuchten sie, seine Mutter zu trösten und ihr Mut zuzusprechen, ihr Hoffnung auf ein erfülltes Leben nach der Operation zu machen. »Wenn du wieder richtig laufen kannst … Natürlich kommst du in deine alte Wohnung zurück.«

»Ist denn alles bezahlt?«

»Ja, Mutti, das wird alles automatisch abgebucht.«

»Wo ist denn meine Handtasche?«

»Oma, die hat Joscha mit nach Hause genommen.«

»Wo sind denn Elke und Melina?«

»Elke arbeitet, und Melina ist in der Schule.«

»Geht sie denn gerne in die Schule?«

»Meistens.«

»Gerda will ja nicht ins Heim.«

»Doch, Mutti, jetzt will sie wohl. In Blankenburg hat Yasmina ein schönes Heim für sie gefunden.«

»Gerda hat ja jetzt immer nur Schmerzen.«

»Die Ärmste. Und bei dir – geht es dir jetzt besser?«

»Die Schwestern sind alle so nett zu mir. Und der junge Mann, wie der mich abgeseift hat …« Sie strahlte. »Aber … Warum bin ich denn eigentlich hier?«

Manfred Matuschewski zögerte, ihr die Wahrheit zu sagen. Aber konnte man eine 94-Jährige wie ein Kind behandeln, sie entmündigen? Nein. Also sagte er ihr, dass ihre ausgerenkte Hüfte wieder gerichtet würde. »Du merkst aber nichts.«

»Was habe ich bloß verbrochen?«

»Nichts, Mutti, nichts, du warst immer die beste aller Mütter, aber danach geht es nicht.« Ja, wonach ging es dann?

Ein Pfleger kam herein. »Es geht los, Frau Matuschewski.« Er schob ihr Bett in Richtung OP, Manfred Matuschewski und Larissa folgten ihm. Etliche Türen gingen automatisch auf und schlossen sich sofort wieder, wenn sie den Durchgang passiert hatten. Es war wie in einem James-Bond-Film. Irgendwo war der Ort, an dem Unheil drohte.

Sie kamen in einen Raum, an dessen linker Seite sich eine große mit Edelstahl verkleidete Öffnung befand. Im ersten Augenblick dachte Manfred Matuschewski, dass dies eine Art Müllschlucker sei und man hier gestorbene Patienten entsorgte. Sicherlich führte ein Schacht von hier aus in die Pathologie oder gleich in die Kammer, in der die Toten in die Särge der einzelnen Bestattungsunternehmen gebettet wurden. Dann aber sah er, dass es mehr eine Durchreiche war. Die Patienten wurden hier vom normalen in den keimfreien Teil des Krankenhauses überführt. In der Durchreiche drehte sich ein blaues Förderband, das die Übergabe erleichtern sollte. Hinten stand schon ein lindgrün gekleideter Mann des OP-Teams. Es galt, Abschied zu nehmen.

»Ich sterbe jetzt«, sagte Margot Matuschewski.

»Mutti, du stirbst nicht, du wirst wieder kerngesund werden, wenn du hier herauskommst.«

»Ich fühle ganz genau, dass ich gleich sterben werde.«

»Oma, wir wollen am 11. Juni deinen 95. Geburtstag feiern.«

»Aber ohne mich.« Margot Matuschewski stieß einen tiefen

Seufzer aus. »Einmal muss ja sein, und ich bin ja auch alt genug. Ich danke euch für alles, was ihr für mich getan habt.«

»Mutti, wir haben dir zu danken. Du hast so viel für uns getan, und wir …« Da versagte ihm die Stimme. Auch Larissa sagte nichts mehr. Sie umarmte und küsste ihre Großmutter von der einen Seite des Bettes, Manfred Matuschewski nahm auf der anderen Seite die Hände seiner Mutter und küsste sie. Ein Mahlstrom schien ihn mitzureißen, und nur mit äußerster Mühe bekam er seine aufschießenden Gefühle noch einmal in den Griff. Fast schnauzte er seine Mutter jetzt an: »Wozu bist du letzten Dezember eigentlich getauft worden?! Wir beten jetzt alle!«

Und tatsächlich faltete seine Mutter die Hände und murmelte: »Lieber Gott, hilf mir jetzt!«

Damit wurde sie vom Pfleger auf das Förderband gehoben und glitt in die Hände des OP-Helfers. Der bugsierte sie auf ein anderes Bett und schob sie in Richtung Operationssaal. Ein Schlund öffnete sich. Manfred Matuschewski und Larissa wurden auf den Flur hinausgedrängt. Mindestens zwei Stunden würde die Operation dauern, eher zweieinhalb bis drei.

Manfred Matuschewski legte seiner Tochter den Arm um die Schultern. »Komm raus hier, nur schnell an die frische Luft.«

Irgendwann standen sie draußen auf der breiten Rudower Straße. Das Wetter war so herrlich wie an dem Tag, an dem sein Vater gestorben war. Gleich nebenan im Altbau des Krankenhauses. Das Bestattungsunternehmen, das sie damals gewählt hatten, war verschwunden. Er nahm es als gutes Omen. Trotz allem hatten sie Hunger, vor allem aber Durst. So suchten sie nach einem Restaurant. Gleich gegenüber gab es einen Italiener, *Villa Fellini.* Von außen sah alles etwas billig aus, drinnen entpuppte sich das Ganze aber als geradezu nobel, und die angebotenen Speisen schienen exquisit zu sein. Manfred Matuschewski verspürte geradezu Heißhunger auf ein gebratenes Stück Fleisch.

»… aber nein, gerade jetzt, wo sie ihr das Bein aufschneiden und den Knochen absägen.«

Larissa schüttelte sich. »Papa!«

»Du hast es gut, du bist Vegetarierin.« So entschloss er sich zu einer gebratenen Seezunge.

Das Essen und der sich anschließende Spaziergang durch die angrenzenden Straßen gerieten zu einem verzweifelten Versuch, nicht in jeder Sekunde an das Bild zu denken, wie seine Mutter auf dem Operationstisch lag und ihr der Knochen abgesägt wurde, um das künstliche Gelenk hineintreiben zu können. Es war eine barbarische Sache.

Manfred Matuschewski hatte die falschen Schuhe an, länger als eine Stunde konnte er nicht laufen, ohne Blasen zu bekommen. Außerdem zog es sie ins Krankenhaus zurück. Sie wollten ihrer Mutter und Großmutter nahe sein.

»Vielleicht lebt sie schon gar nicht mehr«, sagte Larissa. »Vielleicht war die Narkose zu viel für sie.«

»Ach, Unsinn, es ist noch so viel Kraft in ihr, dem alten Bauernblut.«

Es war noch zu früh, zum Aufwachraum zu gehen, und so setzten sie sich auf die Terrasse der Cafeteria. Die Sonne war warm wie im Juni, aber es war ein frischer Ostwind aufgekommen. Sie fanden einen freien Tisch an der Wand. Während Larissa nach drinnen ging, um ihm eine Selters und sich ein Eis zu holen, streckte Manfred die Füße aus. Sein Magen begann immer mehr zu drücken, und in den Gedärmen rumorte es tüchtig. Hätte er noch eine Galle gehabt, wäre er sich sicher gewesen, dass die nächste Kolik nahte. Er musste sich Erleichterung verschaffen, und der himmlische Wind war ja kräftig genug, um seinen irdischen Wind davonwehen zu lassen. Doch als Larissa zurückkam, merkte sie an, dass es hier draußen auf der Terrasse nach Kloake riechen würde.

Manfred Matuschewski zeigte hinter sich auf das Kellergitter. »Das kommt hier aus dem Abflussrohr.«

Larissa glaubte es ihm, bis das Ehepaar, das an einem gut zehn Meter entfernten Tisch saß und friedlich seinen Kaffee trank, aufsprang, um den Platz zu wechseln.

Schweigend gingen sie schließlich durch das riesige Atrium

des Krankenhauses, stiegen zur Galerie hinauf und näherten sich mit weichen Knien und bangem Herzen dem Operationstrakt. Ging irgendwo eine der unzähligen Türen auf, glaubten sie schon, den Arzt, der sie über die Gefahren der Operation aufgeklärt hatte, auf sie zukommen und den Blick senken zu sehen. »Ich muss Ihnen leider mitteilen, dass es bei der Operation Komplikationen gegeben hat …«

Schwer war es, sich im Labyrinth des Krankenhauses zurechtzufinden, und so freuten sie sich, als sie endlich einen Raum mit der großen Aufschrift AWR entdeckten. »Das kann doch nur Aufwachraum heißen.« Doch als sie davorstanden, kam eine Schwester und verbot ihnen das Anklopfen. Was sie hier suchten? Manfred Matuschewski hatte in genügend Prüfungskommissionen gesessen, um zu wissen, was dumme und was sehr dumme Fragen waren, und er konnte nicht anders, als zu erwidern, den verstorbenen Papst nun ganz sicher nicht. »… sondern meine Mutter, Margot Matuschewski, die ist hier vor zweieinhalb Stunden an der Hüfte operiert worden.«

»Dann sind Sie hier falsch.« Immerhin war die Schwester bereit, ihnen den Weg zu zeigen, den sie zu nehmen hatten. »Da müssen Sie zur Intensivstation. Aber vorher klingeln!«

»Danke, ja.« Nachdem sie sich nur zweimal verlaufen hatten, standen sie vor der richtigen Tür. Manfred Matuschewski drückte auf den Knopf daneben, doch nichts passierte. Auch sein zweiter Versuch blieb ohne Ergebnis. Da merkte Larissa, dass er auf einen Lichtschalter gedrückt hatte, und machte sich auf die Suche nach dem richtigen Knopf. Sie hatte mehr Glück als er, und aus der Gegensprechanlage wurden sie nach ihrem Begehr gefragt. Diesmal gelang es Manfred Matuschewski, sachlich zu bleiben, und wieder spulte er ab, dass sie auf der Suche nach seiner operierten Mutter seien.

»Ja, bitte.« Ein Summer ertönte, die Tür ging auf. Es war niemand zu sehen. Sie gingen in eine Richtung, die sie für die richtige hielten. Überall lagen frisch operierte Patienten, mit ihren vielen Schläuchen und Drähten Anhängsel an die Maschinerie, die ihnen das Überleben sichern sollte.

Da sahen sie seine Mutter. Sie lebte, sie hatte die Augen geöffnet.

»Na, Mutti? Willkommen im Diesseits!« Er küsste ihre Stirn. »Erkennst du uns denn wieder?«

»Ja. Manfred und Larissa.« Verglichen mit ihrem Zustand vor der Operation sah sie jetzt aus wie das blühende Leben.

Ihm verschwamm alles vor Augen, und Larissa weinte so heftig, dass die Schwestern kamen, weil sie dachten, sie würde kollabieren.

»Es sind nur Freudentränen«, sagte Manfred Matuschewski.

Als sie das Krankenhaus verließen, lief ihnen Joe Stegmann in die Arme. »Mensch, eure Mutter liegt nicht mehr ihm Ida-Wolf-Haus, die soll wieder hier im Krankenhaus sein.«

»Tusch!«, rief Manfred Matuschewski. »Du bist immer da, wo sie gerade nicht ist. Aber schön, dass wir dich treffen. Die Wege des Herrn … Sie hat die Operation überstanden, jetzt wird es wieder bergauf gehen mit ihr. Ihr neues Hüftgelenk ist so teuer, dass sie es mindestens fünf Jahre tragen muss, damit sich's rentiert und die AOK es nicht zurückhaben will. Das heißt, sie muss hundert werden. Aber erst mal feiern wir ihren 95. Geburtstag, und weißt du, wo?«

»Klar, bei mir in der *Bratkartoffel-Kathedrale*, geschlossene Gesellschaft.«